COLLECTION SÉRIE NOIRE
Créée par Marcel Duhamel

Ce livre appartient à
Andree Blais

LAWRENCE BLOCK

Une danse
aux abattoirs

TRADUIT DE L'AMÉRICAIN
PAR ROSINE FITZGERALD

GALLIMARD

1

Au milieu du cinquième round, le jeune en culotte bleue porta un solide crochet du gauche à la mâchoire de son adversaire. Il suivit d'un direct du droit à la face.

— Il est prêt à tomber, dit Mick Ballou.

Il en avait tout l'air, mais quand le jeune en bleu attaqua, l'autre garçon esquiva le coup et se réfugia dans un corps à corps. Je vis ses yeux juste avant que l'arbitre ne s'interpose entre eux. Son regard vague me parut vitreux.

— Combien de temps reste-t-il ?

— Plus d'une minute.

— Ça suffit largement, dit Mick. Tu vas voir le gars en bleu démolir l'autre gamin. Il est mince mais il est fort comme un bœuf.

Ils n'étaient pas si minces que ça. C'étaient des poids super mi-moyens, qui devaient donc peser dans les soixante-dix kilos. Dans le temps, je connaissais les poids maximum et minimum de chaque catégorie, mais c'était facile, à l'époque. Maintenant, les catégories sont au moins deux fois plus nombreuses, avec des juniors ceci et des super cela et trois organismes distincts qui reconnaissent chacun leur champion. Je crois que cette tendance a dû commencer quand quelqu'un s'est dit que les matches de championnat étaient plus rentables, et maintenant il est rare qu'il y ait autre chose à voir.

Cependant, dans les matches de ce soir, aucun titre n'était en jeu et le programme était loin d'avoir le prestige et l'apparat des combats de championnat présentés dans les casinos de Las Vegas ou d'Atlantic City.

Nous nous trouvions, très précisément, dans un hangar en béton dans une rue obscure de Maspeth, une morne étendue industrielle du *borough* de Queens, bordée, au sud et à l'est par les quartiers de Brooklyn, Greenpoint et Bushwick et séparée du reste de Queens par un demi-cercle de cimetières. On pourrait passer sa vie entière à New York sans jamais mettre les pieds à Maspeth ou on pourrait le traverser en voiture des dizaines de fois sans le savoir. Avec ses entrepôts, ses usines et ses rues de logements miteux, Maspeth n'a guère de chances d'être sélectionné par quelque promoteur pour une opération de rénovation qui en ferait un quartier résidentiel mais, bien sûr, on ne sait jamais. Un jour ou l'autre, ils ne trouveront plus d'autre endroit, et les entrepôts croulants se transformeront en lofts pour artistes, tandis que de jeunes propriétaires dans le coup arracheront le revêtement d'asphalte pourri des maisons attenantes et entreprendront d'en éviscérer l'intérieur. Il y aura des ginkgos en bordure des trottoirs de Grand Avenue et un marchand de fruits et légumes coréen à chaque coin de rue.

Mais pour le moment, d'après ce que j'avais vu du quartier, la New Maspeth Arena était le seul indice de son glorieux avenir. Quelques mois plus tôt, le Felt Forum de Madison Square Garden avait été fermé pour la durée des travaux de rénovation, et la New Maspeth Arena avait ouvert dans les premiers jours de décembre avec, à son programme, des matches de boxe tous les jeudis soir, à partir de dix-neuf heures.

Le bâtiment, plus petit que le Felt Forum, n'avait rien de tape-à-l'œil avec ses murs en blocs de béton nu, son toît en tôle et le revêtement en ciment de son sol. Il était de forme rectangulaire, et le ring occupait le mur du fond face aux portes d'entrée. Des rangées de fauteuils métalliques pliants encadraient les trois côtés ouverts du ring. Les fauteuils étaient gris dans les trois sections sauf ceux des deux premières rangées ; ceux-là étaient rouge sang. Les sièges rouges bordant le ring étaient réservés. Les autres places ne l'étaient pas et ne coûtaient que cinq dollars c'est à dire deux dollars de moins que pour voir un film en exclusivité à Manhattan. Et pourtant près de la moitié des fauteuils gris étaient vides.

La modicité du prix avait pour but d'emplir autant de places que possible afin que les fans qui regardaient les matches sur le câble ne se rendent pas compte que les combats avaient été organisés à leur seule intention. La New Maspeth Arena était un phénomène lié au câble, créée pour fournir des programmes à FBCS, Five Borough Cable Sportscast, la toute dernière des chaînes de sport à tenter de s'implanter dans le paysage audiovisuel de la ville de New York. Les camions de FBCS étaient garés dehors quand nous étions arrivés, Mick et moi, quelques minutes après dix-neuf heures, et l'émission en direct avait commencé à vingt heures précises.

Maintenant le cinquième round du dernier match préliminaire se terminait, et le gamin en short blanc était toujours debout. Les deux boxeurs étaient des Noirs ; on les présentait comme étant tous deux originaires de Brooklyn, l'un de Bedford-Stuyvesant et l'autre, de Crown Heights. Ils avaient tous deux les cheveux très courts, des traits réguliers et la même taille, bien que le jeune en bleu eût l'air plus petit sur le ring parce qu'il se battait en position de *crouch*. Heureusement qu'ils portaient des culottes de couleurs différentes, sans ça on aurait eu du mal à ne pas les confondre.

— Là, il aurait dû l'avoir, dit Mick. L'autre gamin était prêt à s'écrouler, et il n'a pas su l'achever.

— Le gosse en blanc a du cran, dis-je.

— Il avait les yeux vitreux. Celui en bleu, comment il s'appelle ? (Il consulta le programme, une simple feuille de papier portant la liste des combats). McCann. McCann l'a épargné.

— Il l'a attaqué sous tous les angles.

— Oui, il a placé pas mal de coups mais rien de décisif. Il y en a beaucoup comme ça qui ont l'adversaire à leur merci, sans pouvoir l'achever. Je ne sais pas pourquoi.

— Il lui reste trois rounds pour le faire.

Mick eut un signe de tête négatif.

— Il en a eu l'occasion et ne l'a pas saisie.

Il avait raison. McCann remporta aisément les trois dernières reprises mais le combat ne fut jamais aussi près de se terminer par un K.O. qu'il l'avait été au cinquième round. Quand le gong final retentit, les deux boxeurs en nage s'étreignirent un instant, puis McCann, levant ses mains gantées en signe de triomphe, retourna dans son coin à petits pas dansants. Les juges furent d'accord avec lui. Deux d'entre eux lui accordèrent une victoire totale, tandis que le troisième considérait que le gamin en blanc avait gagné un round.

— Je vais chercher une bière, dit Mick. Tu veux quelque chose ?

— Pas maintenant.

Nos places se trouvaient au premier rang des fauteuils gris de la section située à droite du ring en entrant. Cela me permettait de voir les portes, bien que, pour le moment, j'eusse surtout regardé le ring. Je regardais dans cette direction pendant que Mick se dirigeait vers la buvette au fond du hall et, pour une fois, je vis quelqu'un que je connaissais, un grand Noir vêtu d'un élégant costume rayé bleu marine. A son approche, je me levai, et nous échangeâmes une poignée de mains.

— Je pensais bien que c'était vous, me dit-il. J'ai fait un saut, tout à l'heure, pour regarder quelques minutes du match Burdette-McCann de l'arrière de la salle, et il m'a semblé apercevoir mon ami Matthew ici, dans les places bon marché.

— Toutes les places sont bon marché à Maspeth.

— Oui, le fait est… (Il posa la main sur mon épaule.) La première fois que je vous ai vu, c'était à un match de boxe, n'est-ce pas ? Au Felt Forum ?

— C'est ça.

— Vous étiez avec Danny Boy Bell.

— Vous étiez avec Sunny. Je ne me rappelle plus son nom de famille.

— Sunny Hendryx. En fait, elle se prénommait Sonya mais personne ne l'appelait comme ça.

Je lui dis :

— Vous voulez bien vous joindre à nous ? Mon ami est allé chercher une bière, mais toute la rangée est vide, ou presque. Si ça ne vous ennuie pas de vous asseoir à une place bon marché.

Il sourit et répondit :

— J'ai déjà une place. Du côté du coin bleu. Je dois porter mon gars à la victoire par mes acclamations. Vous vous souvenez sans doute de Kid Bascomb.

— Oui, bien sûr. Il était au programme le soir où nous avons fait connaissance ; il a battu je ne sais quel petit Italien dont je n'ai pas le moindre souvenir.

— Tout le monde l'a oublié.

— Il l'a démoli par un coup au corps. Ça, je m'en souviens. Le Kid ne se bat pas, ce soir, n'est-ce pas ? Je ne l'ai pas vu au programme.

— Non, il a pris sa retraite. Depuis maintenant deux ans.

— C'est ce que je pensais.

— Il est assis là-bas, dit-il en tendant le doigt. Non, mon gars dans le match principal, c'est Eldon Rasheed. Il devrait gagner mais son adversaire a disputé treize combats : onze victoires, deux défaites dont une pas méritée. Alors ce n'est pas n'importe quel adversaire.

Il parlait de la tactique des combats quand Mick revint en portant deux grands gobelets en carton. L'un contenait de la bière et l'autre du Coca-Cola.

— Au cas où tu aurais soif, dit-il. La queue était longue ; ça m'aurait ennuyé d'attendre aussi longtemps rien que pour une bière.

Je fis les présentations :

— Mickey Ballou, Chance…

— Chance Coulter.

— Enchanté, dit Mick.

Comme il tenait encore les deux gobelets, Chance et lui ne purent se serrer la main.

— Tiens, voilà Dominguez, dit Chance.

Flanqué de sa suite, le boxeur s'avançait dans l'allée. Il portait un peignoir bleu roi, à passements bleu marine. Il était beau garçon et son visage long, à la mâchoire carrée, était orné d'une moustache noire bien taillée. Il sourit et agita les mains à l'adresse de son public, puis il monta sur le ring.

— Il a l'air bien, dit Chance. Eldon va peut-être avoir du mal.

— Vous êtes un partisan de l'autre ? demanda Mick.

— Oui, Eldon Rasheed. Le voilà qui arrive. Nous pourrions peut-être tous aller boire un verre, après le match.

Je lui dis que c'était une bonne idée. Chance retourna à sa place près du coin bleu. Mick me fit tenir les deux gobelets pendant qu'il s'asseyait.

— Eldon Rasheed contre Peter Dominguez, lut-il sur le programme. Je me demande où ils vont chercher ces noms.

— Le nom de Peter Dominguez n'a rien d'extraordinaire, lui dis-je.

Mick me regarda d'un drôle d'air.

— Eldon Rasheed, annonça-t-il au moment où Rasheed passait entre les cordes. En tout cas, si c'était un concours de beauté, Pedro l'emporterait haut la main. On dirait que le bon Dieu a fichu un coup de pelle dans la figure de Rasheed.

— Pourquoi Dieu ferait-il une chose pareille ?

— Pourquoi Dieu fait-il la moitié des choses qu'Il fait ? Ton ami Chance est bel homme. Comment l'as-tu connu ?

— J'ai travaillé pour lui, il y a quelques années.

— Un travail de détective ?

— C'est ça.

— Je trouve qu'il a l'air d'un avocat. Sa façon de s'habiller.

— En réalité, il est marchand d'art africain.

— Des statuettes, des sculptures ?

— Des choses comme ça.

Le speaker était dans le ring, en train de faire son baratin sur le prochain combat et d'essayer de gonfler le programme de la semaine suivante. Il parla d'un welter local qui, à cette occasion, combattrait en combat vedette, puis il présenta quelques autres célébrités assises près du ring, y compris Arthur « Kid » Bascomb. Le Kid eut droit aux mêmes applaudissements nonchalants que les autres.

L'arbitre fut présenté, tout comme les trois juges et le chronométreur, ainsi que le gars qui était chargé de compter dans le cas d'un knock-down. Ce soir, il pensait avoir du travail ; les boxeurs étaient des poids lourds et avaient l'un et l'autre mis K.O. la plupart de leurs précédents adversaires. Dominguez avait remporté par K.O. huit de ses onze victoires, et Rasheed, qui n'avait perdu aucun de ses dix combats professionnels, n'était allé qu'une fois jusqu'à la fin du temps règlementaire.

Dominguez eut droit à une ovation de la part d'un groupe d'Hispano-américains placés au fond de la salle. Les acclamations qui saluèrent Rasheed furent plus discrètes. Ils se tinrent l'un près de l'autre au milieu du ring, pendant que l'arbitre leur disait ce qu'ils savaient par cœur, puis ils se touchèrent les gants et regagnèrent chacun leur coin. Le gong retentit et le combat commença.

Le premier round fut en grande partie un round d'observation mais les deux adversaires réussirent à placer des coups. Rasheed délivra de multiples petits directs du gauche et effectua un bon travail au corps. Il se déplaçait bien pour un homme de sa taille. En comparaison, Dominguez était gauche, un boxeur maladroit ; il avait un *cross* du droit, soudain et efficace, qui lui permit de toucher Rasheed au-dessus de l'œil gauche, trente secondes avant la fin de la première reprise. Rasheed effectua une parade bloquée mais on voyait bien qu'il avait senti le coup.

Entre deux rounds, Mick me dit :

— Il est fort, ce Pedro. Il a peut-être gagné le round rien qu'avec ce dernier coup.

— Je ne sais jamais comment les juges vont calculer.

— Encore quelques coups comme celui-là, et il n'y aura plus besoin de calculer.

Dans le deuxième round, Rasheed l'emporta légèrement. Il évita la droite de son adversaire auquel il porta quelques solides coups au corps. Pendant ce round, mon regard fut attiré par un homme assis près du ring, dans la section centrale. Je l'avais déjà remarqué, et quelque chose me poussa à le regarder à nouveau.

Il avait environ quarante-cinq ans, le crâne un peu dégarni, les cheveux bruns et des sourcils proéminents. Son menton était glabre. Son visage, comme bossué, faisait penser qu'il pouvait lui-même avoir été boxeur, mais je songeai que, dans ce cas, le speaker l'aurait présenté. La salle n'étant pas précisément inondée de célébrités, n'importe quel boxeur ayant tenu trois rounds dans les *Golden Gloves*, avait toutes les chances d'être appelé pour saluer devant les caméras de

FBCS. Comme il se trouvait juste à côté du ring, il n'aurait eu qu'à passer entre les cordes pour aller savourer les applaudissements du public.

Cet homme n'était pas seul. Il avait une main posée sur l'épaule d'un garçon à qui, de l'autre main, il désignait certaines choses sur le ring. Je supposai que c'étaient le père et le fils, en dépit du peu de ressemblance. Le garçon, qui devait avoir entre treize et quinze ans, avait les cheveux châtain clair, et une pointe, bien nette, sur le front. Si le père avait eu une pointe semblable, elle avait disparu depuis longtemps. Le père portait un blazer bleu et un pantalon de flanelle grise. Il avait une cravate bleu pâle à pois noirs ou bleu marine, de gros pois qui devaient faire plus de deux centimètres de diamètre. L'adolescent était vêtu d'une chemise de flanelle écossaise à fond rouge et d'un pantalon en velours côtelé bleu marine.

J'avais l'impression d'avoir déjà vu cet homme mais je n'avais aucune idée de l'endroit où j'avais pu le voir.

Dans le troisième round, il me sembla que les boxeurs étaient à égalité. Je ne comptais pas les points mais j'eus l'impression que Rasheed touchait plus souvent son adversaire. Cependant, Dominguez lui porta quelques coups qui me parurent plus efficaces que ceux que Rasheed réussissait à placer. A la fin de la reprise, je ne m'occupais plus de l'homme à la cravate à pois pour la bonne raison que je regardais un autre homme.

Celui-ci, plus jeune, avait exactement trente-deux ans. Il mesurait environ un mètre quatre-vingts et avait la carrure d'un lourd léger. Il avait ôté son veston et sa cravate et portait une chemise rayée bleu et blanc. Il avait le genre de beauté qu'on voit dans les catalogues de vêtements pour hommes, des traits burinés alliés à une expression énergique, le tout gâté par le renflement boudeur de la lèvre inférieure et l'épaisseur un peu bestiale du nez. Une chevelure brune, fournie, savamment coupée et mise en forme par un brushing. La peau bronzée : souvenir d'une semaine à Antigua.

Il s'appelait Richard Thurman et il était le producteur de cette émission pour Five Borough Cable Sportscast. A ce moment-là, il se tenait sur la plate-forme à l'extérieur des cordes et il parlait à un cameraman. La fille qui portait l'écriteau arriva pour nous faire voir que la quatrième reprise allait bientôt commencer. Et nous faire voir un peu plus que ça, grâce à son costume succinct. Les téléspectateurs ne verraient pas cette partie du programme sur leur écran. FBCS leur montrerait une pub sur la bière pendant que la fille montrait ce qu'elle avait au public de la salle. Grande, les jambes longues, elle avait d'admirables rondeurs et beaucoup de peau nue.

Elle s'approcha de la caméra pour dire quelque chose à Thurman qui tendit la main et lui tapota les fesses. Elle n'eut pas l'air de s'en rendre compte. Peut-être parce qu'il avait l'habitude de toucher les femmes et qu'elle avait l'habitude d'être touchée. Peut-être parce qu'ils étaient de vieux amis. Mais comme elle avait la peau rose, il était peu probable qu'il l'eût emmenée à Antigua.

La fille quitta le ring, Thurman en descendit et le gong annonça que le combat allait reprendre. Les boxeurs quittèrent leur tabouret et le quatrième round commença.

Pendant la première minute, Dominguez plaça un direct du droit qui ouvrit l'arcade sourcilière gauche de Rasheed. Rasheed porta de nombreux *jabs*, martela Dominguez de coups au corps et, vers la fin du round, lui projeta la tête en arrière avec un uppercut bien envoyé. Dominguez plaça un autre bon coup du droit au moment où le gong retentit. Je n'avais aucune idée des points qui seraient attribués pour ce round et je le dis à Mick.

— Aucune importance, répondit-il. En tout cas, ça n'ira pas jusqu'au bout.

— Lequel des deux préfères-tu ?

— J'aime bien le Noir mais je ne miserais pas sur lui. Pedro est bien trop fort.

Je tournai les yeux vers l'homme et le garçon et dis :

— Ce type, là-bas. Au premier rang, assis à côté du gamin. Veste bleue et cravate à pois.

— Oui. Qu'est-ce qu'il a ?

— Je crois que je le connais mais je n'arrive pas à le situer. Il te dit quelque chose ?

— Je ne l'ai jamais vu.

— Je ne sais pas où j'aurais pu le rencontrer.

— Il a l'air d'un flic.

— Non, lui dis-je. Tu crois vraiment ?

— Je ne dis pas que c'est un flic. Je dis qu'il a un air de flic. Tu sais qui on dirait ? C'est un acteur qui joue des rôles de flic, je ne sais plus comment il s'appelle. Ça va me revenir.

— Un acteur qui joue des rôles de flic. Ils jouent tous des rôles de flic.

— Gene Hackman, dit Mick.

Je regardai encore une fois l'homme à la cravate à pois en disant :

— Hackman est plus vieux. Et plus mince. Ce gars est solidement charpenté alors que Hackman est du genre maigre et sec. Et Hackman a plus de cheveux, – non ?

— Dieu du ciel ! Je n'ai pas dit que c'était Hackman. J'ai dit que c'était à lui qu'il ressemble.

— Si c'était Hackman, ils l'auraient invité à monter sur le ring pour se faire applaudir.

— Si c'était le putain de cousin de Hackman ils l'auraient invité à monter pour se faire applaudir, tellement ils sont à court de gens un peu connus.

— Mais tu as raison, lui dis-je. C'est vrai qu'il y a une ressemblance.

— C'est quand même pas son portrait craché, remarque mais...

— Il y a une certaine ressemblance. Ce n'est pas pour ça que j'ai l'impression de le connaître. Je me demande bien où j'ai pu le voir.

— A une de tes réunions, peut-être.

— C'est possible.

— Sauf si c'est une bière qu'il est en train de boire. Si c'était un gars de chez vous, il ne boirait pas de la bière, pas vrai ?

— Probablement pas.

— Encore que tous les gens de chez vous n'y arrivent pas, hein ?

— Non, tout le monde n'y arrive pas.

— Alors espérons que c'est du Coca qu'il y a dans son verre. Ou si c'est de la bière, prions pour qu'il la donne au gamin.

Dominguez s'imposa dans la cinquième reprise. Une grande partie de ses coups touchèrent le vide mais ceux qui passèrent firent mal à Rasheed.

Celui-ci eut beau se reprendre à la fin, le round fut nettement remporté par le Latino-américain.

Dans le sixième round un direct du droit au menton envoya Rasheed au sol.

C'était un K.O. qui mit l'assistance debout. Rasheed se releva à cinq, et l'arbitre finit d'énoncer les huit secondes règlementaires. Au commandement Box, Dominguez se précipita, essayant de passer à travers la garde de son adversaire. Bien qu'un peu chancelant, Rasheed montra qu'il avait de la classe, sachant baisser la tête, esquiver, gagner du temps par des corps à corps et contre-attaquer courageusement. Le knock-down avait eu lieu dans le début de la reprise, mais à la fin des trois minutes, Rasheed était toujours debout.

— Plus qu'un round, dit Mick.

— Non.

18

— Ah?

— Il a eu sa chance, dis-je. Comme le gars dans le dernier match, comment il s'appelle? L'Irlandais.

— L'Irlandais? Quel Irlandais?

— McCann.

— Ah? Ce serait un Irlandais noir. Tu crois que Dominguez est encore un de ceux qui ne savent pas finir leur adversaire?

— Il sait le faire; c'est simplement qu'il n'en avait pas les moyens. Il a balancé trop de coups dans le vide. Ça fatigue, quand on ne touche rien. Je pense qu'il s'est vidé dans cette reprise, bien plus que Rasheed.

— Si tu crois que les juges s'en rendront compte. Non, ils l'accorderont à Pedro, à moins que ton copain Chance ait truqué le match.

— On ne truque pas un match comme ça. Il n'y a pas de paris. La décision ne sera pas faite aux points. Rasheed le mettra K.O.

— Tu rêves, Matt.

— Tu verras.

— On parie? Je ne veux pas parier de l'argent, pas avec toi. Qu'est-ce qu'on parie?

— Je ne sais pas.

Une fois de plus, mon regard se porta sur le père et le fils. Je ne sais quelle idée rôdait dans le fond de mon crâne, me harcelait.

— Si je gagne, dit Mick, nous passerons une joyeuse nuit blanche et nous assisterons à la messe de huit heures et demie à St. Bernard. La messe des bouchers.

— Et si je gagne?

— Alors, nous n'irons pas.

— Ça, comme pari! dis-je en riant. Nous n'y allons déjà pas, alors qu'est-ce que je gagnerais?

— Bon, d'accord. Si tu gagnes, j'irai à une réunion.

— Quelle réunion?

— Une de tes saletés de réunions des A. A.

— Pourquoi voudrais-tu faire une chose pareille ?

— Justement, je ne voudrais pas le faire, dit-il. C'est bien pour ça. Je le ferai parce que j'aurais perdu ce putain de pari.

— Mais pourquoi est-ce que moi je voudrais que tu ailles à une réunion ?

— Je ne sais pas.

— Si jamais tu veux y aller, je serai ravi de t'y accompagner. Mais je ne veux certainement pas que tu y ailles à cause de moi.

Le père posa la main sur le front du garçon et lissa doucement ses cheveux en arrière. Quelque chose dans ce geste me frappa comme un direct du droit au cœur. Mick me dit quelque chose mais, pendant un instant, j'étais devenu sourd. Il me fallut lui demander de répéter.

— Alors, on laisse tomber le pari ! dit-il.

— Sans doute.

Le gong retentit. Les boxeurs se levèrent de leur tabouret.

— C'est aussi bien comme ça, dit Mick. Et je crois que tu as raison. Je pense qu'à force d'essayer de cogner, ce con de Pedro a sapé sa propre résistance et qu'il va craquer.

C'est ce qui finit par arriver. Ce ne fut pas évident à la septième reprise parce que Dominguez eut encore assez de force pour délivrer quelques coups que le public, debout, salua par des acclamations. Il était cependant plus facile de faire lever les supporters que de faire tomber Rasheed qui n'avait rien perdu de sa force et qui, en outre, avait l'air sûr de lui. Vers la fin du round, quand il porta un petit coup direct du droit dans le plexus solaire de Dominguez, j'échangeai un regard et un hochement de tête avec Mick. Personne n'avait applaudi, personne n'avait crié mais l'issue du combat était claire ; nous le savions et Eldon Rasheed le savait. Je crois que Dominguez le savait aussi.

Entre deux reprises, Mick me dit :

— Je te tire mon chapeau. Dans l'avant-dernier round, tu as vu quelque chose qui m'avait complètement échappé. Tous ces coup au corps, ça finit par être payant, hein ? On ne dirait rien, puis soudain votre gars ne tient plus sur ses jambes. En parlant de jambes…

La fille à l'écriteau nous faisait savoir que le huitième round allait commencer.

— Elle aussi, j'ai l'impression de l'avoir déjà vue.

— A une de tes réunions, peut-être, elle aussi, suggéra Mick.

— Je ne sais pas pourquoi mais je ne crois pas.

— Non ; elle, tu ne l'aurais pas oubliée, sans doute. Alors, tu l'as vue en rêve. Tu étais avec elle dans un rêve.

— C'est plus vraisemblable. (Mon regard alla de la fille à l'homme à la cravate à pois, puis revint sur la fille.) On dit que c'est un signe de vieillissement. Quand tous les gens qu'on rencontre nous font penser à quelqu'un d'autre.

— Ah, on dit ça ? fit Mick.

— Entre autres choses.

Le gong sonna la huitième reprise. Au bout de deux minutes, Eldon Rasheed, d'un puissant crochet gauche au foie, fit vaciller Peter Dominguez. Dominguez baissa sa garde, et, d'un droit au menton, Rasheed l'envoya au tapis.

Dominguez se releva à huit, mais ce fut probablement du pur machisme qui parvint à le remettre debout. Exploitant son avantage, Rasheed attaqua aussitôt et plaça trois coups au corps, qui renvoyèrent Dominguez au sol. Cette fois, l'arbitre ne prit même pas la peine de compter. Il se plaça entre les deux hommes et leva le bras de Rasheed.

La plupart des spectateurs qui avaient encouragé Dominguez à mettre son adversaire knock-out, s'étaient remis debout pour acclamer Rasheed.

Nous nous tenions à côté de Chance et de Kid Bascomb, près du coin bleu, quand le speaker monta sur le ring, fit signe au public de se calmer et nous annonça ce que nous savions déjà : que l'arbitre avait arrêté le combat deux minutes et trente-huit secondes après le début de la huitième reprise, que le vainqueur par K.O. technique était Eldon « Bull-dog » Rasheed. Il ajouta que deux combats de quatre rounds allaient suivre et que nous ne voulions sûrement pas perdre une seule minute de ce spectacle non-stop à la New Maspeth Arena.

Une tâche ingrate attendait les boxeurs qui s'affrontaient dans ces deux matches de quatre rounds car ils allaient combattre pour une salle pratiquement vide. Ces combats figuraient au programme à titre d'assurance pour FBCS. Si les matches d'introduction ne duraient pas assez longtemps, un de ces combats pouvait être inséré avant le combat principal ; si Rasheed avait mis Dominguez K.O. ou avait lui-même été mis K.O. à la deuxième reprise, il y aurait encore eu un ou deux combats pour meubler le temps d'antenne.

Comme il était près de onze heures du soir, ni l'un ni l'autre de ces deux combats ne serait télévisé. Presque tout le monde se dépêchait de rentrer chez soi comme ces fans de base-ball qui désertent massivement le Dodger Stadium au milieu de la septième manche alors que les deux équipes sont à égalité.

Richard Thurman était monté sur le ring pour aider le cameraman à emballer son matériel. Je ne vis nulle part la fille à l'écriteau. Je ne vis pas non plus le père et le fils quitter ensemble leur place près du ring et pourtant je les cherchai des yeux dans l'intention de les désigner à Chance pour savoir s'il connaissait cet homme.

Et puis zut ! Personne ne me payait pour que je découvre pourquoi j'avais l'impression d'avoir déjà vu un papa-gâteau quelque part. Le travail dont j'étais chargé consistait à me renseigner sur Richard Thurman afin de découvrir s'il avait ou non assassiné sa femme.

2

Au mois de novembre de cette année, Richard et Amanda Thurman s'étaient rendus à une petite soirée chez des gens qui habitaient Central Park West. Ils en étaient partis un peu avant minuit. Pendant toute la semaine, il avait fait anormalement doux pour la saison et, ce soir-là aussi, le temps était clément ; ils avaient donc décidé de rentrer à pied.

Leur appartement occupait la totalité du dernier des quatre étages d'une maison de grès brun de la 52ᵉ rue ouest, entre la Huitième et la Neuvième Avenue. Le rez-de-chaussée abritait un restaurant italien, tandis qu'une agence de voyage et une agence théâtrale se partageaient le premier étage. Le deuxième et le troisième étaient résidentiels. Au deuxième étage, il y avait deux appartements, l'un occupé par une comédienne à la retraite, l'autre par un jeune agent de change et un mannequin de sexe masculin. L'unique appartement du troisième était celui d'un avocat retraité et de son épouse, qui, le premier du mois, avaient tous deux pris l'avion pour la Floride et ne rentreraient pas avant la première semaine de mai.

Quand les Thurman étaient arrivés chez eux, entre minuit et minuit trente, ils avaient atteint le palier du troisième étage juste au moment où deux voleurs sortaient de l'appartement inoccupé de l'avocat. Les voleurs, deux jeunes Blancs, costauds, âgés d'une trentaine d'années, avaient sorti leur revolver et obligé les Thurman à entrer dans l'appartement qu'ils venaient de piller. Ils avaient soulagé Richard de sa montre et de son portefeuille, avaient pris les bijoux d'Amanda et avaient dit au couple qu'ils étaient deux sales petits bourgeois arrivistes et inutiles, et qu'ils méritaient la mort.

Ils avaient fichu une raclée à Richard Thurman, puis l'avaient ligoté et l'avaient bâillonné avec du sparadrap. Ils avaient violé sa femme sous ses yeux. Pour finir, l'un des deux avait cogné sur la tête de Richard à l'aide de ce que celui-ci pensait être un levier ou une pince-monseigneur, et il avait perdu connaissance. Quand il était revenu à lui, les voleurs n'étaient plus là et Amanda gisait par terre, de l'autre côté de la chambre, nue, apparemment sans connaissance.

Etant parvenu à tomber du lit par terre, il avait essayé de frapper le sol avec ses pieds, mais la moquette épaisse l'avait empêché de faire assez de bruit pour alerter le locataire de l'appartement du dessous. Il avait fait tomber une lampe mais le bruit de sa chute n'avait pas été remarqué. Il s'était débrouillé pour s'approcher de sa femme en espérant pouvoir la ranimer, mais elle était restée inerte et ne semblait pas respirer. Quand il l'avait touchée, il lui avait semblé que sa peau était presque froide, et il avait craint qu'elle ne soit morte.

Il n'arrivait pas à libérer ses mains, et sa bouche était toujours bâillonnée. Il lui avait fallu un certain temps pour décoller le sparadrap. Il avait essayé de crier mais personne n'avait répondu. Les fenêtres, naturellement, était fermées et les murs et les planchers étaient très épais car c'était un immeuble ancien. Il était finalement parvenu à renverser une petite table et faire tomber par terre le téléphone qui était dessus. Un autre objet avait atterri par terre : un petit outil métallique dont l'avocat se servait pour bourrer sa pipe. Thurman l'avait pris entre ses dents pour composer les trois chiffres du numéro de téléphone de la police. Quand on lui avait répondu, il avait donné son nom et son adresse, avait dit qu'il craignait que sa femme ne fut morte ou mourante, puis s'était évanoui. C'est ainsi que la police l'avait trouvé.

Cela s'était passé pendant le deuxième week-end de novembre, entre le samedi soir et le dimanche matin. Le dernier mardi de janvier, j'étais assis chez Jimmy Armstrong à deux heures de l'après-midi et je buvais un café. En face de moi, de l'autre côté de la table, se trouvait un homme d'une quarantaine d'années. Il avait les cheveux noirs et courts, et une barbe mince dans laquelle on voyait quelques poils gris. Il portait une veste en velours côtelé marron foncé sur un pull beige à col roulé. Il avait le teint pâle des gens qui ne sortent guère, ce qui n'avait rien d'étonnant en plein hiver, à New York. Derrière ses lunettes à monture métallique, son regard était préoccupé.

— Je pense que ce fumier a tué ma sœur, me dit-il. (Ses mots exprimaient la colère mais sa voix calme était égale et son ton neutre.) Je pense qu'il l'a assassinée, je pense qu'il va s'en sortir sans être inquiété et je ne veux pas que ça se passe comme ça.

Armstrong se trouve au coin de la Dixième Avenue et de la 57e rue. Il est là depuis quelques années mais avant, il était situé dans la Neuvième Avenue, entre les 57e et 58e rues, dans des locaux qui sont maintenant occupés par un restaurant chinois. A cette époque, je passais pratiquement ma vie dans ce bistrot. Mon hôtel était juste au coin de la rue mais je prenais un ou plusieurs repas par jour chez Armstrong, j'y recevais mes clients et j'y passais la plupart de mes soirées, assis à une table du fond, à parler à des gens ou seul, à ruminer, en buvant mon bourbon sec, ou *on the rocks*, ou en le mélangeant à du café pour m'aider à rester éveillé.

Quand j'avais cessé de boire, Armstrong s'était retrouvé

en tête sur ma liste mentale de gens, de lieux et choses à éviter. C'était devenu plus facile quand, son bail n'ayant pas été renouvelé, Jimmy était allé s'installer à quelques centaines de mètres plus loin, en dehors de mon itinéraire quotidien habituel. Je n'y étais pas retourné pendant longtemps, jusqu'au jour où un de mes amis non buveurs avait suggéré que nous nous y arrêtions un soir tard pour manger quelque chose, et depuis, j'avais dû y prendre cinq ou six repas. On dit qu'il n'est pas bon de fréquenter les bistrots quand on essaie de ne plus boire, mais j'avais toujours eu le sentiment qu'Armstrong était plus un restaurant qu'un bistrot, surtout tel qu'il était maintenant, avec ses murs de brique nue et les fougères en pot qui pendaient du plafond. La musique d'ambiance était classique et, les après-midi de week-end, il y avait trois musiciens qui jouaient de la musique de chambre. Pas tout à fait l'abreuvoir typique de Hell's Kitchen.

Quand Lyman Warriner m'avait appelé à son arrivée de Boston, j'avais proposé que nous nous voyions à son hôtel mais il était descendu chez un ami. Ma propre chambre d'hôtel est minuscule et le hall trop miteux pour inspirer confiance. C'est pourquoi j'avais à nouveau choisi l'établissement de Jimmy pour y rencontrer un éventuel client. En ce moment, les haut-parleurs diffusaient un quintette baroque pour instruments à vent, tandis que je buvais du café et que Warriner sirotait un Earl Grey tout en accusant Richard Thurman de meurtre.

Je lui demandai ce qu'avait dit la police.

— L'affaire est en suspens. (Il fronça les sourcils.) On pourrait croire que ça veut dire qu'ils s'en occupent mais j'ai plutôt l'impression que c'est le contraire et qu'ils ont pratiquement abandonné tout espoir de la résoudre.

— Ce n'est pas aussi catégorique que ça, lui dis-je, en général, cela signifie que l'enquête n'est plus dans sa phase active.

— Je vois. J'ai parlé à l'inspecteur Joseph Durkin. J'ai cru comprendre que vous étiez amis.

— Nous avons des relations amicales.

Il haussa un sourcil et dit :

— Subtile nuance. L'inspecteur Durkin n'a pas dit qu'il pensait que Richard était responsable de la mort d'Amanda mais c'est la façon qu'il a eue de ne *pas* le dire… Vous voyez ?

— Je crois.

— Je lui ai demandé si je pouvais faire quoi que ce soit pour aider à éclaircir la situation. Il m'a répondu que tout ce qui pouvait être fait par voie officielle l'avait été. Il m'a fallu un moment pour comprendre qu'il lui était difficile de suggérer ouvertement que j'engage un détective privé mais que c'était à cette conclusion qu'il essayait de m'amener. Alors, j'ai dit : « Peut-être quelqu'un qui agirait à titre officieux… un détective privé, par exemple. » Et il a souri, comme pour signifier que j'avais tout compris, qu'il n'y avait pas besoin de me faire un dessin.

— Il ne pouvait pas le dire ouvertement.

— Non. Pas plus, sans doute, que me recommander de m'adresser à vous. Il m'a dit : « Pour ce qui est du choix d'un détective privé, je vous conseillerais bien de consulter les pages jaunes mais il se trouve qu'il y a un gars ici-même, dans le quartier, qui ne figure pas dans l'annuaire vu qu'il n'a pas de licence, ce qui le rend particulièrement officieux. » Vous souriez ?

— Votre imitation de Joe Durkin est excellente.

— Merci. Dommage que ça ne puisse pas me servir. Ça ne vous ennuie pas si je fume ?

— Pas du tout.

— Sûr ? La plupart des gens ont arrêté de fumer. Moi aussi, j'avais arrêté, puis j'ai recommencé.

Il sembla y trouver matière à réflexion, puis il prit une Marlboro et l'alluma. Il avala goulûment la fumée comme s'il avait besoin de ça pour continuer à vivre. Après quoi il poursuivit :

— L'inspecteur Durkin a dit que vous étiez non-conformiste, excentrique, même.

— Ce sont les mots qu'il a employés ?

— Pas tout à fait. Il a dit que vos tarifs étaient arbitraires et capricieux, et non, ce ne sont pas ses mots exacts. Il a dit que vous ne remettiez pas de rapports détaillés ou de comptes scrupuleux de vos frais. (Il se pencha vers moi.) Ça ne me dérange pas. Il a dit aussi que quand vous plantiez les dents dans une affaire, vous ne la lâchiez plus, et c'est ce que je veux. Si ce salaud a tué Amanda, je veux le savoir.

— Qu'est-ce qui vous fait croire que c'est lui qui l'a tuée ?

— Une impression. Ce n'est pas franchement scientifique.

— Cela ne veut pas dire que ce soit faux.

— Non. (Il regarda sa cigarette.) Je ne l'ai jamais trouvé sympathique. J'ai essayé, parce qu'Amanda l'aimait ou était amoureuse de lui ou appelez ça comme vous voudrez. Mais c'est difficile d'éprouver de la sympathie pour quelqu'un qui vous trouve manifestement antipathique, en tout cas ça l'a été pour moi.

— Thurman ne vous aimait pas ?

— Son antipathie à mon égard a été immédiate et automatique. Je suis gay.

— Et c'est pour ça qu'il ne vous aimait pas ?

— Il avait peut-être d'autres raisons mais mon orientation sexuelle suffisait à me placer bien en dehors du cercle de ses amis potentiels. Vous avez déjà vu Thurman ?

— Simplement sa photo dans la presse.

— Vous n'avez pas eu l'air surpris quand je vous ai dit que j'étais gay. Vous vous en êtes tout de suite rendu compte, n'est-ce pas ?

— Je ne dirais pas ça. Plutôt que ça m'a paru vraisemblable.

— En raison de mon apparence. Je ne suis pas en train de

vous tendre un piège, Matthew. Vous permettez que je vous appelle Matthew ?

— Certainement.

— Vous préférez que je vous appelle Matt ?

— L'un ou l'autre.

— Et appelez-moi Lyman. Là où je veux en venir, c'est que j'ai l'air gay, en admettant que ça veuille dire quelque chose, bien que pour des gens qui n'ont pas côtoyé beaucoup d'homosexuels, ma propre homosexualité ne s'affiche pas de manière ouverte, vous comprenez. Mon sentiment sur Richard Thurman, fondé sur son apparence je le reconnais, est qu'il finira par faire de l'escalade sur ses tapis à force de planquer des choses dessous.

— Ce qui signifie ?

— Ça signifie que je ne sais pas s'il lui est arrivé de passer à l'acte et qu'il peut très bien ne pas en avoir conscience, mais que je pense qu'il préfère les hommes. Sur le plan sexuel. Et qu'il éprouve ouvertement de l'antipathie pour les homosexuels car il a peur que nous ne soyons sœurs dans l'âme.

La serveuse vint rajouter du café dans ma tasse. Elle demanda à Warriner s'il voulait encore de l'eau chaude. Il lui dit qu'il serait enchanté d'avoir un autre pot d'eau chaude et un autre sachet de thé pour l'accompagner.

— Ça me fait toujours râler, me dit-il. Les buveurs de café ont droit à un supplément gratuit. Les buveurs de thé ont droit à de l'eau chaude gratuite mais, s'ils veulent un autre sachet de thé, on leur fait payer une deuxième tasse. Et le thé coûte d'ailleurs moins cher que le café. (Il soupira.) Si j'étais avocat, je crois que j'intenterais un procès au nom de tous les buveurs de thé. Je plaisante, bien sûr, mais dans notre société procédurière, il doit y avoir quelqu'un qui est en train de s'en charger.

— Ça ne m'étonnerait pas.

— Elle était enceinte, vous savez. Presque deux mois. Elle avait consulté un médecin.

— C'était dans les journaux.

— Nos parents n'avaient pas d'autre enfant que nous. Ainsi la lignée s'éteindra quand je disparaîtrai. J'ai beau me dire que cela devrait me tracasser, je crois que ça ne me gêne pas. Ce qui me gêne beaucoup, c'est l'idée qu'Amanda ait pu mourir des mains de son mari et qu'il s'en tire sans problème. Et le fait que je n'en suis pas sûr. Si j'en avais la certitude...

— Eh bien ?

— Cela me gênerait moins.

La serveuse lui apporta son thé. Il plongea le sachet dans la tasse. Je lui demandai ce qui aurait pu inciter Thurman à tuer Amanda.

— L'argent, répondit-il. Elle en avait.

— Suffisamment pour que ça constitue un mobile ?

— Notre père a gagné beaucoup d'argent. Dans l'immobilier. Ma mère s'est débrouillée pour en claquer une bonne partie mais, à sa mort, il en restait encore.

— Il y a combien de temps ?

— Huit ans. Après homologation du testament, Amanda et moi avons chacun hérité un peu plus de six cent mille dollars. Cela m'étonnerait qu'elle ait tout dépensé.

Quand notre entretien s'acheva, il était près de dix-sept heures et les affaires du bar commençaient à reprendre avec l'arrivée des habitués qui venaient pour l'apéritif. J'avais rempli plusieurs pages de mon carnet et j'avais commencé à refuser les nouvelles rations de café. Lyman Warriner était passé du thé à la bière et avait bu la moitié d'une chope de Prior brune.

Il était temps de fixer un tarif et, pour ne pas changer, je ne savais pas combien demander. J'avais l'impression qu'il n'aurait aucun mal à me payer, quelle que soit la somme que

31

je lui annoncerais mais cela n'entrait pas vraiment dans mes calculs. Finalement, j'en arrivai au chiffre de 2 500 dollars, et Warriner ne me demanda pas comment j'y étais arrivé, il se contenta de sortir un chéquier et de dévisser le capuchon d'un stylo. Il y avait bien longtemps que je n'en avais pas vu.

Il me dit :

— Matthew Scudder ? Deux « t », deux « d » ?

Je répondis d'un signe de tête affirmatif ; alors il rédigea le chèque et l'agita pour faire sécher l'encre. Je lui dis que je lui en rembourserais peut-être une partie si j'obtenais des résultats plus vite que prévu ou que je lui demanderais peut-être une rallonge si je l'estimais justifiée.

— Très bien, dit-il d'un ton indifférent.

Je pris le chèque, et il ajouta :

— Je veux savoir, c'est tout.

— Ce sera peut-être le maximum que vous puissiez espérer. Découvrir si c'est lui qui a tué votre sœur et en apporter des preuves matérielles devant un tribunal, sont deux choses très différentes. Pour finir, vous risquez de voir vos soupçons confirmés et votre beau-frère s'en tirer sans être inquiété.

— Vous n'avez pas à prouver quelque chose à un jury, Matthew ; rien qu'à moi.

Je ne pus laisser passer cela sans dire :

— A vous entendre, on croirait que vous avez l'intention de prendre vous-même les choses en main.

— N'est-ce pas ce que j'ai déjà fait ? En engageant un détective privé. En ne laissant pas les choses aller leur petit bonhomme de chemin et les rouages du Seigneur tourner avec leur lenteur traditionnelle.

— Je ne voudrais pas finir par me retrouver mêlé à une affaire où vous seriez jugé pour le meurtre de Richard Thurman.

Il resta un instant silencieux, puis il me dit :

— Je ne prétendrai pas que cela ne m'est jamais venu à l'esprit. Mais franchement, je ne m'en crois pas capable. Je ne pense pas que ce soit dans mon tempérament.

— Tant mieux.

— Vous croyez ? Je me demande.

Il appela la serveuse d'un geste, lui donna un billet de vingt dollars et lui fit signe de garder la monnaie. Cela devait faire au moins quatre fois le montant de notre addition mais nous avions occupé une table pendant trois heures.

— S'il l'a tuée, ajouta-t-il, il a été idiot.

— Le meurtre est toujours idiot.

— Vous croyez vraiment ? Je ne suis pas sûr d'être d'accord ; mais vous en savez plus que moi sur la question. Non, ce que je voulais dire, c'est qu'il a agi de façon prématurée. Il aurait dû attendre.

— Pourquoi ?

— L'argent, toujours l'argent. N'oubliez pas que j'ai hérité la même somme qu'Amanda, et je peux vous assurer que moi, je ne l'ai pas dilapidée. Amanda aurait été mon héritière et la bénéficiaire de mon assurance-vie. (Il sortit une cigarette du paquet, puis l'y remit.) Je n'aurais eu personne d'autre à qui léguer cet argent. Mon ami a succombé, il y a un an et demi, à une maladie de quatre lettres. (Il eut un pâle sourire) Pas le zona. L'autre.

Je ne dis rien.

— Je suis séro-positif, poursuivit-il. Je le sais depuis plusieurs années. Je l'ai caché à Amanda. Je lui ai dit que j'avais subi les tests et que j'étais négatif, que j'étais tranquille. (Son regard chercha le mien.) Il m'a semblé que c'était un pieux mensonge. Etant donné que je n'allais pas avoir de rapports sexuels avec ma sœur, pourquoi lui faire de la peine en lui disant la vérité ? (Il sortit à nouveau la cigarette du paquet mais ne l'alluma pas.) D'ailleurs, il y avait une chance pour que je ne tombe pas malade. La présence d'anticorps ne signifie pas forcément qu'on a le virus. Bon, n'en parlons plus.

La première tache violette est apparue au mois d'août dernier. Le sarcome de Kaposi.

— Je sais.

— Ce n'est pas l'arrêt de mort à court terme que c'était il y a un ou deux ans. Il se pourrait que je vive encore longtemps. Dix ans, peut-être plus. (Il alluma la cigarette.) Mais j'ai comme le sentiment que cela n'arrivera pas.

Il se leva, décrocha son manteau de la patère. J'en fis autant et le suivis dans la rue. Il héla un taxi qui arrivait juste à ce moment-là. Il ouvrit la porte arrière, puis il se retourna vers moi et dit :

— Je ne m'étais pas encore décidé à en parler à Amanda. Je pensais le faire à l'occasion des fêtes de Thanksgiving, et à ce moment-là, évidemment, il était trop tard. Donc elle ne savait pas et lui non plus, bien sûr, ce qui fait qu'il n'avait pas connaissance de l'avantage financier qu'il y aurait eu à retarder son meurtre. (Il jeta sa cigarette.) Quelle ironie ! Vous ne trouvez pas ? Si j'avais dit à ma sœur que j'étais mourant, elle serait peut-être encore en vie.

3

Le lendemain matin, je me levai, allai déposer le chèque de Warriner à la banque et en profitai pour retirer quelque argent pour mes menus frais. Il était tombé quelques flocons de neige pendant le week-end mais il n'en restait pratiquement plus rien, juste quelques traces grisâtres sur le bord des trottoirs. Dehors, il faisait froid mais il n'y avait guère de vent et, pour un mois de plein hiver, il ne faisait pas mauvais.

Je me rendis à pied au commissariat de Midtown North, dans la 54ᵉ rue ouest, en espérant y trouver Joe Durkin mais il n'était pas là. Je lui laissai un message lui demandant de m'appeler et poursuivis mon chemin jusqu'à la grande bibliothèque au coin de la 42ᵉ rue et de la Cinquième Avenue. J'y passai deux heures à lire tout ce que je trouvai au sujet du meurtre d'Amanda Warriner-Thurman. Pendant que j'y étais, je regardai ce qu'il y avait sur elle et sur son mari dans le *New York Times Index*. J'y lus l'annonce de leur mariage, qui était parue quatre ans plus tôt, au mois de septembre. Amanda devait déjà avoir touché sa part d'héritage.

Je savais déjà par Lyman Warriner à quand remontait leur mariage mais il n'est jamais inutile d'avoir confirmation de ce que vous disent les clients. L'article me fournit des détails que Warriner n'avait pas abordés : le nom des parents

de Thurman et d'autres personnes qui avaient assisté au mariage, les écoles où Thurman avait fait ses études et les postes qu'il avait occupés avant de travailler à Five Borough Cable.

Rien de ce que je lus ne me dit s'il avait ou s'il n'avait pas assassiné sa femme, mais je ne m'étais pas attendu à ce qu'il me suffise de deux heures de recherches dans une bibliothèque pour résoudre l'affaire.

J'appelai Midtown North d'un taxiphone au coin de la rue. Joe Durkin n'était pas rentré. Je déjeunai d'un hot-dog et d'un *knish* avant d'aller, toujours à pied, à l'église suédoise de la 48ᵉ rue, où se tient une réunion des A. A. à midi trente, les jours de semaine. Le président venait de la banlieue et faisait la navette entre Long Island où il habitait avec sa famille et Manhattan où il était comptable dans une grande entreprise. Il était sobre depuis dix mois et se sentait si bien qu'il ne s'en remettait pas.

— On m'a transmis votre message, me dit Durkin. J'ai essayé de vous joindre à votre hôtel mais on m'a dit que vous étiez sorti.

—J'allais y retourner mais j'ai pensé que si j'avais du pot, vous seriez peut-être rentré, alors j'ai décidé de passer.

— Eh bien, Matt, c'est votre jour de chance. Asseyez-vous.

— Un gars est venu me voir, hier, lui dis-je. Lyman Warriner.

— Le frère. Je pensais bien qu'il vous téléphonerait. Vous allez faire quelque chose pour lui?

— Si je peux. (J'avais préparé un billet de cent dollars que je lui glissai entre les doigts.) Vous êtes gentil de m'avoir recommandé.

Comme nous étions seuls dans le bureau, il n'hésita pas à déplier le billet et à le regarder.

— Il est authentique, lui dis-je. J'étais là quand ils l'ont imprimé.

36

— Maintenant, je me sens mieux. Non, j'étais en train de me dire que je ne devrais même pas l'accepter. Vous savez pourquoi ? Parce que ce n'est pas seulement histoire de vous faire gagner un peu d'argent et de satisfaire les bourgeois. Je suis content que vous l'ayez pris comme client. J'aimerais drôlement que vous en arriviez à lui donner raison.

— Parce que vous pensez que Thurman a liquidé sa femme ?

— Si je le pense ? Je le *sais*, bon Dieu !

— Comment le savez-vous ?

Il réfléchit un instant, puis répondit :

— Je ne sais pas. Instinct de flic. Ça vous va ?

— Impeccable. Entre votre instinct de flic et l'intuition féminine de Lyman Warriner, Thurman a de la chance de pouvoir se promener librement, si vous voulez mon avis.

— Vous l'avez déjà rencontré, Matt ?

— Non.

— Je parie qu'il vous ferait la même impression qu'à moi. Je suis persuadé que ce type est un faux jeton. Je me suis occupé de l'affaire ; j'étais le premier sur les lieux après les flics qui ont répondu à l'appel. Je l'ai vu, là-bas, alors qu'il était encore sous le choc, qu'il saignait d'une blessure à la tête et qu'il avait encore la peau du visage à vif, là où il était arrivé à ôter le sparadrap de sa bouche. Je l'ai revu je ne sais pas combien de fois pendant les quinze jours suivants. Eh bien, Matt, il ne m'a jamais convaincu. Je n'ai jamais cru qu'il était peiné de la mort de sa femme.

— Cela ne veut pas forcément dire que ce soit lui qui l'ait tuée.

— C'est vrai. J'ai connu des meurtriers qui était navrés que leur victime soit morte, et je suppose que ça marche aussi dans l'autre sens. Et je ne prétends pas être Joe Durkin le Détecteur de mensonges fait homme. Je ne suis pas toujours capable de dire si quelqu'un ment. Mais avec lui, c'est facile.

Si ses lèvres bougent, c'est qu'il est en train de vous bourrer le mou.

— Il aurait fait ça tout seul ?

— Je ne vois pas comment. Sa femme a été violée par devant, par derrière ; il y a des signes de pénétration par la force. Le sperme déposé dans son vagin n'est certainement pas celui du mari. Groupe sanguin différent.

— Et à l'arrière ?

— Là il n'y avait pas de sperme. Le gars de derrière avait peut-être pris ses précautions.

— Le viol des temps modernes, quoi !

— Ouais, avec toutes ces brochures distribuées par le directeur de la Santé pour sensibiliser le public, et tout ça. Toujours est-il que l'histoire du mari concernant les deux voleurs tient debout.

— D'autres preuves en dehors du sperme ?

— Des poils du pubis. Apparamment de deux types différents dont l'un n'est certainement pas celui du mari ; pour l'autre, c'est possible. L'ennui, c'est que les poils du pubis ne nous apprennent pas grand-chose. On sait que les deux échantillons proviennent d'hommes blancs mais c'est à peu près tout. Sans parler du fait que si certains de ces poils sont bien ceux de Thurman, ça ne prouve rien parce qu'ils étaient mariés, bon sang, et que rien n'empêche une nana de se balader pendant un ou deux jours avec, sur le minet, des poils du pubis de son mari.

— Pour que Thurman ait agi en solo...

— Impossible.

— Pas du tout. Il lui fallait simplement se procurer du sperme et des poils du pubis de quelqu'un d'autre.

— Comment aurait-il pu se les procurer ? En faisant un pompier à un marin et en crachant dans une capote anglaise ?

Je songeai un instant à l'image qu'avait Lyman Warriner de Thurman faisant de l'escalade sur ses tapis.

— Une façon comme une autre de se les procurer, oui,

38

dis-je à Durkin. J'essaye simplement de voir ce qui pourrait, à la rigueur, être possible et ce qui ne le pourrait pas. Disons que, d'une façon ou d'une autre, il est parvenu à se procurer ces spécimens de sperme et de poils. Il va à cette soirée avec sa femme, ils rentrent chez eux…

— Ils montent trois étages, il dit à sa femme de l'attendre un moment pendant qu'il force la porte de l'appartement des Gottschalk. « Regarde, chérie, j'ai appris cette façon ingénieuse d'ouvrir les portes sans la clé. »

— La porte avait été forcée ?

— Avec une pince-monseigneur.

— Il aurait pu le faire après.

— Après quoi ?

— Après l'avoir tuée et avant d'appeler la police. Il pouvait avoir une clé de l'appartement des Gottschalk.

— Pas selon les Gottschalk.

— Il pouvait en avoir une sans qu'ils le sachent.

— Ils avaient deux serrures sur la porte.

— Il pouvait très bien avoir deux clés. « Attends un instant, chérie, j'ai promis à Roy et Irma que j'arroserais leurs plantes. »

— Ils ne s'appellent pas comme ça. Alfred Gottschalk, c'est le nom de l'avocat. J'ai oublié comment s'appelle sa femme.

— « J'ai promis à Alfred et Trucmuche que j'arroserais leurs plantes. »

— A une heure du matin ?

— Pourquoi pas ? Il peut avoir dit qu'il voulait emprunter un livre aux Gottschalk, un bouquin qu'il avait très envie de lire. Peut-être qu'ils étaient tous les deux un peu éméchés, après la soirée, et qu'il lui a dit qu'ils allaient entrer en douce dans l'appartement des Gottschalk et baiser dans leur lit.

— « Ce sera drôlement excitant, chérie, comme avant que nous soyons mariés. »

— Quelque chose comme ça. Il s'arrange pour la faire entrer, il la tue, il fait ce qu'il faut pour faire croire à un viol, il place les preuves matérielles, le sperme et les poils du pubis. Ils ont trouvé quelque chose sous ses ongles ? Quelque chose qui indiquerait qu'elle a griffé quelqu'un ?

— Non, mais il n'a pas dit qu'elle s'était débattue contre eux. Comme ils étaient deux, l'un pouvait lui tenir les mains pendant que l'autre s'envoyait en l'air.

— Revenons à l'idée qu'il a pu faire ça tout seul. Il la tue et il fait croire qu'il y a eu viol. Il pose le décor dans l'appartement des Gottschalk, de façon à faire croire que les lieux ont été pillés. Vous avez demandé aux Gottschalk de venir voir ce qu'il manquait ?

Durkin eut un hochement de tête affirmatif.

— Il est remonté de Floride, lui, Alfred. Il a dit que sa femme avait été souffrante et qu'elle ne devait pas voyager sauf en cas d'absolue nécessité. Il ont toujours deux cents dollars en liquide dans le réfrigérateur, pour parer aux urgences, et ça, ça n'y était plus. Il lui manquait des bijoux, des trucs de famille, des boutons de manchettes et des bagues dont il a hérité mais qu'il ne porte pas. Pour ses bijoux à elle, il ne pouvait rien dire parce qu'il ne savait pas ce qu'elle avait emporté en Floride et ce qu'elle avait déposé dans un coffre, à la banque. Comme toutes les choses de valeur se trouvaient soit à la banque, soit en Floride, il ne pensait pas que, s'il en manquait, cela puisse représenter une somme importante, mais il a dit qu'il demanderait à Ruth de faire une liste détaillée de ce qui avait disparu. C'est le nom de sa femme, Ruth. Je savais bien que ça me reviendrait.

— Et les fourrures ?

— Elle n'en a pas. Elle milite en faveur des droits des animaux. De toute façon c'est pas qu'elle ait besoin d'un manteau de fourrure, vu qu'elle passe six mois et un jour en Floride, chaque année.

— Six mois et un jour?

— Minimum, pour qu'ils puissent être domiciliés en Floride – c'est plus avantageux sur le plan fiscal. L'Etat de Floride ne perçoit pas d'impôts.

— Je croyais qu'il était à la retraite.

— Oui mais il a quand même des revenus. Des actions et des choses comme ça.

— En tout cas, pas de fourrures. Et des trucs plus encombrants comme une chaîne hi-fi ou un téléviseur?

— Rien. Il y a deux télés, un gros appareil de projection, dans le salon, et un autre plus petit, dans la chambre du fond. Les gars ont débranché le poste de la chambre, ils l'ont transporté dans le salon et ils l'ont laissé là. Il semblerait qu'ils aient eu l'intention d'emporter celui-là, puis qu'ils l'aient oublié dans le feu de l'action ou qu'ils aient décidé qu'il valait mieux ne pas risquer de se faire remarquer, pas avec une nana morte dans l'appartement.

— A supposer qu'ils aient su qu'elle était morte.

— Ils l'ont frappée au visage et lui ont noué ses collants autour de la gorge. Ils savaient vachement bien qu'elle était un peu moins en forme que lorsqu'elle était tombée sur eux.

— Alors ils ont pris de l'argent et des bijoux.

— On dirait, oui. Gottschalk n'avait pas l'impression qu'il manquait autre chose. En tout cas, Matt, ils ont fichu l'appartement sens dessus dessous.

— Qui ça, les gars du labo?

— Non, les cambrioleurs. Ils l'ont fouillé de fond en comble et ils ont tout foutu en l'air. Ils ont retourné tous les tiroirs, les livres sur les étagères, des trucs comme ça. Pas comme s'ils cherchaient quelque chose comme une planque, ils n'ont pas éventré les matelas ou vidé les coussins, mais ils ont quand même bien regardé partout. A mon avis, ils cherchaient du fric, plus que les malheureux deux cents dollars qu'ils ont trouvé dans le casier à beurre du réfrigérateur.

— Qu'a dit Gottschalk?

— Qu'est-ce qu'il pouvait dire? «J'avais cent mille dollars non déclarés au fisc et ces salauds les ont trouvés»? Il a dit qu'il n'y avait pas d'objet de valeur dans l'appartement, à part des œuvres d'art – et ça, ils n'y ont pas touché. Il avait des gravures encadrées, des trucs de Matisse, de Chagall et je ne sais plus qui d'autre, signés et numérotés et qui étaient couverts par une assurance spéciale. Je crois qu'au total, les œuvres d'art valaient dans les quatre-vingt mille dollars. Les cambrioleurs ont décroché certains tableaux des murs, sans doute en cherchant un coffre-fort mural, mais ils n'en ont volé aucun.

— Pour en revenir à la version où c'est lui qui aurait fait le coup...

— Vous y tenez, hein? dit Durkin. Bon, allez-y.

— L'appartement est vraiment mis à sac et ça a donc tout l'air d'un cambriolage en bonne est due forme, mais tout ce qu'il avait à planquer, c'était une liasse de billets et une poignée de bijoux. Vous l'avez fouillé?

— Thurman? (Durkin secoua la tête.) Le gars a reçu une trempe, il a les mains liées derrière le dos, sa femme gît là, sans vie; comment voulez-vous le faire mettre à poil pour le fouiller, regarder dans son trou du cul, des fois qu'il y aurait une paire de boutons de manchettes en platine? De toute façon, d'après votre scénario, il aurait pu tout planquer dans son propre appartement.

— C'est ce que j'allais dire.

— Toujours selon votre scénario, il entre chez les Gottschalk avec une clé, deux clés, le nombre qu'il faut, il tue sa femme, il simule la scène du viol, il vole le fric et les bijoux, les monte chez lui et les fourre dans une paire de chaussettes qu'il remet dans le tiroir de sa commode. Puis il redescend et bricole la porte de l'avocat avec une pince-monseigneur pour faire croire à une effraction. Je suppose qu'après, il remonte chez lui planquer la pince-monseigneur parce que nous ne l'avons pas trouvée chez les Gottschalk.

— Vous avez fouillé l'appartement de Thurman ?

— Oui, ça on l'a fait. Avec son autorisation. Je lui ai dit qu'il était très possible que les cambrioleurs aient commencé par l'appartement du haut, donc le sien, alors que je savais que ce n'était pas vrai puisqu'il n'y avait aucune trace d'effraction sur la porte de l'appartement des Thurman. Evidemment, ils auraient pu passer par l'escalier de secours mais on s'en fout car personne n'était entré dans cet appartement. Je l'ai quand même fouillé, en cherchant quelque chose qui aurait pu être volé dans l'appartement du dessous.

— Et vous n'avez rien trouvé.

— Absolument rien mais je ne sais pas ce que ça prouve. Je n'ai pas eu l'occasion de passer les lieux au peigne fin. Il aurait très bien pu ajouter les bijoux des Gottschalk dans les boîtes à bijoux des époux Thurman, et je n'y aurais vu que du feu, parce que je ne savais pas ce qu'il me fallait chercher. Quant au fric, deux cents dollars en billets, il aurait très bien pu le coller dans son portefeuille.

— Je croyais que les cambrioleurs lui avaient piqué son portefeuille.

— Ah, oui. Sa montre et son portefeuille. Ils l'ont laissé sur la marche du bas, en quittant l'immeuble, ils l'ont simplement jeté là. Ils ont pris l'argent mais ils ont laissé les cartes de crédit.

— Il aurait pu descendre lui-même en courant et le poser là.

— Ou se tenir dans l'escalier et le laisser tomber par-dessus la rampe. Ça lui aurait évité d'avoir à descendre et remonter en courant.

— Et les bijoux qu'il aurait pris à sa femme…

— Il aurait pu tout simplement les remettre dans leur coffret. Quant à sa Rolex, eh bien… Pour commencer, peut-être qu'il ne la portait pas. Peut-être qu'il l'a fourrée dans une chaussette, dit Durkin.

— Et après ? Il se tape dessus, se lie les mains derrière le dos, se colle un bâillon sur la bouche…

— Si c'était moi, je crois que je me bâillonnerais avant de me lier les mains derrière le dos.

— Vous avez un meilleur sens de l'organisation que moi, Joe. Comment était-il attaché ? Vous l'avez vu quand il était encore ligoté ?

— Non, bon sang, répondit-il, et c'est justement ce qui n'arrête pas de me turlupiner. J'ai eu envie de sonner les cloches aux deux agents qui l'ont libéré de ses liens mais que vouliez-vous qu'ils fassent ? Voilà un gars, un homme d'allure respectable, par terre, ligoté comme un fagot, à moitié hystérique, avec sa femme qui gît là, morte, et vous allez lui dire qu'il faut qu'il reste comme ça jusqu'à l'arrivée d'un inspecteur de police ? Bien sûr qu'ils l'ont libéré. J'en aurais fait autant à leur place, et vous aussi.

— Certainement.

— Mais, putain, qu'est-ce que j'aimerais qu'ils ne l'aient pas fait ! Je regrette de ne pas l'avoir vu le premier. Si on s'en tient à votre scénario, le cas où il aurait tout fait tout seul, vous aimeriez savoir s'il aurait pu s'attacher lui-même. C'est ça ?

— C'est ça.

— Ses jambes étaient ligotées. Ça, on peut le faire soi-même sans aucune difficulté. Mais il avait les mains liées derrière le dos, et on pourrait croire que c'est impossible, sauf que ça ne l'est pas, pas forcément. (Il ouvrit un tiroir, farfouilla un peu et sortit une paire de menottes.) Tendez les mains, Matt. (Il me mit les menottes aux poignets.) Maintenant, penchez-vous en avant et passez une jambe après l'autre entre vos bras. Asseyez-vous sur le bord de mon bureau. Allez-y, vous verrez, vous y arriverez.

— Eh, dites…

— On voit tout le temps ça à la télévision : un gars qui a les menottes aux poignets, les mains derrière le dos, et qui se débrouille pour sauter dans le cercle de ses propres bras ; alors il a toujours les menottes aux poignets, mais ses mains sont devant lui. Bon, levez-vous et faites passer vos mains derrière vous.

— Je ne crois pas que ça va marcher.

— Evidemment, ce serait mieux si vous étiez un peu plus maigre. Thurman doit faire dans les soixante-quinze centimètres de tour de taille et il n'a pas de fesses.

— Est-ce que ses bras sont longs ? Ce serait plus facile si les miens avaient quelques centimètres de plus.

— Je n'ai pas cherché à savoir la longueur de ses manches. Maintenant que j'y pense, c'est peut-être par là que vous devriez commencer votre enquête. Vous pourriez aller chez tous les blanchisseurs chinois du quartier pour essayer de découvrir la taille de ses chemises.

— Vous voulez bien m'enlever ces menottes ?

— Ben, je sais pas, répondit-il. L'effet est séduisant, j'aime assez la façon dont vous avez l'air d'essayer d'empoigner votre cul, sans pouvoir ni vous tenir droit ni vous asseoir. Ça m'ennuierait de gâcher ça.

— Allez…

— J'étais sûr que j'avais une clé quelque part. Mais pas de problème, nous n'avons qu'à nous pointer dans la salle des inspecteurs, il y en a bien un qui aura une clé. Bon, bon, ça va. (Il sortit une clé et ouvrit les menottes. Je me redressai. J'avais l'épaule endolorie et je m'étais fait une légère élongation d'un muscle de la cuisse.) C'est bizarre, dit-il. Je ne sais pas comment ils se débrouillent mais ça a l'air beaucoup plus facile quand on voit ça à la télévision.

— Sans blague.

— Le problème, dit-il, c'est que, n'ayant pas vu comment il était attaché, je ne sais pas à quel point il était immobilisé ou s'il aurait pu le faire lui-même. Je vais laisser tomber votre scénario et admettre qu'il y avait des cambrioleurs et que c'est eux qui l'ont ligoté. Vous savez ce qui me gêne ?

— Quoi ?

— Il était encore ligoté quand les agents sont arrivés. Il

a roulé du lit, il a renversé une table, il a donné un coup de téléphone…

— Avec un outil pour bourrer la pipe, serré entre les dents.

— Ouais, c'est ça. Il a fait tout ça et il a même retiré presque tout le sparadrap de sa bouche, ce qui est sans doute faisable.

— A mon avis, ça l'est.

— Vous voulez que j'aille chercher un rouleau de sparadrap et qu'on voie si vous pouvez le faire ? Non, je plaisante, Matt. Vous savez ce qui vous manque ? Le sens de l'humour.

— Je me demandais ce qui me manquait.

— Maintenant, vous savez. Non, sérieusement, il fait tous ces autres trucs mais il ne se libère pas les mains. Bon, je sais que des fois, ce n'est pas possible sauf si on s'appelle Houdini. Si on est immobilisé et s'il n'y a aucun jeu dans les liens, on ne peut pas faire grand-chose. Mais il a réussi à se déplacer, et on peut se demander si ces gars avaient fait du bon travail en le ligotant, vu que, pour ce qui est du cambriolage, c'est franchement du boulot d'amateur. J'aurais bien aimé voir comment il était attaché, parce que quelque chose me dit qu'il aurait pu se détacher mais a choisi de ne pas essayer. Et qu'est-ce qui aurait pu motiver ce choix, hein ?

— Son désir de se trouver ligoté quand les flics arriveraient.

— Exactement ; parce que ça lui fournissait un alibi. S'il se libérait, nous pouvions dire qu'il avait tué sa femme et, qu'en fait, il n'avait jamais été attaché. Maintenant, tout ce que nous pouvons dire c'est qu'il est resté attaché parce qu'il souhaitait qu'on le trouve ainsi. Ça ne prouve rien, parce que du coup si on voit les choses comme ça, qu'il soit ou non attaché, c'est du pareil au même mais…

— Je vois, je vois.

— Alors j'aurais bien aimé jeter un coup d'œil avant qu'il soit libéré.

— Moi aussi. Comment était-il attaché ?

— Je viens de le...

— Je veux dire avec quoi ? De la ficelle, de la corde à linge, ou quoi ?

— Ah, ça. Ils se sont servi d'une sorte de ficelle à usage domestique, très solide, le genre qu'on utilise pour attacher les paquets. Ou pour ligoter sa petite amie si on donne dans le style sado-maso. Est-ce qu'ils l'ont apportée ? Ça, j'en sais rien. Dans leur cuisine, les Gottschalk ont un tiroir rempli de pinces, de tournevis et de tout l'attirail habituel de petit bricolage. Le vieil avocat n'a pas su me dire s'il y avait un peloton de ficelle. Comment pourrait-on se rappeler un truc comme ça, surtout quand on a soixante-dix-huit ans et qu'on vit la moitié de l'année dans un endroit et l'autre moitié dans un autre ? Les cambrioleurs ont renversé ce tiroir, alors s'il y avait de la ficelle dedans, ils l'ont forcément vue.

— Et le sparadrap ?

— De la bande adhésive ordinaire, blanche, comme on en trouve dans son armoire à pharmacie.

— Pas dans la mienne, dis-je. Dans la mienne, on trouve de l'aspirine et du fil dentaire.

— Comme vous en trouveriez dans votre armoire à pharmacie si vous viviez comme les êtres humains normalement constitués. Gottschalk a dit qu'ils devaient avoir du sparadrap ; d'ailleurs il n'y en avait pas dans la salle de bains. Les cambrioleurs n'ont pas laissé le rouleau derrière eux, pas plus que le reste du peloton de ficelle.

— Je me demande pourquoi.

— Je ne sais pas. Ils font sans doute des économies de bouts de ficelle. Ils ont également emporté la pince-monseigneur. Si je venais de laisser une morte dans un appartement, je crois que je n'aurais pas envie de me promener dans la rue avec des outils de cambrioleur, mais si ces gars étaient des génies...

— Ils feraient un autre métier.

— Juste. Pourquoi emporter ces trucs ? Si Thurman était dans le coup et si c'était lui qui avait acheté tout ça, ils craignaient peut-être qu'on puisse remonter jusqu'à lui. S'ils ont utilisé ce qu'ils ont trouvé dans l'appartement… Et puis j'en sais rien Matt. Dans cette saloperie d'histoire, on en est réduit aux suppositions, vous voyez ce que je veux dire ?

— Certes. Mais à force de retourner tous les «pourquoi ?» et les «et si ?» dans sa tête, on finit parfois par dégager un coin de vérité.

— C'est bien le but de l'opération.

— Est-ce qu'il a décrit les cambrioleurs ?

— Oui, bien sûr. Il a été un peu vague sur les détails mais il n'a pas varié d'un interrogatoire à l'autre. Il ne s'est jamais contredit de façon significative. Les descriptions sont consignées dans les dossiers ; vous verrez vous-même. En gros, c'étaient deux Blancs de grande taille à peu près du même âge que Thurman et sa femme. Ils portaient tous les deux la moustache et le plus costaud des deux avait les cheveux longs à l'arrière, comme on en voit, vous savez, ça fait une sorte de petite queue ?

— Je vois ce que vous voulez dire.

— Le truc qui montre que vous avez du style, qui vous classe tout de suite parmi l'élite de la nation. Comme les Noirs avec leur touffe de cheveux en hauteur, on dirait qu'ils ont un fez sur la tête, qu'ils se font une coupe au sécateur. Là aussi, des types qui ont de la classe. Qu'est-ce que je disais ?

— Les deux cambrioleurs.

— Ah, oui. Il a parcouru les albums de photos de truands, très coopératif, tout prêt à nous aider, mais il ne les a pas trouvés. Je l'ai installé avec un dessinateur de la police. Je crois que vous le connaissez. Ray Galindez ?

— Oui, bien sûr.

48

— Il est bien mais je trouve que ses portraits finissent toujours par avoir le type latino-américain. Il y a des copies dans le dossier. Je crois qu'un journal les a publiées.

— J'ai dû le louper.

— Je crois que c'était dans *Newsday*. Nous avons reçu un ou deux coups de téléphone et nous avons perdu un peu de temps à aller vérifier ce qu'on nous disait. Rien. Vous savez ce que je pense?

— Quoi?

— Je ne pense pas qu'il ait tout fait tout seul.

— Je ne le pense pas non plus.

— Je n'écarte pas totalement cette hypothèse parce qu'il aurait pu trouver un moyen de s'attacher et il aurait pu s'arranger pour se débarrasser de la pince-monseigneur, du sparadrap et de la ficelle. Mais je ne crois pas que ça se soit passé comme ça. Je crois qu'il a été aidé.

— Je crois que vous avez raison.

— Il s'arrange avec deux truands, il leur dit: «Voilà la clé de la porte d'entrée de l'immeuble, vous gênez pas pour vous en servir; vous prenez l'escalier, vous montez jusqu'à l'appartement du troisième et vous forcez la porte. Vous en faites pas, les gens ne seront pas là, il n'y aura personne non plus dans l'appartement du dessus. Alors entrez, faites comme chez vous, renversez tous les tiroirs, jetez tous les livres par terre et n'hésitez pas à vous approprier tout le fric et les bijoux que vous pourrez trouver. Il suffit que vous soyez prêts à partir quand nous rentrerons de la soirée, aux environ de minuit et demie, une heure.»

— Et ils rentrent à pied parce qu'il ne veut pas arriver trop tôt.

— Peut-être, à moins que ce ne soit simplement parce que la nuit était belle. Qui sait? Ils arrivent à l'étage des Gottschalk et elle lui dit: «Regarde, la porte de Ruth et Alfred est ouverte», alors il la pousse à l'intérieur et les deux truands l'assomment, la baisent et la tuent. Puis il dit: «Hé, crétins, vous n'allez pas vous balader dans la rue en pleine nuit en portant un poste de télévision, alors que vous pouvez vous acheter dix télés avec le fric que je vous paie pour ça.» Alors ils laissent le poste mais ils emportent la ficelle, le sparadrap et la pince-monseigneur parce que leur origine pourrait être découverte. Non, c'est idiot parce qu'on ne peut pas remonter à l'origine de trucs qu'on trouve dans toutes les pharmacies et dans toutes les quincailleries – hein? dit Durkin.

— Ils les emportent parce que, comme ça, nous saurons qu'il n'a pas pu faire ça lui-même, parce que comment la ficelle et le sparadrap auraient-ils fait pour quitter les lieux par leurs propres moyens?

— Oui, bon. Mais avant d'emporter quoi que ce soit, ils commencent par cogner un peu sur Thurman et ils se débrouillent pour lui faire des blessures superficielles assez impressionnantes, comme vous verrez sur les photos qu'on a prises de lui et qui sont dans le dossier. Ensuite ils l'attachent, ils lui collent le sparadrap sur la bouche et qui sait, ils l'arrachent à moitié pour que le moment venu, il puisse téléphoner.

— Ou peut-être qu'ils ont fait des liens assez lâches pour qu'il puisse se libérer une main et faire ce qu'il a à faire avant de la reglisser sous la ficelle.

— J'allais y venir. Bon sang, qu'est-ce que j'aurais aimé que ces deux flics mettent un peu plus de temps pour le libérer.

— Toujours est-il que les truands se taillent et qu'il attend aussi longtemps que possible avant d'appeler la police.

— C'est ça. Je ne vois aucune faille dans cette version, dit Joe.

— Moi non plus.

— Parce que si vous pouvez m'en indiquer une autre où il serait logique qu'il soit encore vivant… Ils viennent de la tuer, elle est là qui gît, morte, alors pourquoi l'attacher quand il serait tellement plus simple de le tuer ?

— Ils l'ont attaché et bâillonné avant de tuer sa femme.

— Oui, c'est ce qu'il dit. Mais quand même, pourquoi le laisser en vie ? Il peut les identifier tous les deux sans problème, et ils ont déjà mérité la peine de mort à cause d'elle…

— Pas dans cet Etat.

— Soyez gentil de ne pas me le rappeler. Toujours est-il que puisqu'ils seront déjà condamnés pour assassinat à cause de la femme, ils n'aggraveraient pas leur cas en se débarrassant de lui, pendant qu'ils y sont. Ils ont la pince-monseigneur, ils n'ont qu'à lui en coller un bon coup sur la tête.

— C'est peut-être ce qu'ils ont fait.

— Fait quoi ?

— Ils l'ont peut-être frappé assez fort pour se figurer l'avoir supprimé. N'oubliez pas, ils venaient de la tuer, peut-être sans en avoir l'intention, alors…

— S'il n'a pas menti, vous voulez dire.

— C'est ça. Je me fais l'avocat du diable pendant une minute. Ils l'ont tuée sans le vouloir…

— Et comme par hasard ses collants se sont trouvés enroulés autour de sa gorge…

—… et sans que ce soit la panique il ne faut pas traîner, alors ils lui fichent un coup, il perd connaissance et ils pensent qu'il doit être mort, qu'un coup aussi violent avec une barre de fer, ça tue son homme, et tout ce qu'ils veulent, c'est foutre le camp, pas perdre du temps à lui tâter le pouls ou voir s'il lui reste assez de souffle pour embuer un miroir.

— Merde.

— Vous voyez ce que je veux dire…

Il soupira et répondit :

— Ouais, je vois très bien. C'est pourquoi le dossier est

en attente. Les preuves ne prouvent rien et ce que nous avons peut servir à appuyer toutes les versions que vous voudrez. (Il se leva.) J'ai besoin d'un café. Vous en voulez?

— Oui. Pourquoi pas?

— Je ne sais pas pourquoi le café est si mauvais, dit Durkin. Je ne comprends pas. Dans le temps, nous avions un de ces appareils, vous savez, où on met des pièces et dont on ne peut jamais sortir un jus à moitié buvable. Mais on s'est cotisé et on a acheté une cafetière électrique qui fonctionne au goutte à goutte. On y met du café de première qualité et on a ça comme résultat. Je pense que ça doit être une loi de la nature, quand on est dans un commissariat, il faut que le café ait un goût de merde.

Je ne trouvais pas ce café si mauvais que ça.

Durkin me dit :

— Si jamais on résout cette affaire, vous savez comment ça arrivera.

— Un indic.

— Un indic entend dire quelque chose et nous le fait savoir ou un des deux truands se fait piquer pour un gros truc et il essaie de se sortir d'affaire en dénonçant son complice. Et Thurman. A supposer que nous ayons raison et que ce soit lui qui ait tout manigancé.

— Ou même si ça n'est pas le cas.

— Comment ça? demanda-t-il.

— « Elle était en pleine forme quand on est partis. On l'a sautée, d'accord, mais j'vous jure qu'elle a pas dit non et c'est sûr que c'est pas nous qu'on lui a noué les bas autour du cou. Ça doit être son mari, il se sera dit que ça lui ferait un divorce instantané. »

— On croirait les entendre.

— En tout cas, c'est ce qu'ils diraient si Thurman était tout à fait innocent. « C'est pas moi qui l'ai tuée, elle était vivante quand je suis parti. » Et ça pourrait même être vrai.

— Ah?

— Disons qu'il s'agit d'un meurtre occasionnel. En rentrant chez eux, les Thurman tombent sur un cambriolage. Les truands les volent, assomment le mari et, comme ce sont des animaux, il se conduisent avec bestialité et violent la femme. Puis il s'en vont, et Thurman revient à lui, se libère une main, voit sa femme étendue sans connaissance et se figure qu'elle est morte...

— Seulement elle n'est pas morte mais ça lui donne une idée...

—... et son collant est là, sur le lit, juste à côté d'elle, l'instant d'après il est autour de son cou et elle est vraiment morte.

Durkin réfléchit au nouveau scénario que je lui proposais.

— Oui, dit-il. Possible. Selon le médecin légiste, la mort remonte aux environs d'une heure du matin, ce qui cadre avec les déclarations de Thurman. Mais s'il l'a tuée aussitôt après leur départ, s'il a attendu un peu, vu le temps que ça lui aurait pris pour revenir à lui, puis s'efforcer de se libérer, eh bien, ça pourrait coller.

— Absolument.

— Et personne ne pourrait l'impliquer. Ils pourraient dire qu'ils l'avaient laissée vivante ça, de toute façon, ils le diraient. (Il finit son café et jeta la tasse en plastique dans la corbeille à papier.) Et puis merde. Avec cette affaire, on n'arrête pas de tourner en rond. Je pense qu'il l'a tuée. Que ce soit lui qui ait tout manigancé ou qu'il ait saisi l'occasion, je pense quand même que c'est lui qui l'a tuée. Tout cet argent...

— D'après son frère, elle a hérité plus d'un demi-million de dollars.

Il hocha la tête et dit :

— Plus l'assurance.

— Il n'a pas parlé d'assurance.

— Il est possible que personne ne l'ait mis au courant. Peu de temps après leur mariage, ils ont souscrit, chacun, une assurance-vie en faveur l'un de l'autre. Cent mille dollars en cas de décès, le double en cas de mort accidentelle.

— Eh bien, voilà qui grossit un peu la mise. Ça fait deux cent mille dollars de mieux.

Durkin secoua négativement la tête.

— Je fais une faute de calcul?

— Un peu. Elle était enceinte depuis le mois de septembre. Dès qu'ils l'ont su, il a pris contact avec son agent d'assurances et augmenté leur couverture. L'arrivée d'un enfant, des responsabilités accrues. Logique, n'est-ce pas?

— De combien l'a-t-il augmentée?

— Un million sur sa vie à lui. Après tout, c'est lui le soutien de famille, son revenu sera difficile à remplacer. Mais son rôle à elle a quand même de l'importance, alors pour elle, c'est un demi-million.

— Alors la mort de sa femme…

— Lui rapporterait un million parce qu'ils avaient toujours la clause de la double indemnité, plus tous les biens qu'elle possédait et dont il allait hériter. L'un dans l'autre, disons un million et demi.

— Bon sang.

— Ouais.

— Merde.

— Ouais, c'est ça. Il a les moyens, le mobile et l'occasion. Je ne connais pas pire ordure et je n'ai pas réussi à trouver la moindre bribe de preuve contre ce salaud. (Il ferma un instant les yeux, puis me regarda.) Je peux vous poser une question?

— Bien sûr.

— Vous vous servez du fil dentaire?

— Quoi?

— De l'aspirine et du fil dentaire, vous avez dit que c'est tout ce qu'il y a dans votre armoire à pharmacie. Il vous arrive de vous en servir?

54

— Ah, ça ! Quand j'y pense. Mon dentiste m'a tellement tanné que j'ai fini par en acheter.

— Moi aussi, mais je ne m'en sers jamais.

— En fait, je ne m'en sers pas non plus. Comme ça, c'est parfait, nous n'en serons jamais à court.

— Exactement, dit-il, ça nous en fait une sacrée provision. On en a pour le restant de nos jours.

4

Ce soir-là, je retrouvai Elaine Mardell devant l'entrée du théâtre de la 42e rue, à l'ouest de la Neuvième Avenue. Elle portait un jean moulant, des bottes à bouts carrés et un blouson de moto en cuir avec des fermetures Eclair aux poches. Je lui dis qu'elle était très chouette.

— Je ne sais pas, répondit-elle. Je voulais donner dans le style avant-garde mais ça, ça fait peut-être plus le style garde-à-vous.

Nous étions bien placés, à l'avant de la salle, mais celle-ci était sans doute trop petite pour avoir de mauvaises places. Je ne me souviens pas du titre de la pièce mais il s'agissait de la condition des sans-abri, et l'auteur la jugeait intolérable. Un des comédiens, Harley Ziegler, était un des habitués de Nouveau Départ, un groupe des A. A. qui se réunit le soir, à St. Paul the Apostle, à deux pas de mon hôtel. Dans la pièce, Harley jouait le rôle d'un ivrogne qui habitait dans un grand carton d'emballage. Son jeu était juste mais c'était normal. Quelques années plus tôt, ce rôle, il l'avait tenu dans la vie de tous les jours.

Après la pièce, nous allâmes dans les coulisses féliciter Harley, et là, je trouvai cinq ou six autres personnes rencontrées à des réunions qui nous invitèrent à aller boire un café. Nous préférâmes, Elaine et moi, remonter la Neuvième Avenue jusqu'au Paris Green, un restaurant que nous aimons bien, tous les deux. Je commandai un steak d'espadon, Elaine, des *linguini al pesto*.

— Je ne sais pas ce que tu en penses, dis-je à Elaine, mais il me semble que, pour une végétarienne hétérosexuelle, tu portes beaucoup de cuir.

— C'est un de ces illogismes foufous qui font le secret de mon charme.

— Ah, bon. Je me demandais.

— Et maintenant, tu sais.

— Maintenant, je sais. Il y a quelques mois, une femme a été tuée à cent mètres d'ici. Son mari et elle ont interrompu un cambriolage dans l'appartement de leurs voisins du dessous, et elle s'est fait violer et assassiner.

— Je me souviens de cette affaire.

— Eh bien, maintenant, c'est moi qui m'en occupe. Son frère m'a engagé hier, il pense que c'est son mari qui l'a tuée. Le couple de l'appartement cambriolé, les voisins du dessous, lui, c'est un avocat juif, retraité, bourré de fric, et elle, on ne lui a pas volé de fourrures. Tu sais pourquoi ?

— Elle les portait toutes en même temps, les unes par-dessus les autres.

— Faux. Elle milite pour les droits des animaux.

— Ah bon ? C'est très bien.

— Sans doute. Je me demande si elle porte des chaussures en cuir.

— Probablement. Qu'est-ce que ça peut faire ? (Elle se pencha vers moi.) Tu sais, on pourrait refuser de manger du pain parce que les champignons de la levure donnent leur vie pour qu'il soit fabriqué. On pourrait se passer d'antibiotiques parce que de quel droit assassinerait-on les microbes ? Donc, cette dame porte des chaussures en cuir et ne porte pas de fourrure. Et alors ?

— Eh bien,...

— De toute façon, dit Elaine, le cuir, ça a de l'allure et la fourrure, ça fait mal fagoté.

— Bon, alors le problème est résolu.

— C'est ça. Le coupable, c'est le mari?

— Je ne sais pas. Aujourd'hui, je suis passé devant l'immeuble. Je pourrai te le montrer tout à l'heure, en te raccompagnant chez toi, c'est sur le chemin. Tu capteras peut-être des vibrations, tu résoudras l'énigme rien qu'en passant devant les lieux du crime.

— Mais tu ne l'as pas fait.

— Non. Il avait un million et demi de raisons de la tuer.

— Un million et demi...

— De dollars. Entre l'assurance et la fortune personnelle de sa femme. (Je lui parlai des Thurman, de ce que m'en avaient appris Joe Durkin et Lyman Warriner.) Je ne vois pas très bien ce que je pourrais faire que la police n'a pas déjà fait. Simplement fureter à droite et à gauche, sans doute. Frapper à des portes, parler à des gens. Ce serait bien si je pouvais apprendre qu'il avait une liaison, mais c'est évidemment la première chose que Durkin a cherché à savoir et il n'a rigoureusement rien trouvé.

— Il a peut-être un petit ami.

— Ça cadrerait avec la théorie de mon client, mais les homosexuels ont tendance à croire que tout le monde est gay.

— Alors que toi, tu sais que tout le monde est d'humeur morose.

— C'est ça. Dis, tu veux venir à Maspeth demain soir?

— A propos de quoi? D'humeur morose?

— Non, c'est juste que je...

— Je devrais peut-être dire de morosité. Parce que Maspeth, dans le genre morose... encore que je n'en sais rien puisque je n'y suis jamais allée. Qu'y a-t-il à Maspeth? (Je le lui dis et sa réaction fut:) Je n'aime pas beaucoup la boxe. Ça n'a rien à voir avec un problème moral. Si deux hommes majeurs et vaccinés ont envie de se tenir dans un ring et de se taper dessus, ça m'est égal mais j'aime autant changer de chaîne. De toute façon, j'ai cours, demain soir.

— Et qu'est-ce que tu étudies, cette fois ?

— Le semestre est consacré à la fiction latino-américaine contemporaine. Tous ces livres que je me disais que je devrais lire, eh bien, maintenant, j'y suis obligée.

En automne, elle avait étudié l'architecture urbaine, et je l'avais accompagnée une ou deux fois quand elle était allée regarder des immeubles.

— Tu louperas l'architecture de Maspeth, lui dis-je. Remarque que je n'ai, moi-même, pas vraiment de bonne raison d'y aller. Si je veux le regarder, je n'ai pas besoin d'aller aussi loin. Il habite dans le quartier, tout près d'ici, et son bureau est au coin de la 48e rue et de la Sixième Avenue. Je crois que je cherche simplement une excuse pour aller voir des matches de boxe. Si, au lieu de boxe, la New Maspeth Arena organisait des matches de squash, je resterais probablement chez moi.

— Tu n'aimes pas le squash ?

— J'aime ça quand il s'agit du jus d'orange «Squash». Pour ce qui est du sport, je n'ai jamais vu personne y jouer, alors je n'en sais rien. Ça me plairait peut-être.

— Va savoir. J'ai connu un gars qui est classé parmi les meilleurs joueurs de squash du pays. Il fait de la psychologie clinique à Shenectady et il était venu participer à un tournoi au New York Athletic Club. Mais je ne l'ai jamais vu jouer.

— Je te dirai si jamais je tombe sur lui à Maspeth.

— Oui, on ne sait jamais. Le monde est petit. Tu disais que la maison des Thurman est à deux cents mètres d'ici ?

— Cent mètres.

— Peut-être qu'ils venaient ici. Gary les connaît peut-être. (Elle fronça les sourcils.) Les connaissait. Le connaît. La connaissait.

— C'est possible. On n'a qu'à lui demander.

— Demande-lui, toi. J'ai du mal avec les conjugaisons.

Après avoir réglé l'addition, nous nous approchâmes du bar derrière lequel se tenait Gary, un grand type dégingandé, qui aimait plaisanter et dont la barbe pendait sous le menton, comme un nid de tisserin. Il dit qu'il était ravi de nous voir et me demanda quand j'aurais du travail à lui confier. Je lui répondis que c'était difficile à dire.

Il s'adressa à Elaine :

— Une fois, ce monsieur m'a confié une tâche de la plus haute importance. Une mission d'agent secret dont je me suis fort bien acquitté.

— Cela ne m'étonne pas, dit-elle.

Je l'interrogeai à propos de Richard et Amanda Thurman. Il me répondit qu'ils venaient de temps en temps, parfois avec d'autre gens, parfois tous les deux, seuls.

— Avant de dîner, il prenait une vodka et elle, un verre de vin. Quelquefois, il venait seul boire une bière vite fait, au comptoir. Je ne me rappelle plus quelle marque. Bud Light ou Coors Light. Quelque chose comme ça.

— Il est venu depuis le meurtre ?

— Personnellement, je ne l'ai vu qu'une fois. Il y a une ou deux semaines, il est venu dîner avec un autre gars. C'est la seule fois que je l'ai vu depuis le drame. Vous savez, il habite tout près.

— Oui, je sais.

— A même pas cent mètres. (Il se pencha au-dessus du comptoir et baissa la voix.) Qu'est-ce qui se passe ? On soupçonne un sale coup ?

— Un coup et même des coups, il a dû y en avoir – vous ne croyez pas ? Cette femme a été violée, puis étranglée.

— Non, vous voyez ce que je veux dire. Est-ce que c'est le mari ?

— Qu'en pensez-vous ? Est-ce que vous trouvez qu'il a l'air d'un assassin ?

— Ça fait trop longtemps que je vis à New York. Tout le monde a l'air d'un assassin.

Comme nous quittions le restaurant, Elaine me dit :

— Tu sais qui aimerait peut-être aller à la boxe, demain, avec toi ? Mick Ballou.

— Oui, c'est possible. Tu veux qu'on s'arrête un instant au Grogan's ?

— Avec plaisir, dit-elle. J'aime bien Mick.

Il était là, il fut ravi de nous voir et accueillit avec enthousiasme l'idée d'aller jusqu'à Maspeth regarder deux hommes majeurs et vaccinés se tenir dans un ring et se taper dessus. Nous ne restâmes pas longtemps au Grogan's et, en sortant, je hélai un taxi, c'est pourquoi nous ne passâmes pas à pied devant l'immeuble où Amanda Thurman avait trouvé la mort. A la plus grande horreur ou avec la complicité de son époux.

Je passai la nuit chez Elaine et la journée du lendemain à fureter dans les recoins de l'existence de Richard Thurman. Je fus de retour à mon hôtel juste à temps pour regarder les infos de dix-sept heures sur CNN. Puis je pris une douche, m'habillai et descendis pour trouver la Cadillac de Mick garée devant une bouche d'incendie.

— Maspeth, dit-il. (Je lui demandai s'il savait comment s'y rendre, et il répondit :) Je sais. J'ai connu un homme qui avait une fabrique là-bas. C'était un Juif roumain. Il employait une douzaine de femmes qui assemblaient des bouts de métal et de plastique pour faire des crabes.

— Qu'est-ce que c'est ?

— Des ôte-agrafes. Si on a agrafé des papiers ensemble et qu'on veut les séparer, on prend un de ces machins, et il pince l'agrafe et la ressort complètement. Il avait des femmes qui assemblaient ces bestioles et d'autres qui les emballaient par douze dans des boîtes qu'elles expédiaient à travers tout le pays. (Il soupira.) L'ennui, c'est que ce type était un joueur et qu'il a emprunté de l'argent qu'il n'a pas pu rembourser.

— Que s'est-il passé ?

— Oh, c'est une longue histoire, dit-il. Il faudra que je te la raconte un de ces jours.

Maintenant, cinq heures plus tard, nous roulions sur Queensboro Bridge en direction de Manhattan. Il n'avait rien dit à propos du propriétaire de la fabrique de Maspeth, et c'était moi qui lui parlais du producteur de la chaîne de télévision par câble.

— Les choses que les gens peuvent se faire les uns aux autres ! s'écria-t-il.

Il en avait, lui même, fait sa part. Une de ces choses, à en croire la légende du quartier, avait été de tuer un certain Farrelly et de mettre sa tête dans un sac de base-ball qu'il avait trimbalé dans une douzaine de bistrots de Hell's Kitchen. Certains disaient qu'il n'avait jamais ouvert le sac, qu'il avait simplement annoncé à tout le monde ce qu'il y avait dedans, mais il y en avait d'autres pour jurer qu'ils étaient là et qu'ils l'avaient vu empoigner la tête par les cheveux et la sortir du sac en disant : «Regardez-moi ce pauvre Paddy Farrelly. Vous avez déjà vu pareille mocheté ?»

Les journaux disent qu'on l'a surnommé le Garçon boucher mais il n'y a que les journaux qui l'appellent comme ça, tout comme il n'y a qu'un speaker sur un ring de boxe qui ait appelé Eldon Rasheed le Bouledogue. L'histoire de Farrelly a sans doute un rapport avec l'attribution de ce sobriquet ainsi que le tablier de boucher, maculé de taches de sang, que Mick aime porter.

Le tablier appartenait à son père. Ballou père était arrivé de France et avait gagné sa vie en découpant des carcasses dans les marchés de viande en gros de la 14e rue ouest. La mère de Mick était irlandaise. C'était d'elle qu'il avait hérité sa façon de parler, tandis qu'il tenait son aspect physique de son père.

Mick Ballou a une carrure imposante dont l'aspect monolithique évoque un monument préhistorique, une statue de l'Ile de Pâques. Sa tête ressemble d'ailleurs à un rocher ; la peau de son visage est marquée par l'acné et la violence, et ses joues par la couperose que vous valent des années de boisson. Ses yeux sont d'un vert surprenant.

C'est un gros buveur, un criminel professionnel, un homme qui a du sang sur les mains aussi bien que sur son tablier, et il y a des gens, dont lui et moi faisons partie, qui n'en reviennent pas que nous soyons amis. J'aurais du mal à l'expliquer, tout comme il ne me serait pas facile d'expliquer ma liaison avec Elaine. Peut-être est-ce parce que toutes les amitiés sont, finalement, inexplicables, bien que certaines soient plus incompréhensibles que d'autres.

Mick m'invita à venir au Grogan's boire un café ou un Coca mais je le priai de ne pas m'en vouloir si je refusais. Il reconnut qu'il était lui-même fatigué.

— Mais un soir de la semaine prochaine, nous ferons la fête, me dit-il. Et à l'heure de la fermeture, nous bouclerons les portes et nous resterons assis dans l'obscurité, à nous raconter de vieilles histoires.

— Je crois que nous passerons un bon moment.

— Et le matin, nous irons à la messe.

— Ça, je ne sais pas. Mais le reste, je suis tout à fait pour.

Il me déposa devant le Northwestern et je m'arrêtai à la réception avant d'aller dans ma chambre. Comme il n'y avait pas de message, je montai tout droit me coucher.

En attendant que le sommeil vienne, je me mis à penser à l'homme que j'avais vu à Maspeth, le père qui était assis avec son fils au premier rang de la section centrale. Je savais que je l'avais déjà vu quelque part mais je ne voyais toujours pas où. Le fils ne me disait rien, seulement le père.

J'étais là, couché dans le noir, quand l'idée me vint soudain que ce qui était remarquable, ce n'était pas ce sentiment de déjà vu. Il m'arrive tous les jours d'avoir l'impression d'avoir déjà vu quelqu'un, et cela n'a rien d'étonnant : New York est une fourmilière et, jour après jour, je pose les yeux sur des milliers de personnes, dans la rue, dans le métro, dans un cinéma, un théâtre ou, disons, un stade de base-ball de Queens. Non, ce qui était curieux, ce n'était pas l'impression de l'avoir déjà vu mais le fait que je tenais tant à ce que le problème fût résolu. Dieu sait pourquoi, j'étais persuadé qu'il était très important que je me rappelle cet homme, que je sache qui il était et dans quelles circonstances je l'avais rencontré.

Je le revoyais assis au premier rang, étreignant, d'une main, l'épaule du garçon et désignant telle ou telle chose, de l'autre, en lui expliquant ce qui se passait sur le ring. Une autre image me montrait sa main se portant sur le front du garçon et, d'un geste caressant, lisser ses cheveux châtain clair.

Je me concentrai sur cette image, cherchant à savoir en quoi elle pouvait ainsi me talonner ; mon esprit se fixa dessus, puis il s'en détourna et je m'endormis.

Je me réveillai quelques heures plus tard quand une équipe d'éboueurs enleva bruyamment les ordures du restaurant d'à côté. Je fis un saut dans la salle de bains, puis je me recouchai. Des images me revinrent en tête. La fille à l'écriteau rejetant ses cheveux en arrière et se tenant bien droite. Le père, son visage animé. La main sur le front du garçon. La fille à l'écriteau. Le père. La fille. La main qui bougeait, qui lissait les cheveux…

Bon sang !

Je m'assis dans mon lit. J'avais le cœur battant et la gorge sèche. Je haletais.

Je tendis la main pour allumer la lampe sur la table de nuit. Je regardai le réveil. Il n'était que quatre heures moins le quart mais, pour moi, la nuit était finie.

5

Six mois auparavant, un mardi soir de la mi-juillet où il faisait une chaleur étouffante, j'assistai à ma réunion habituelle du soir, dans le sous-sol de l'église St. Paul. Je sais que c'était un mardi, parce que je m'étais engagé pour six mois à aider à replier et empiler les chaises après les réunions du mardi. Les A. A. ont une théorie selon laquelle ce genre de service permet de rester sobre. Je n'en suis pas si sûr. A mon avis ce qui vous permet de rester sobre c'est de ne pas boire, mais empiler des chaises ne fait sans doute aucun mal. Il n'est pas facile d'attraper un verre quand on a une chaise dans chaque main.

Je n'ai aucun souvenir précis à propos de la réunion elle-même mais, pendant la pause, un gars qui s'appelle Will vint me trouver et me dit qu'il aimerait me parler à la fin. Je lui dis que j'étais tout à fait d'accord mais que je ne pourrais pas m'en aller tout de suite, vu qu'il me fallait quelques minutes pour ranger les chaises.

La réunion se termina à dix heures du soir, sur le Notre Père, et le rangement de la salle fut plus rapide que prévu car Will me donna un coup de main. Quand nous eûmes terminé, je lui demandai s'il voulait aller boire un café quelque part.

— Non, il faut que je rentre chez moi, dit-il. De toute façon, ça ne prendra pas longtemps. Vous êtes détective, n'est-ce pas?

— Plus ou moins.

— Et dans le temps, vous étiez flic. J'ai entendu votre témoignage, à l'époque où il n'y avait qu'un ou deux mois que j'étais sobre. Dites, vous voulez bien me rendre un service ? Vous pourriez regarder ça ?

Il me tendit un sac en papier brun, replié de façon à faire un petit paquet bien net. Je l'ouvris et en sortis une vidéocassette dans une des pochettes en plastique transparent semi-rigide, utilisées par les magasins qui en louent. Je lus le nom du film sur l'étiquette : *Les Douze Salopards*.

Je regardai Will. Il avait environ quarante ans, et son travail avait quelque chose à voir avec les ordinateurs. A cette époque, il était sobre depuis six mois ; il avait commencé à venir juste après les vacances de Noël, et je l'avais entendu témoigner une fois. J'étais au courant de son passé de buveur mais je ne savais presque rien de sa vie privée.

— Je connais ce film, lui dis-je. J'ai dû le voir cinq ou six fois.

— Vous ne l'avez pas vu dans cette version.

— Qu'est-ce qu'elle a de différent ?

— Croyez-moi sur parole. Ou plutôt ne me faites pas confiance, emportez ce film chez vous et regardez-le. Vous avez bien un magnétoscope ?

— Non.

— Oh, dit-il, l'air déçu.

— Si vous pouviez me dire ce que ce film a de si particulier...

— Non, je ne veux rien dire. Je veux que vous le voyiez sans idée préconçue. Merde...

Je lui donnai le temps de réfléchir tranquillement pour trouver une solution. Au bout d'un moment, il reprit :

— Je vous dirais bien de venir chez moi, mais ce soir je ne peux vraiment pas. Vous ne connaîtriez pas quelqu'un qui a un magnétoscope et qui vous laisserait l'utiliser ?

— Si je vois quelqu'un.

— Parfait. Vous voulez bien le regarder, Matt ? Et demain soir je serai là et nous pourrons en parler.

— Vous voulez que je le voie ce soir ?

— Ça vous serait possible ?

— Je ne sais pas. Je vais essayer.

Au lieu d'aller rejoindre la bande au café The Flame, comme je comptais le faire, je rentrai à l'hôtel et téléphonai à Elaine :

— Si ça pose des problèmes, tu n'as qu'à me le dire, mais un gars vient de me donner un film et tient à ce que je le voie ce soir.

— Quelqu'un t'a donné un film ?

— Tu sais, une vidéocassette.

— Ah, je vois. Et tu veux le regarder sur mon machintoscope.

— C'est ça.

— Mon magnétoscope.

— Si tu es sûre que tu n'y vois pas d'inconvénient.

— Si tu peux le supporter, moi aussi. Le seul ennui, c'est que j'ai une tête à faire peur, je ne suis pas maquillée.

— Je ne savais pas que tu te maquillais lui dis-je.

— Sans blague.

— Je croyais que ta beauté était naturelle.

— Eh ben, tu parles d'un détective !

— J'arrive tout de suite.

— Certainement pas. Tu m'accordes un quart d'heure pour me ravaler la façade sinon je dirai au portier de te flanquer dehors.

Il s'écoula plutôt une demi-heure avant que j'atteigne, à pied, sa maison. Elaine habite la 51ᵉ rue est, entre la Première et la Deuxième Avenue. Son appartement est au quinzième étage, et de la fenêtre du salon, on a une vue presque panoramique sur le *borough* de Queens, de l'autre côté de l'East River. Je suppose qu'on pourrait voir Maspeth si on savait où le chercher.

Elaine est propriétaire de son appartement. Elle l'a acheté quand l'immeuble a été vendu en copropriété. Elle possède aussi des appartements qu'elle loue, dans des maisons ou des immeubles, certains dans Queens, d'autres pas. Elle a aussi de l'argent investi ailleurs que dans l'immobilier et pourrait sans doute vivre confortablement de ses rentes si elle voulait se retirer de la vie active. Elle n'en a pas décidé ainsi, pas encore.

Elle exerce la profession de call-girl. Nous avons fait connaissance il y a des années, lorsque j'étais un flic qui avait une plaque dorée dans son portefeuille, une maison, une épouse et des gosses à Syosset – qui se trouve tout au bout de Long Island, de l'autre côté de Queens, trop loin pour qu'on puisse le voir de la fenêtre d'Elaine. Je pense que notre liaison est née de notre besoin l'un de l'autre, ce qui est probablement le fondement de presque toutes, sinon de toutes les liaisons.

Nous nous étions rendu service. Je lui avais rendu les services qu'un flic peut rendre à une personne dans sa situation – j'avais par exemple lancé un avertissement à un maquereau rapace, ramené de force à la raison un ivrogne qui lui faisait des ennuis, et, quand un autre de ses clients avait eu la mauvaise grâce de mourir dans son lit, j'avais largué le cadavre à un endroit où il ne pourrait nuire ni à sa propre réputation ni à celle d'Elaine. Je lui rendais des services de flic, elle me rendait des services de call-girl, et cela avait duré incroyablement longtemps parce que nous éprouvions, l'un pour l'autre, une amitié sincère.

Puis j'avais cessé d'être flic, j'avais renoncé à la plaque d'inspecteur de police, à peu près au moment où je m'étais séparé de la maison, de l'épouse et des gosses. Elaine et moi avions espacé nos rencontres au point que nous aurions pu perdre totalement trace l'un de l'autre si nous avions, l'un ou l'autre, déménagé ; mais nous n'avions pas bougé. Je m'étais mis à boire de plus en plus, puis, finalement, après quelques séjours dans un service de désintoxication, je m'étais habitué à ne plus boire.

Je vivais ainsi depuis deux ans quand, un beau jour, Elaine avait eu de graves ennuis liés au passé. Ils étaient liés, spécifiquement, à une période commune de notre passé et les ennuis n'étaient pas seulement siens, ils étaient nôtres. Le fait que je m'en sois occupé nous avait rapprochés – encore qu'à l'époque, cela n'eut pas vraiment un sens précis. C'était certainement une amie très proche. Elle était également la seule personne que je voyais assez souvent et avec qui je partageais un passé ; cela suffisait à en faire quelqu'un qui comptait beaucoup pour moi.

Elle était aussi la personne avec qui je couchais, deux ou trois nuits par semaine, bien que j'eusse été incapable de dire si cela avait un sens et où cela nous mènerait. Quand j'en parlai à mon conseiller des A. A., Jim Faber, il me répondit qu'il fallait se contenter d'envisager les choses vingt-quatre heures à la fois. Quand on prend l'habitude de dispenser des conseils de ce genre, aux A. A., on a, en moins de deux, la réputation d'être un sage.

Le portier appela Elaine par l'interphone, puis il me désigna l'ascenseur. Elaine m'attendait sur le pas de la porte. Elle portait ses cheveux en queue de cheval, des knickers et un chemisier sans manches, vert jaune, dont les trois boutons du haut étaient déboutonnés. Elle portait aussi d'énormes anneaux d'or aux oreilles et suffisamment de maquillage pour avoir l'air un peu pute sur les bords – ce qui était un effet qu'elle n'obtenait jamais intentionnellement.

— Tu vois ? La beauté naturelle, lui dis-je.

— J'suis ben contente si ça vous plaît, M'sieur.

— C'est cet air simple, sans apprêt, qui me séduit à tous les coups.

Je la suivis dans l'appartement et lui donnai la vidéocassette.

— *Les Douze Salopards*, lut-elle sur l'étiquette. C'est ça, le film qu'il te faut absolument voir ce soir ?

— Il paraît.

— Lee Marvin contre les nazis ? Ces *Douze Salopards*-là ? Tu n'avais qu'à me le dire et j'aurais pu te raconter toute l'histoire au téléphone. J'ai vu le film à sa sortie et je ne sais pas combien de fois à la télévision. Ils sont tous dedans : Lee Marvin, Telly Savalas, Charles Bronson, Ernest Borgnine et comment il s'appelle, il jouait dans M•A•S•H…

— Alan Alda ?

— Non, le film M•A•S•H, et ce n'est pas Elliott Gould, c'est l'autre. Donald Sutherland.

— C'est ça. Et Trini Lopez.

— J'avais oublié Trini Lopez. Il est tué tout de suite, quand ils arrivent en parachute.

— Ne me gâche pas le plaisir.

— C'que tu es drôle. Il y a aussi Robert Ryan, c'est ça, hein ? Et Robert Webber ; il est mort récemment, dommage, c'était un si bon acteur.

— Je sais que Robert Ryan est mort.

— Ça fait des années qu'il est mort. Ils ont disparu tous les deux, les deux Robert. Tu as déjà dû voir ce film-hein ? Evidemment que tu l'as vu ; tout le monde l'a vu.

— Si souvent que je ne me souviens plus du nombre de fois.

— Alors pourquoi faut-il que tu recommences ? C'est pour ton travail ?

Je me posais moi-même la question. Avant de me le remettre, Will s'était assuré que j'étais bien détective. Je répondis :

— Peut-être.

— Tu parles d'un travail ! J'aimerais bien être payée pour regarder de vieux films.

— Ah oui ? Moi, j'aimerais bien être payé pour baiser.

— C'est sympa, très sympa. Méfie-toi que tes désirs ne

soient pas exaucés. Tu vas vraiment regarder ça ou c'est un revolver que tu as dans la poche?

— Quoi?

— Mae West. Considère que je n'ai rien dit. Je peux le regarder avec toi ou est-ce que ça nuira à ta concentration?

— Je serai ravi que tu le regardes, lui dis-je, mais je ne sais pas très bien ce que nous allons regarder.

— *Les Douze Salopards*, n'est-ce pas? C'est bien ce qui est écrit sur l'étiquette? (Elle se tapa sur le front, comme le Colombo de Peter Falk quand il fait semblant d'être frappé par une évidence.) Des étiquettes mensongères! Tu travailles encore sur une affaire de contrefaçon de marque déposée – c'est ça?

J'avais effectué, pour le compte d'une grosse agence de renseignement, un travail payé à la journée et consistant à pourchasser les marchands ambulants qui écoulaient de faux articles *Batman* – des T-shirts, des visières, et des choses comme ça. C'était un travail bien payé mais il était très déplaisant d'avoir à débusquer des gens fraîchement débarqués de Dakar et de Karachi qui ne se doutaient absolument pas qu'ils faisaient quelque chose de mal, et je n'avais pas eu le courage de continuer.

— Je ne crois pas que ce soit tout à fait ça, répondis-je.

— Je veux dire une affaire de copyright. Quelqu'un a imité l'emballage et l'a collé sur une cassette de contrebande. J'ai trouvé?

— Je ne crois pas mais tu peux continuer d'essayer de deviner. Seulement il va falloir que je regarde la cassette pour savoir si tu as raison ou si tu as tort.

— Oh, dit-elle. Bon, eh bien, s'il le faut, on n'a qu'à la regarder.

Pour commencer, ce fut exactement ce que promettait l'étiquette. Le générique se déroula et Lee Marvin alla de cellule en cellule. On nous présenta les douze soldats américains qui allaient incarner les douze salopards, des assassins et des violeurs, des crapules à qui leurs crimes avaient valu la peine de mort.

— A mes yeux inexpérimentés, dit Elaine, ceci ressemble étonnamment au film dont je me souviens.

Cela continua d'y ressembler pendant une dizaine de minutes, et j'en vins à me demander si Will avait des problèmes autres que l'alcoolisme et la pharmacodépendance. Puis, soudain, au milieu d'une scène, l'écran devint noir et la bande sonore s'interrompit. L'écran resta vide pendant une dizaine de secondes, puis on vit un jeune homme mince, dont l'expression avait une candeur enfantine et dont le visage faisait penser qu'il pouvait être du Midwest. Il était rasé de près, et il y avait une raie sur le côté dans ses cheveux chatain clair, bien coiffés. Il était nu à l'exception de la serviette éponge jaune canari nouée autour de ses reins.

Ses poignets et ses chevilles étaient enchaînés à une structure métallique en X posée sur le sol et légèrement inclinée en arrière. Outre les chaînes en métal autour de ses poignets et ses chevilles, on lui avait passé des lanières de cuir autour des jambes, juste au-dessus du genou et autour des bras, juste au-dessus du coude ; il avait, autour de la taille, une ceinture assortie, dont une partie était cachée par la serviette jaune. Tous ces dispositifs semblaient le maintenir solidement en place.

Cette position ne devait pas être particulièrement inconfortable car le jeune homme avait un petit sourire hésitant.

— Ce truc-là tourne ? demanda-t-il. Est-ce que je suis censé dire quelque chose, ou quoi ?

La voix off d'un homme le pria de la boucler. Le jeune homme, qui avait encore la bouche ouverte, la referma. Je voyais maintenant que c'était un gamin et qu'il était imberbe plutôt que bien rasé. Il était grand mais il ne paraissait pas plus de seize ans. Il n'avait pas de poils sur la poitrine mais une petite touffe pâle sous chaque aisselle.

La caméra resta sur le gamin et une femme entra dans le champ. Elle était à peu près de la même taille que le gamin mais elle paraissait plus grande car elle se tenait droite et n'avait pas les bras et les jambes écartés et liés à un chevalet. Elle portait un masque du même genre que celui du Justicier solitaire, mais le sien semblait être en cuir noir. Il était assorti au reste de sa tenue : un pantalon de cuir noir, archimoulant, ouvert à l'entrejambe, et des gants noirs qui lui montaient jusqu'aux coudes. Elle portait des escarpins noirs à talons aiguille de huit centimètres, avec une garniture argentée aux pointes. Et c'était tout. Au-dessus de la taille, elle était nue, et les mamelons de ses petits seins étaient dressés. Ils étaient aussi rouge écarlate, et je supposai qu'elle les avait enduits de rouge à lèvres.

— Voilà l'air simple et sans apprêt qui te plaît tant, dit Elaine. Ça s'annonce salement plus salaud que *Les Douze Salopards*.

— Rien ne t'oblige à regarder.

— Qu'est-ce que je t'ai dit tout à l'heure ? Si tu peux le supporter, moi aussi. Dans le temps, j'avais un client qui aimait voir des films sado-maso. Moi, je les trouvais complètement stupides. Tu te vois me demander de te ligoter ?

— Non.

— Ou vouloir me ligoter ?

— Non.

— Peut-être que nous loupons quelque chose. Cinquante millions de vicelards ne peuvent pas avoir tort. Ah, ça y est.

La femme dénoua la serviette jaune canari et la jeta par terre. Sa main gantée caressa le gamin qui fut aussitôt excité.

— Ah, la jeunesse ! dit Elaine.

La caméra fit un gros plan de la main qui étreignait et manipulait le gamin. Puis la caméra s'éloigna et la femme retira sa main et tira sur chaque doigt du gant qu'elle finit par ôter.

— Gypsy Rose Lee, dit Elaine.

Le vernis sur les ongles de la main dégantée était de la même couleur que le rouge que la femme avait sur les lèvres et sur les mamelons. Tenant le long gant de sa main nue, elle en fouetta la poitrine du gamin.

— Hé ! fit-il.

— Tais-toi, dit-elle avec colère.

Elle lança à nouveau le gant et, cette fois, frappa le gamin sur la bouche. Il écarquilla les yeux. Elle le frappa sur la poitrine, puis à nouveau sur la bouche.

— Hé, faites gaffe ! Ça fait vraiment mal.

— Oui, il a dû avoir drôlement mal, dit Elaine. Regarde les marques qu'elle lui a faites sur la figure. J'ai l'impression qu'elle se laisse emporter par son rôle.

L'homme qui était hors-champ dit au gamin de se taire.

— Il t'a dit de la fermer, dit la femme.

Elle se colla contre le corps du gamin et se frotta contre lui. Elle l'embrassa sur la bouche et, du bout des doigts de sa main nue, elle effleura la marque qu'elle avait faite sur sa joue. Elle descendit et déposa des baisers sur sa poitrine, laissant des marques de rouge à lèvres là où elle l'embrassait.

— Vachement excitant, dit Elaine. (Elle quitta son fauteuil pour venir s'asseoir près de moi sur le canapé, et elle posa la main sur ma cuisse.) Le gars t'a dit qu'il fallait que tu regardes ça ce soir, hein ?

— C'est ça.

— Il t'a dit qu'il fallait que ta petite amie soit par-là pendant que tu le regardais ? Hmmm ?

Sa main se déplaça sur ma jambe. Je posai la main dessus pour arrêter son mouvement.

— Qu'est-ce qui se passe ? demanda Elaine. J'ai pas le droit de toucher ?

Avant que j'aie pu répondre, la femme sur l'écran prit,

dans sa main gantée, le pénis du gamin. Puis, de l'autre main elle lui porta un violent coup de gant sur les testicules.

— *Aouch*! Bon sang, vous voulez bien arrêter ça? Vous m'avez fait mal! Détachez-moi de ce truc. Je veux plus faire ça...

Il continuait de protester quand la femme, le visage – ou ce qu'on en voyait – tordu par la colère, s'avança et donna un grand coup de genou dans ses parties génitales sans protection.

Il hurla. La même voix off dit:

— Colle-lui une bande sur la bouche, bon sang, je n'ai pas envie d'écouter ces conneries. Non, pousse-toi, je vais m'en occuper moi-même.

Jusque-là, j'avais cru que la voix off était celle de l'opérateur, mais il n'y eut aucune interruption dans le tournage quand l'homme qui venait de parler entra à son tour dans le champ. Il semblait vêtu d'un costume de plongée sous-marine, et quand je le dis à Elaine, elle me corrigea:

— C'est un de ces vêtements en caoutchouc. Du caoutchouc noir. Ils se les font faire sur mesure.

— Qui ça?

— Les caoutchouc-maniaques. Elle, c'est le cuir et lui, le caoutchouc. Ça risque d'engendrer des scènes de ménage.

Il portait également un masque en caoutchouc, ou plutôt une cagoule qui lui couvrait toute la tête. Il y avait un trou pour chaque œil et un autre pour son nez et sa bouche. Quand il se retourna, je vis qu'il avait aussi une ouverture à l'entrejambe de son costume en caoutchouc. Son pénis, long et mou, dépassait.

— L'homme au masque de caoutchouc, déclama Elaine. Qu'a-t-il à cacher?

— Je l'ignore.

— On ne pourrait pas faire de la plongée sous-marine habillé comme ça, dit Elaine, à moins qu'on veuille se faire

76

faire une pipe par les poissons. Je peux te dire une chose à propos de ce type. Il n'est pas juif.

A ce moment-là, il avait fini de couvrir la bouche du gamin de plusieurs morceaux de bande adhésive. Alors la Femme Cuir lui tendit son gant, et l'homme ajouta des marques rouges sur la peau du gamin. On voyait des poils noirs sur le dos de ses grandes mains. Son costume en caoutchouc s'arrêtait aux poignets, et comme les mains étaient à peu près les seules choses visibles de son anatomie, je les remarquai plus que je ne l'aurais sans doute fait autrement. Il portait une grosse bague en or à l'annulaire de la main gauche. Je ne reconnus pas la grosse pierre sertie dans la bague. Elle était soit noire, soit bleue.

Il se mit à genoux et prit la verge du gamin dans sa bouche. Quand il eut obtenu un état tumescent, il s'écarta et enroula fermement une lanière en cuir autour de la base du pénis du gamin.

— Maintenant, il restera dur, dit-il à la femme. On bloque la veine, le sang peut arriver mais pas s'écouler.

— Comme un piège à cafards, murmura Elaine.

La femme enfourcha le gamin, le prenant dans l'ouverture de son pantalon de cuir et l'ouverture correspondante de son anatomie. Elle le chevaucha pendant que, tour à tour, Monsieur Caoutchouc lui caressait les seins ou titillait les mamelons du gamin.

Celui-ci changeait sans arrêt d'expression. Il avait peur mais il était aussi excité. Il grimaçait de douleur quand les autres lui faisaient mal, autrement, il semblait hésitant, comme s'il voulait profiter de ce qui était en train de se passer mais redoutait la suite.

Tout en continuant de regarder, Elaine et moi ne faisions plus aucun commentaire sur ce que nous voyions, et la main d'Elaine avait depuis longtemps quitté ma cuisse. Il y avait dans cette scène quelque chose qui étouffait les commentaires aussi efficacement que la bande adhésive faisait taire le gamin.

Je commençais à ressentir une impression très pénible à la vue de ce spectacle.

Mon appréhension se confirma quand la Femme Cuir accéléra son allure.

— Vas-y, dit-elle d'un ton pressant, les nichons !

Sa voix était haletante.

Monsieur Caoutchouc sortit du champ. Il revint en portant quelque chose que je ne reconnus pas tout de suite. Puis je vis que c'était un outil de jardinage, le genre qu'on utilise pour élaguer les rosiers.

Sans cesser de chevaucher le gamin, elle prit un de ses bouts de sein entre le pouce et l'index, le tortilla et tira dessus. L'homme posa la main sur le front du gamin qui roulait des yeux affolés. Avec douceur, avec tendresse, la main de l'homme vint lisser les cheveux chatain clair.

De l'autre main, l'homme mit les cisailles en position.

— Vas-y ! ordonna la femme.

Mais l'homme attendait, et elle dut répéter.

Alors, sans cesser de caresser le front du gamin, de lisser ses cheveux, l'homme resserra sa prise sur les cisailles et coupa le bout de sein du gamin.

J'appuyai sur l'arrêt de la télécommande, et l'écran devint noir. Elaine avait les bras croisés sur sa poitrine, de telle façon que chacune de ses mains soutenait le coude opposé. Ses avant-bras étaient pressés contre son corps, et elle tremblait un peu.

Je lui dis :

— Je pense qu'il vaudrait mieux que tu ne regardes pas la fin.

Elle ne répondit pas tout de suite. Assise sur le canapé, elle se contenta d'inspirer et de souffler lentement. Puis elle dit :

— Tout ça, c'était vrai, n'est-ce pas ?

— J'ai bien peur que oui.

— Ils lui ont coupé, ils lui ont, comment dit-on, sectionné c'est ça, ils lui ont sectionné un bout de sein. S'ils l'ont emmené immédiatement à l'hôpital, on pouvait le lui recoudre. Est-ce qu'il n'y a pas un gars des Mets…

— Bobby Ojeda. L'année dernière, et c'était le bout d'un doigt.

— De la main avec laquelle il lance, n'est-ce pas?

— Oui, sa main de lanceur.

— Et on l'a conduit d'urgence à l'hôpital. Je ne sais pas si ça pourrait marcher avec un bout de sein. (Elle continuait d'inspirer et de souffler profondément.) Je suppose que ce gosse, personne n'a dû l'emmener d'urgence à l'hôpital.

— Non, je ne pense pas.

— J'ai l'impression que je pourrais tourner de l'œil ou vomir, ou quelque chose comme ça.

— Penche-toi en avant et mets la tête entre tes genoux.

— Et après, j'embrasse mon cul pour lui souhaiter bonne nuit?

— Si tu as l'impression que tu vas t'évanouir…

— Je sais, pour faire affluer le sang à la tête. Je disais ça pour plaisanter. «On dirait qu'elle va bien, Docteur, elle fait des blagues» Non, ça va. Tu me connais. Mes parents m'ont donné une bonne éducation, quand je sors avec quelqu'un, je sais me tenir, je ne tombe jamais dans les pommes, je ne vomis pas et ce n'est jamais moi qui commande le homard. Matt, tu savais que ça allait se passer comme ça?

— Je n'en avais aucune idée.

— Clic, le gamin n'a plus de bout de sein et le sang se met à suinter sur sa poitrine. Le sang coule en faisant des zigzags, comme une bonne vieille rivière. Comment dit-on pour les rivières?

— Je ne sais pas.

— Elles font des méandres, c'est ça. Le sang fait des méandres sur sa poitrine. Tu vas regarder ça jusqu'au bout?

— Je crois qu'il vaut mieux, oui.

— Ça va devenir encore pire, tu crois pas ?

— Oui, je crois.

— Est-ce qu'il va saigner à mort ?

— Pas à cause d'une coupure comme ça.

— Comment ça se passe ? Le sang se coagule ?

— Oui, tôt ou tard.

— A moins qu'on soit hémophile. Je crois que je ne peux plus regarder ça ; j'en ai assez vu.

— Tu as raison, c'est pas la peine de te forcer. Si tu allais m'attendre dans la chambre ?

— Et tu me préviendras quand je ne risquerai plus rien et que je pourrai sortir ?

— Oui.

Elle se leva. Elle parut d'abord un peu chancelante, puis elle se ressaisit et sortit de la pièce. J'entendis la porte de la chambre se refermer mais j'attendis encore car je n'étais moi-même pas pressé de voir ce qui allait se passer. Au bout d'une ou deux minutes, j'appuyai quand même sur la télécommande et le spectacle reprit.

Je vis tout, jusqu'à la fin. Je regardais depuis une dizaine de minutes, quand j'entendis la porte de la chambre s'ouvrir mais je continuai de fixer l'écran. Je sentis la présence d'Elaine quand elle passa derrière moi pour reprendre sa place sur le canapé. Pourtant, je ne la regardai pas, je ne lui dis rien. Je restai immobile, témoin de la scène.

Quand ce fut terminé, l'écran redevint noir, puis, soudain, nous fûmes à nouveau plongés dans l'action des *Douze Salopards*. La bande d'assassins et de criminels asociaux se déchaînait sur un château plein d'officiers nazis qui savouraient leur perme en France occupée. Nous restâmes là à regarder ce truc jusqu'à la fin, à regarder Telly Savalas, l'air hagard, piquer une crise de folie, à regarder nos héros tirer des coups de fusil, balancer des grenades et faire un chambard de tous les diables.

Après la dernière image et le générique de fin, Elaine s'approcha du magnétoscope et appuya sur la touche de rembobinage. Elle parla en me tournant le dos :

— Combien de fois j'ai dit que j'avais dû voir ce film ? Cinq fois ou six fois ? Eh bien, à chaque fois, je ne peux pas m'empêcher d'espérer que cette fois ce ne sera pas pareil et que John Cassavetes ne se fera pas tuer à la fin. C'est un sale type mais on a quand même le cœur brisé par sa mort – hein ?

— Oui.

— Parce que ça y est, ils ont réussi, ils s'en sont tirés, et puis voilà qu'une dernière balle arrive de nulle part et paf ! le gars est mort. John Cassavetes aussi est mort, n'est-ce pas ? Ce n'est pas l'an dernier qu'il est mort ?

— Je crois.

— Et, bien sûr, Lee Marvin est mort. Lee Marvin et John Cassavetes et Robert Ryan et Robert Webber. Qui d'autre ?

— Je ne sais pas.

Elle se tenait maintenant devant moi et me regardait, l'air furieux.

— Tout le monde est mort, dit-elle avec colère. Tu as remarqué ? Les gens meurent de tous les côtés. Même ce salaud d'ayatollah est mort, et je croyais que ce fumier de métèque ne crèverait jamais. Ils ont tué aussi ce gamin, n'est-ce pas ?

— C'est ce qu'on dirait.

— C'est ce qu'ils on fait. Ils l'ont torturé, ils l'ont baisé, ils l'ont re-torturé, re-baisé et puis ils l'ont tué. C'est ce que nous venons de voir.

— Oui.

— Je ne sais plus où j'en suis. (Elle alla se jeter dans le fauteuil.) Dans *Les Douze Salopards*, les gens meurent de tous les côtés, tous ces Allemands et certains de nos gars – mais bon et alors ? On voit ça et ce n'est rien. Mais cet autre truc, ces deux ordures et ce gosse…

— C'était la réalité.

— Comment quelqu'un pourrait-il avoir l'idée de *faire* une chose comme ça ? Je ne suis pas née d'hier. Je ne suis pas particulièrement naïve. Du moins, je ne crois pas. Je le suis ?

— Il ne m'a jamais semblé que tu l'étais.

— Je suis une femme expérimentée, bon sang. Je veux dire que, bon, n'ayons pas peur des mots, je suis une putain.

— Elaine…

— Non, laisse-moi finir, mon chou. Je ne dis pas ça pour me rabaisser, j'énonce simplement un fait. Il se trouve que j'exerce une profession où on ne voit pas forcément les gens sous leur meilleur aspect. Je sais que le monde est plein de gens bizarres et de détraqués. J'en ai parfaitement conscience. Je sais qu'il y a des maniaques sexuels, je sais que certains ont des manies vestimentaires, qu'il y en a qui s'habillent en cuir, en caoutchouc ou en fourrure, qu'il y en a qui se ligotent les uns les autres et qui jouent à des jeux pervers et tout ça. Et je sais qu'il y a des gens qui perdent la boule, ne savent plus où ils en sont et font des choses terribles. Il y en a même un qui a failli me tuer – tu te souviens ?

— Comme si c'était hier.

— Moi aussi. Enfin, bon, très bien. Bienvenue dans ce monde. Il y a des jours où je me dis qu'il faudrait que quelqu'un tire un trait sur toute la race humaine, mais bon, en attendant, je m'arrange pour faire avec. Seulement, cette saloperie, je ne peux pas me la sortir de la tête. Vraiment pas.

— Je sais.

— Je me sens sale, dit-elle. J'ai besoin de prendre une douche.

6

J'aurais appelé Will le lendemain matin à la première heure,
si javais su où le joindre. Je savais sur lui des choses très
personnelles, je savais qu'à midi, il commençait à boire du
sirop pour la toux, je savais que sa fiancée l'avait plaqué parce
qu'il avait eu une querelle d'ivrogne avec son père, je savais
que son mariage actuel avait commencé à battre de l'aile à
partir du moment où il était devenu sobre. Mais je ne
connaissais ni son nom de famille ni son adresse et c'est pourquoi il me fallut attendre la réunion de vingt heures trente.

Il arriva à St. Paul juste après le début de la réunion et,
dès la pause, il se dirigea droit sur moi et me demanda si
j'avais eu l'occasion de voir le film.

— Oui, répondis-je. Ça a toujours été un de mes films favo-
ris. J'aime surtout l'épisode où Donald Sutherland se fait passer pour un général et passe les troupes en revue.

— Oh, non ! s'écria-t-il. Je voulais que vous regardiez spécifiquement ce film-là, la vidéocassette que je vous ai donnée hier soir. Je ne vous l'avais pas dit ?

— Rien qu'une petite plaisanterie, lui dis-je.

— Ah.

— J'ai vu ce truc. Je ne peux pas dire que ça m'ait fait
passer un bon moment mais je l'ai regardé jusqu'au bout.

— Alors ?

— Alors quoi ?

Jugeant que nous pouvions nous passer de la seconde moitié de la réunion, je le pris par le bras, l'entraînai dehors et lui fis monter les quelques marches qui menait à la rue. De l'autre côté de la Neuvième Avenue, un homme et une femme se disputaient à propos d'argent, et leurs voix s'entendaient de loin, dans l'air tiède du soir. Je demandai à Will d'où il tenait cette cassette.

— Vous avez vu l'étiquette, répondit-il. Le vidéo-club qui se trouve au coin de ma rue. La 61e et Broadway.

— Vous l'avez louée ?

— C'est ça. Je l'ai déjà vu. Mimi et moi, nous l'avons tous les deux vu plusieurs fois mais nous sommes tombés sur un épisode de la série, à la télévision par câble, et ça nous a donné envie de revoir le vrai film. Et vous savez ce que nous avons vu.

— Oui.

— Une saleté de *snuff film*[1]. C'est bien comme ça qu'on les appelle ?

— Oui, je crois.

— C'est la première fois que j'en vois un.

— Moi aussi.

— Vraiment ? Je croyais que comme vous étiez flic et détective et tout ça…

— La toute première fois.

Il soupira.

— Bon, et maintenant, qu'est-ce qu'on fait ?

— Comment ça, Will ?

— On va trouver les flics ? Je ne veux pas m'attirer d'ennuis mais je n'aurais quand même pas la conscience tranquille si je faisais comme si de rien n'était. Enfin, ce que je veux dire c'est que je voudrais votre avis sur la façon de s'y prendre.

1. Film pornographique dont le clou est l'assassinat d'un comédien ou une comédienne qui ne se doutait de rien.

84

De l'autre côté de l'avenue, le couple continuait de s'engueuler. «Fous-moi la paix», criait l'homme. «Fous-moi la paix, bon Dieu.»

Je dis à Will :

— Il faudrait d'abord que je sache exactement comment vous avez fait pour vous retrouver avec cette cassette. Vous êtes entré dans le magasin, vous avez pris la cassette sur une des étagères…

— On ne prend pas la cassette elle-même sur l'étagère.

— Ah bon ?

Il m'expliqua le processus : sur les étagères, le magasin exposait des pochettes en carton, le client en prenait une, l'apportait au comptoir où on la lui échangeait contre la cassette correspondante. Comme Will avait un abonnement, on enregistrait la cassette qu'il allait emporter, et on lui faisait tout simplement payer le prix d'une journée de location. Deux dollars.

— Et cette cassette vient de la boutique au coin de la 61e rue et de Broadway ?

— Oui. Deux ou trois portes après l'angle. Juste à côté du Martin's Bar.

Je connaissais ce bar. C'était une grande salle ouverte, où l'on servait des boissons pas chères et des plats chauds exposés sur une plaque chauffante. Plusieurs années auparavant, une pancarte sur la porte faisait de la réclame pour leurs tarifs spéciaux, de huit heures à dix heures du matin : tous les alcools à moitié prix. Huit heures du matin, pas mal pour démarrer une cuite.

— Ils restent ouverts jusqu'à quelle heure ? demandai-je.

— Onze heures du soir. Minuit, le samedi.

— Je vais aller leur parler.

— Maintenant ?

— Pourquoi pas ?

— Oh, je ne sais pas. Vous voulez que je vienne avec vous ?

— Ce n'est pas la peine.

— Vous êtes sûr ? Parce que, dans ce cas, je crois que je vais assister à la fin de la réunion.

— Oui, c'est aussi bien.

Il se détourna, puis se ravisa.

— Oh, dites, Matt. Je devais leur rapporter ce film hier, alors ils vont faire payer un jour de location supplémentaire. Je ne sais pas combien ça fera mais vous n'aurez qu'à me le dire et je vous rembourserai.

Je lui dis de ne pas se tracasser pour ça.

Le vidéo-club était bien là où Will m'avait dit que je le trouverais. J'étais d'abord passé chercher la vidéocassette à mon hôtel et je l'avais sur moi quand j'entrai dans la boutique. Il y avait cinq ou six clients qui regardaient les titres sur les étagères, et un homme et une femme derrière le comptoir. Ils avaient tous deux une trentaine d'années. Comme l'homme avait une barbe de deux ou trois jours, je me dis qu'il devait être le gérant. Si la femme avait été la patronne, elle l'aurait probablement envoyé chez lui se raser.

Je m'approchai de lui et lui dis que je voulais parler au gérant.

— Je suis le propriétaire, répondit-il. Ça vous ira ?

Je lui montrai la cassette et lui dis :

— Je crois que ce film a été loué chez vous.

— Oui. C'est l'étiquette de la maison donc il doit bien venir de chez nous. *Les Douze Salopards*, toujours très demandé. La cassette a un défaut ? Mais vous êtes sûr que c'est la cassette ou est-ce qu'il n'y aurait pas un certain temps que vous avez nettoyé vos têtes vidéo ?

— Un de vos clients l'a louée avant-hier.

— Et vous vous êtes chargé de nous la rapporter ? Si ça fait deux jours, il y aura un supplément à payer. Attendez que je regarde. (Il s'approcha d'une console d'ordinateur et tapa le numéro de code inscrit sur l'étiquette.) William Haberman, dit-il. D'après ce que je lis, ça ne fait pas deux jours mais trois, et il nous doit donc quatre dollars et quatre-vingt-dix *cents*.

Au lieu de sortir mon portefeuille, je demandai :

— Vous connaissez cette bande-ci ? Je ne parle pas du film lui-même mais de cette cassette précise.

— Je devrais ?

— Il y a un autre film enregistré sur la moitié de la bande.

— Faites voir. (Il prit la vidéocassette et désigna un bord.) Vous voyez, là ? La cassette vierge a une languette de protection, à cet endroit. Si on enregistre quelque chose qu'on veut garder, on casse la languette et on ne risque pas d'enregistrer quelque chose dessus par erreur. Sur une cassette commerciale comme celle-ci, il y a un trou à la place de la languette, et comme ça, aucun danger de tout abîmer en appuyant accidentellement sur la touche «engistrement»; parce que les gens sont tellement malins que ça se produirait tout le temps. Mais en bouchant le trou avec un bout de scotch, alors ça marche de nouveau. Vous êtes sûr que ce n'est pas ce qu'a fait votre ami ?

— Tout à fait sûr.

Pendant un instant, il eut l'air un peu méfiant, puis il haussa les épaules.

— Alors il veut une autre cassette des *Douze Salopards*, c'est ça ? Pas de problème, comme je vous disais, c'est un titre très demandé et nous en avons plusieurs copies. Pas une douzaine, salopes ou non, mais un bon nombre.

Il allait s'éloigner pour en chercher une quand je l'arrêtai en posant la main sur son bras.

— Le problème n'est pas là.

— Ah ?

— Quelqu'un a enregistré un film pornographique au milieu des *Douze Salopards*, lui dis-je. Pas simplement le genre de truc interdit aux mineurs mais un exemple terrible de violence sadique et porno sur un gosse.

— Vous plaisantez.

Je fis non de la tête.

— J'aimerais savoir comment il est arrivé ici, lui dis-je.

— Oui, ça m'étonne pas. (Il tendit la main pour prendre la cassette mais la retira aussitôt comme s'il avait peur de se brûler les doigts.) Je vous jure que je n'ai rien à voir avec ça. Nous ne touchons pas aux trucs porno, aux cochonneries du genre *Deep Throat* ou *Devil in Miss Jones*. La plupart des magasins de location ont un rayon pornographique ou du moins quelques titres ; il y a des couples mariés qui veulent une stimulation érotique visuelle et qui ne sont pas du genre à fréquenter les toilettes de Times Square. Mais quand j'ai ouvert la boutique, j'ai décidé que je n'aurais rien à faire avec ce genre de marchandise. Je n'en voulais pas dans mon magasin. (Il regarda la cassette mais n'essaya pas de la prendre.) Alors, comment a-t-elle pu atterrir chez moi ? Voilà ce qu'il faudrait savoir – pas vrai ?

— Quelqu'un a probablement dû vouloir faire une copie d'une cassette.

— Et, comme il n'avait pas de cassette vierge sous la main, il s'est servi de celle-ci. Mais pourquoi utiliser une cassette en location et puis la rapporter le lendemain ?

— C'est peut-être quelqu'un qui s'est trompé. Quelle est la dernière personne à qui vous l'avez louée ?

— Avant Haberman, vous voulez dire. Voyons. (A nouveau, il consulta l'ordinateur, puis il fronça les sourcils.) Il est le premier, dit-il.

— C'était une cassette toute neuve ?

— Non, certainement pas. Vous trouvez qu'elle a l'air neuve ? Je comprends pas, on met tout sur ordinateur et on a toutes les informations enregistrées comme jamais auparavant, et puis ont tombe sur un truc comme ça. Ah, mais, minute. Je sais d'où elle vient, cette cassette.

Il m'expliqua qu'une femme avait apporté un sac à provisions plein de vidéocassettes, des classiques, pour la plupart.

88

— Il y avait trois versions du *Faucon Maltais* – incroyable, non ? Une version de 1936 qui s'appelle *Satan Met a Lady*, avec Bette Davis et Warren Williams. Arthur Treacher tient le rôle de Joel Cairo et celui de Sidney Greenstreet est joué par une grosse dame qui s'appelle Alison Skipworth – sans blague. Et il y a la version originale qui date de 1931, dans laquelle le Spade de Ricardo Cortez est une vraie ordure qui n'a rien à voir avec le héros que Bogart fera de lui en 1940. Celui-là, c'est *Le Faucon Maltais* ; après la sortie du film de Huston, le titre de la première version a été changé. C'est devenu *Dangerous Female*.

La femme lui avait dit qu'elle louait des appartements. Un de ses locataires était mort et elle vendait une partie de ses affaires pour compenser ce qu'il lui devait comme loyer.

— Alors je lui ai acheté tout le lot, poursuivit-il. Je ne sais pas s'il lui devait vraiment son loyer ou si elle voyait simplement une occasion de se faire quelques dollars, mais je savais que ce n'était pas un cambrioleur, qu'elle n'était pas allée lui voler ses cassettes. Elles étaient en bon état – celles que j'ai vues. (Il eut un sourire navré.) Mais je ne les ai pas toutes regardées. Et certainement pas celle-ci.

— Ça pourrait tout expliquer, lui dis-je. Si cette cassette appartenait à ce monsieur...

— Et s'il a voulu copier une autre cassette... mais c'était peut-être en pleine nuit et il ne pouvait pas aller acheter une cassette vierge. Oui, ce serait logique. Il ne voulait pas enregistrer sur une cassette de location, mais celle-ci n'était pas une cassette de location, avant que je l'achète à sa logeuse et, à ce moment-là, il avait déjà enregistré autre chose dessus. (Il me regarda.) C'est vraiment de la violence sado-porno sur un enfant ? Vous n'avez pas exagéré ?

Je lui dis que non. Il parla du genre de monde dans lequel nous vivons et je lui demandai le nom de la logeuse.

— Je ne m'en souviens certainement pas, répondit-il,

en admettant pour commencer que je l'aie su, ce qui m'étonnerait.

— Vous ne lui avez pas fait un chèque?

— Je ne crois pas. Elle devait vouloir du liquide. C'est ce que les gens veulent, en général. Vous souhaitez que je vérifie?

— Si ça ne vous ennuie pas.

Il passa un certain temps à s'occuper d'un client, puis il alla dans une pièce à l'arrière du magasin et en ressortit quelques minutes plus tard.

— Pas de chèque, dit-il. Mais ça m'aurait étonné. Le plus curieux, c'est que j'aie trouvé la note que j'avais prise de la transaction. Cette dame avait trente-et-une cassettes et je lui en ai donné soixante-quinze dollars. Ça n'a pas l'air très généreux mais c'étaient des marchandises de seconde main et, dans ma partie, on doit surtout tenir compte des frais généraux.

— Vous avez marqué son nom sur la note de la transaction?

— Non. Je peux vous dire qu'elle est datée du 4 juin, si ça peut vous aider. Et qu'autrement, je n'ai jamais vu cette dame, ni avant ni après. Il me semble qu'elle doit habiter le quartier, mais en dehors de ça je ne sais rien d'elle.

Il fut incapable de me donner d'autres renseignements et je ne trouvai aucune autre question à lui poser. Il me dit que Will avait droit à vingt-quatre heures de location gratuite d'une copie non-endommagée du film *Les Douze Salopards*.

De retour à mon hôtel, je cherchai le numéro de Will dans l'annuaire – c'était facile maintenant que je connaissais son nom de famille – et lui dis que, quand il voudrait, il pourrait passer louer gratis une autre copie des *Douze Salopards*.

— En ce qui concerne le film en question, nous ne pouvons rien faire, ni l'un ni l'autre. Un gars a copié une bande sur une vidéocassette des *Douze Salopards*, qui lui appartenait, et cette cassette a fini par se retrouver mise en circulation. Le type à qui elle appartenait est mort, et il n'y a aucun moyen de savoir qui il était et encore moins d'où il tenait le film qu'il avait copié dessus. De toute façon, les trucs comme ça circulent indéfiniment entre les gens que ça intéresse ; ils font des copies des bandes qui leur passent entre les mains clandestinement parce que c'est la seule façon de se procurer ces films qui ne sont pas disponibles dans le commerce.

— Dieu merci, dit Will. Mais vous croyez qu'on peut se permettre d'oublier tout ça ? Un jeune garçon a été tué.

— La bande originale a peut-être dix ans, lui dis-je. Le film a peut-être été tourné au Brésil. (C'était peu probable vu que tout le monde parlait l'anglais. Mais il ne releva pas.) C'est un truc franchement ignoble et je me porterais au moins aussi bien si je ne l'avais pas vu, mais je ne crois vraiment pas qu'on puisse y faire quelque chose. Il doit y avoir des centaines de cassettes comme celle-ci qui se baladent dans cette ville. Des douzaines, en tout cas. La seule chose que celle-ci ait de particulier est le fait que vous et moi l'ayons vue par hasard.

— Ça ne sert à rien de la porter à la police ?

— Je ne vois pas à quoi ça servirait. Ils la confisqueraient – et après ? Elle finirait simplement par atterrir quelque part dans une réserve et, en attendant, il vous faudrait répondre à des tas de questions sur la façon dont elle s'est retrouvée entre vos mains.

— Ça, je n'en veux pas.

— Non, bien sûr.

— Bon, eh bien, dit-il, je suppose qu'il vaut mieux que nous n'y pensions plus.

Seulement cela me fut impossible.

Ce que j'avais vu et la façon dont je l'avais vu m'avait assez profondément impressionné. Je n'avais pas menti quand j'avais dit à Will que je n'avais jamais vu de *snuff film*. Il m'était arrivé d'en entendre parler – quand par exemple on en avait confisqué un à Chinatown et on avait installé un projecteur au Cinquième commissariat pour le visionner. Le flic qui m'avait raconté ça m'avait dit qu'il le tenait d'un flic qui lui avait dit avoir quitté la pièce quand la fille qui jouait dans le film avait eu la main tranchée. Ça s'était peut-être vraiment passé comme ça, mais les histoires de flics ont tendance à être grossies à chaque fois qu'elles sont racontées, comme les histoires de bistrot concernant la tête de Paddy Farrelly. Je savais que de tels films existaient, je savais qu'il y avait des gens pour les faire et des gens pour les regarder mais le monde dans lequel ils vivaient n'avait jamais empiété sur le mien.

C'est pourquoi certains détails restèrent présents dans mon esprit – mais pas les plus évidents. L'air hésitant du gamin au début du film, ses quelques phrases – « Ce truc-là tourne ? Est-ce que suis censé dire quelque chose ? » Sa surprise quand les choses se gâtaient et la façon dont il semblait ne pas pouvoir croire à ce qui se passait.

Au milieu de tout ça, la main de l'homme sur le front du gamin, ce geste doux, plein de sollicitude pour lui lisser les cheveux en arrière. Ce geste s'était répété à plusieurs reprises au cours de la scène, jusqu'à ce que la cruauté finale soit infligée et qu'au terme d'un mouvement panoramique, la caméra se pose sur le conduit placé dans le sol à moins d'un mètre des pieds du gamin. Ce conduit, nous l'avions déjà aperçu mais, maintenant, la caméra s'attardait avec insistance sur cette longueur de métal noir, inséré dans le damier noir et blanc du sol. Du sang, d'un rouge semblable au rouge sur les lèvres de la Femme Cuir, semblable à celui de ses ongles longs et du bout de ses petits seins, ruisselait sur les carreaux noirs et blancs et coulait dans le conduit.

C'était le dernier plan, sans aucun des personnages mais seulement les carreaux du sol, le conduit et le sang qui coulait. Puis l'écran était vide, puis à nouveau Lee Marvin était là qui luttait pour préserver la démocratie dans le monde.

Pendant quelques jours, peut-être même une semaine, je pensai souvent à ce que j'avais vu. Cependant je ne fis rien parce que je ne voyais pas ce que je pouvais faire. J'avais collé la vidéocassette dans mon coffre bancaire sans la regarder une seconde fois – une fois m'avait suffi – et, bien que j'eusse le sentiment que c'était un truc dont je ne devais pas me débarrasser, je ne voyais pas à quoi il pouvait me servir. Parce qu'en fait qu'est-ce ce que c'était ? C'était une cassette vidéo dans laquelle deux personnes non identifiables avaient des relations sexuelles l'une avec l'autre et avec une troisième personne, un gamin, non identifié lui aussi, qu'elles maltraitaient, probablement contre sa volonté, et tuaient presque certainement. Il était impossible de dire ni qui étaient ces trois personnes ni ou ni quand elles avaient accompli ce que la caméra avait enregistré.

Un jour, après la réunion de midi, je marchai dans Broadway puis dans la 42e rue : je passai deux heures dans la partie mal famée située entre Broadway et la Huitième Avenue. J'entrai dans un tas de sex-shops. Je commençai par être gêné, puis je m'y fis et je pris tout mon temps pour parcourir les titres des films de la section sado-maso. Toutes les boutiques en avaient – des histoires de torture et de souffrance, et sur la pochette de chaque cassette, il y avait quelques lignes de description et une photo pour vous mettre en appétit.

Je ne m'attendais pas à trouver notre version des *Douze Salopards* en vente sur le marché. La censure exercée sur les boutiques de Times Square est infime mais la porno enfantine et le meurtre sont encore interdits, et ce que j'avais vu entrait dans ces deux catégories. Le gamin était peut-être tout juste assez âgé pour passer, un bon monteur serait sans doute parvenu à sucrer les pires scènes de violence, mais il me semblait quand même improbable qu'une version soft soit mise en vente sur les rayonnages des magasins porno.

Il y avait cependant une autre possibilité : celle que Monsieur Caoutchouc et la Femme Cuir aient tourné dans d'autres films, séparément ou ensemble. Je ne savais pas si je les reconnaîtrais mais je pensais que je le pourrais peut-être, surtout s'ils apparaissaient à nouveau dans les mêmes costumes. C'est ce que je cherchais, en admettant que je fusse en train de chercher quelque chose.

Sur le trottoir nord de la 42e rue, à cinq ou six maisons à gauche du croisement avec la Huitième Avenue, il y avait une petite boutique, en bien des points pareille aux autres, si ce n'est qu'elle semblait avoir pour spécialité les articles sadomasochistes. Elle offrait aussi, bien évidemment, les autres spécialités mais son rayon sado-maso était, proportionnellement plus étendu. Le prix des cassettes vidéo allait de 19. 98 à 100 dollars, et les magazines photo avaient des noms comme *Torture de tétons*.

Je regardai toutes les vidéocassettes, y compris celles qui venaient d'Allemagne et du Japon et celles, de fabrication agressivement artisanale, dont les étiquettes grossières étaient le fruit d'imprimantes d'ordinateur. Je n'en étais pas arrivé à la moitié que j'avais cessé de rechercher Monsieur Caoutchouc et son impitoyable partenaire. En fait, je ne cherchais plus rien mais me laissais imprégner par un monde qui m'avait été présenté de façon très soudaine. Il se trouvait, depuis toujours, ici, à moins de trois kilomètres de l'endroit où j'habitais, et je savais depuis toujours qu'il existait mais je ne m'y étais jamais plongé. Je n'avais jamais eu de raison de le faire.

Je finis par sortir de là. J'avais dû passer près d'une heure dans cette boutique, à tout regarder sans rien acheter. Si cela avait agacé l'employé, il n'en avait rien laissé paraître. C'était un jeune homme à la peau brune, originaire des Indes, dont le visage était resté sans expression, et qui n'avait pas prononcé un mot. D'ailleurs personne n'avait prononcé un mot, dans ce magasin, ni l'employé, ni moi, ni aucun des autres clients. Tout le monde prenait soin d'éviter tout contact visuel ; les clients flânaient dans les rayons, achetaient ou n'achetaient pas, mais ils entraient dans le magasin, s'y déplaçaient et en sortaient comme s'ils n'avaient réellement pas conscience de la présence des autres. De temps en temps la porte s'ouvrait et se refermait, de temps en temps, il y avait un cliquètement quand l'employé comptait les pièces de vingt-cinq *cents* qu'il déposait l'une après l'autre dans la paume d'un client qui avait besoin de monnaie pour aller dans une des cabines vidéo du fond. En dehors de ça, tout n'était que silence.

Je pris une douche dès que je fus rentré à mon hôtel. Je me sentis un peu mieux, mais l'aura de Times Square continua de planer sur moi. Ce soir-là, j'assistai à une réunion, puis je rentrai chez moi et pris une autre douche avant de me coucher. Le lendemain matin, j'avalai un petit déjeuner léger, je lus le journal, puis je marchai dans la Huitième Avenue et tournai à gauche dans la 42ᵉ rue.

Le même employé était de service mais, s'il me reconnut, il le garda pour lui. J'achetai pour dix dollars de pièces de vingt-cinq *cents*, puis j'allai m'installer dans une cabine du fond et je fermai la porte. On peut choisir n'importe quelle cabine car elles contiennent toutes un terminal vidéo relié à un unique système en circuit fermé, comportant seize chaînes. On peut passer à volonté d'une chaîne à l'autre. C'est comme si on regardait la télévision chez soi, sauf que la programmation est différente et que vingt-cinq *cents* vous donnent seulement le temps de regarder pendant trente petites secondes.

Je restai là jusqu'à épuisement de mes pièces de vingt-cinq *cents*. Je regardai des hommes et des femmes se faire différentes choses qui étaient toutes des variations sur un thème global, celui de la punition et de la souffrance. Certaines victimes semblaient goûter leur châtiment et aucune ne semblait vraiment en souffrir. C'étaient des gens qui jouaient un rôle de leur plein gré, des comédiens qui donnaient un spectacle.

Rien de ce que je vis n'était semblable à ce que j'avais vu chez Elaine.

Quand je ressortis, j'avais dix dollars de moins dans les poches et l'impression d'avoir vieilli de dix ans. Dehors, il faisait la même chaleur moite que nous connaissions depuis une semaine, j'essuyai mon front trempé de sueur et je me demandai ce que j'étais venu faire dans la 42ᵉ rue. Ils n'avaient rien de ce que je voulais.

Pourtant je n'arrivais pas à me décider à quitter ce bout de rue. Je n'étais pas attiré par d'autres boutiques porno et je ne voulais aucun des services qu'on vous proposait dans le coin. Je ne voulais pas acheter de la drogue et je ne voulais pas louer les services d'un partenaire sexuel. Je n'avais pas envie de regarder un film kung-fu, d'acheter des chaussures de basket, du matériel électronique ou un chapeau de paille, doté d'un bord large de cinq centimètres. J'aurais pu acheter un couteau à cran d'arrêt (« Vendu uniquement en kit ; l'assemblage peut être interdit dans certains Etats »), une fausse carte d'identité avec photo, imprimée sur le champ, 5 dollars en noir et blanc, 10 dollars en couleur. J'aurais pu faire une partie de *Pac-Man* ou de *Donkey Kong* ou écouter un homme noir à cheveux blancs clamer dans un porte-voix qu'il avait la preuve formelle que Jésus-Christ était un Noir de race pure, né dans la partie de l'Afrique qui s'appelle aujourd'hui le Gabon.

Je marchai inlassablement dans un sens, dans l'autre, et rebelote. A un moment, je traversai la Huitième Avenue et avalai un sandwich et un verre de lait, debout, dans un snack de la gare des autobus de Port Authority. Je traînai là un moment car l'air conditionné me faisait l'effet d'une bénédiction, puis quelque chose me poussa à retourner dans la rue.

Un des cinémas passait deux films avec John Wayne, *The War Wagon* et *She Wore a Yellow Ribbon*. Je payai un ou deux dollars – je ne me souviens pas du prix du billet – et j'entrai dans la salle. J'assistai à la seconde moitié d'un film, la première moitié de l'autre et je ressortis. Je me remis à marcher.

J'étais perdu dans mes pensées et ne prêtais guère attention à ce qui m'entourait, quand un gamin noir vint se placer près de moi et me demanda ce que je faisais. Je me tournai vers lui et il leva sur moi un regard provocateur. Il avait entre quinze et dix-sept ans, à peu près le même âge que le gamin assassiné dans le film, mais il avait l'air beaucoup plus affranchi.

Je lui répondis que j'étais en train de regarder une vitrine.

— Vous avez regardé toutes les vitrines, me dit-il. Ça fait un moment que vous faites sans arrêt le va-et-vient dans un sens et dans l'autre.

— Et alors ?

— Alors qu'est-ce c'est que vous cherchez ?

— Rien.

— Allez jusqu'au coin, dit-il. Continuez jusqu'à la Huitième, tournez le coin et attendez.

— Pourquoi ?

— Pourquoi ? Pour que tous ces gens soient pas là à nous regarder, voilà pourquoi.

Je l'attendis dans la Huitième Avenue, et il dut faire le tour du pâté de maisons en courant ou prendre un raccourci en traversant le Carter Hotel. Il y a plusieurs années, l'établissement s'appelait Hotel Dixie et il était célèbre parce que la standardiste répondait, invariablement : « Hotel Dixie – et alors ? » Je crois qu'ils ont changé le nom de l'hôtel à peu près à l'époque où Jimmy Carter a soufflé la présidence à Gerald Ford, mais je peux très bien me tromper et, si c'est vrai, ce n'est peut-être qu'une coïncidence.

Je me tenais devant une porte quand je le vis arriver de la 43ᵉ rue; il marchait mains dans les poches et la tête inclinée sur le côté. Il portait un jean, un T-shirt et une veste en jean. On aurait pu croire qu'il crevait de chaud avec cette veste mais la chaleur ne semblait pas l'incommoder.

Il me dit:

— Je vous ai vu hier et je vous ai vu aujourd'hui et vous avez pas arrêté de marcher dans un sens, puis dans l'autre. Qu'est-ce que vous cherchez, mec?

— Rien

— Eh, merde. Tous ceux qui se baladent dans la 42ᵉ sont là pour chercher quelque chose. D'abord, j'ai pensé que vous étiez un flic mais vous êtes pas un flic.

— Comment le sais-tu?

— Vous en êtes pas un. (Il me regarda longuement.) Vous en êtes un? Peut-être que si, après tout.

Je me mis à rire.

— Qu'est-ce qui vous fait marrer? Vous êtes bizarre, mec. Quand un gars vous demande si vous voulez acheter des joints, si vous voulez acheter du crack, vous faites juste un petit signe de tête rapide, vous le regardez même pas. Vous en voulez de la came, un truc ou un autre?

— Non.

— Non. Vous voulez un rendez-vous avec une fille? (Je fis non de la tête.) Un garçon? Une fille *et* un garçon? Vous voulez voir un spectacle, vous voulez *être* un spectacle? Dites-moi ce que vous voulez.

— Je suis simplement venu ici pour marcher. Il me fallait réfléchir à certaines choses.

— Ben, merde, dit-il. Il vient dans le coin pour réfléchir! Il enfile son jogging à penser et il fait les cent pas dans la 42ᵉ. Si vous dites pas ce que vous voulez vraiment, comment vous ferez pour l'avoir?

— Je ne veux rien.

— Dites-moi ce que vous voulez. Je vous aiderai à l'avoir.

— Je te l'ai dit, je ne veux rien.

— Ben merde, moi y a plein de trucs que je veux. Disons que vous me donnez un dollar.

Il n'y avait, dans sa voix, aucune menace ou tentative d'intimidation.

— Pourquoi est-ce que je te donnerais un dollar ?

— Simplement parce que vous et moi, on est amis. Et peut-être, vu qu'on est amis, je vous filerai un joint. Qu'est-ce que vous en dites ?

— Je ne fume pas de marijuana.

— Vous fumez pas de marijuana ? Alors, qu'est-ce que vous fumez ?

— Je ne fume rien.

— Bon, eh bien, vous me donnez un dollar et je vous donne rien.

Je ne pus m'empêcher de rire. Je regardai autour de nous et personne ne faisait attention à nous. Je sortis mon portefeuille et lui donnai un billet de cinq dollars.

— C'est pour quoi, ça ?

— C'est parce que nous sommes amis.

— Ouais mais qu'est-ce que vous voulez ? Vous voulez que j'aille quelque part avec vous ?

— Non.

— Alors vous me donnez ça, comme ça.

— Sans contrepartie. Si tu n'en veux pas...

Je tendis la main vers le billet et il retira la sienne d'un coup sec, en riant.

— Hé, minute ! On reprend pas ce qu'on a donné. Votre maman vous a pas appris ça ? (Il empocha les cinq dollars, inclina la tête et m'observa.) Je suis pas encore arrivé à comprendre qu'est-ce que vous êtes.

— Il n'y a rien à comprendre. Comment t'appeles-tu ?

— Comment je m'appelle ? Pourquoi vous voulez savoir comment que je m'appelle ?

— Comme ça, sans raison.

— Appelez-moi TJ.

— D'accord.

— D'accord. Et vous ?

— Appelle-moi Book.

— Ah, ouais, Book ? (Il secoua la tête.) Merde, vous êtes un drôle de type, Book. Mais ce que vous êtes pas, c'est un book.

— Je m'appelle Matt.

— Matt, fit-il comme pour voir si le son lui convenait. Ouais, c'est cool, Matt. Serre-moi la patte, Matt.

— D'accord, Hector.

Son regard s'alluma.

— Hé, ça vous branche, Spike Lee ? Vous avez vu le film ?

— Bien sûr.

— Vous êtes pas facile à piger, j'vous jure.

— Il n'y a rien à piger.

— Vous avez une manie ou une autre. Mais j'arrive pas à trouver ce que c'est.

— Peut-être que je n'en ai pas.

— Dans cette rue ?

Il émit un sifflement sans timbre. Il avait un visage rond, un nez en bouton de bottine, des yeux vifs. Je me demandai si mes cinq dollars lui paieraient du crack. Il était un peu trop potelé pour être un consommateur de crack et il n'avait pas cet air qu'ils ont tous mais bien sûr, ils ne l'ont pas tout de suite.

— Dans la 42e, dit-il, tout le monde a son trip. Quand c'est pas le crack, c'est le shmeck, ou le sexe ou le fric, un trip speed ou un trip cool. Un mec qui a pas le trip, qu'est-ce qu'il pourrait bien foutre ici ?

— Et toi, TJ ?

Il éclata de rire.

— Moi, mon trip, c'est le trip des autres. Faut tout le temps

100

que je sache ce que c'est le trip de l'autre gars, et c'est ça, mon trip à moi, tu mattes Matt ?

Je passai encore quelques minutes avec TJ qui était le meilleur remède à cinq dollars que j'aurais pu trouver pour soigner le blues de la 42ᵉ. Quand je repartis vers le centre j'étais débarrassé de l'oppression qui avait pesé sur moi pendant toute la journée. Je pris une douche, mangeai un repas correct et me rendis à une réunion.

Le lendemain matin, le téléphone sonna pendant que je me rasais. Je pris le métro pour me rendre à Brooklyn, où un avocat de Court Street, qui s'appelait Drew Kaplan, me chargea d'un travail. Un de ses clients était accusé d'homicide involontaire et de délit de fuite au volant d'un véhicule automobile.

— Il jure qu'il est innocent, me dit Kaplan, et il se trouve que, personnellement, je pense qu'il ment comme il respire mais, au cas où il aurait effectivement dit la vérité à son conseil, il faudrait essayer de s'assurer qu'il n'y a pas un témoin qui a vu quelqu'un d'autre écraser la vieille dame. Vous voulez tenter le coup ?

Je passai une semaine sur l'affaire, puis Kaplan me dit de laisser tomber car on avait offert à son client la possibilité de s'avouer simplement coupable d'avoir conduit dangereusement et poursuivi son chemin.

— Comme ils laisseront tomber l'accusation d'homicide, je lui ai fortement conseillé d'accepter, ce qu'il a fini par faire quand il a compris que, de cette façon, il ne ferait pas un séjour en prison. Le ministère public va demander six mois mais je suis sûr que le juge sera d'accord pour le mettre en liberté surveillée. Alors, demain, je vais accepter le marché, à moins que, depuis la dernière fois où je vous ai parlé, vous ne soyez tombé sur le témoin idéal.

— Il se trouve que j'ai déniché quelqu'un, cet après-midi-même.

— Un prêtre, me dit-il. Un prêtre doué d'une vision exceptionnelle et détenteur de la croix de guerre du Congrés.

— Pas tout à fait, mais quand même un témoin solide et digne de foi. L'ennui, c'est que la dame est convaincue que votre client est coupable.

— Bon sang ! Est-ce que la partie adverse est au courant de son existence ?

— Il y a deux heures, elle ne l'était pas.

— N'en parlons surtout pas. Je vais régler cette affaire demain. Vous recevrez, comme on dit, votre chèque par le prochain courier. Vous êtes toujours un gars qui n'a pas de licence et ne remet pas de rapport, c'est ça ?

— A moins que vous ayez besoin d'une pièce à verser au dossier.

— Il se trouve que, dans cette affaire, ce dont j'ai besoin est de ne *pas* avoir de pièce à verser au dossier, donc vous ne remettrez pas de rapport et j'oublierai cette conversation que nous n'avons jamais tenue.

— Ça me va.

— Parfait. Et dites, Matt ? Il faudra bien qu'un jour vous vous décidiez à devenir officiel. Je vous donnerais plus de travail s'il n'y avait pas de trucs que je ne peux pas utiliser à moins que vous ayez une licence.

— J'y ai pensé.

— En tout cas, si vous changez de statut, faites-le moi savoir.

Le chèque que m'envoya Kaplan était généreux. Quand il arriva, je louai une voiture et je me rendis avec Elaine dans les Berkshire pour en dépenser une partie. A notre retour, je reçus un coup de téléphone de Wally de chez Reliable et je travaillai deux jours sur une affaire de demande d'indemnité pour une compagnie d'assurances.

Le film que j'avais vu faisait maintenant partie du passé, et les réactions qu'il avait suscitées en moi s'estompaient.

Il m'avait affecté parce que je l'avais vu mais, en réalité, il ne me concernait en rien ; à mesure que le temps passait, que ma vie reprenait son cours normal, j'en vins à le considérer tel qu'il était vraiment, à savoir comme une atrocité de plus dans un monde qui regorgeait d'atrocités. Chaque matin, je lisais le journal, et chaque jour il y avait une nouvelle atrocité qui faisait oublier l'horreur des précédentes.

De temps en temps, certaines images du film me revenaient encore à l'esprit mais elles n'avaient plus la même force. Je ne retournai pas non plus dans la 42e rue, je ne tombai plus sur TJ et je pensai rarement à lui. C'était un personnage intéressant mais New York est plein de personnages ; il y en a à chaque coin de rue.

L'année continua de s'écouler. Les Mets faiblirent et ne finirent pas dans la course ; les Yankees n'y furent jamais. Deux équipes californiennes s'affrontèrent dans la finale de la coupe et la chose la plus intéressante qui se passa pendant le match fut le tremblement de terre à San Francisco.

Au mois de novembre, pour la première fois, un Noir devint maire de la ville et, la semaine suivante, Amanda Warriner-Thurman fut violée et assassinée trois étages au-dessus d'un restaurant italien de la 52e rue ouest.

Puis je vis la main d'un homme lisser les cheveux chatain clair d'un gamin, et tout me revint en mémoire.

7

J'avais pris le petit déjeuner et lu deux journaux quand la banque ouvrit enfin. Je sortis la vidéocassette de mon coffre, puis j'appelai Elaine d'une cabine téléphonique dans la rue.

Elle me dit :

— Salut. C'était bien, la boxe ?

— Mieux que ce que j'attendais. Et ton cours ?

— Formidable, mais il faut que je lise des tonnes de trucs. Et il y a une petite écervelée dans la classe, elle lève le doigt à chaque fois que le prof arrive à la fin d'une phrase. S'il ne trouve pas un moyen de la faire taire, je serai sans doute obligé de la tuer.

Je lui demandai si je pouvais aller chez elle.

— Je voudrais utiliser ton magnétoscope pendant une heure environ.

— C'est parfait, dit-elle, à condition que tu viennes tout de suite et que ça ne dure pas beaucoup plus d'une heure. Et que ce soit plus marrant que la cassette que tu as apportée la dernière fois.

— J'arrive tout de suite.

Je raccrochai, allai attendre sur le bord du trottoir et trouvai immédiatement un taxi. Quand j'arrivai chez elle, Elaine prit mon manteau et me dit :

— Alors, comment ça s'est passé, hier soir ? Tu as vu l'assassin ? (Je dus fixer sur elle un regard ébahi car elle précisa :) Richard Thurman. Il n'était pas censé se trouver là ? Ce n'est pas pour ça que tu es allé à Maspeth ?

— Ce n'est pas à lui que je pensais. Il était là, oui, mais je ne suis pas plus près de savoir s'il a tué sa femme. Je crois que j'ai vu un autre assassin.

— Ah ?

— Monsieur Caoutchouc. J'ai vu un homme qui m'a l'air d'être lui.

— Il portait le même costume ?

— Il portait un blazer bleu. (Je lui parlai de cet homme et du gamin qui l'accompagnait.) Alors c'est la même cassette que la dernière fois. Je ne pense pas que tu aies envie de la revoir.

— Non, pour rien au monde. Je crois que ce que je vais faire – je pensais le faire de toute façon – c'est un saut dans une librairie pour acheter les bouquins qu'il me faut pour mon cours. Tu sais faire marcher le magnétoscope, n'est-ce pas ? (Je répondis oui.) Et je rentrerai à temps pour me préparer pour mon rendez-vous. J'ai quelqu'un qui vient me voir à onze heures et demie.

— Je serai parti avant.

J'attendis qu'elle eût quitté l'appartement pour allumer le magnétoscope et j'appuyai sur la touche « avance rapide » pour dépasser le minutage des *Douze Salopards*. Quand Elaine revint, un peu avant onze heures, c'est à dire presque exactement une heure après être partie, j'avais regardé deux fois le film qui m'intéressait. Ce film durait une demi-heure, mais quand je l'avais passé pour la seconde fois, j'avais fait usage de l'avance rapide et n'avais mis que la moitié de ce temps pour regarder ce que je voulais voir. J'avais rembobiné la cassette et me tenais devant la fenêtre au moment où Elaine entra dans la pièce.

— Je viens d'acheter pour cent dollars de bouquins, me dit-elle. Et je n'ai même pas trouvé la moitié de ceux qui sont sur la liste.

— Tu n'aurais pas pu les acheter en édition de poche ?

— Ce *sont* des éditions de poche. Je ne vois pas comment je trouverai le temps de lire tous ceux-ci. (Elle vida le sac en plastique sur le canapé, prit un livre et le rejeta sur la pile.) Au moins, ils sont en anglais, dit-elle, et c'est une chance puisqu'il se trouve que je ne lis ni l'espagnol ni le portugais. Mais est-ce qu'on lit vraiment quelque chose si on le lit dans une traduction ?

— Si c'est une bonne traduction.

— Oui, peut-être, mais est-ce que ce n'est pas comme quand on voit un film avec des sous-titres ? Ce qu'on lit n'est quand même pas la même chose que ce qu'ils disent. Tu as regardé ce machin ?

— Ouais.

— Et alors ? C'est lui ?

— Il me semble. Ce serait beaucoup plus facile à dire s'il ne portait pas cette vacherie de cagoule. Il devait crever de chaud avec ce costume moulant et cette cagoule en caoutchouc.

— Peut-être que l'ouverture à l'entrejambe avait un effet rafraîchissant.

— J'ai bien l'impression que c'est lui. Il a un geste, pour mettre la main sur le front du gamin, c'est ça qui a fini par me rappeler où je l'avais vu, mais il y a d'autres points qui correspondent. Sa façon de se tenir, sa façon de bouger, ce sont des choses qu'on ne peut pas cacher sous un costume. Les mains ont l'air identiques. Et le geste qu'il a pour caresser les cheveux du garçon, c'était exactement comme dans mon souvenir. Et puis je crois aussi que c'est la même fille, ajoutai-je d'un ton pensif.

— Quelle fille ? Tu n'as pas parlé d'une fille. Tu veux dire sa complice, la fille aux petits nichons ?

— Je crois que c'est la fille à l'écriteau. Elle se baladait autour du ring avec un écriteau annonçant le numéro du prochain round.

106

— Je suppose qu'elle ne portait pas sa tenue de cuir.

— Non. Elle était plutôt habillée pour la plage, c'est à dire très peu vêtue. Je n'ai pas fait très attention à elle.

— Tu parles.

— Vraiment. Elle me rappelait très vaguement quelque chose mais je n'ai pas bien observé son visage.

— Ça ne m'étonne pas. Tu étais bien trop occupé à observer son cul. (Elle posa la main sur mon bras.) J'aimerais bien continuer à t'écouter, dit-elle.

— Mais tu attends de la visite. Je me taille. Ça ne t'ennuie pas si je laisse la cassette ici ? Je n'ai pas envie de la trimbaler pendant toute la journée ou de faire un voyage spécial pour aller m'en débarrasser.

— Pas de problème. Ça m'ennuie de te presser mais…

Je lui donnai un petit baiser et m'en allai.

Quand j'arrivai dans la rue, je songeai soudain à me cacher dans une entrée pour voir la tête de son visiteur. Elle ne m'avait pas dit carrément qu'elle avait rendez-vous avec un jules mais elle ne m'avait pas dit le contraire non plus, et j'avais pris soin de ne pas lui demander. Je n'avais d'ailleurs pas vraiment envie d'épier pour essayer d'en savoir plus sur son rendez-vous de midi, pas plus que de spéculer sur ce qu'il lui demanderait de faire pour gagner le prix de toutes ces traductions de l'espagnol et du portugais.

Parfois, ça m'ennuyait. Parfois, ça ne me dérangeait pas et parfois je me disais que cela devrait m'ennuyer beaucoup plus que ça. Un de ces jours, me dis-je, il faudra mettre tout ça au point. Ce n'était pas la première fois que je me le disais.

Tout en gambergeant ainsi, je marchai jusqu'à Madison où je pris l'autobus. La galerie de Chance était située au-dessus d'un magasin qui vendait des vêtements de luxe pour enfants. La vitrine représentait une scène charmante de *Wind in the Willows* et tous les animaux portaient des modèles de la maison. Le rat était vêtu d'un pull gris vert qui coûtait probablement aussi cher qu'une étagère de littérature latino-américaine contemporaine.

Au rez-de-chaussée, une plaque en cuivre annonçait : « L. CHANCE COULTER. ART AFRICAIN. » Je montai l'escalier moqueté jusqu'au premier étage. Sur la porte, la même inscription en lettres noires bordées d'or, avec en plus la mention : « *Sur rendez-vous.* » Je n'avais pas de rendez-vous mais je n'en aurais peut-être pas besoin. Je sonnai et, au bout d'un moment, la porte fut ouverte par Kid Bascomb, vêtu d'un costume trois pièces. Il eut un grand sourire en me voyant.

— Monsieur Scudder ! s'écria-t-il. Quel plaisir ! M. Coulter vous attend ?

— Non, à moins qu'il n'ait une boule de cristal. Je suis passé en espérant le trouver ici.

— Il sera très content de vous voir. Pour le moment, il est au téléphone mais entrez donc, installez-vous. Je vais lui dire que vous êtes là.

Je fis le tour de la pièce en regardant les masques et les statues. Je ne m'y connaissais pas en art africain mais il n'était pas besoin qu'on fût spécialiste pour sentir la qualité des objets exposés. Je me tenais devant ce qui, d'après l'étiquette, était un masque Sénufo de Côte d'Ivoire, quand le Kid revint me prévenir que Chance en avait pour une minute.

— Il est en communication avec un monsieur d'Anvers, dit-il. Je crois que c'est en Belgique.

— Je pense que vous avez raison. Je ne savais pas que vous travailliez ici, Kid.

— Oh, ça fait quelque temps, monsieur Scudder. (La veille au soir, à Maspeth, je lui avais demandé de m'appeler Matt, mais apparemment, c'était une cause perdue.) Vous savez que je me suis retiré du ring. Je n'étais pas assez bon.

— Vous étiez drôlement bon.

Il me dit en souriant :

— Peut-être, mais j'en ai rencontré trois d'affilée qui

étaient meilleurs. Je me suis retiré et après, j'ai cherché autre chose à faire, et M. Chance m'a dit que je pourrais essayer de voir si ça me plaisait de travailler chez lui. Je veux dire M. Coulter.

Son lapsus n'avait rien d'étonnant. Quand j'avais connu Chance, ce nom d'une syllabe était le seul qu'il eût, et ce n'était qu'après s'être lancé dans le commerce des objets d'art qu'il y avait ajouté une initiale devant et un nom après.

— Et ça vous plaît?

— C'est beaucoup mieux que de prendre des coups de poing dans la figure. Oui, ça me plaît beaucoup. J'apprends des tas de trucs. Il ne se passe pas un jour sans que j'apprenne quelque chose.

— J'aimerais pouvoir en dire autant, fit Chance en entrant. Il était temps que vous veniez me rendre visite, Matthew. Je pensais que vous alliez vous joindre à nous, hier soir, vous et votre ami. Nous sommes tous descendus au vestiaire d'Eldon, et quand je me suis retourné pour vous présenter, vous n'étiez pas là.

— Nous avons décidé qu'il valait mieux ne pas prolonger la soirée.

— Le fait est qu'elle s'est pas mal prolongée. Vous appréciez toujours le bon café?

— Vous avez toujours ce café spécial?

— Le Blue Mountain de la Jamaïque. Il est, bien sûr, d'un prix exorbitant mais regardez autour de vous. (D'un geste, il indiqua les masques et les statues.) Tous les prix sont ahurissants. Vous le buvez noir, n'est-ce pas? Arthur, tu veux bien nous apporter du café? Et après, il faudrait que tu t'occupes de ces factures.

La première fois qu'il m'avait fait boire du café jamaïquain, c'était à son domicile, une ancienne caserne de pompiers aménagée en résidence, dans une rue tranquille de Greenpoint. Ses voisins polonais croyaient que la maison appartenait à un médecin retraité, appelé Levandowski, et

que Chance était le valet de chambre-chauffeur du bon docteur. En réalité, Chance vivait seul dans une maison dotée
d'un gymnase parfaitement équipé, d'un billard américain
de huit pieds de long, et de murs ornés d'objets d'art africain, dignes d'un musée.

Je lui demandai s'il avait toujours la caserne de pompiers.

— Oh, l'idée de déménager m'est insupportable. J'ai cru
qu'il me faudrait la vendre quand j'ai ouvert cet endroit, mais
j'ai pu m'arranger. Parce que, finalement, je n'ai pas eu à
me constituer un stock. J'en avais plein la maison.

— Vous avez toujours une collection ?

— Encore plus belle qu'avant. Dans un sens, tout ceci fait
partie de ma collection et, dans un autre sens, comme tout
ce que je possède est à vendre, toute ma collection constitue le stock. Vous vous rappelez ce bronze du Bénin ? Ce
buste de reine ?

— La reine avec tous les colliers.

— Je l'avais surpayée dans une vente aux enchères et après,
comme elle ne se vendait pas, tous les trois mois, j'en ai augmenté le prix. Elle a fini par devenir tellement chère que
quelqu'un n'a pas pu lui résister. Ça m'a fait mal de la voir
partir, mais j'ai utilisé l'argent pour acheter autre chose. (Il
me prit par le bras.) Venez, je vais vous montrer quelques
objets. Cette année, au printemps, je suis allé passer un mois
en Afrique, dont quinze jours au Mali, au pays des Dogons.
Un peuple primitif, amène ; leurs cases m'ont rappelé les habi-
tations troglodytiques des Anasazi, à Mesa Verde. Vous
voyez, cette pièce-ci est Dogon. Des trous carrés pour les
yeux et le tout très direct, sans complexes.

— Vous avez parcouru un sacré bout de chemin, lui
dis-je.

— Oh là, là, oui – n'est-ce pas ?

Quand j'avais fait la connaissance de Chance, c'était déjà
un homme qui avait réussi mais dans un tout autre domaine.
C'était un maquereau qui n'avait rigoureusement rien à

voir avec le maquereau traditionnel, celui qui se balade en Cadillac rose, avec un chapeau mou, couleur bordeaux, sur la tête. Il m'avait engagé pour que je découvre le meurtrier d'une de ses filles.

— Tout cela, c'est à vous que je le dois. Vous avez en partie démoli mon affaire.

Dans un sens, c'était vrai. Le temps que je m'acquitte de la tâche qu'il m'avait confiée, une autre de ses filles était morte et celles qui restaient avaient repris leur indépendance.

— De toute façon, lui dis-je, il était temps pour vous de changer de carrière. Vous traversiez la crise existentielle des hommes mûrs.

— Oh, non, j'étais beaucoup trop jeune pour ça. Je le suis encore. Dites, Matthew ? Vous n'êtes pas venu me faire une simple visite de courtoisie.

— Non.

— Ni pour boire mon café.

— Non plus. Hier soir, j'ai vu quelqu'un à la boxe. J'ai pensé que vous pourriez peut-être me dire qui c'est.

— Quelqu'un qui était avec moi ? Quelqu'un dans le coin de Rasheed ?

Je secouai négativement la tête.

— Quelqu'un qui se trouvait près du ring, au premier rang de la section centrale. (Je traçai un plan dans l'air.) Là, c'est le ring, là c'est l'endroit où vous étiez assis, juste à côté du coin bleu. Là, c'est l'endroit où nous étions, Ballou et moi. Le type qui m'intéresse était assis à peu près à cet endroit.

— Comment était-il ?

— Blanc, un peu chauve ; il doit mesurer environ un mètre quatre-vingts et peser dans les quatre-vingt-dix kilos.

— Un mi-lourd. Comment était-il habillé ?

— Blazer bleu, pantalon gris. Une cravate bleue et blanche à gros pois.

— Sa cravate est le premier détail qui sorte de l'ordinaire.

J'aurais pu remarquer une cravate comme ça mais je ne crois pas l'avoir vue.

— Il était en compagnie d'un garçon. Un tout jeune adolescent aux cheveux chatain clair. Peut-être son fils.

— Ah, oui, je les ai vus, dit Chance. Du moins j'ai vu un homme et son fils, assis au premier rang, mais je serais incapable de vous les décrire. Si je les ai remarqués, c'est uniquement parce que j'ai pensé qu'il ne devait pas y avoir d'autre enfant dans la salle.

— Mais vous voyez de qui je parle.

— Oui, mais je ne peux pas vous dire qui était cet homme. (Chance ferma les yeux.) C'est pratiquement comme s'il était là – vous voyez ce que je veux dire ? J'ai l'impression de le voir assis, à côté de son fils mais si vous me demandiez de le décrire, j'en serais incapable, à moins de répéter comme un perroquet la description que vous venez d'en faire. Quel délit a-t-il commis ?

— Quel délit ?

— Vous travaillez sur une affaire, n'est-ce pas ? Je croyais que vous étiez venu à Maspeth uniquement pour voir les matches mais je suppose que vous étiez là pour travailler – pas vrai ?

Sur une autre affaire mais je n'avais aucune raison de lui parler de tout ça.

— J'avais affaire à Maspeth, répondis-je.

— Et ce type y est mêlé mais vous ne savez pas qui il est.

— Il en fait peut-être partie. Je ne peux pas le savoir tant que je ne l'aurai pas identifié.

— Je comprends. (Il réfléchit un instant.) Il était au tout premier rang, alors ce doit être un vrai fan. Peut-être qu'il assiste à tous les matches. J'allais dire que je ne l'ai jamais vu à Madison Square ou ailleurs mais ça ne veut rien dire puisque je ne vais régulièrement à la boxe que depuis que je m'intéresse financièrement à Rasheed.

— Vous souscrivez pour beaucoup à sa carrière ?

— Très peu. Ma participation est, pourrait-on dire, minimale. Il vous plaît toujours ? C'est ce que vous m'avez dit, hier soir.

— Il est impressionnant. Seulement il a laissé passer trop de coups du droit.

— Oui, je sais. Le Kid me disait la même chose. Mais ce Dominguez, il a un *cross* du droit très rapide.

— Ultra-rapide, oui.

— C'est ça. Et puis soudain, y a plus personne. (Il sourit.) J'adore la boxe.

— Moi aussi.

— C'est brutal, c'est barbare. Je ne trouve rien pour la justifier. Mais ça m'est égal. Je l'adore.

— Je sais. Vous étiez déjà allé à Maspeth, Chance ?

Il me fit signe que non.

— C'est au diable, hein ? En fait, ce n'est pas très loin de chez moi, à Greenpoint, sauf que je ne suis pas parti de Greenpoint pour aller là-bas et que je ne suis pas revenu à Greenpoint quand je suis reparti de là-bas, alors, pour moi, ça n'a pas changé grand-chose. Si je suis allé à Maspeth, c'est uniquement parce que notre match avait lieu là-bas.

— Vous y retournerez ?

— Si nous y avons un autre match et si ma présence n'est pas requise ailleurs. Le prochain combat est prévu dans trois semaines à compter de mardi prochain, à Atlantic City. (Il sourit.)) Dans la boîte de Donald Trump ; ça devrait être un peu plus luxueux que la New Maspeth Arena.

Il me dit quel serait l'adversaire de Rasheed et ajouta qu'il fallait que je vienne. Je lui répondis que j'essaierais. Il me dit aussi qu'ils auraient voulu que Rasheed ait un combat toutes les trois semaines mais que, pour le moment, c'était plutôt un combat par mois.

— Désolé de ne pas pouvoir vous renseigner, dit-il ensuite. Si vous voulez, je peux demander à droite et à gauche.

Les gars dans le coin de Rasheed, ils sont toujours là quand il y a des combats. Vous êtes toujours à l'hôtel ?

— Oui, toujours le même.

— Si j'apprends quelque chose...

— Ça me rendrait bien service, Chance. Et vous savez, je suis ravi de voir que vous avez si bien réussi.

— Merci.

Arrivé à la porte, je me retournai et dis :

— Ah, j'allais oublier. Vous savez quelque chose à propos de la fille-écriteau ?

— La quoi ?

— Vous savez. La fille qui caracole sur le ring en tenant un écriteau pour montrer quel est le numéro du prochain round.

— C'est comme ça qu'on l'appelle ?

— Je n'en sais rien. On pourrait sans doute l'appeler Miss Maspeth. Je me demandais simplement...

— Si je savais quelque chose à son sujet. Mais je sais seulement qu'elle a de longues jambes.

— J'avais remarqué ça, moi aussi.

— Et de la peau. Je crois me souvenir qu'elle avait pas mal de peau. Je crains, hélas, mon cher Matthew, que ce soit là toute l'étendue de mes connaissances. Je ne travaille plus dans ce métier, grâce à vous.

— Dans ce métier. Vous pensez qu'elle avait l'air d'en faire partie ?

— Non, dit-il. Je pense qu'elle avait l'air d'une bonne sœur.

— Une pauvre clarisse.

— Je pensais plutôt à une sœur de la Charité. Mais vous avez peut-être raison.

8

Il y a, dans la Sixième Avenue, un bar qui s'appelle Hurley's, situé de l'autre côté de la rue, diagonalement par rapport à la tour de verre et d'acier qui abrite les bureaux de Five Borough Cable Sportscast. Cela fait des années que les gens de NBC fréquentent ce bar que Johnny Carson rendit célèbre à l'époque où il faisait son émission en direct de New York ; c'était là qu'il racontait toutes ses blagues de bistrot. Hurley's se trouve toujours au même endroit, dans un des anciens immeubles qui n'ont pas été démolis dans cette partie de la Sixième Avenue. Les gens de la télévision fréquentent encore ce bar, histoire de tuer une heure ou un après-midi. Richard Thurman y venait assez fréquemment. Il arrivait en général quand il avait fini sa journée et il restait le temps de boire un verre, parfois deux, avant de rentrer chez lui.

Pour apprendre cela, je n'avais pas eu à déployer des talents de super détective car cela figurait dans le dossier que Joe Durkin m'avait permis de lire. J'arrivai chez Hurley's vers quatre heures et demie et me tins au comptoir devant un verre d'eau gazeuse. J'avais cru qu'il me serait possible d'essayer de faire parler le barman mais, comme l'établissement était bondé, il était bien trop occupé pour répondre à ce genre d'exploration oratoire. Sans compter qu'il nous aurait fallu hurler pour nous faire entendre l'un de l'autre.

Le type à côté de moi voulait parler du Super Bowl qui s'était déroulé le dimanche précédent. La partie avait été trop inégale pour faire l'objet d'une longue conversation, et de plus, il se trouvait que nous avions tous deux cessé de regarder la retransmission à la mi-temps. Quand il découvrit que nous avions eu cette idée en commun, il voulut fêter ça en m'offrant un verre mais son enthousiasme faiblit quand il s'aperçut que je buvais de l'eau gazeuse et s'éteignit totalement quand je voulus orienter la conversation sur la boxe.

— Ça, c'est pas un sport, dit-il. Deux gamins des bas quartiers qui se rouent de coups en essayant de s'entre-tuer. Pourquoi ne pas y aller carrément en leur donnant un revolver à chacun pour qu'ils puissent se tirer dessus ?

Un peu après cinq heures du soir, je vis entrer Thurman. Il était en compagnie d'un homme qui avait à peu près le même âge que lui, et ils ne trouvèrent de place que debout, à l'autre extrémité du bar par rapport à moi. Ils commandèrent chacun un verre et, dix minutes, un quart d'heure plus tard, Thurman s'en alla seul.

Quelques minutes plus tard, je m'en allai aussi.

Le restaurant, situé au rez-de-chaussée de l'immeuble de Thurman, dans la 52e rue ouest, s'appelait Le Radicchio. Je me tins sur le trottoir de l'autre côté de la rue et je constatai qu'il n'y avait pas de lumière dans l'appartement du dernier étage. Il n'y en avait pas non plus dans l'appartement du dessous, celui des Gottschalk, ce qui était normal puisque Ruth et Alfred se trouvaient en ce moment à Palm Beach.

Comme je m'étais passé de déjeuner, je décidai de dîner tôt au Radicchio. Seules deux autres tables étaient occupées, chacune par un jeune couple en grande conversation. J'avais envie de téléphoner à Elaine, de lui dire de sauter dans un taxi et de venir me rejoindre mais je n'étais pas sûr que ce fût une très bonne idée.

Je commandai du veau et une moitié de portion de *farfalle* – je crois que c'est comme ça qu'ils appellent les pâtes en forme de nœud papillon, servies avec une sauce rouge, très épicée. La petite salade qui accompagnait le repas comportait pas mal de cette chicorée – *radicchio* – qui avait donné son nom au restaurant. Une phrase dans le menu m'assura qu'un dîner sans vin était aussi triste qu'une journée sans soleil. Je bus de l'eau avec mon repas et, après, un expresso. Le garçon apporta à ma table une bouteille d'anisette que je n'avais pas commandée. Je lui fis signe de l'emporter.

— C'est gratuit, m'affirma-t-il. Vous en mettez une goutte dans votre expresso et ça lui donne bon goût.

— Je ne veux pas qu'il ait aussi bon goût que ça.

— *Scusi*?

Quand, à nouveau, je lui fis signe d'emporter la bouteille, il haussa les épaules et alla la rapporter au bar. Je bus mon expresso en m'efforçant de ne pas imaginer qu'il avait un goût d'anisette. Ce n'était d'ailleurs pas le goût dont quelque chose en moi avait grand soif, et pas davantage le goût qui les poussait à apporter la bouteille à ma table. Si l'anis améliorait vraiment l'arôme du café, les gens ajouteraient une petite cuillerée de graines au café moulu, mais personne ne le fait.

Non, ce dont je ressentais un vif désir, c'était l'alcool. L'alcool dont j'avais sans doute entendu l'appel tout au long de la journée mais dont le chant de sirène s'était fait plus pressant depuis une heure ou deux. Je n'avais pas l'intention de boire, je ne voulais pas boire, mais je ne sais quel stimulus avait déclenché une réaction au niveau cellulaire, réveillant en moi quelque chose qui était profondément enfoui mais qui serait toujours là.

Si un de ces jours j'y repique, si je ne résiste pas à l'envie de boire un verre, ce sera sans doute dans ma chambre, avec un litre de bourbon, ou peut-être une des bouteilles du whisky de douze ans d'âge de Mick. Ce ne sera pas une petite tasse de café express additionné d'une cuillerée de cette cochonnerie d'anisette.

117

Je regardai ma montre. Il était à peine sept heures et demie, alors que la réunion à St. Paul ne commence pas avant huit heures trente. Cependant, ils ouvrent les portes une heure avant et ça ne me ferait aucun mal d'arriver en avance. Je pourrais les aider à disposer les chaises, à sortir les livres, les prospectus et les biscuits. Le vendredi soir, notre réunion est consacrée aux «Etapes», et la discussion a pour objet une des douze Etapes comprises dans le programme spirituel des A. A. Cette semaine-là, nous allions en revenir à la Première Etape. Celle où nous avons reconnu que nous étions impuissants, face à l'alcool, et que notre vie était devenue impossible à régir.

Je fis signe au garçon que je voulais l'addition.

A la fin de la réunion, Jim Faber s'approcha de moi et me confirma notre rendez-vous pour dîner, le dimanche suivant. Jim est mon conseiller, et nous dînons ensemble tous les dimanche soir, à moins que l'un de nous soit obligé d'annuler ce rendez-vous.

— Je crois que je vais passer un moment au Flame, me dit-il. Je ne suis pas pressé de rentrer.

— Ça ne vas pas?

— Ça peut attendre dimanche. Et vous, vous voulez venir boire un café?

Je le priai de m'excuser et m'en allai à pied jusqu'à la 61ᵉ rue, puis tournai dans Broadway. La boutique de vidéo était ouverte et ne semblait pas avoir changé depuis la dernière fois où j'étais venu, six mois plus tôt. Il y avait simplement beaucoup plus de monde – des gens qui voulaient s'assurer une distraction pour le week-end. Je me plaçai derrière les quelques personnes qui faisaient la queue au comptoir. La femme qui était devant moi rentra chez elle avec trois films et trois paquets de maïs soufflé aux micro-ondes.

Le propriétaire avait toujours besoin de se raser. Je lui dis:

— Vous devez vendre beaucoup de pop-corn.

— Je reconnais que, pour nous, c'est un article intéressant. La plupart des magasins en vendent. Je vous ai déjà vu, n'est-ce pas ?

Je lui donnai ma carte. Un rectangle de carton qui portait mon nom, mon numéro de téléphone et rien d'autre. Jim Faber, qui est imprimeur, m'en avait offert toute une boîte. Le propriétaire regarda la carte, puis me regarda. Je lui dis :

— Juillet dernier. Un de mes amis avait loué une vidéocassette des *Douze Salopards*, et je…

— Je me souviens. Qu'est-ce que c'est, maintenant ? Ne me dites pas que ça c'est reproduit avec une autre cassette.

— Non, pas du tout. Mais il s'est passé quelque chose qui fait que je dois absolument remonter à l'origine de la cassette en question.

— Je crois bien vous l'avoir déjà dit. Une vieille femme me l'a apportée avec tout un lot d'autres cassettes.

— Oui, vous me l'avez dit.

— Et est-ce que je vous ait dit que je n'avais jamais vu cette femme, ni avant ni après ? Ça fait maintenant six mois et je ne l'ai toujours pas revue. Je serais ravi de vous aider mais…

— En ce moment, vous êtes très occupé.

— C'est le moins qu'on puisse dire. Tous les vendredis soir c'est pareil.

— Si vous voulez, je reviendrai quand ce sera plus calme.

— Ce serait mieux, dit-il, mais je ne vois pas ce que je pourrais vous apprendre. Comme je n'ai pas eu d'autres plaintes, j'en déduis que cette cassette est la seule sur laquelle quelqu'un ait copié un film porno. Pour ce qui est de retrouver la femme qui est à l'origine de cette cassette, vous en savez autant que moi.

— Vous en savez peut-être plus que vous ne le croyez. Quelle heure vous conviendrait, demain ?

— Demain ? Demain, c'est samedi. Nous ouvrons à dix heures du matin mais c'est assez calme jusqu'à midi.

— Je viendrai à dix heures.

— Vous savez pas ? Ce serait mieux si vous veniez à neuf heures trente. En général, j'arrive plus tôt pour m'occuper de la paperasse. Je vous ferai entrer et nous aurons une demi-heure tranquille, avant l'ouverture.

Le lendemain matin, je lus le *Daily News* en avalant mes œufs et mon café. A Washington Heights, une femme âgée, qui était en train de regarder la télévision dans son appartement, avait été tuée par une balle perdue au cours d'une fusillade qui s'était déroulée dans la rue, devant son immeuble. La personne visée avait subi une opération d'urgence au Columbia Presbytarian et se trouvait dans un état critique. C'était un adolescent de seize ans. La police pensait que cette fusillade avait un rapport avec la drogue.

Cette femme était la quatrième personne tuée par erreur depuis le début de l'année parce qu'elle avait eu la malchance de se trouver là où elle était. Pour l'année dernière, la ville de New York détenait un record, avec trente-quatre personnes ainsi victimes d'une balle perdue. D'après le *News*, si la tendance actuelle se confirmait, ce record pourrait être battu dès le milieu du mois de septembre.

Dans Park Avenue, à quelques centaines de mètres de la galerie de Chance, un homme s'était penché par la fenêtre d'une camionnette blanche, sans plaque minéralogique, pour arracher le sac à main d'une dame d'un certain âge, qui attendait pour traverser au feu. Comme elle avait passé la bandoulière du sac autour de son cou, sans doute pour que le sac soit plus difficile à voler, elle avait été traînée puis étranglée quand la camionnette avait pris de la vitesse. Au milieu de l'article, un encadré recommandait aux femmes de porter leur sac à main de façon à réduire les risques physiques si elles se le faisaient voler. «Ou mieux, ne portez pas du tout de sac à main, Mesdames,» conseillait un expert.

Dans le *borough* de Queens, un groupe d'adolescents qui traversaient le terrain de golf de Forest Park étaient tombés sur le cadavre ensanglanté d'une jeune femme qui avait été enlevée quelques jours plus tôt à Woodhaven. Elle faisait son marché dans Jamaica Avenue quand une autre camionnette, de couleur bleu pâle, celle-là, s'était arrêtée au bord du trottoir. Deux hommes avaient sauté de la camionnette, avaient empoigné la jeune femme, l'avaient poussée dans le véhicule et y étaient montés derrière elle. La camionnette avait disparu avant que quiconque ait pensé à en relever le numéro d'immatriculation. L'examen médical préliminaire avait établi que la victime avait été violée et avait reçu de nombreux coups de couteau dans la poitrine et l'abdomen.

Ne regardez pas la télévision, ne portez pas de sac à main, ne marchez pas dans la rue. Merde.

J'arrivai au vidéo-club à neuf heures trente. Le propriétaire, rasé de frais et vêtu d'une chemise propre, me conduisit dans son bureau, à l'arrière. Il se rappelait mon nom et me dit que le sien était Phil Fielding. Là-dessus, nous échangeâmes une poignée de mains.

— Ce n'est pas écrit sur votre carte, mais vous êtes peut-être une sorte de détective ? Ou quelque chose comme ça ? me demanda-t-il.

— Quelque chose comme ça.

— Comme au cinéma. J'aimerais bien vous aider si c'était possible mais je ne savais déjà rien la dernière fois que je vous ai vu et ça, c'était il y a six mois. Hier soir, je suis resté un moment après la fermeture et j'ai examiné mes registres au cas où le nom de cette dame serait écrit quelque part, mais ça n'a servi à rien. A moins que vous ayez une idée, un truc auquel je n'ai pas pensé...

— Le locataire, lui dis-je.

— Vous voulez dire *son* locataire ? Celui à qui appartenaient les cassettes video ?

— C'est ça.

— Elle a dit qu'il était mort. Ou est-ce que c'était seulement qu'il était parti sans payer son loyer ? Je ne me souviens plus très bien. Ça ne m'a sûrement pas fait l'effet d'un détail dont il fallait absolument que je me souvienne. Je suis à peu près sûr qu'elle a dit qu'elle vendait les affaires du gars pour se dédommager du loyer qu'il lui devait.

— C'est ce que vous m'avez dit au mois de juillet.

— Alors, qu'il soit mort ou qu'il soit simplement parti sans payer...

— J'aimerais quand même savoir qui c'était. Est-ce qu'il y a beaucoup de gens qui possèdent autant de films sur vidéocassettes ? J'avais l'impression que la plupart des gens les louaient.

— Vous seriez surpris. Nous en vendons beaucoup. Surtout des trucs pour enfants, des classiques, même dans ce quartier où il n'y a pas tellement de gens qui ont des gosses. *Blanche Neige*, *Le Magicien d'Oz*. Nous avons vendu une tonne de *E. T.*, et en ce moment, nous vendons *Batman*, mais ça ne marche pas aussi fort que prévu. Il y a beaucoup de gens qui, de temps en temps, achètent un de leurs films préférés. Et puis, bien sûr, il y a un gros marché de bandes éducatives mais c'est un tout autre domaine, ce ne sont pas des films de fiction.

— Vous croyez qu'il y a tant de gens que ça qui achètent jusqu'à trente films ?

— Non, répondit-il. A mon avis, les gens qui en ont plus d'une demi-douzaine sont rares. Ça, c'est sans compter les films éducatifs et les films sur les grands moments du football américain. Ou les films porno, qu'on ne trouve pas chez moi.

— Là où je veux en venir, c'est que le locataire, le propriétaire de ces trente cassettes, était sans doute un mordu de cinéma.

— Ça ne fait pas l'ombre d'un doute. Ce gars avait les

trois versions du *Faucon maltais*. La version originale de 1931, avec Ricardo Cortez…

— Oui, vous me l'avez dit.

— Ah bon? Ça ne m'étonne pas, c'était assez remarquable. Je ne sais pas où il s'est procuré ça sur vidéo, je n'ai pas réussi à le trouver dans les catalogues. Ouais, c'était un vrai fan.

— Donc il a aussi dû louer des films, en plus de ceux qui lui appartenaient.

— Ah, oui, je vois où vous voulez en venir. Oui, je pense que c'est plus que probable. Beaucoup de gens achètent un film de temps en temps mais tout le monde en loue.

— Et il habitait le quartier.

— Comment le savez-vous?

— Si sa propriétaire habitait dans le coin…

— Ah oui, bien sûr.

— Il aurait donc pu être un de vos clients.

Cela le fit réfléchir un instant.

— Certainement, dit-il, c'est possible. Il est même possible que nous ayons parfois discuté du *film noir*, mais je n'ai pas le moindre souvenir.

— Tous vos clients réguliers sont enregistrés sur votre ordinateur, n'est-ce pas?

— Ouais, ça simplifie drôlement la vie.

— Vous m'avez dit que la propriétaire vous a apporté le sac de cassettes pendant la première semaine de juin. Donc, si le locataire était un client, son compte serait resté sans mouvement depuis sept ou huit mois.

— Je pourrais avoir des tas de comptes comme ça, dit-il. Il y a des gens qui déménagent ou qui meurent ou bien un gosse, camé au crack, force leur porte et vole leur magnétoscope. Ou bien ils deviennent clients d'un autre magasin du coin et ils ne viennent plus ici. J'ai eu des gens qui revenaient après avoir disparu pendant plusieurs mois.

— Combien pensez-vous avoir de comptes sans mouvement depuis le mois de juin?

— Je n'en ai pas la moindre idée mais ça, je peux facilement le savoir. Vous n'avez qu'à vous asseoir. Ou bien jeter un coup d'œil dans la boutique; vous trouverez peut-être quelque chose que vous avez envie de regarder.

Quand il eut terminé, il était plus de dix heures mais personne n'était venu frapper à la porte.

— Comme je vous l'avais dit, on n'est pas débordé, le matin. J'ai trouvé le nom de vingt-six personnes. Ce sont des gens dont le compte est sans mouvement depuis le 4 juin mais qui ont loué au moins une cassette chez nous au cours des cinq premiers mois de l'année. Evidemment, s'il a été malade pendant longtemps, un long séjour à l'hôpital…

— Je vais commencer avec ceux que vous avez trouvés.

— Très bien. Je vous ai recopié les noms et les adresses et le numéro de téléphone de ceux qui nous l'ont donné. Beaucoup de gens ne veulent pas donner leur numéro de téléphone, surtout les femmes, et je ne peux pas dire qu'ils aient tort. J'ai aussi des numéros de cartes de crédit mais je ne les ai pas recopiés parce que ce renseignement est confidentiel et je ne suis pas censé le divulguer. Je pourrais sans doute faire un écart s'il y avait quelqu'un que vous ne pouviez pas retrouver autrement.

— Je ne pense pas en avoir besoin.

Il avait recopié les noms sur deux pages de papier réglé. Je les parcourus et lui demandai si certains plus que d'autres lui disaient quelque chose.

— Non, pas vraiment, répondit-il. Je vois tant de gens tous les jours pendant toute la journée, que je ne me rappelle que les habitués, et même ceux-là, je ne les reconnais pas toujours et j'oublie souvent leur nom. Pour ces vingt-six personnes, j'ai regardé ce qu'ils avaient loué l'année dernière, c'est ce qui m'a pris tout ce temps. Je me disais qu'il y en aurait peut-être un qui aurait le profil d'un cinéphile, si on pouvait établir un rapport logique entre son choix de films

124

loués et ceux qui lui appartenaient, mais je n'ai rien trouvé de ce genre.

— Ça valait quand même la peine d'essayer.

— C'est ce que j'ai pensé. Je suis pratiquement sûr que c'est un homme, parce que la propriétaire à dit « il » en parlant de ce locataire, mais j'ai mis tout le monde sur la liste, bien que certaines des vingt-six personnes soient des femmes.

— Très bien. (Je pliai les feuilles de papier et les glissai dans ma poche de poitrine.) Je suis désolé de vous avoir donné tout ce mal. Je vous remercie infiniment.

— Vous savez, dit-il, quand je pense à tout le plaisir que m'ont apporté les gars comme vous sur les écrans, je ne pouvais vraiment pas refuser de vous donner un petit coup de main. (Il eut un sourire, puis redevint sérieux.) Vous essayez de coincer un gang de porno ? Tout ça, c'est pour ça ?

Comme j'hésitais à lui répondre, il m'assura qu'il comprenait si je ne voulais pas en parler. Mais il me demanda si je voudrais bien quand même faire un saut quand ce serait fini, pour lui dire comment ça c'était terminé.

Je l'assurai que je n'y manquerais pas.

J'avais vingt-six noms dont seulement onze étaient accompagnés de numéros de téléphone. Je commençai par ces derniers, parce qu'il est beaucoup plus facile de passer quelques coups de fil que de cavaler dans tous les sens, pour obtenir le même résultat. Mais je finis par m'énerver car j'avais l'impression que je n'arriverais jamais à obtenir une communication et parce que celles que j'obtins me permirent simplement d'écouter une voix enregistrée. Je tombai sur trois répondeurs-enregistreurs dont un me fit entendre un message plein d'humour et les deux autres se contentèrent de répéter les quatre derniers chiffres du numéro et de m'inviter à laisser un message. Je tombai quatre fois sur la voix informatisée du central téléphonique de New York m'informant qu'il n'y avait plus d'abonné au numéro que j'avais demandé.

Dans un cas, la voix me fournit un autre numéro que je notai et composai, mais je n'eus pas de réponse.

Quand j'entendis enfin une voix humaine, je ne sus pas quoi dire. Je consultai vite ma liste et demandai :

— Heuh, monsieur Accardo ? Monsieur Joseph Accardo ?

— Lui-même à l'appareil.

— Vous êtes membre du vidéo-club… (comment s'appelait cette boutique ?)… qui se trouve dans Broadway, au niveau de la 61e rue.

— Broadway au niveau de la 61e, dit-il. C'est lequel ?

— Celui qui est à côté de Martin's.

— Ah, oui, je vois. Qu'est-ce que j'ai fait, j'ai oublié de rapporter quelque chose ?

— Non, non. C'est simplement que j'ai remarqué que votre compte est sans mouvement depuis plusieurs mois. C'est pourquoi, monsieur Accardo, je voulais vous inviter à venir voir nos dernières sélections.

— Ah, fit-il d'un ton surpris. Mais c'est très aimable à vous. Je n'y manquerai pas. Vous comprenez, j'ai pris l'habitude d'aller dans le magasin qui est à côté de mon bureau, mais je passerai vous voir, un de ces soirs.

Je raccrochai et rayai Accardo de la liste. Il me restait vingt-cinq noms et il semblait bien que j'allais devoir m'en occuper à pied.

Vers quatre heures et demie, je me dis que cela suffisait pour la journée. A ce moment-là, j'étais parvenu à rayer dix autres noms. Je ne me serais jamais douté que cela pouvait prendre autant de temps. Les adresses étaient toutes plus ou moins situées dans un secteur que je pouvais parcourir à pied mais cela ne voulait pas dire que je pouvais automatiquement apprendre si telle ou telle personne habitait bien à telle ou telle adresse.

De retour dans ma chambre à cinq heures, je pris une douche, me rasai et m'installai devant la télévision. A sept

126

heures du soir, je retrouvai Elaine au restaurant marocain de Cornelia Street, dans Greenwich Village. Nous commandâmes tous les deux le couscous. Elaine me dit :

— Si la nourriture est aussi bonne que l'odeur de ce restaurant, nous allons nous régaler. Tu sais quel est l'endroit au monde où l'on mange le meilleur couscous ?

— Non, je ne sais pas. Casablanca ?

— Walla Walla.

— Ah.

— Tu piges ? Couscous, Walla Walla. Ou si tu voulais du couscous en Allemagne, tu irais à Baden-Baden.

— Je crois que j'ai compris.

— Je savais bien que tu y arriverais ; tu as l'esprit qu'il faut pour ça. Où irais-tu si tu voulais du couscous à Samoa ?

— Pago Pago. Tu veux bien m'excuser ? J'en ai pour une minute, j'ai besoin de faire pipi.

Le couscous était délicieux et les portions copieuses. Tout en mangeant, je racontai à Elaine comment j'avais passé la journée.

— C'était râlant parce que je ne pouvais pas simplement regarder les noms à côté des sonnettes pour savoir si la personne que je cherchais habitait là.

— Impossible à New York.

— Manifestement. Il y a beaucoup de gens qui ne mettent pas leur nom, simplement par principe. Je devrais comprendre ça puisque j'appartiens à une association fondée sur l'anonymat. D'autres gens mettent un nom qui n'est pas le leur parce qu'ils ne veulent pas que quelqu'un apprenne qu'ils habitent un appartement en sous-location, ce qui est illégal. Alors, disons que je cherche un dénommé Bill Williams...

— Ça, c'est William Williams, dit-elle. Le roi du couscous de Walla Walla.

— En effet. Si son nom n'est pas à côté de la sonnette, ça ne veut pas dire qu'il n'habite pas là. Et si son nom *est* à côté de la sonnette, ça ne veut rien dire non plus.

— Pauvre chou. Alors, qu'est-ce que tu as fait, tu as demandé au gardien ?

— Quand il y en avait un, mais dans la plupart des petits immeubles, il n'y en a pas. Et de toute façon, le gardien a autant de chances de ne pas être chez lui que les autres. Et de plus, un gardien ne connaît pas forcément le nom des locataires. Pour finir on appuie sur des tas de sonnettes, on frappe à des tas de portes et on parle à des gens qui, pour la plupart, ne savent pas grand-chose de leurs voisins et se montrent très réticents pour dévoiler le peu qu'ils en savent.

— C'est dur de faire un métier pareil pour gagner sa vie.

— Il y a des jours où j'en ai l'impression.

— Heureusement que tu l'adores.

— Ah bon ? Enfin, oui, peut-être.

— Ce n'est pas peut-être, c'est sûr.

— Probablement. C'est bien quand à force de s'acharner sur un truc on finit par y comprendre quelque chose. Mais ça ne se passe pas toujours comme ça.

Nous en étions arrivés au dessert, une sorte de gâteau au miel, gluant et beaucoup trop sucré pour que je puisse tout manger. La serveuse nous apporta du café marocain, qui était semblable au café turc, très épais et amer, avec, sous le liquide, du marc de café qui emplissait un tiers de la tasse.

— J'ai fait une bonne journée de travail, dis-je. Ça, c'est bien. Mais l'affaire sur laquelle je travaille n'est pas celle qu'il faudrait.

— Tu ne peux pas travailler sur deux affaires à la fois ?

— Si, sans doute, mais personne ne me paie pour enquêter sur un *snuff film*. En principe, je devrais être en train de déterminer si Richard Thurman est ou n'est pas l'assassin de son épouse.

— Eh bien, tu t'en occupes.

— Ah bon ? Jeudi soir je suis allé voir des matches de boxe, sous prétexte que Thurman était le producteur du programme de télévision. J'ai pu établir un certain nombre de faits. D'abord qu'il est le genre de gars qui retire sa cravate et sa veste quand il travaille. Ensuite qu'il est agile : il est capable de grimper sur le bord du ring et d'en redescendre sans pour autant suer sang et eau. J'ai également eu l'occasion de le voir tapoter le cul de la fille à l'écriteau et...

— Ça, ça a de l'importance.

— Pour lui, peut-être. Mais je ne pense pas que ça en ait pour moi.

— Tu plaisantes ? Ça en dit long sur un bonhomme s'il est capable de peloter les fesses d'une greluche, deux mois après la mort de sa femme.

— Deux mois et demi.

— C'est la même chose.

— Une greluche, hein ?

— Une greluche, une gonzesse, une grognasse. Tu as quelque chose contre greluche ?

— Non. Et il ne lui pelotait pas les fesses. Il les a juste tapotées.

— Devant un million de personnes.

— Ils n'ont pas cette veine. Deux cent personnes au plus.

— Et tous les téléspectateurs.

— Ils regardaient la pub. De toute façon, qu'est-ce que ça peut prouver ? Que c'est un type sans cœur qui pose les mains sur d'autres femmes alors qu'il n'y a pas si longtemps que le corps de son épouse a été mis en terre ? Ou qu'il n'a pas besoin de jouer la comédie parce qu'il est véritablement innocent ? On peut voir ça sous cet aspect comme sous l'autre.

— Si tu veux.

— Ça, c'était jeudi. Hier, n'écoutant que mon indomptable courage, j'ai bu un verre d'eau gazeuse dans le même bistrot que lui. C'était un peu comme si nous étions chacun à un bout d'un wagon de métro bondé, mais nous nous sommes vraiment trouvés au même moment dans la même salle.

— C'est déjà quelque chose.

— Et hier soir, j'ai dîné chez Radicchio's, au rez-de-chaussée de son immeuble.

— C'est bien ?

— Rien d'extraordinaire. Les pâtes étaient bonnes. Je t'y emmènerai un de ces jours.

— Il était au restaurant ?

— Je ne crois même pas qu'il se trouvait dans l'immeuble. S'il était chez lui, il était assis dans le noir. Tu sais, ce matin j'ai téléphoné à son appartement. Je donnais tous ces coups de fil, alors pendant que j'y étais je l'ai appelé.

— Qu'est-ce qu'il t'a dit ?

— J'ai eu son répondeur. Je n'ai pas laissé de message.

— J'espère que ça l'agacera autant que moi quand on me fait ça.

— L'espoir fait vivre. Tu sais ce que je devrais faire ? Je devrais rendre à Lyman Warriner le fric qu'il m'a donné.

— Non, ne fais pas ça.

— Pourquoi pas ? Je ne peux pas le garder si je ne fais rien pour le gagner, et pour ça, je ne vois pas comment je pourrais m'y prendre. J'ai lu le dossier que les flics ont constitué sur l'affaire et ils ont déjà essayé tout ce à quoi je pouvais penser et même plus.

— Ne rends pas l'argent, dit-elle. Tu sais, mon chou, il n'en a rien à faire de ce fric. Quelqu'un a tué sa sœur et il mourra en paix s'il peut se dire qu'il fait son possible pour découvrir le coupable.

— Qu'est-ce que tu veux que je fasse, que je le berce de fausses espérances ?

— S'il te demande quelque chose, dis-lui qu'il faut du temps pour régler les affaires de ce genre. Tu ne lui demanderas plus d'argent…

— Surtout pas.

—… alors il n'aura aucune raison de croire que tu es en train de l'escroquer. Tu n'es pas obligé de garder l'argent si tu estimes que tu n'as rien fait pour le gagner. Donne-le à la recherche sur le SIDA, donne-le à une œuvre charitable, les institutions à qui tu peux le donner ne manquent pas.

— Sans doute.

— Tel que je te connais, tu trouveras un moyen de le gagner.

Un film qu'elle voulait voir passait au Waverly mais, comme c'était samedi soir, il y avait une longue file d'attente au bout de laquelle nous n'avions, ni l'un ni l'autre, envie de nous mettre. Nous préférâmes nous promener un moment, boire un *capuccino* dans Macdougal Street, puis aller écouter une chanteuse folk dans un club de Bleecker.

— Cheveux longs et lunettes de grand-mère, dit Elaine. Et une longue robe en vichy. On se croirait dans les années soixante.

— Ses chansons sont toutes pareilles.

— Qu'est-ce que tu veux, elle ne connaît que trois accords.

Nous quittâmes le club et je demandai à Elaine si ça lui dirait d'aller écouter du jazz.

— Avec plaisir. Où ça ? Sweet Basil ? Le Vanguard ? Choisis l'endroit.

— Je pensais qu'on pourrait aller chez Mother Goose.

— Aaah.

— Qu'est-ce que ça veut dire ?

— Rien. J'aime bien Mother Goose.

— Alors tu veux y aller ?

— Bien sûr. Nous resterons même si Danny Boy n'y est pas ?

Danny Boy n'était pas là mais nous étions arrivés depuis peu quand il fit son apparition. Mother Goose, qui se trouve dans Amsterdam, au niveau de la 81e rue, est un club de jazz que fréquentent tant les Noirs que les Blancs. L'éclairage est tamisé et le batteur, qui utilise les balais, ne fait jamais de solo. Mother Goose et le Poogan's Club sont les deux endroits où l'on peut trouver Danny Boy Bell.

Que ce soit dans l'un ou l'autre endroit, il ne passe pas inaperçu. C'est un Noir atteint d'albinisme, dont la peau et les yeux sont extrêmement sensibles à la lumière, et qui a organisé sa vie de façon que le soleil et lui ne soient jamais levés en même temps. C'est un homme de petite taille, habillé avec recherche – il aime porter des costumes sobres et des gilets extravagants. Il boit beaucoup de vodka russe glacée et il est souvent accompagné d'une femme, si possible aussi voyante que ses gilets. Celle de ce soir avait une crinière blond vénitien et des seins vraiment énormes.

Le maître d'hôtel les conduisit à une table en bordure de la piste de danse – sa place habituelle. Je ne pensais pas qu'il nous eût remarqués, pourtant, dès qu'il y eut une pause entre deux morceaux, un garçon s'approcha de notre table et nous dit que M. Bell espérait que nous voudrions bien nous joindre à lui. En nous voyant arriver, Danny Boy nous dit :

— Matthew, Elaine, quel plaisir de vous voir tous les deux. Je vous présente Sascha – elle est à croquer, n'est-ce pas ?

Sascha gloussa. Nous parlâmes de choses et d'autres et, quelques minutes plus tard, Sascha se dirigea vers les toilettes.

— Elle va se poudrer le bout du nez, expliqua Danny Boy. Pour ainsi dire. Le meilleur argument à faire valoir pour que la drogue soit autorisée est que les gens ne passeraient plus leur temps aux toilettes. Quand on calculera les heures de main-d'œuvre que la cocaïne coûte à l'industrie américaine, il faudra vraiment qu'on tienne compte de tous ces voyages au petit coin.

J'attendis le prochain voyage de Sascha au petit coin pour aborder le sujet de Richard Thurman.

— J'ai plus ou moins supposé que c'était lui qui l'avait tuée, dit Danny Boy. Elle était riche et il ne l'était pas. Si seulement ce gars était médecin, je dirais que ça ne fait aucun doute. A votre avis, pourquoi les médecins tuent-ils toujours leur femme? Ont-ils tendance à épouser des garces? Vous voyez une explication?

Nous en discutâmes un moment. Je dis que c'était peut-être parce qu'ils avaient l'habitude de faire comme s'ils étaient le bon Dieu, de prendre des décisions dont dépendait la vie des gens. Elaine émit une théorie plus élaborée. Selon elle, les gens qui choisissaient de soigner les autres étaient souvent des individus qui s'efforçaient de surmonter le sentiment qu'ils avaient de faire du mal à autrui.

— Ils deviennent médecins pour prouver qu'ils ne sont pas des assassins, dit-elle, mais, sous l'effet du stress, ils effectuent un retour à ce qu'ils croient être leur vraie nature, et ils tuent.

— Intéressant, dit Danny Boy. Mais pourquoi commenceraient-ils par éprouver ce sentiment d'être nuisibles?

— Ça remonte à leur naissance, répondit-elle. La mère a failli mourir en couches ou elle a beaucoup souffert en mettant son enfant au monde. Cet enfant va se dire : *Je fais du mal aux femmes* ou *Je tue les femmes*. Il cherche à compenser cela en devenant médecin, et par la suite, un jour où tout va mal...

— Il tue sa femme, dit Danny Boy. Oui, ça me plaît.

Je demandai à Elaine si elle avait des données qui étayaient sa théorie. Elle me dit qu'elle n'en avait pas mais que beaucoup d'études traitaient du rôle des circonstances de la naissance sur le comportement humain. Danny Boy déclara que les données, il n'en avait rien à faire, qu'on pouvait trouver des données pour démontrer n'importe quoi, mais que c'était la première fois qu'il entendait une théorie qui lui semblait logique, alors merde aux données. Sascha était revenue à sa place pendant la discussion qui n'en avait pas moins poursuivi son cours et à laquelle elle n'avait pas semblé s'intéresser.

— En ce qui concerne Thurman, dit Danny Boy, je n'ai

rien entendu de spécial. Mais je n'ai pas particulièrement bien écouté. Je devrais ?

— Ça ne ferait pas de mal si vous tendiez l'oreille.

Il se servit un peu de Stoly. (Dans les deux établissements qu'il fréquente, Poogan's et Mother Goose, on lui apporte sa bouteille de vodka dans un seau à champagne, bourré de glaçons.) Il plongea les yeux dans son verre, puis le vida comme s'il buvait de l'eau.

— Il travaille pour une chaîne de télévision par câble, dit-il. Une nouvelle chaîne consacrée au sport.

— Five Borough.

— C'est ça. On raconte des choses au sujet de cette chaîne.

— Quoi ?

Il secoua la tête et répondit :

— Rien de très précis. Il serait question de trucs louches, de magouilles, de financement avec de l'argent sale.

Quelques minutes plus tard, Sascha quitta à nouveau la table. Dès qu'elle se fut éloignée, Elaine se pencha en avant et dit :

— Je craque. Je n'ai jamais vu des nichons aussi gros que ceux de cette gosse.

— Je sais.

— Ils sont plus gros que votre tête, Danny Boy.

— Oui, je sais. Cette petite est un phénomène, n'est-ce pas ? Mais je crois qu'il va falloir que je m'en sépare. (Il se versa de la vodka.) Je n'ai pas les moyens de me la payer. Vous ne me croiriez pas si je vous disais l'argent qu'il faut claquer pour contenter ce petit bout de nez.

— Profitez-en tant que vous le pourrez.

— J'en ai bien l'intention, dit-il.

Quand nous fûmes de retour à son appartement, Elaine prépara du café, puis nous nous installâmes sur le canapé. Elle avait placé une pile de disques de piano solo – Monk, Randy Weston, Cedar Walton sur la platine de l'électrophone. Elle me dit :

— Un sacré numéro cette Sascha, tu trouves pas ? Je me demande où Danny Boy va les chercher.

— Dans un supermarché d'une chaîne à succursales multiples.

— Quand on voit des trucs pareils, on ne peut pas s'empêcher de penser aux silicones mais peut-être que c'est naturel, qu'ils ont juste poussé comme ça.

— Je n'ai pas fait très attention.

— Alors il va falloir que tu sois plus assidu aux réunions parce que c'est sans doute la vodka qui te faisait baver. (Elle se rapprocha de moi.) Qu'est-ce que tu en penses ? Je te plairais plus si j'avais d'énormes nichons ?

— Bien sûr.

— C'est vrai ?

J'eus un hochement de tête affirmatif.

— Et des jambes plus longues, ça aussi, ce serait bien.

— Ah bon. Et des chevilles plus fines ?

— Ça ne ferait pas de mal non plus.

— Sans blague ? Quoi d'autre ?

— Ça suffit, arrête, lui dis-je. Ça me donne des démangeaisons.

— C'est vrai ? Dis-moi ce qu'il y a encore sur la liste de tes désirs. Que dirais-tu d'un minet plus rétif ?

— Que ce serait trop beau.

— Tu pourras dire que tu l'as bien cherché.

— Tu crois ?

— Je le souhaite, répondit-elle. Je le souhaite ardemment.

Un peu plus tard, je m'étendis sur son lit pendant qu'elle allait retourner la pile de disques et chercher deux tasses de café. Assis dans le lit, nous restâmes presque silencieux pendant un moment.

Puis elle dit :

— Hier, tu étais en rogne.

— Ah ? Quand ça ?

— Quand tu as dû t'en aller parce que j'attendais quelqu'un.

— Ah.

— Tu ne l'étais pas ? En rogne ?

— Un peu. Je m'en suis remis.

— Ça t'ennuie, n'est-ce pas ? Que je reçoive des clients.

— Des fois oui. Des fois non.

— J'arrêterai sans doute un jour ou l'autre, dit-elle. Le turf, ça va bien pendant un moment. Même les grands jockeys n'attendent pas d'avoir des rhumatismes pour prendre leur retraite. (Elle roula sur le côté, face à moi, et posa une main sur ma jambe.) Si tu me demandais d'arrêter, je crois bien que je le ferais.

— Et après tu m'en voudrais.

— Tu crois ? Je suis à ce point parano ? (Elle y réfléchit un instant et ajouta :) Oui, sans doute.

— De toute façon, je ne te le demanderais pas.

— Non, tu préfères que ça continue à te contrarier. (Elle roula sur le dos et fixa le plafond. Au bout d'un moment, elle dit :) Si on se mariait, je laisserais tomber.

Il y eut un silence, puis une cascade de notes descendantes et un accord surprenant d'atonalité nous parvinrent du salon.

— Si tu veux faire semblant de ne pas avoir entendu ça, dit Elaine, je ferai semblant de ne pas l'avoir dit. Nous n'avons jamais prononcé le mot A, et voilà que je vais dire le mot M.

— L'endroit est dangereux, dis-je, coincé comme ça au milieu de l'alphabet.

— Je sais. Il vaudrait mieux que j'apprenne à dire le mot P, comme moi. Je n'ai pas envie de me marier. Je trouve que les choses sont très bien comme elles sont. Elles ne pourraient pas rester comme ça ?

— Certainement.

— Je suis triste. C'est dingue, je n'ai aucune raison d'être triste – pas vrai ? Eh bien, brusquement, j'ai envie de chialer.

— Ce n'est rien, t'en fais pas.

— Je ne vais pas pleurer. Mais serre-moi dans tes bras une minute – tu veux bien ? Espèce de gros nounours. Serre-moi simplement dans tes bras.

9

C'est le dimanche après-midi que je trouvai enfin mon ciné-phile.

D'après la liste de Phil Fielding, il s'appelait Arnold Leveque et habitait Columbus Avenue, à huit cents mètres au nord du magasin de vidéo, dans un immeuble ouvrier qui avait, jusque-là, réussi à échapper à la rénovation. Assis sur le perron, deux hommes buvaient de la bière à même les boîtes qu'ils tenaient dans des sacs en papier brun. L'un deux avait une petite fille sur les genoux. L'enfant buvait du jus d'orange au biberon.

Le nom de Leveque ne figurait à côté d'aucune des son-nettes. Je ressortis et demandai aux deux hommes assis si Arnold Leveque habitait là. Ils haussèrent les épaules et secouèrent la tête. J'entrai à nouveau et cherchai en vain la sonnette du gardien ; alors j'appuyai sur les sonnettes du rez-de-chaussée jusqu'à ce que quelqu'un déclenche l'ouverture de la porte.

Le hall d'entrée dégageait une odeur de crottes de souris et d'urine. Une porte s'ouvrit tout au bout et un homme passa la tête. Je me dirigeai vers lui, et il dit :

— Qu'est-ce que vous voulez ? Hé, vous approchez pas trop.

— Doucement.

— *Vous*, allez-y doucement, dit-il. J'ai un couteau.

Les bras le long du corps, je lui montrai la paume de mes mains et dis que je cherchais un certain Arnold Leveque.

— Ah ouais? répondit-il. J'espère qu'il vous doit pas d'argent.

— Pourquoi donc?

— Parce qu'il est mort, voilà pourquoi, répondit-il.

Sa plaisanterie le fit rire bruyamment. C'était un vieil homme qui avait des cheveux blancs, rares, très fins, et des yeux profondément enfoncés dans les orbites. On aurait dit qu'il ne tarderait guère à aller rejoindre Arnold Leveque. Son pantalon, trop large, était retenu par des bretelles. Sa chemise de flanelle flottait aussi. Soit il achetait ses vêtements dans un magasin de fripes, soit il avait beaucoup maigri, récemment.

Il dut lire dans mes pensées car il dit:

— J'ai été malade. Mais vous en faites pas, ça s'attrape pas.

— Je crains plus le couteau que la contagion.

— Ah, ça! (Il me montra un couteau à découper qui avait un manche en bois et une lame de vingt-cinq centimètres en acier dur.) Entrez, entrez, j'ai pas l'intention de vous couper en morceaux, nom d'un chien.

Il entra le premier et posa le couteau sur une petite table à coté de la porte.

Le petit appartement était composé de deux pièces minuscules. La seule lumière venait du plafonnier à trois ampoules dans la plus grande des deux pièces. Deux des ampoules étaient grillées et celle qui marchait encore ne devait pas faire plus de quarante watts. Le logement était propre et bien rangé mais il sentait la vieillesse et la maladie.

— Arnie Leveque, dit-il. Comment ça se fait que vous l'ayez connu?

— Je ne le connaissais pas.

— Ah, non? (Il tira brusquement un mouchoir de la poche arrière de son pantalon et toussa dedans.) Bon sang, dit-il, ces salauds m'ont charcuté du trou du cul jusqu'au menton et ça n'a servi à rien. J'ai trop attendu. Vous comprenez, j'avais peur de ce qu'ils allaient trouver. (Il eut un rire cassant.) Eh ben, j'avais raison, pas vrai ?

Je ne dis rien.

— Il était plutôt sympa, ce Leveque. Canadien français mais il était sans doute né ici parce qu'il parlait comme tout le monde.

— Il a vécu longtemps dans la maison ? demandai-je.

— Longtemps, combien ça veut dire ? Moi, ça fait quarante-deux ans que j'habite ici. Vous vous rendez compte ? Quarante-deux ans dans ce trou à rats. Ça fera quarante-trois ans en septembre, mais je pense que, d'ici là, j'y serai plus. Je serai logé encore plus à l'étroit. (Cette fois, son rire se changea en quinte de toux, et il attrapa à nouveau son mouchoir. Quand sa toux fut calmée, il ajouta :) Plus à l'étroit comme dans une boîte d'un peu moins de deux mètres de long – voyez ce que je veux dire ?

— Ça fait sans doute du bien de pouvoir en plaisanter.

— Non, ça fait pas du bien. Y a rien qui fait du bien. Je pense qu'Arnie a vécu ici pendant une dizaine d'années. Un peu plus, un peu moins. Il restait beaucoup dans sa chambre. Evidemment avec l'allure qu'il avait, on pouvait pas s'attendre à ce qu'il aille faire des claquettes dans la rue. (Je dus avoir l'air de ne pas comprendre car il dit :) Ah, j'oubliais que vous le connaissiez pas. Il était gras comme un cochon, le gars Arnie. (Il mit ses mains devant lui et les écarta en les abaissant.) En forme de poire. Il marchait en se dandinant comme un canard. Et comme en plus il habitait au second, il avait deux étages à remonter à chaque fois qu'il sortait.

— Quel âge avait-il ?

— Je sais pas. Peut-être quarante ans. Quand les gens sont gros, comme ça, c'est difficile de leur donner un âge.

— Qu'est-ce qu'il faisait ?

140

— Pour gagner sa croûte ? Je sais pas. Il sortait pour aller à son boulot. Mais après, il sortait plus tellement.

— Il paraît qu'il aimait le cinéma.

— Ah ça, oui. Il avait un de ces trucs, je sais plus comment ça s'appelle, pour regarder des films sur la télé.

— Un magnétoscope.

— Ça me serait revenu dans une minute.

— Qu'est-ce qui lui est arrivé ?

— A Leveque ? Vous m'écoutez pas ? Il est mort.

— Comment ?

— On l'a tué, bien sûr, répondit-il.

J'appris que ce *on* signifiait un ou des inconnus. Arnold Leveque était mort dans la rue, sans doute victime d'une agression. Le vieil homme me dit que c'était de pire en pire tous les ans, avec tous ces gens qui fumaient du crack et vivaient dans la rue.

— Ils sont capables de vous tuer pour un ticket de métro, et c'est pas ça qui va les déranger, ajouta-t-il.

Je lui demandai quand c'était arrivé et il me répondit que cela devait faire un an. Je lui dis que Leveque était encore vivant au mois d'avril – les dossiers de Fielding indiquaient que sa dernière transaction remontait au 19 de ce mois-là –, et le vieil homme reconnut que, depuis un certain temps, il avait du mal à se rappeler les dates.

Il m'expliqua où je trouverais la gardienne.

— Elle fait pas grand-chose, dit-il, en dehors de ramasser les loyers.

Je lui demandai comment il s'appelait et il répondit Gus, et quand je lui demandai son nom de famille, il eut une expression rusée et dit :

— Rien que Gus, ça ira. Pourquoi je vous dirais mon nom quand vous m'avez pas dit le vôtre ?

Je lui donnai ma carte. Il la tint à bout de bras, la regarda en plissant les yeux et lut mon nom à voix haute. Il me demanda s'il pouvait garder la carte et je lui répondis que oui.

— Quand j'irai retrouver Arnie, dit-il, je lui dirai que vous êtes passé le voir.

Et il se tordit de rire.

Le nom de famille de Gus était Giesekind. Je l'appris en regardant sur sa boîte aux lettres, ce qui prouve que je ne suis pas un détective nullard. La gardienne s'appelait Herta Eigen, et je la trouvai deux immeubles plus loin, où elle habitait un appartement au sous-sol. C'était un petit bout de femme – elle mesurait à peine plus d'un mètre cinquante – avec un accent d'Europe centrale et une expression méfiante sur son petit visage. Elle parlait en repliant ses doigts déformés par l'arthrite mais encore agiles.

— Les flics sont venus me dit-elle. Ils m'ont emmenée quelque part en ville pour le regarder.

— Pour l'identifier ?

Elle eut un signe de tête affirmatif.

— « C'est lui », je leur ai dit. « C'est Leveque. » Ils m'ont ramenée ici et j'ai dû leur ouvrir la porte de chez lui. Ils sont entrés et moi derrière eux. « Vous pouvez partir, maintenant, madame Eigen. » « Non, ça va, » j'ai répondu, « je vais rester. » Parce qu'il y en a qui sont bien mais y en a d'autres qui voleraient l'argent dans les yeux d'un mort. C'est comme ça qu'on dit ?

— Oui.

— Les *sous* dans les yeux d'un mort. Les sous, pas l'argent. (Elle poussa un soupir.) Alors, ils ont fini de fureter partout, je les ai accompagnés à la porte, j'ai fermé à clé derrière eux et puis j'ai demandé qu'est-ce que je faisais maintenant, est-ce que quelqu'un viendrait chercher ses affaires, et ils m'ont dit qu'ils me tiendraient au courant. Ce qu'ils ont jamais fait.

— Vous n'en avez plus entendu parler ?

— Rien. Personne m'a dit si sa famille allait venir chercher ses affaires ni rien. Comme j'avais pas de nouvelles, j'ai appelé le commissariat. Là, ils savaient pas de quoi je parlais. Je suppose qu'il y a tant de monde qui se fait assassiner qu'ils peuvent pas se rappeler de tout. (Elle haussa les épaules.) Mais moi, j'avais un logement à louer qu'il fallait que je loue – vous comprenez ? J'ai laissé les meubles et j'ai descendu tout le reste chez moi. Mais personne est venu m'en débarrasser.

— Vous avez vendu les cassettes vidéo.

— Les films ? Je les ai portés à Broadway, le gars m'en a donné quelques dollars. J'ai mal fait ?

— Je ne pense pas.

— C'était pas du vol. S'il avait eu de la famille, je leur aurais tout donné mais il en avait pas. Il a vécu longtemps ici, M. Leveque. Il était déjà là quand j'ai commencé.

— Il y a combien de temps ?

— Six ans. Non, attendez, je me trompe. Ça fait sept ans.

— Vous êtes seulement la gardienne ?

— Qu'est-ce qu'il faudrait que je sois d'autre, la reine d'Angleterre ?

— J'ai connu une femme qui était propriétaire mais qui faisait croire à ses locataires qu'elle n'était que la gardienne.

— Oui, oui, c'est ça, dit-elle. Je suis propriétaire de l'immeuble et c'est pour ça que j'habite au sous-sol. Je suis une femme riche seulement j'adore vivre au sous-sol comme une taupe.

— A qui appartient cet immeuble ?

— J'en sais rien. (Comme je la regardais, elle me dit :) Vous pouvez m'accuser d'être une menteuse mais j'en sais rien. Pourquoi je le saurais ? J'ai été embauchée par une société de gestion. Les gens me payent leur loyer et je remets l'argent à la société ; ils en font ce qu'ils veulent. J'ai jamais vu le propriétaire. Ça compte tant que ça que vous sachiez qui c'est?

Il me sembla qu'en fait, cela n'avait pas d'importance. Je lui demandai quand Arnold Leveque était mort.

— Au printemps dernier, répondit-elle. Je peux pas être plus précise que ça.

Je rentrai à mon hôtel et allumai la télévision. Il y avait des rencontres universitaires de basket sur trois chaînes différentes. Toute cette agitation me devint vite insupportable et je trouvai sur le câble un match de tennis qui, par comparaison, me parut reposant. Il ne serait sans doute pas exact de dire que je le regardai, mais j'étais quand même assis, les yeux ouverts, devant l'écran, tandis que les joueurs se renvoyaient la balle par-dessus le filet.

Je retrouvai Jim Faber pour dîner dans un restaurant chinois de la Neuvième Avenue. Nous dînions souvent dans ce restaurant. L'établissement n'était jamais bondé, et on ne voyait aucun inconvénient à nous laisser occuper une table aussi longtemps que nous le désirions ni à remplir notre théière à volonté. La cuisine y est plutôt bonne et je ne comprends pas pourquoi il n'y a pas plus de clients.

Jim me dit:

— Vous avez lu le *Times* aujourd'hui? Il y avait un article, une interview d'un prêtre catholique qui écrit des romans salés. J'ai oublié son nom.

— Je vois qui vous voulez dire.

— Il se fonde sur un sondage téléphonique pour affirmer qu'aux Etats-Unis, seulement dix pour cent des couples mariés commettent l'adultère. Il soutient que les gens ne trompent pas leur conjoint et il peut le prouver, tout ça parce qu'un gus quelconque a appelé un tas de gens par téléphone et que c'est ce qu'ils lui ont dit.

— Il semblerait que nous soyons en pleine renaissance morale.

144

— C'est bien là qu'il veut en venir. (Il prit ses baguettes et mima un roulement de tambour.) Je me demande s'il a téléphoné chez moi.

— Ah ?

Evitant mon regard, il dit :

— Je crois que Beverly sort avec quelqu'un.

— Quelqu'un de spécial ?

— Un gars qu'elle a rencontré aux A. A.

— Ils sont peut-être seulement amis.

— Non, je ne crois pas. (Il versa du thé dans nos deux tasses.) Vous savez, j'ai eu des tas d'aventures avant de devenir sobre. A chaque fois que j'entrais dans un bistrot, je me disais que c'était pour essayer de rencontrer quelqu'un. En général, tout ce que je réussissais à faire, c'était à me soûler, mais, de temps en temps, j'avais de la chance. Et il y avait même des fois où je m'en souvenais.

— Et il y avait des fois où vous auriez préféré oublier.

— Ça c'est sûr. Seulement je n'ai pas complètement renoncé à ça quand j'ai entrepris de suivre le programme des A. A. Notre mariage a failli capoter dans les pires moments de ma vie de buveur, mais quand j'ai touché le fond, j'ai cessé de boire et ça s'est arrangé. Elle a commencé à fréquenter les A. A. et à s'occuper de ses propres problèmes, et nous sommes restés ensemble. Mais, vous savez, ça m'arrivait quand même d'aller voir ailleurs.

— Je ne savais pas.

— Ah ? (Il réfléchit un instant.) C'était sans doute avant que nous fassions connaissance, avant que vous deveniez sobre. Parce qu'au bout d'un ou deux ans, j'ai cessé de cavaler. Ce n'est pas que j'aie pris, solennellement, la résolution de m'amender mais simplement, je me suis aperçu que je ne recherchais plus les aventures. Je ne sais pas, le facteur santé a peut-être joué un rôle, d'abord l'herpès, puis le SIDA, mais je ne crois pas que ce soit la crainte d'attraper quelque chose. Je crois que ça ne m'intéressait plus. (Il but une petite gorgée de thé.) Et maintenant, je fais partie des quatre-vingt dix pour cent du père Feeney, et Beverly n'est pas à la maison.

— Eh bien, peut-être que maintenant c'est son tour. D'avoir une petite aventure.

— Ce n'est pas la première fois.

— Ah.

— Je ne sais pas vraiment qu'en penser.

— Elle sait que vous savez?

— Qui sait ce qu'elle sait? Qui sait ce que je sais? J'aurais simplement voulu que les choses restent comme elles étaient, vous comprenez? Mais ça ne se passe jamais comme ça.

— Je sais, lui dis-je. Hier soir, j'étais avec Elaine, et elle a prononcé le mot M.

— Lequel, « *merde* »?

— Mariage.

— C'est la même chose, dit-il. Le mariage, c'est de la merde. Elle veut se marier?

— Elle n'a pas dit ça. Elle a dit que si elle se mariait, elle cesserait de voir ses clients.

— Ses clients?

— Ses jules.

— Ah, ça. Alors c'est sa condition? Si tu m'épouses, j'arrête?

— Non, pas du tout. Elle émettait simplement une hypothèse, puis elle m'a demandé de l'excuser pour avoir prononcé le mot M, et puis nous sommes convenus que nous voulions tous deux que les choses continuent comme ça. (J'observai le contenu de ma tasse de thé comme, jadis, j'observais le contenu d'un verre de whisky.) Je ne sais pas si ce sera possible. On dirait qu'il suffit que les gens veuillent qu'une situation demeure telle qu'elle est, pour qu'elle se transforme.

— Vous verrez bien, dit-il. En attendant, allez-y...

146

— Vingt-quatre heures à la fois et restez sobre.

— C'est pas mal, ça, dit-il. Je trouve que ça sonne bien.

Nous restâmes longtemps à discuter de choses et d'autres. Je lui parlai des affaires sur lesquelles je travaillais, l'une officiellement mais sans trop savoir par quel bout la prendre, l'autre que j'aurais mieux fait d'oublier et sur laquelle je m'acharnais quand même. Nous parlâmes base-ball et des disputes syndicales qui allaient retarder les séances d'entraînement du printemps. Nous parlâmes d'un jeune de notre groupe, qui avait de terribles antécédents d'alcoolisme et de toxicomanie, et qui avait lâché après quatre mois de sobriété.

Vers huit heures du soir, Jim me dit :

— Je sais ce que je vais faire, ce soir. Je crois que je vais aller à une réunion où je ne risque pas de tomber sur quelqu'un que je connais. Je veux parler de toutes ces salades avec Bev à une réunion, et je ne peux pas faire ça par ici.

— Vous pourriez.

— Ouais, mais je n'en ai pas envie. Je suis un vieux de la vieille, ça fait une éternité que je suis sobre, je ne voudrais pas que les nouveaux se rendent compte que je ne suis pas un parfait exemple de sérénité. (Il eut un petit sourire.) Alors je vais changer de quartier et je vais me donner la permission d'avoir l'air d'être aussi paumé et mal barré que je le suis en fait. Et qui sait ? Je pourrais avoir de la chance, je pourrais tomber sur une charmante petite qui cherche quelqu'un qui tienne le rôle du père.

— Bonne idée, lui dis-je. Demandez-lui si elle a une sœur.

J'allai moi-même à une réunion. Comme il n'y a pas de réunion à St. Paul, le dimanche, celle à laquelle j'assistai se tenait à l'hôpital Roosevelt. Un certain nombre de participants étaient des malade du service de désintoxication de l'hôpital. Le président de séance, une femme, avait d'abord été héroïnomane, s'était désintoxiquée grâce à vingt-huit jours d'internat dans une maison de cure du Minnesota et avait consacré les quinze années suivantes à boire de l'alcool. Maintenant, il y avait presque trois ans qu'elle était sobre.

Après son témoignage, il y eut un tour de table, et la plupart des patients hospitalisés se contentèrent de dire leur nom. Je décidai de parler, ne serait-ce que pour dire à cette femme que j'avais apprécié son témoignage et que j'étais content qu'elle soit sobre ; mais quand mon tour arriva, je dis :

— Je m'appelle Matt et je suis alcoolique. Ce soir, je vais simplement écouter.

Après la réunion, je rentrai à l'hôtel. Il n'y avait pas de message. Je restai assis dans ma chambre à lire pendant deux heures. Quelqu'un m'avait passé un livre de poche intitulé *The Newgate Calendar*, qui était un rapport détaillé sur le crime en Angleterre, aux dix-septième et dix-huitième siècles. Je l'avais depuis environ un mois et, le soir, j'en lisais quelques pages avant de m'endormir.

Dans l'ensemble, il était intéressant, mais certaines affaires l'étaient plus que d'autres. Il y avait des soirs où j'étais particulièrement frappé par la façon dont rien n'avait changé. A l'époque, les gens tuaient pour toutes les raisons possibles ou sans raison, et ils le faisaient avec tous les moyens dont ils disposaient et toute l'ingéniosité dont ils étaient capables.

Parfois, ce livre était un excellent antidote contre le journal du matin avec sa terrible chronique quotidienne du crime contemporain. Il était facile en lisant le journal chaque matin d'en conclure que l'humanité était pire que jamais, que le monde était foutu, que nous l'étions aussi et nous ne l'avions pas volé. Puis, quand je lisais que des hommes et des femmes d'une autre époque avaient tué pour quelques sous ou par amour, je pouvais me consoler en pensant que, tout compte fait, l'humanité n'était pas en train d'empirer et que les hommes n'étaient pas plus mauvais qu'avant.

Il y avait d'autres soirs où la même révélation, loin de m'apporter une consolation, me plongeait dans le désespoir. L'humanité avait toujours été ainsi. Elle ne s'amendait pas, elle ne s'amenderait jamais. Si, jadis, quelqu'un était mort pour racheter nos péchés, il était mort pour rien. Nous avions des péchés en réserve, nous en avions une provision qui durerait pour toute l'éternité.

Ce que je lus ce soir-là ne me remonta pas le moral et ne m'aida pas à m'endormir. Vers minuit, je sortis. Le temps avait fraîchi et un vent froid soufflait sur l'Hudson. Je me dirigeai vers Grogan's Open House, le vieux pub irlandais qui appartient à Mick, bien que le nom qui figure sur la licence et sur l'acte de propriété ne soit pas le sien.

L'endroit était presque désert. Deux buveurs solitaires étaient assis, loin l'un de l'autre, au comptoir. L'un buvait une bouteille de bière américaine, l'autre avait devant lui une bouteille de Guinness. Deux hommes âgés, tous deux vêtus d'un pardessus bon marché, partageaient une table près du mur. Burke était derrière le comptoir. Sans me laisser le temps de l'interroger, il m'informa que Mick n'était pas passé de la soirée.

— Il se pourrait qu'il arrive d'une minute à l'autre, dit-il, mais je ne l'attends pas.

Je commandai un Coca et m'assis au comptoir. Le téléviseur était branché sur une chaîne par câble qui passait de vieux films en noir et blanc, interrompus par des pages de publicité. Le film qui passait était *Little Caesar*, avec Edward G. Robinson.

Je le regardai pendant une trentaine de minutes. Mick ne vint pas ; personne n'entra. Je finis mon Coca et rentrai chez moi.

10

Les flics du Vingtième commissariat n'eurent pas l'air particulièrement impressionnés en apprenant que j'avais été de leurs collègues. Ils se montrèrent quand même courtois et auraient été heureux de me renseigner sur les circonstances de la mort d'Arnold Leveque. Il n'y avait qu'un ennui. Ils n'avaient jamais entendu parler de lui.

— Je ne connais pas la date, leur dis-je, mais ça s'est passé entre le 19 avril et le 4 juin ; selon moi, ça pourrait être début mai.

— De l'année dernière…

— C'est ça.

— Arnold Leveque, vous dites. Vous pouvez épeler le nom de famille, pour être sûr que j'ai bien compris ?

Je le fis et je donnai l'adresse de Columbus Avenue.

— Oui, dit-il, c'est bien dans le territoire du vingtième. Attendez, je vais voir si quelqu'un a entendu parler de ce type.

C'était un nom qui ne disait rien à personne. Le flic revint, nous passâmes quelques minutes à chercher à comprendre pourquoi, puis à nouveau il s'excusa. Quand il revint, il avait l'air surpris.

— Arnold Leveque, dit-il. Sexe masculin, race blanche, mort le 9 mai. Multiples blessures par coups de couteau. On l'a pas dans nos dossiers parce que c'était pas une affaire à nous. Il a été tué de l'autre côté de la 59e rue. Il vous faut le commissariat de Midtown North, dans la 54e rue ouest.

Je lui dis que je savais où c'était.

Cela expliquait pourquoi Herta Eigen avait reçu des réponses évasives de la part des flics du commissariat de son quartier – ils n'avaient pas su de qui elle parlait.

Je m'étais rendu au Vingtième juste après le petit déjeuner, et c'était déjà le milieu de la matinée quand j'arrivai à Midtown North. Durkin n'était pas là mais je n'avais pas besoin de lui pour me faciliter les choses. N'importe qui pouvait me renseigner.

Il y avait un flic, nommé Andreotti, que j'avais eu l'occasion de rencontrer à plusieurs reprises au cours des deux dernières années. Assis à un bureau, il était occupé à mettre sa paperasserie à jour et ne fut pas fâché d'être interrompu.

— Leveque, Leveque, dit-il. (Il fronça les sourcils et passa la main dans sa toison brune, ébouriffée.) Je crois bien que c'est moi, moi et Bellamy qui avons été les premiers sur les lieux. Un gros type, c'est ça ?

— Il paraît.

— On voit tant de macchabs toutes les semaines qu'on finit par confondre. Il a dû être assassiné. Pour les morts naturelles, on se souvient même plus de leur nom.

— En effet.

— Sauf si c'est le genre de nom qu'on ne peut pas oublier. Il y a une femme, ça fait quinze jours trois semaines, Wanda Cure, je me suis dit, ouais, j'en ferais bien une avec toi, ma belle. (Ce souvenir le fit sourire.) Evidemment, elle était vivante, cette Wanda, mais c'est un exemple des noms qu'on n'oublie pas.

Il alla chercher le dossier de Leveque. On avait retrouvé mon cinéphile dans une petite ruelle entre deux immeubles ouvriers de la 59e rue, du côté ouest de la Dizième Avenue. Le cadavre avait été découvert suite à un coup de téléphone anonyme, passé aux urgences de la police, le 9 mai à 6 h 56 du matin. Le médecin légiste avait établi que l'heure de la mort remontait aux environs de onze heures, la veille au soir. La victime avait été frappée sept fois à la poitrine et à l'abdomen avec un couteau à lame longue et fine. N'importe laquelle des sept blessures aurait suffi pour provoquer la mort.

— 59e rue entre la Dizième et la Onzième Avenue, dis-je.

— Plus près de la Onzième. Les bâtiments de chaque côté devaient être démolis, les fenêtres étaient barrées et ils n'étaient pas habités. Je pense que, depuis cette époque, ils ont dû disparaître.

— Je me demande ce qu'il faisait là.

Andreotti haussa les épaules.

— Il devait chercher quelque chose et, manque de pot, il l'a trouvé. Il cherchait peut-être à acheter de la drogue ou une femme ou un homme. Tous les gens du coin sont là pour chercher quelque chose.

Je pensai à TJ. Ils ont tous leur trip, m'avait-il dit, autrement qu'est-ce qu'ils viendraient faire dans la 42e?

Je demandai à Andreotti si Leveque faisait usage de la drogue. Il me répondit qu'il n'en avait aucun signe apparent mais qu'on ne savait jamais.

— Ou il était peut-être soûl, suggéra-t-il. Il était peut-être là, à tituber, sans savoir où il était. Non, c'est pas ça. Il n'avait pratiquement pas d'alcool dans le sang. Enfin, je ne sais pas ce qu'il voulait trouver, mais il a choisi le mauvais endroit pour le chercher.

— Vous avez conclu à un vol?

— Il n'avait pas d'argent dans ses poches, pas de montre, pas de portefeuille. Ça fait automatiquement penser qu'il sera tombé sur un gars qui fume du crack et manie le couteau à cran d'arrêt.

— Comment avez-vous fait pour l'identifier?

— La gardienne de son immeuble. Un drôle de numéro. Haute comme trois pommes mais elle allait pas se laisser marcher sur les pieds. Elle nous a fait entrer chez lui et elle est restée là à nous surveiller de près, à croire qu'on allait tout piquer si jamais elle regardait ailleurs. On aurait dit que c'étaient ses affaires, et c'est probablement comme ça qu'elles ont fini parce que je crois qu'on n'a jamais trouvé de famille à ce Leveque. (Il consulta le dossier.) On dirait bien que non. De toute façon, elle l'a identifié. Elle voulait pas y aller. «Pourquoi est-ce qu'il faudrait que j'aille regarder un mort? J'en ai assez vu dans ma vie, vous pouvez me croire.» Mais elle l'a quand même bien regardé et elle a dit que c'était lui.

— Comment avez-vous fait pour savoir que c'était à elle qu'il fallait demander? Comment avez-vous su son nom et son adresse?

— Ah, je vois ce que vous voulez dire. C'est une bonne question, oui. Comment on a fait? (Il fronça les sourcils en tournant les pages du dossier.) Les empreintes. Elles étaient dans le fichier informatique, et ça nous a donné son nom et son adresse.

— Comment se fait-il que ses empreintes aient été fichées?

— Je ne sais pas. Il a peut-être été dans l'armée, ou bien fonctionnaire à un certain moment. Vous avez une idée du nombre de gens qui ont leurs empreintes en fiche?

— Pas sur les fiches de la police de la ville de New York.

— Ouais, vous avez raison. (Il eut l'air pensif.) C'était sur nos fiches ou est-ce qu'il a fallu qu'on s'adresse au fichier central à Washington? Je ne me rappelle pas. C'est quelqu'un d'autre qui a dû s'en occuper. Pourquoi?

— Vous avez vu s'il avait un casier?

— Dans ce cas, ce serait pour obstruction sur la voie publique. Y a rien dans son dossier.

— Vous pourriez vérifier?

Il grommela mais le fit quand même.

— Ouais, dit-il. Rien qu'un truc. Il a été arrêté il y a quatre, presque cinq ans. Il a été relaxé. La plainte a été retirée.

153

— De quoi était-il accusé ?

Andreotti plissa les yeux en regardant l'écran de l'ordinateur.

— D'avoir enfreint l'article 235 du Code pénal. Aucune idée de ce que c'est, j'ai jamais eu affaire à ce numéro. (Il attrapa un gros recueil noir à reliure spirale et le feuilleta.) Ah, voilà. Obscénité. Il a peut-être traité quelqu'un d'enculé. La plainte est retirée et, quatre ans plus tard, quelqu'un le larde de coups de couteau. De quoi vous apprendre à ne pas dire de gros mots – hein ?

J'en aurais peut-être appris plus long sur Leveque si Andreotti avait eu envie de faire joujou avec l'ordinateur, mais il avait toujours son retard à rattraper. Je me rendis à la grande bibliothèque de la 42e rue et cherchai Arnold Leveque dans le *Times Index* en espérant qu'il y figurerait, mais mon cinéphile avait eu la chance de ne pas avoir les honneurs de la presse lorsqu'il s'était fait arrêter, puis s'était fait tuer.

Je pris le métro pour Chambers Street et me rendis dans différentes administrations fédérales et municipales, où je trouvai plusieurs fonctionnaires qui étaient prêts à me faire une fleur si je leur en faisais une en échange. Ils consultèrent leurs dossiers et je leur glissai quelque argent.

J'appris ainsi qu'Arnold Leveque était né, trente-huit ans plus tôt, à Lowell, dans l'Etat du Massachusetts. A l'âge de vingt-trois ans, il était déjà à New York où il habitait Sloane House, de la YMCA, dans la 34e rue ouest et travaillait dans la salle des expéditions d'un éditeur d'ouvrages scolaires. Un an plus tard, ayant quitté l'éditeur, il était employé dans une entreprise qui s'appelait R & J Merchandise et dont les bureaux se trouvaient dans la Cinquième Avenue, à la hauteur de la 40e rue. Là, il était vendeur. Je ne sais pas ce qu'ils vendaient, et l'entreprise n'existait plus. Il y a, dans cette partie de la Cinquième Avenue, éparpillés entre les commerces réguliers, beaucoup de petits magasins qui arnaquent le client, avec leurs perpétuelles ventes en liquidation pour écouler des marchandises douteuses, que ce soient des jades ou des ivoires, des appareils photo ou des gadgets électroniques. R & J pouvait très bien en avoir fait partie.

A cette époque, Leveque habitait encore Sloane House où il semblait être resté jusqu'à ce qu'il aille vivre dans Columbus Avenue, à l'automne 1979. Son déménagement avait pu être motivé par un changement d'emploi ; un mois plus tôt il avait commencé à travailler chez CBS, à deux cents mètres à gauche de mon hôtel dans la 57e rue. De son nouveau logement, il pouvait se rendre à pied à son travail.

Je ne savais pas quel emploi il avait occupé chez CBS, mais comme on ne le payait que 16. 000 dollars par an pour le faire, je ne pense pas qu'on l'ait nommé président de la société. Il était resté trois ans chez CBS et, quand il était parti, en octobre 82, son salaire avait grimpé jusqu'à 18. 500 dollars.

Après ça, il ne semblait pas avoir eu d'activité professionnelle.

Du courrier m'attendait à l'hôtel. Je pouvais devenir membre d'une association internationale d'officiers de police à la retraite et assister à des congrès annuels à Fort Lauderdale. Mon adhésion me donnerait droit à une carte de membre, un très beau pins'et un bulletin mensuel. Que diable pouvaient-ils mettre comme informations dans leur bulletin ? Des notices nécrologiques ?

Joe Durkin avait laissé un message me demandant de le rappeler. Je le trouvai à son bureau, et il me dit :

— Il paraît que Thurman ne vous suffit pas, que vous voulez régler toutes nos affaires en suspens.

— Juste pour vous donner un petit coup de main.

— Arnold Leveque. Il y a un rapport avec Thurman ?

— Probablement pas.

— Ça, je n'en suis pas sûr. Il est mort au mois de mai,

elle, au mois de novembre, six mois après, presque jour pour jour. A mon avis, il y a forcément un rapport.

— Ils n'ont pas été tués tout à fait de la même façon.

— Bon, elle a été violée et étranglée par des cambrioleurs et lui, il a été tué à coups de couteau dans une ruelle obscure, mais ça, c'est simplement parce que les assassins veulent brouiller les pistes. Non, sérieusement, vous avez quelque chose sur Leveque?

— C'est difficile à dire. Ce que j'aimerais savoir, c'est ce qu'il a fichu pendant les sept dernières années de sa vie.

— Il fréquentait manifestement les quartiers mal famés. Pourquoi aurait-il fait autre chose?

— Il ne travaillait pas et, autant que je sache, il ne touchait ni prestations sociales ni pension d'invalidité. J'ai vu l'endroit où il habitait, et son loyer devait être modique, seulement il fallait quand même qu'il trouve de l'argent quelque part.

— Il avait peut-être fait un héritage. Comme Amanda Thurman, dit Durkin.

— Evidemment, ça leur ferait un autre point commun. J'aime votre façon de raisonner.

— Oh, vous savez, c'est que je n'arrête pas de réfléchir. Même en dormant.

— Surtout en dormant.

— Comment avez-vous fait pour deviner? Et d'où sortez-vous qu'il ne travaillait pas depuis sept ans? Il travaillait quand on l'a arrêté.

— Pas d'après les archives de l'Etat.

— Eh bien, merde aux archives de l'Etat. C'est comme ça qu'il s'est fait pincer, c'était lui qui vendait au moment où les flics ont fait irruption dans une boutique qui a été fermée pour obscénité. Leveque, c'est français. Il a dû être accusé de vendre des cartes postales cochonnes, vous croyez pas?

— Il vendait des trucs porno?

— Andreotti ne vous l'a pas dit?

156

— Il m'a simplement dit le numéro de l'article du code, que Leveque avait enfreint.

— Il en aurait su plus long en cherchant un peu au cours de cette descente sur Times Square, je ne sais plus quand, ça devait être en octobre 85. Oui, c'est ça. C'était juste avant les élections et le maire voulait faire bonne figure. Je me demande comment il sera, le nouveau.

— Je ne voudrais pas de son boulot.

— Merde, moi, si on me donnait le choix entre devenir maire et me pendre, je dirais : « Donnez-moi la corde. » Pour en revenir à Leveque, ils ont perquisitionné dans toutes les boîtes, ils ont arrêté tous les vendeurs, embarqué tous les magazines porno et tenu une conférence de presse. Quelques gars ont passé la nuit en taule, et c'est tout. Toutes les inculpations ont été retirées.

— Et les livres porno ont été restitués.

Durkin dit en riant :

— Pas tous ; il y en a un tas quelque part, dans un entrepôt, que personne ne trouvera avant le vingt-troisième siècle. Evidemment, il se peut que certaines œuvres de premier choix aient été rapportées à la maison par quelques policiers désireux d'ajouter du piment à leur vie conjugale.

— Je suis choqué.

— Je n'en espérais pas moins. Non, je ne pense pas qu'on ait rendu les marchandises confisquées à leur propriétaire. Mais on a eu un gars, il y a quelques jours, un dealer qu'on a coffré et qui a fait jouer je ne sais quel détail technique pour être libéré et qui veut savoir si on va lui rendre sa came.

— Oh, faut pas pousser, Joe.

— J'vous jure que c'est vrai. Alors Nicholson lui dit : « Tu sais, Maurice, si je te rends ta came, on devra te coffrer pour détention de stupéfiants. » Il disait ça rien que pour le faire marcher – voyez ? Mais l'autre lui dit : « Non, mec, vous pouvez pas faire ça. Où elle est, la suspicion légitime ? » « Comment ça, la suspicion légitime ? » dit Nick. « Ma

157

suspicion légitime, c'est que je viens de te filer la putain de came et que je t'ai vu la mettre dans ta poche. » Maurice lui dit que non, ça ne pourrait pas tenir, qu'il passerait à travers. Et vous savez quoi ? Je pense qu'il avait problement raison.

Joe me donna l'adresse du magasin de Times Square où Leveque avait fait une brève rencontre avec la police. Il se trouvait dans le *block* mal famé de la 42ᵉ rue, situé entre la Huitième Avenue et Broadway, comme l'indiquait le numéro. Il me parut donc inutile d'aller là-bas, juste pour vérifier. Je ne savais pas s'il y avait travaillé un jour ou un an, et je n'avais aucun moyen de l'apprendre. Je ne voyais pas qui aurait pu le savoir.

Je passai quelques minutes à parcourir mes notes, puis je me laissai aller contre le dossier du fauteuil et posai les pieds sur la table. Quand je fermai les yeux, une image m'apparut un instant, celle de l'homme de Maspeth, le père modèle, en train de lisser les cheveux de son gamin.

Je me dis que j'imaginais trop de chose d'après un simple geste. Je n'avais en fait aucune idée de l'aspect que le gars du film pouvait avoir sous tout ce caoutchouc noir. C'était peut-être le gamin qui ressemblait à l'adolescent du film, et c'était peut-être à cause de ça que je m'étais souvenu du film.

En admettant que ce soit bien le même type ? Comment pourrais-je le trouver en reniflant la piste éventée d'un pauvre mec qui était mort depuis bientôt un an ?

Jeudi, je les avais vus à la boxe. Aujourd'hui, c'était lundi. Si le gamin était son fils, si la scène était parfaitement innocente, je perdais mon temps. Sinon, il était trop tard.

S'il avait, jeudi, l'intention de tuer le gosse, de répandre son sang dans le conduit, par terre, il y avait toutes les chances pour qu'il l'eût déjà fait.

Mais pourquoi commencer par l'emmener à la boxe ? Peut-être avait-il d'abord besoin de se livrer à un petit psychodrame, peut-être qu'avant de la tuer, il avait une longue liaison avec sa victime. Cela expliquerait pourquoi le gamin du film n'était pas du tout effrayé – il avait même l'air blasé – de se trouver ligoté sur un chevalet de torture.

Si le gamin était déjà mort, je ne pouvais évidemment rien faire pour lui. S'il vivait encore, je ne pouvais pas faire grand-chose non plus, parce que j'étais à des années-lumière d'identifier et de trouver Monsieur Caoutchouc et que je progressais à la vitesse de l'escargot.

Tout ce que j'avais, c'était un mort. Et même avec ce mort, qu'est-ce que j'avais ? Au moment de sa mort, Leveque était propriétaire d'une vidéo-cassette sur laquelle on voyait Monsieur Caoutchouc tuer un gamin. Leveque était mort de mort violente, probablement mais pas nécessairement victime d'une agression ordinaire, dans un quartier où les agressions étaient monnaie courante. Leveque avait travaillé dans une boutique porno, sans être déclaré, ce qui voulait dire qu'il avait pu y travailler pendant des années – sauf que Gus Giesekind m'avait dit qu'il ne sortait presque jamais, ce qui semblait indiquer qu'il n'avait pas d'emploi régulier.

Et son dernier emploi régulier…

J'attrapai l'annuaire et cherchai un numéro. Je laissai un message sur le répondeur. Puis je pris mon manteau et partis chez Armstrong.

Quand j'entrai, il était assis au comptoir. C'était un homme mince, qui avait une barbiche et portait des lunettes à monture d'écaille. Il était vêtu d'une veste marron en velours côtelé, et fumait une pipe au tuyau incurvé. Il aurait eu l'air tout à fait chez lui à Paris, en train de boire l'apéritif à la terrasse d'un bistrot de la rive gauche. Mais il était en train de boire de la bière canadienne dans un bar de la 57e rue, et il avait quand même l'air à sa place.

— Manny, lui dis-je, je viens de laisser un message sur votre répondeur.

— Je sais. Vous étiez en train de parler quand je suis arrivé chez moi. Vous me demandiez de vous retrouver ici, alors je suis aussitôt reparti. Je n'ai pas eu à enfiler mon manteau vu que je n'avais même pas eu le temps de l'ôter. Et comme j'habite plus près de ce bistrot que vous…

— Vous êtes arrivé le premier.

— On dirait bien. On s'installe à une table ? Ça fait plaisir de vous voir. Je ne vous vois pas assez souvent.

Nous nous étions vus presque tous les jours quand l'établissement de Jimmy se trouvait à son ancienne adresse de la Neuvième Avenue, à l'époque où j'y avais pratiquement élu domicile. Manny Karesh était un habitué, il y passait parfois une heure, parfois toute la soirée. Il était technicien chez CBS et habitait tout près. Comme il n'était pas un gros buveur, il venait chez Jimmy autant pour la nourriture que pour la bière mais surtout pour la compagnie.

Quand nous fûmes assis à une table, je commandai un café et un hamburger, et nous nous racontâmes ce que nous avions fait depuis la dernière fois. Manny me dit qu'il avait pris sa retraite et je lui dis que j'en avais vaguement entendu parler.

— Je travaille autant qu'avant, me dit-il. En free-lance, parfois pour mon ancien employeur, autrement pour tous ceux qui veulent bien m'engager. J'ai tout le travail que je veux et, en même temps, je touche ma retraite.

— A propos de CBS, lui dis-je.

— Ah bon, c'était notre propos ?

— Maintenant, ça l'est. Je voudrais vous poser quelques questions à propos d'un gars que vous avez peut-être connu, il y a plusieurs années. Il a travaillé là-bas pendant trois ans et il est parti vers la fin de l'année 82.

Il ôta la pipe de sa bouche et hocha la tête.

— Arnie Leveque, dit-il. Alors il a fini par vous appeler. Je me suis demandé s'il le ferait. Pourquoi avez-vous l'air tellement déconcerté ?

— Pourquoi m'aurait-il appelé ?

— Vous voulez dire qu'il ne l'a pas fait ? Alors pourquoi…

— Vous d'abord. Pourquoi m'aurait-il appelé ?

— Parce qu'il avait besoin d'un détective privé. Je l'ai rencontré sur un tournage. Ça doit faire environ six mois.

Plus longtemps que ça, me dis-je.

— Et je ne sais pas comment nous en sommes venus là mais il m'a demandé si je ne connaîtrais pas un bon détective – encore que je ne jurerais pas qu'il ait utilisé ce mot. Je lui ai dit que oui, je connaissais un gars, un ancien flic, qui habitait justement le quartier, je lui ai donné votre nom et je lui ai dit que je ne savais pas votre numéro de téléphone par cœur mais que vous habitiez au Northwestern. Vous y êtes toujours ?

— Oui.

— Et vous faites toujours le même genre de travail ? J'espère que je n'ai pas mal fait en lui donnant votre nom.

— Non, non, bien sûr. Je vous en suis reconnaissant, au contraire. Mais il ne m'a jamais appelé.

— Comme je ne l'ai pas revu depuis, Matt, et que ça doit bien faire six mois, je suppose que s'il ne vous a pas encore appelé, il ne le fera probablement pas.

— Il ne le fera certainement pas, et je suis sûr que ça fait plus de six mois. Il est mort depuis le mois de mai de l'an dernier.

— C'est pas possible. Il est mort ? Il n'était pas vieux. Evidemment, il pesait beaucoup trop lourd, mais quand même… (Il but une gorgée de bière.) Que lui est-il arrivé ?

— Quelqu'un l'a tué.

— Oh, bon sang. Comment ?

— Une agression. Il a été poignardé. Apparemment.

— « Apparemment. » La police a des soupçons, elle pense qu'il pourrait avoir été victime d'un acte de malveillance ?

— Une agression n'a en soi rien de bienveillant, mais non, la police n'a pas de soupçons particuliers. Leveque a un rapport avec une affaire sur laquelle je travaille, du moins c'est possible. Pourquoi lui fallait-il un détective privé ?

— Il ne me l'a pas dit. (Manny fronça les sourcils.) Je ne le connaissais pas si bien que ça. Quand il a démarré chez CBS, il était jeune et ambitieux. Il faisait partie de l'équipe de prises de vues, en qualité d'assistant technicien. Je ne crois pas qu'il soit resté très longtemps.

— Trois ans.

— J'aurais dit moins.

— Pourquoi est-il parti ?

Manny tirailla sa barbiche.

— J'ai l'impression qu'on l'a remercié.

— Vous vous rappelez pourquoi ?

— Je ne pense pas l'avoir jamais su. A ma connaissance, il n'avait pas commis de faute professionnelle, mais le jeune Arnold n'avait pas des façons très engageantes, c'était un minus surdimensionné – et vous ne m'entendrez pas souvent parler ainsi. Mais c'est bien ce qu'il était ; en outre il avait tendance à négliger les questions d'hygiène personnelle. Il attendait un peu trop longtemps avant de se raser, avant de changer de chemise. Et puis il était gros. Il y a des hommes aussi gros que ça qui portent bien leur graisse. Arnold, hélas, n'en faisait pas partie.

— Et après, il a travaillé en free-lance ?

— Eh bien, c'est ce qu'il faisait la dernière fois que je l'ai vu. Par ailleurs, ça fait plusieurs années que je suis moi-même free-lance, et je ne pense pas l'avoir rencontré plus d'une autre fois sur un tournage. Je suppose qu'il devait quand même travailler assez régulièrement parce qu'il ne semblait pas avoir sauté beaucoup de repas.

— Pendant un moment, il a vendu des bouquins dans une librairie de Times Square.

— Vous savez, ça ne m'étonne pas, dit Manny. Arnie a toujours eu un côté furtif, comme s'il avait les paumes moites et le souffle court. Je n'ai aucun mal à me représenter quelqu'un en train de se glisser en douce dans une de ces boîtes et tombant sur Arnie derrière le comptoir, et Arnie se frottant les mains avec un regard fourbe. (Il frémit.) Mon Dieu, cet homme est mort, et voyez comment je parle de lui. (Il gratta une allumette et ralluma sa pipe.) A m'entendre parler, on croirait qu'il était le laborantin pervers dans un remake d'un film de Frankenstein. Remarquez qu'il aurait été parfait dans ce rôle. Faut toujours dire du mal des morts, c'est le conseil que me donnait ma sainte mère. Ils ne sont pas en état de vous rendre la monnaie de la pièce.

11

— Ça a de quoi vous coller des frissons, dit Elaine. Il est mort avant d'avoir pu entrer en contact avec toi. Et maintenant, il te lance un appel d'outre-tombe.

— Comment en es-tu arrivée à cette conclusion ?

— Tu ne trouves pas que c'est évident ? Il meurt, il y a dans sa chambre une cassette vidéo, sa propriétaire la vend…

— Elle n'est que gardienne.

—… à un vidéo-club qui la loue à quelqu'un qui vient aussitôt te l'apporter. Tu ne trouves pas ça un peu gros, comme suite de coïncidences ?

— Nous sommes tous dans le même quartier. Moi, Manny, Leveque, Will Haberman et le vidéo-club. Ça place l'aiguille dans une meule de foin assez restreinte.

— Ouais ? Quelle explication tu m'as donnée, pour les coïncidences ? Que c'était quand Dieu s'efforçait de préserver Son anonymat. C'est bien ça ?

— On le dit.

Je lui avais téléphoné après avoir laissé Manny chez Armstrong. Elle m'avait annoncé qu'elle sentait qu'elle allait avoir un rhume ; elle avait mal partout et elle avait passé la journée à éternuer.

— Je suis comme les sept nains, sauf Timide. (Après m'avoir dit qu'elle se bourrait de vitamine C et buvait de l'eau chaude avec du jus de citron, elle m'avait demandé :) D'après toi, qu'est-ce qui s'est vraiment passé, pour Leveque ? Quel rôle a-t-il pu jouer ?

— Je pense que c'était le cameraman. Il fallait bien qu'il y ait une quatrième personne dans la pièce quand ils ont tourné ce film. La caméra n'était pas fixe, il y avait des travellings optiques, des gros plans, des plans généraux. Si on veut faire son propre film vidéo, on installe la caméra et on se place devant, mais ce n'est pas ce qu'ils ont fait, et pendant une bonne partie du temps, ils étaient tous les deux dans le champ et la caméra se déplaçait pour filmer l'action.

— Je n'avais même pas remarqué. J'étais trop obsédée par ce qui se passait.

— Tu ne l'as vu qu'une fois. N'oublie pas que je l'ai encore vu deux fois, l'autre jour.

— Pour pouvoir concentrer ton attention sur tous les petits détails.

— Leveque avait une certaine expérience de la vidéo. Il a travaillé pendant trois ans pour un chaîne de télévision – un petit boulot pas trop reluisant. Après ça, il a fait le même travail en free-lance. Il a aussi été vendeur dans une librairie de Times Square et il a été arrêté au cours d'une des campagnes de nettoyage de Koch. Admettons qu'on ait cherché un opérateur pour faire un film porno, il était logique qu'on se soit adressé à lui.

— Mais pourquoi le laisserait-on filmer pendant qu'on commet un meurtre ?

— Peut-être que celui qui l'a engagé en savait assez long sur lui pour ne pas avoir à s'en faire. Peut-être que le meurtre n'était pas dans le scénario, qu'ils avaient seulement l'intention de faire un peu mal au gamin mais qu'ils se sont laissé emporter. Ça n'a pas d'importance. Ce qui compte, c'est que le gosse a été tué et que le film a été tourné, et si ce n'est pas par Leveque, c'est par quelqu'un d'autre.

— Et c'est lui qui s'est retrouvé avec le film.

— Et il l'a planqué. D'après Herta Eigen, les seules

cassettes qui se trouvaient chez lui sont celles qu'elle a vendues à Fielding. Là, il y a quelque chose qui cloche. Un gars du métier devrait avoir chez lui un tas de cassettes vidéo enregistrées qui ne viennent pas du commerce. C'était un cinéphile, alors il devait tout le temps enregistrer des trucs à la télé. Il devait aussi avoir des copies des films, pornographiques ou autres, sur lesquels il avait personnellement travaillé. Et il devait forcément avoir quelques cassettes vierges, au cas où il en aurait besoin.

— Tu crois qu'elle t'a menti ?

— Non, ce que je crois, c'est que quelqu'un est allé chez Leveque, dans Columbus Avenue, pendant que son cadavre refroidissait dans un passage de la 49e rue ouest. Sa montre et son portefeuille avaient disparu, ce qui fait penser à un vol, mais ses clés aussi. Je pense que celui qui l'a tué a pris ses clés, s'est rendu à son logement et en est reparti avec toutes les cassettes, sauf les enregistrements du commerce.

— Pourquoi ne pas simplement embarquer la totalité des cassettes ?

— Peut-être que le meurtrier n'avait pas envie de regarder les trois versions du *Faucon Maltais*. Il était sans doute assez chargé avec les cassettes sans titre et celles que Leveque avait enregistrées lui-même. Pourquoi emporter quelque chose qui n'était manifestement pas ce qu'il cherchait ?

— Et la bande qu'il cherchait était celle que nous avons vue ?

— Il est possible qu'il ait tourné d'autres films pour Monsieur Caoutchouc et qu'il ait gardé une copie de chaque film. Mais il a mis un soin particulier à cacher celui-là. Non seulement il a utilisé un enregistrement du commerce mais il a laissé défiler un quart d'heure de film original avant de copier l'autre sur la bande. Quelqu'un qui voulait vérifier rapidement aurait vu que c'était *Les Douze Salopards* et l'aurait écarté.

166

— Ça a dû faire un drôle de choc à ton ami. Avec sa femme, il est en train de regarder Lee Marvin et les autres, et voilà que brusquement…

— Oui, je sais.

— Mais pourquoi Leveque a-t-il pris un tel soin pour cacher la bande ?

— Parce qu'il avait peur. C'est probablement aussi pour ça qu'il a demandé à Manny de lui recommander un détective privé.

— Et avant qu'il ait pu t'appeler…

— Je ne sais pas s'il m'aurait appelé. Juste avant de te téléphoner, j'ai recontacté Manny. Il est rentré chez lui pour consulter son agenda de l'année dernière. Il a pu retrouver la date de sa conversation avec Leveque, parce qu'il se rappelait à quelle occasion ils avaient travaillé ensemble. Cet entretien a eu lieu un jour de la troisième semaine d'avril, et ce n'est que le 9 mai que Leveque a été tué. Il a pu demander à quelqu'un d'autre de lui recommander un détective ou bien il a pu décider de se débrouiller seul.

— Se débrouiller pour quoi faire ? Du chantage ?

— C'est très possible. Il peut avoir filmé des tas de scènes horribles. Ce n'était peut-être pas Monsieur Caoutchouc qu'il faisait chanter. C'est peut-être quelqu'un d'autre qui l'a tué. Il a peut-être eu l'intention de m'appeler mais il ne l'a pas fait. Ce n'était pas un de mes clients et ce n'est pas à moi de chercher à résoudre l'énigme de sa mort. (Deux lumières clignotèrent dans l'immeuble d'en face.) Ce n'est pas non plus à moi de faire quoi que ce soit au sujet de Monsieur Caoutchouc. Mon travail c'est Thurman, et je ne fait rien à son sujet.

— Ce serait bien, n'est-ce pas, s'il y avait un rapport entre toutes ces affaires ?

— J'avoue que j'y ai pensé.

— Et alors ?

— Il vaut mieux ne pas y compter.

Comme elle allait parler, elle éternua et dit qu'elle espérait ne pas avoir attrapé la grippe. Je lui dis que je passerais le lendemain et qu'il fallait qu'elle continue à prendre la vitamine C et les jus de citron. Elle répondit qu'elle le ferait même si elle ne croyait pas que ça puisse lui faire grand bien.

Je restai un moment assis, en regardant par la fenêtre. La météo annonçait que la température allait se rafraîchir pendant la soirée et qu'il neigerait peut-être avant le matin. Je pris le *Newgate Calendar* et je lus l'histoire d'un voleur de grand chemin qui s'appelait Dick Turpin et qui, à son époque, avait été considéré comme une sorte de héros populaire, bien qu'il fut difficile de comprendre pourquoi.

A sept heures quarante-cinq, je donnai deux coups de téléphone et parvins à joindre Ray Galindez, un jeune dessinateur de la police, qui était resté avec Elaine et moi pour dessiner le portrait-robot d'un homme qui avait menacé de nous tuer tous les deux. Je lui dis que j'avais un travail à lui confier s'il pouvait m'accorder une heures ou deux. Il me répondit qu'il aurait un peu de temps le lendemain matin, et nous convînmes de nous retrouver à dix heures dans le hall du Northwestern.

Je me rendis ensuite à la réunion de vingt heures trente à St. Paul, après laquelle je rentrai directement chez moi. Au lieu de me coucher tôt comme j'en avais eu l'intention, je veillai particulièrement tard. Je lisais un ou deux paragraphes à propos de tel ou tel assassin qui avait connu une juste mort par pendaison, quelques siècles auparavant, puis je posais le livre et je regardais par la fenêtre.

Je finis par me mettre au lit vers trois heures du matin. Il ne neigea pas cette nuit-là.

Ray Galindez arriva pile à l'heure, et nous montâmes dans ma chambre. Il posa son porte-documents sur le lit, et en sortit un bloc à dessin, des crayons gras et une gomme Art-Gum.

— Hier soir, après vous avoir parlé, me dit-il, j'ai eu

l'impression de revoir la tête du gars dont je vous avais fait le portrait-robot, la dernière fois. Vous avez fini par l'attraper ?

— Non, mais je n'ai plus essayé. Il s'est suicidé.

— Ah bon ? Alors, si vous ne l'avez pas vu, vous n'avez pas pu le comparer au portrait.

En fait, j'avais pu le comparer mais je ne pouvais pas le dire.

— Le portrait était parfait, lui dis-je. Je l'ai montré à des tas de gens qui l'ont tout de suite reconnu.

Je vis que cela lui faisait plaisir. Il me demanda :

— Vous voyez toujours cette femme ? Je me souviens de son appartement, tout en noir et blanc, et la vue sur la rivière. Magnifique.

— Oui, je la vois encore, répondis-je, je la vois même souvent.

— Ah, bon ? Une femme charmante. Elle habite toujours le même appartement ? Je suppose que oui, il faudrait être fou pour quitter un endroit pareil.

Je lui dis qu'elle l'habitait toujours et ajoutai :

— Et elle a toujours le portrait que vous avez dessiné.

— Le portrait-robot ? Celui de ce type ? Ce portrait-là ?

— Encadré et accroché au mur. Elle affirme qu'il s'agit d'une nouvelle catégorie d'art qui n'a pas encore été reconnue, et après que j'ai fait faire des photocopies du portrait, elle l'a fait encadrer et l'a accroché au mur.

— Vous vous fichez de moi.

— Je vous jure que c'est vrai. Elle l'avait accroché dans le salon mais j'ai obtenu qu'elle le mette dans la salle de bains. Autrement, où que vous soyez assis, vous aviez l'impression qu'il vous fixait du regard. Je ne vous fais pas marcher, Ray, elle l'a même mis dans un joli cadre en aluminium, à verre antireflets et tout et tout.

— Ah, ben ça ! J'ai jamais rien entendu de pareil.

169

— Vous savez, cette dame n'est pas comme tout le monde.

— On dirait. Je vous assure que ça fait plaisir d'entendre ça. Parce que c'est une femme qui a du goût. Je me souviens du tableau qu'elle avait sur le mur. (Il me décrivit un grand tableau abstrait, une huile, sur le mur à côté de la fenêtre, et je lui dis qu'il avait une sacrée mémoire.) Oh, vous savez, la peinture c'est comme le dessin, c'est aussi ma partie. (Il se détourna, un peu embarrassé.) Bon, alors, qui m'avez-vous réservé pour aujourd'hui? Un vrai fumier?

— Ce qu'on fait de mieux dans le genre fumier, lui dis-je. Et deux gamins.

Ce ne fut pas aussi difficile que je l'avais cru. Je n'avais vu le plus âgé des deux gamins que sur la bande vidéo et je n'avais vu de près ni l'autre gamin ni l'homme. Mais j'avais posé sur eux un regard si intense, j'avais pensé à eux si fort, que leur image était claire dans mon esprit. L'exercice de visualisation mentale auquel Galindez me soumit fut utile, mais je crois que j'aurais pu m'en passer. Je n'avais pas d'effort à faire pour évoquer leur visage. Il me suffisait de fermer les yeux pour qu'ils m'apparaissent.

En moins d'une heure, il réussit à faire passer les images que j'avais dans la tête sur des feuilles de papier à dessin format 21x27. Ils étaient là, tous les trois, l'homme que j'avais vu assis près du ring, le garçon qui l'accompagnait et l'autre garçon, celui que nous avions vu se faire assassiner.

Nous aimions bien travailler ensemble, Galindez et moi. Il y avait des moments où il semblait lire dans mes pensées avec son crayon, où il saisissait quelque chose que j'étais incapable de décrire. Les trois portraits avaient capté l'émotion dégagée par leurs trois sujets. L'homme avait l'air dangereux, le plus jeune des deux gamins, totalement vulnérable et le plus âgé, condamné.

Quand ce fut terminé, Galindez posa son crayon et poussa un soupir.

170

— Je suis vanné, dit-il. Je ne sais pas pourquoi, je suis simplement resté assis à dessiner. J'ai fait ça toute ma vie. Mais là, c'est comme si nous étions branchés sur la même source d'énergie.

—Elaine dirait que nous étions liés sur le plan psychique.

— Ah oui? C'est vrai que j'ai ressenti quelque chose, et une sorte de lien, aussi, avec ces trois personnes. Impressionnant.

Je lui dis que ce qu'il avait fait était exactement ce que je souhaitais et je lui demandai combien je lui devais.

— Oh, je sais pas, dit-il. La dernière fois, vous m'avez donné combien – cent dollars? Ce serait très bien.

— C'était pour un portrait. Cette fois, il y en a trois.

— Oui, mais trois d'un bloc. Combien de temps ça m'a pris – une heure? Cent dollars suffiront largement.

Je lui donnai deux billets de cent. Comme il protestait, je lui expliquai que le supplément était pour qu'il mette sa signature au bas des portraits.

— Les originaux sont pour Elaine. Je les ferai encadrer et je les lui offrirai pour la Saint-Valentin.

— Bon sang, il serait temps de commencer à penser à ça, hein? La Saint-Valentin. (D'un geste timide, il me montra la bague à son annulaire.) Je ne l'avais pas la dernière fois que je vous ai vu.

— Félicitations.

— Merci. Vous voulez vraiment que je les signe? Parce que vous n'avez pas besoin de me payer un supplément. Je considère ça comme un honneur.

— Prenez cet argent, lui dis-je. Achetez à votre femme quelque chose qui lui fera plaisir.

Il sourit et signa chaque portrait.

Je descendis avec lui. Il voulait prendre le métro dans la Huitième Avenue, et je l'accompagnai jusqu'au coin. J'entrai dans une boutique de photocopie et je demandai qu'on me

171

fasse deux douzaines de reproductions de chaque dessin pendant que j'allais prendre une tasse de café et un *bagel* dans le bistrot d'à côté. Je confiai ensuite les originaux à un petit encadreur de Broadway, puis je rentrai à mon hôtel, et je tamponnai mon nom et mon adresse à l'arrière des photocopies. J'en pris quelques unes, les pliai pour qu'elles tiennent dans la poche de poitrine de ma veste et sortis à nouveau, cette fois en direction de Times Square.

La dernière fois que j'étais venu dans la 42ᵉ rue, c'était pendant une vague de chaleur. Maintenant il faisait un froid de canard. J'avais les mains dans les poches, mon manteau boutonné jusqu'au ras du cou et je regrettais de n'avoir pas pensé à mettre des gants et un cache-nez. Le ciel était de divers tons de gris, et la neige annoncée par la météo allait certainement finir par tomber.

Malgré tout, la rue ne semblait guère avoir changé. Les gamins qui se tenaient par petits groupes sur les trottoirs portaient des vêtements un peu plus épais mais on ne pouvait quand même pas dire que leurs tenues étaient de saison. Ils remuaient sans doute un peu plus, sautillaient sur place pour se réchauffer mais, en dehors de ça, ils étaient à peu près comme avant.

Je parcourus le pâté de maisons dans les deux sens, en marchant d'un côté de la rue, puis de l'autre, et quand un gamin noir me demanda : « Envie de fumer ? », au lieu de l'envoyer promener en secouant négativement la tête, j'indiquai du doigt l'entrée d'un immeuble et je m'y rendis. Il m'y suivit aussitôt, et ses lèvres remuèrent à peine quand il me demanda ce que je voulais.

— Je cherche TJ, répondis-je.

— TJ, fit-il. Ben, si j'en avais, c'est sûr que je vous en vendrais. Je vous ferais même un bon prix.

— Tu le connais ?

— Parce que c'est quelqu'un ? Je croyais que c'était une marchandise, vous savez.

— Ça ne fait rien, dis-je en me détournant pour m'en aller.

Son bras m'arrêta.

— Hé, doucement. On est en pleine conversation. Qui c'est, ce TJ? C'est un disc-jockey? TJ le DJ, c'est pas chouette, ça?

— Si tu ne le connais pas…

— Quand on parle de TJ, ça me fait penser à ce vieux qui était le lanceur de l'équipe des Yankees. Tommy John? Il a pris sa retraite. Si vous voulez quelque chose de la part de TJ, vous feriez mieux de me le demander.

Je lui donnai ma carte.

— Dis-lui de m'appeler.

— Hé, de quoi j'ai l'air, mec, d'un putain de garçon de courses?

J'eus une demi-douzaine de variantes de cette conversation avec une demi-douzaine d'autres citoyens modèles. Certains me dirent qu'ils connaissaient TJ, d'autres qu'ils ne le connaissaient pas, et je n'avais aucune raison de croire les uns ou les autres sur parole. Aucun d'entre eux ne savait avec certitude ce que j'étais vraiment, mais j'étais forcément un exploiteur potentiel ou une éventuelle victime, quelqu'un qui essaierait de les mettre au pas ou quelqu'un qu'ils pourraient faire marcher.

L'idée me vint que je ferais peut-être aussi bien d'engager quelqu'un d'autre, plutôt que de m'efforcer à trouver TJ – qui n'était après tout qu'un autre petit voyou débrouillard de la 42ᵉ rue, un petit voyou particulièrement débrouillard puisqu'il s'était débrouillé pour soutirer cinq dollars sans effort à un vieux type aguerri et madré de mon espèce. Si je voulais distribuer des billets de cinq dollars, la rue était pleine de gamins qui seraient ravis de prendre mon argent.

En outre, ils étaient tous plus faciles à trouver que TJ qui pouvait très bien ne pas être libre. Cela faisait six mois que je ne l'avais pas vu, et six mois, ça faisait très longtemps dans ce petit bout de rue. Il avait pu décider d'exercer ses talents dans un autre quartier. Il avait peut-être trouvé un emploi. A moins qu'il ne soit en train de faire un petit séjour en taule.

Il se pouvait aussi qu'il soit mort. Quand cette possibilité m'apparut, j'observai les jeunes dans la rue et je me demandai combien d'entre eux fêteraient leur trente-cinquième anniversaire. La drogue en tuerait certains, la maladie en tuerait d'autres, une bonne partie du restant trouveraient le moyen de s'entre-tuer. Je ne m'attardai pas sur cette pensée qui avait de quoi vous ficher le cafard. La 42e rue était suffisamment déprimante quand on considérait les choses au présent. Y penser au futur était intolérable.

L'origine de Testament House remontait à l'époque où un prêtre de l'Eglise épiscopale avait commencé à permettre aux jeunes fugueurs de venir dormir par terre dans son appartement de Chelsea. Il n'avait pas tardé à convaincre un riche propriétaire de faire don d'une maison de rapport délabrée, proche de Pennsylvania Station, après quoi d'autres donateurs avaient fourni les fonds avec lesquels il avait pu acheter les deux immeubles de chaque côté. Il y avait deux ans qu'un autre donateur avait fait l'acquisition d'un bâtiment industriel de cinq étages et en avait fait cadeau à la Cause. Je m'y rendis en quittant la 42e rue et là, une dame aux cheveux gris et au regard aussi bleu qu'inflexible, me raconta l'histoire de cette institution.

— Les jeunes appellent cet immeuble « la maison du Nouveau Testament, » me dit-elle, et le groupe d'immeubles d'origine, ils l'appellent bien sûr « la maison de l'Ancien Testament. » Le père Joyner est en train d'essayer d'obtenir la donation d'un petit bien immobilier dans l'East Village, et je me demande quel nom ils pourront lui donner. Il ne reste plus que « les Apocryphes, » mais je ne pense pas que ça leur convienne.

Nous nous trouvions dans l'entrée de l'immeuble où étaient affichées les règles de la maison. Toute personne âgée de moins de vingt-et-un ans était la bienvenue mais personne n'était autorisé à pénétrer dans l'immeuble s'il avait sur lui de l'alcool, de la drogue ou une arme quelconque, et aucune admission n'avait lieu entre une heure et huit heures du matin.

Mme Hillstrom se montrait charmante mais prudente, ce qui était très compréhensible ; elle ne savait pas si j'étais un éventuel donateur ou un monsieur qui avait des vues sur les enfants dont elle avait la charge. Que je fusse l'un ou l'autre, elle n'avait manifestement pas l'intention de me laisser pénétrer plus avant dans le bâtiment. Je n'avais sur moi ni arme ni drogue mais j'étais manifestement au-delà de la limite d'âge. Je lui montrai le portrait-robot des deux garçons. Sans les regarder, elle me dit :

— Je regrette, mais nous avons pour politique de ne pas dévoiler l'identité des jeunes qui sont, ou ne sont pas, chez nous.

— Il n'y a rien à dévoiler, lui dis-je. (Elle me regarda.) Ces deux garçons n'habitent ici ni l'un ni l'autre.

Alors, elle regarda les portraits.

— Ce sont des dessins, dit-elle. C'est inhabituel.

— Je pense qu'ils ont pu venir ici, l'un ou l'autre ou l'un et l'autre. Je pense qu'ils étaient tous deux des fugueurs.

— Des enfants perdus, dit-elle en observant tour à tour chaque portrait. Ils pourraient presque être frères. Qui sont-ils ?

— C'est ce que j'essaye de découvrir. Je ne connais ni leur nom ni celui de l'endroit d'où ils viennent.

— Que leur est-il arrivé ?

— Je pense que l'un des deux est mort et que le plus jeune est en danger. (Je restai un instant songeur puis, ajoutai :) Ou au-delà du danger.

— « Au-delà du danger. » Cela veut dire qu'il est peut-être mort, lui aussi, c'est ça ?

— Oui, sans doute.

Elle inclina la tête sur le côté et scruta mon regard.

— Vous êtes loin de m'avoir tout dit. Pourquoi avez-vous des dessins et non pas des photographies ? Comment pouvez-vous chercher des garçons si vous ne savez pas qui ils sont ?

— Il y a des choses qu'il vaut mieux que vous ne sachiez pas.

— C'est ça, dit-elle, et je sais déjà la plupart de ces choses. Je suis une employée salariée, monsieur Scudder, et pas une volontaire non rémunérée. Je travaille douze heures par jour, six jours par semaine, mais je ne prends pas systématiquement mon jour de congé. En échange, j'ai une chambre pour moi toute seule, trois repas par jour et dix dollars par semaine. Comme ça ne suffisait pas pour payer mes cigarettes, j'ai arrêté de fumer et maintenant, la plupart du temps, je m'arrange pour donner la moitié de ce que je gagne. Je suis ici depuis dix mois, monsieur Scudder, et j'ai présenté trois fois ma démission. Pendant la période de formation, on s'engage à rester ici pendant un an, aussi, la première fois que j'ai démissionné, je m'attendais à me faire copieusement enguirlander. Quand j'ai dit au père Joyner que je n'en pouvais plus, il m'a répondu : « Maggie, je vous envie, ah, si seulement je pouvais démissionner, moi aussi ! » Je lui ai dit : « J'ai changé d'avis, je reste. » Et lui : « Enchanté de vous voir revenir chez nous. »

« Une autre fois, j'ai démissionné parce que je hurlais de rage et une autre fois parce que je pleurais, mais ces fois-là aussi, je me suis calmée et j'ai décidé de rester. Chaque jour, je vois quelque chose qui me donne envie d'aller dans la rue, d'attraper tous les gens que je croise, de les secouer violemment et de leur dire ce qui se passe. Chaque jour, j'apprends une de ces choses dont vous dites qu'il vaut mieux que je ne les sache pas. Un des trois immeubles de l'ensemble « Ancien Testament » est devenu notre centre H. I. V. – ça vous dit quelque chose ? Tous les gosses qui sont là sont séropositifs. Ils ont tous moins de vingt-et-un ans. Quand on a

176

vingt-et-un ans, il faut s'en aller. La plupart d'entre eux n'auront pas à partir parce qu'ils seront morts avant d'avoir atteint cet âge-là. Vous croyez qu'il y a quelque chose que vous ne pouvez pas me dire? Vous croyez que vous savez quelque chose qui est pire que ça?»

Je lui dis:

— Si je pense que le plus âgé des garçons est mort, c'est parce que je l'ai vu dans un film où il était avec un homme et une femme qui le tuaient à la fin. Je pense que le plus jeune est mort ou en danger parce que, la semaine dernière, je l'ai vu en compagnie d'un homme dont je pense qu'il était un des acteurs du film.

— Et vous avez dessiné ces portraits.

— J'en serais bien incapable. C'est un dessinateur de la police qui les a faits.

— Je vois. (Elle détourna les yeux.) Est-ce qu'il y a beaucoup de films comme ça? Est-ce qu'ils rapportent beaucoup d'argent à ceux qui les font?

— Je ne sais pas combien il en existe. Et non, je ne pense pas qu'ils soient particulièrement lucratifs. Je pense que leurs auteurs les font pour leur plaisir personnel.

— Pour leur plaisir personnel. (Elle secoua la tête.) Dans la mythologie grècque, il y a un personnage, Cronos, qui dévorait ses propres enfants. J'ai oublié pour quelle raison. Je suis sûre qu'il en avait une. (Elle me lança un bref regard.) Nous sommes en train de dévorer nos enfants, toute une génération d'enfants. Nous les gâchons, nous nous en débarrassons, nous les jetons aux ordures. Dans certains cas, il arrive même que nous les dévorions littéralement. Les adorateurs du diable sacrifient les nouveaux-nés, ils les… il les font cuire et ils les mangent. Des hommes achètent des enfants dans la rue, ils ont des relations sexuelles avec ces enfants puis ils les tuent. Vous dites que vous avez vu cet homme, que vous l'avez vu en compagnie du plus jeune des deux garçons? Vous les avez vraiment vus?

177

— Je pense que c'était le même homme.

— Il était normal ? Il avait l'air humain ? (Je lui montrai le portrait-robot.) Il a l'air tout à fait ordinaire. Ça me fait horreur. Ça me fait horreur de penser que des gens ordinaires peuvent commettre de telles atrocités. Je voudrais qu'ils aient l'air de monstres. Ils se comportent comme des monstres, pourquoi n'auraient-ils pas l'air de monstres ? Vous comprenez, vous, pourquoi les gens font des choses pareilles ?

— Non.

— «Je vous envie», m'a dit le père Joyner. «Je vous envie, ah, si seulement je pouvais démissionner, moi aussi ! » Après, je me suis dit : «Oui, c'est ça, mon ami, vous avez bien calculé votre coup pour me faire rester. C'est drôlement subtil ». Mais finalement je ne crois pas. Je crois qu'il le pensait sincèrement. Je crois que c'était la vérité, littéralement. Parce que c'est vrai dans mon cas. Si seulement je pouvais démissionner !

— Je sais ce que vous voulez dire.

— C'est vrai ? (Elle regarda les portraits-robots.) Il se pourrait que je les aie vus ici, ces garçons. Je ne les reconnais pas, mais c'est quand même possible.

— Vous ne pourriez pas avoir vu le plus âgé des deux. Vous avez dit que vous étiez ici depuis dix mois, et je crois qu'ils avaient déjà fait leur film, il y a dix mois.

Elle me pria de l'excuser un instant et disparut à l'intérieur du bâtiment. Pendant que j'attendais, deux gamins entrèrent et plusieurs sortirent. Ils avaient l'air de gamins ordinaires, pas de petits voyous à la redresse, comme ceux de la 42e rue. Je me demandai ce qui avait pu les pousser à quitter leur foyer et à venir dans cette ville pourrie. Maggie Hillstrom aurait sans doute pu me le dire, mais je n'avais pas très envie de l'entendre.

Brutalités du père, négligence de la part de la mère. Violence sous l'effet de l'alcool. Inceste. Je n'avais pas besoin de l'entendre, je pouvais l'imaginer tout seul. Personne ne quittait une famille aimante pour atterrir ici.

178

J'étais en train de relire le règlement quand Maggie Hillstrom revint. Elle me dit que personne n'avait reconnu les garçons des portraits. Elle me dit qu'elle pourrait peut-être garder les dessins et les faire circuler un peu plus tard. Je la remerciai de sa proposition et lui donnai d'autres photocopies des deux portraits.

— Vous trouverez mon numéro de téléphone derrière. N'hésitez surtout pas à m'appeler. Je vais aussi vous donner des exemplaires du troisième portrait, celui de l'homme. Vous pourriez peut-être le faire circuler aussi en disant à vos gamins de ne jamais suivre un homme qui a cette tête-là.

— Nous leur disons de ne jamais suivre aucun homme, dit-elle. Mais ils ne nous écoutent pas.

12

— Le père Michael Joyner, me dit Gordie Keltner. Je reçois des lettres de lui, je suppose que, dans le monde libre, la plupart des gens reçoivent des lettres de lui, mais moi, je recevrai éternellement son bulletin, parce qu'un jour, je lui ai envoyé de l'argent. Un de ses appels de fonds avait pour slogan : « Avec vingt-cinq dollars, je mettrai un garçon à l'abri. » Alors je lui ai écrit : « En voici cinquante. Mettez m'en deux à l'abri – vous voulez bien ? » Et j'ai envoyé ça avec un chèque de cinquante dollars. Vous avez déjà vu le bon père ?

— Non.

— Moi non plus mais j'ai vu son numéro à la télé. Il parlait à je ne sais quel présentateur du danger que représentent les hommes adultes qui font leur proie des enfants perdus, et du rôle pervers de la pornographie qui corrompt tous ceux qu'elle touche et qui a engendré une industrie fondée sur l'exploitation des gosses. Tout ça, c'est peut-être vrai mais je me suis dit : « Holà, père Michael, tu crois pas que tu pousses un peu ? » Parce que je suis persuadé que le bon père est gay comme un pinson.

— Vraiment ?

— Evidemment, comme disait Tallulah Bankhead : « Tout ce que je sais mon chou, c'est qu'il ne me l'a jamais sucée. » Je ne l'ai jamais vu dans les bars et il est peut-être tout à fait célibataire, bien que je ne croie pas que ce soit obligatoire pour les prêtres de l'Eglise épiscopale – n'est-ce pas ? Mais il a l'air gay, l'énergie qu'il déploie est gay. Ce doit être terrible pour lui de vivre au milieu de tous ces gamins à problèmes et de s'obliger à garder sa braguette fermée. Rien d'étonnant à ce qu'il n'ait pas toujours des mots tendres à l'égard de ceux d'entre nous qui ne sont pas des petits garçons bien sages.

J'avais fait la connaissance de Gordie plusieurs années auparavant, lorsque j'étais inspecteur de police au Sixième commissariat, dans Greenwich Village. A cette époque, le commissariat se trouvait dans Charles Street – il a, depuis longtemps, été transféré dans la partie ouest de la Dixième Avenue –, et Gordie travaillait à temps partiel comme barman, au Sinthia's. Le Sinthia's n'existait plus – Kenny Banks, son propriétaire, l'avait vendu et était parti à Key West. Avant ça, Gordie et un associé s'étaient installés dans mon quartier où ils avaient ouvert le Kid Gloves. Le Kid Gloves n'avait pas duré longtemps, et maintenant Gordie travaillait dans une boîte qui avait été un entrepôt à l'époque où j'étais dans la police. Cette boîte, qui avait ouvert sous le nom d'Uncle Bill's, était située dans la partie sud-ouest du Village, au coin de Clarkson Street et de Greenwich. Elle s'appelait maintenant Calamity Jack's et avait un décor western.

Comme c'était la fin de l'après-midi, Gordie avait le temps de bavarder avec moi. Nous n'étions, pour le moment, que trois clients dans l'établissement. Au bout du comptoir, un homme âgé, en complet veston, buvait un Irish coffee en lisant le journal, tandis qu'un gars trapu, en jeans et bottes à bouts carrés, jouait au billard électrique. Je montrai les portraits-robots à Gordie, comme je l'avais fait dans d'autres bars du Village, et il secoua négativement la tête.

— N'empêche qu'ils sont bien mignons, dit-il. Seulement je n'ai jamais été amateur de petits garçons, en dépit du billet coquin qui accompagnait mon chèque au père Mike.

— Si je me souviens bien, Kenny les aimait jeunes.

— Kenny était incorrigible. J'étais moi-même un charmant petit, à l'époque où je travaillais dans sa boîte, n'empêche que j'étais déjà trop vieux pour l'intéresser. Mais on ne voit plus beaucoup de petits jeunes dans les bars, Matt. Ce n'est plus comme avant depuis que, pour avoir le droit de consommer, il faut qu'on ait vingt-et-un ans et non dix-huit. Un gosse de quatorze ans pouvait en paraître dix-huit dans un éclairage très tamisé, surtout s'il était grand pour son âge où s'il pouvait présenter une fausse carte d'identité convaincante. Maintenant, il faut avoir dix-sept ans pour pouvoir prétendre en avoir vingt-et-un et, à ce moment-là, on n'est déjà plus de la prime jeunesse.

— Où allons-nous !

— N'est-ce pas ? Autrefois, j'avais décidé de ne pas porter de jugement, et je sais que la plupart des petits garçons sont tout à fait d'accord pour se faire séduire. Parfois même, c'est eux qui le cherchent. Mais ça ne fait rien. Sur le tard, je deviens moralisateur. Je trouve qu'il est mal qu'un homme adulte ait des rapports sexuels avec un enfant. Même si le gosse le veut ; ça m'est égal. Je considère que c'est mal.

— Je ne sais plus ce qui est bien et ce qui est mal.

— Je croyais que les flics le savaient toujours.

— Ils sont censés le savoir. Et c'est peut-être une des raisons qui m'ont poussé à ne plus être flic.

— En tout cas j'espère que ça ne veut pas dire que je vais cesser d'être une tante. Je ne sais rien faire d'autre. (Il prit un des portraits-robots et l'examina en se tiraillant la lèvre inférieure.) D'après ce qu'on m'a dit, à l'heure actuelle, les garçons qui racolent les hommes d'un certain âge le font surtout dans la rue. Lexington Avenue du côté de la 50ᵉ rue. Times Square, bien sûr. Et les quais de l'Hudson, au-dessus de Morton Street. Les gamins attendent dans West Street, du côté de la rivière, et les clients arrivent en voiture.

— Avant de venir, je suis allé faire un tour dans quelques bars de West Street.

Il secoua la tête.

— On ne laisse pas entrer les enfants dans ces boîtes. Et les amateurs de bambins ne les fréquentent pas non plus. Ce sont surtout des types qui se baladent par-là en catimini, au volant de leur voiture et qui après rentrent à la maison retrouver bobonne et les mioches. (Il siphonna un peu d'eau de Seltz dans mon verre.) Il y a un bar où vous pourriez aller voir, mais pas avant une certaine heure de la soirée. A mon avis, pas avant neuf heures et demie, dix heures. Vous n'y trouverez pas de petits garçons mais vous tomberez peut-être sur quelques vieux cochons qui s'intéressent à eux. C'est le Eighth Square. Dans la 10ᵉ rue, juste après Greenwich Avenue.

— Je sais où c'est, lui dis-je. Je suis souvent passé devant mais je ne savais pas que c'était un bar gay.

— Ça ne se voit pas forcément de l'extérieur. Mais c'est là que les plus acharnés des amateurs de bambins viennent boire un verre. Le nom dit bien ce que c'est, n'est-ce pas ? (Je dus avoir l'air intrigué car il expliqua :) The Eighth Square, la huitième case. C'est là que le pion va à dame.

Un peu plus tôt, j'avais téléphoné à Elaine qui m'avait prié de l'excuser si elle ne venait pas dîner avec moi comme nous l'avions prévu. Elle avait soit la grippe, soit un rhume carabiné, et elle n'avait plus ni énergie ni appétit, ni la faculé de comprendre quoi que ce soit à ce qu'elle lisait. Elle était tout juste capable de somnoler devant la télévision. Je restai donc en ville et dînai d'un chausson aux épinards et d'une pomme de terre bouillie, dans une cafétéria de Sheridan Square, après quoi j'assistai à une réunion des A. A. dans Perry Street. J'y rencontrai une femme que j'avais connue à St. Paul. C'est là qu'elle était devenue sobre ; puis elle s'était installée avec son petit ami dans Bleecker Street. Maintenant, elle était mariée et visiblement enceinte.

Après la réunion, je me rendis au Eighth Square. Le barman, qui arborait un aigle allemand sur son débardeur, semblait passer beaucoup de temps au gymnase. Je lui dis que Gordie, du Calamity Jack's, m'avait suggéré de venir lui demander de me donner un petit coup de main, et je lui montrai les portraits des garçons.

— Jetez un coup d'œil autour de vous, dit-il. Vous voyez quelqu'un comme ça, ici ? Vous avez pas vu la pancarte ? « Vingt-et-un ans ou Va t'en. » Ce n'est pas pour faire joli. C'est la règle de la maison.

— Dans le temps, au Julius's, il y avait aussi une affiche, lui dis-je. « Gays, gardez-vous d'entrer chez nous. »

Le visage du barman s'éclaira.

— Oui, je m'en souviens, dit-il. Comme si quelqu'un qui n'était *pas* un peu homo aurait fichu les pieds chez eux. Mais que pouvait-on attendre de ces pédés snobinards ? Enfin, c'était il y a longtemps. Avant Gay Pride, avant Stonehouse.

— C'est vrai.

— Faites-moi encore voir ces portraits. Ils sont frères ? Non, ils ne se ressemblent pas vraiment, c'est plutôt leur expression. Quand on les regarde, on pense à des trucs sains, des activités de plein air, comme les camps scout ou les bains de minuit. La livraison des journaux. Les parties de catch avec le paternel sur la pelouse du jardin. Non, mais vous m'entendez ? On croirait écouter une émission pour les ménagères.

Il ne reconnut pas les garçons, pas plus que ne les reconnurent les quelques clients à qui il montra les portraits.

— Ici, dit-il, on n'accueille pas vraiment les mouflets qui ont l'âge du tas de sable. On vient ici pour se plaindre de leur cruauté, des fortunes qu'il faut dépenser pour les contenter. Hé, mais un instant. Celui-ci, qui c'est ? (Il observait le troisième portrait, celui de Monsieur Caoutchouc.) Je crois que je l'ai déjà vu. J'en mettrais pas ma main au feu mais il me semble bien l'avoir vu.

Deux autres hommes s'approchèrent et se penchèrent par-dessus mon épaule pour regarder le dessin.

— Evidemment que tu l'as vu, dit l'un des deux. Tu l'as vu au cinéma. C'est Gene Hackman.

— C'est vrai que ça lui ressemble, dit l'autre.

— Un jour où il était particulièrement mal en point, dit le barman. Je vois ce que vous voulez dire... (Il s'adressa à moi:) Mais c'est pas lui, n'est-ce pas? (Je lui répondis qu'en effet, ce n'était pas lui.) Mais pourquoi un dessin? me demanda-t-il. Ce ne serait pas plus facile d'utiliser une photo pour faire identifier quelqu'un?

— Les photographies, c'est tellement commun, dit un des deux clients. Moi, je suis tout à fait pour les dessins, je trouve que c'est une idée très originale.

— Nous n'avons pas l'intention de refaire la décoration, Jon. Il s'agit d'identifier quelqu'un, pas de transformer le coin cuisine.

Un troisième client, au visage ravagé par le SIDA, vint regarder à son tour et dit:

— J'ai vu cet homme. Ici et dans West Street. Cinq ou six fois en deux ans. Je l'ai vu deux fois en compagnie d'une femme.

— Comment était-elle?

— Comme un pinscher doberman. En cuir noir de la tête aux pieds. Des bottes à talons hauts, il m'a semblé qu'elle avait des manchettes à clous.

— Ça devait être sa mère, dit quelqu'un.

— Ils étaient manifestement en train de chasser, poursuivit le client au visage ravagé. Ils étaient en train de rôder à la recherche d'un compagnon de jeu. Il a tué ces garçons? C'est pour ça que vous le cherchez?

Surpris par sa question, je répondis sans réfléchir:

— Un des deux. Comment le savez-vous?

— Ils avaient l'air de deux assassins, répondit-il simplement. Ça m'a frappé la première fois que je les ai vus ensemble. Elle, c'était Diane, déesse de la chasse. Lui, je ne sais pas.

— Cronos? suggérai-je.

— Cronos? Oui, ça lui irait bien, n'est-ce pas? Mais ce n'est pas à ça que j'ai pensé. Je me souviens qu'il était vêtu d'un long manteau de cuir qui frôlait le sol, et qu'il avait l'air d'un agent de la Gestapo, de quelqu'un qui pourrait venir frapper à votre porte à trois heures du matin. Vous voyez ce que je veux dire, vous avez vu ces films.

— Oui.

— Je me suis dit:« Ces deux-là sont des assassins, ils sont en train de chercher quelqu'un pour le ramener chez eux et le tuer.» Et puis je me suis dit que j'étais ridicule – mais j'avais raison, n'est-ce pas?

— Oui, lui dis-je. Vous aviez raison.

Je pris le métro jusqu'à Columbus Circle et achetai la première édition du *Times* en rentrant chez moi. Le concierge de l'hôtel n'avait pas de message à me communiquer et il n'y avait rien d'intéressant dans mon courrier. J'allumai la télévision, regardai les informations sur CNN et lus le journal pendant les spots publicitaires. Je ne sais à quel moment je fus tellement absorbé par un long article sur les gangs de la drogue à Los Angeles que je tendis le bras pour éteindre le téléviseur.

Il était plus de minuit quand le téléphone sonna. Une voix me dit doucement:

— Matt, ici Gary du Paris Green. Je ne sais pas si ça vous intéresse mais le gars sur qui vous vouliez des renseignements, l'autre soir, vient d'entrer et s'est assis au comptoir. Il pourrait très bien finir son verre et s'en aller au moment même ou je vais raccrocher mais quelque chose me dit qu'il va rester là un moment.

J'avais ôté mes chaussures mais, à part ça, j'étais prêt à sortir. J'étais fatigué, je m'étais couché tard, la veille, mais tant pis.

— J'arrive, dis-je à Gary.

La course en taxi ne dut pas prendre plus de cinq minutes mais, à mi-parcours, je me demandais ce qui m'avait pris de foncer là-bas. Qu'est-ce que j'allais faire, le regarder boire et en déduire si c'était lui qui avait tué sa femme ?

L'absurdité de ma démarche me parut encore plus évidente quand j'ouvris la porte et entrai. Il y avait en tout deux personnes dans la salle : derrière le bar, Gary, de l'autre côté, Richard Thurman. La cuisine était fermée, et avant de s'en aller, les serveurs avaient placé les chaises sur les tables. Le Paris Green ne restait pas ouvert très tard ; en général, Gary fermait le bar à peu près au moment où les serveurs terminaient leur travail et rentraient chez eux. J'avais l'impression que, ce soir-là, il avait retardé la fermeture pour me rendre service et j'étais désolé car j'étais persuadé que, malheureusement, cela ne servirait à rien.

A mon approche, Thurman se retourna. Il y a des gens sur qui l'alcool n'a guère d'effet apparent. Mick Ballou en fait partie. Il peut boire une dose d'alcool considérable et la seule indication en est un léger durcissement de son regard vert. Pour Richard Thurman, c'était tout le contraire. Un coup d'œil me suffit pour comprendre qu'il avait pas mal picolé. Ses yeux bleus, inexpressifs, avaient un aspect vitreux, le bas de son visage était un peu boursouflé et sa bouche boudeuse était molle.

Il inclina sèchement la tête et retourna à son verre. Je ne vis pas ce qu'il y avait dedans, sauf que c'était quelque chose *on the rocks,* pas sa bière blonde habituelle, ni le cocktail à base de vermouth qu'il prenait à l'apéritif. Je choisis une place au comptoir, à deux ou trois mètres de lui, et sans que je le lui aie demandé, Gary m'apporta un verre de soda.

— Double vodka tonic, me dit-il. Je mets ça sur votre compte, Matt ?

Ce n'était pas de la vodka et je n'avais pas de compte au Paris Green. Bien qu'il fût un des rares barmen du quartier qui n'essayait pas de se faire passer pour un comédien ou un écrivain, Gary avait quand même un goût pour les situations théâtrales.

— Parfait, lui dis-je en levant mon verre pour boire une longue gorgée de soda.

— Ça, ça se boit en été, lança Thurman.

— Sans doute, lui dis-je. Mais j'ai pris l'habitude de boire ça d'un bout de l'année à l'autre.

— Le tonic est une invention des Anglais. Ils ont colonisé les tropiques et se sont mis à boire ce truc-là. Vous savez pourquoi ?

— Pour se rafraîchir ?

— Pour prévenir la malaria. Pas un avertissement, une prophylaxie. Vous savez ce qu'il y a, dans le tonic ?

— De la quinine ?

— Felicitations. On prend de la quinine pour prévenir la malaria. Vous avez peur d'attraper la malaria ? Vous voyez des moustiques quelque part ?

— Non.

— Alors vous vous trompez de boisson. (Il leva son verre.) « Pour les garçons, du bordeaux, pour les hommes, du porto mais il n'y a que le brandy qui convienne aux héros. » Vous savez qui a dit ça ?

— Un ivrogne, je suppose.

— Samuel Johnson. Mais vous pensez sans doute que c'est le champ droit de l'équipe des Mets, hein ?

— Alors vous voulez dire Darryl Strawberry. Il boit du brandy ?

— Oh, bon sang, dit Thurman. Qu'est-ce que je fiche ici ? Qu'est-ce qui m'arrive ?

Il se prit la tête dans les mains. Je lui dis :

— Allez, courage ! C'est du brandy que vous buvez ?

— Brandy et crème de menthe. Ça s'appelle un *stinger*. Cela expliquait sa sale gueule.

— La boisson des héros, dis-je. Gary, donnez à mon ami une autre boisson de héros.

— Je ne sais pas, dit Thurman.

— Oh, voyons, lui dis-je. Un petit verre de plus ne vous fera pas de mal.

Gary lui servit un autre *stinger* et plaça devant moi un autre verre de soda, après avoir fait disparaître celui que j'avais à peine touché. Thurman et moi levâmes nos verres et je dis :

— A nos amis absents.

— Ah, non, dit-il, pas ça.

— Alors levons nos verres aux morts assassinés – ça vous va ?

Ses épaules s'abaissèrent et il me regarda. Sa bouche charnue était entrouverte. Il sembla sur le point de dire quelque chose, puis il se ravisa et but une longue gorgée de son cocktail. Il fit la grimace et frémit un peu en avalant. Il me demanda :

— Vous me connaissez, n'est-ce pas ?

— Bien sûr, nous sommes presque de vieux amis.

— Non, sérieusement. Vous ne savez pas qui je suis ?

— Attendez un instant, dis-je en l'observant.

Il s'attendait à ce que je le reconnaisse d'après sa photo dans les journaux. Je le laissai attendre encore un peu. Puis je lui dis :

— Maspeth Arena. Les matches de boxe du jeudi soir. C'est ça ?

— Je n'en crois pas mes oreilles.

— Vous étiez le cameraman. Non, je me trompe. Vous étiez dans le ring et vous disiez au cameraman ce qu'il devait faire.

— Je suis le producteur de l'émission.

— Sur câble.

— Five Borough Cable, c'est ça. Je n'arrive pas à y croire. Nous donnons les places gratuitement mais nous ne trouvons pas d'amateurs, alors elles restent vides. Les gens ne savent même pas où se trouve Maspeth. La seule ligne de métro qui passe dans le coin est la M et, à Manhattan, personne ne sait

189

où on peut la prendre. Si vous m'avez vu là-bas, ce n'est pas étonnant que vous m'ayez reconnu. Nous devions y être à peu près seuls.

— Vous faites un chouette boulot.

— Vous croyez ?

— Vous pouvez assistez aux matches. Vous pouvez tapoter les fesses d'une jolie fille.

— Qui ça, Chelsea ? Rien qu'une traînée, mon ami. Vous pouvez me croire. (Il avala une lampée de *stinger*.) Qu'est-ce qui vous a amené là-bas ? Vous êtes un grand fana de boxe, vous ne manquez jamais un combat ?

— Je travaillais.

— Ah bon, vous aussi ? Qu'est-ce vous êtes, reporter sportif ? Je croyais tous les connaître.

Je lui donnai ma carte, et quand il me fit remarquer qu'il n'y avait dessus que mon nom et mon adresse, je lui montrai la carte que j'utilisais quand je travaillais chez Wally, une carte d'affaires de Reliable Investigations, sur laquelle il y avait l'adresse et le numéro de téléphone de la société, ainsi que mon nom.

— Vous êtes détective, dit-il.

— C'est ça.

— Et l'autre soir vous travailliez quand vous étiez à Maspeth. (J'eus un signe de tête affirmatif.) Et en ce moment, qu'est-ce que vous faites ? Tout ça, c'est aussi pour votre travail ?

— Tout ça quoi ? Les verres et la causette ? Non, on ne me paie pas pour ça. Mais j'vous jure que je voudrais bien.

J'avais repris la carte de Reliable et je lui avais laissé l'autre. Il était en train de l'examiner. Il lut mon nom à voix haute et me regarda. Il me demanda si je savais comment il s'appelait.

— Non, répondis-je. Comment voulez-vous que je le sache ?

— Je m'appelle Richard Thurman. Ça vous dit quelque chose ?

— Rien que le truc évident. Thurman Munson.

— Les gens disent souvent ça.

— Les Yankees ne sont plus ce qu'ils étaient, depuis l'accident d'avion.

— Ouais, moi non plus. Depuis l'accident.

— Je ne vous suis pas.

— Ça ne fait rien. Aucune importance. (Il resta un moment silencieux. Puis il dit :) Vous alliez m'expliquer ce que vous faisiez à Maspeth.

— Oh, vous savez…

— Non, je ne sais pas. C'est pour ça que je demande.

— Ça ne vous intéresserait pas.

— Vous plaisantez ? Un détective privé, le métier qui fait rêver les gens, évidemment que ça m'intéresserait. (Il posa une main amicale sur mon épaule.) Comment s'appelle le barman ?

— Gary.

— Hé, Gary, un autre *stinger* et une autre double vodka tonic. Alors, Matt, qu'est-ce qui vous a fait venir à Maspeth ?

— Maintenant que j'y pense, le plus drôle, c'est que vous pourriez peut-être m'aider.

— Comment ça ?

— Eh bien, vous étiez là, alors vous l'avez peut-être vu. Il était assis près du ring.

— De quoi parlez-vous ?

— Du gars que j'étais chargé de filer. (Je sortis un exemplaire des portraits et m'assurai que c'était le bon.) Voilà. Il était assis au premier rang avec son fils. J'ai pris la filature là-bas, comme on me l'avait demandé, mais après, je l'ai perdu. Vous ne sauriez pas qui c'est, par hasard ?

Je l'observai pendant qu'il regardait le portrait. Au bout d'un moment il dit :

— C'est un dessin.

— Oui, c'est ça.

— C'est vous qui l'avez fait ? « Raymond Galindez. » Ce n'est pas vous.

— Non.

— Comment l'avez-vous eu ?

— On me l'a donné, pour que je puisse le reconnaître.

— Et vous étiez censé le filer ?

— C'est ça. Mais je suis allé pisser et quand je suis revenu, il était parti. Lui et le gosse ; on pourrait dire qu'ils ont tous les deux disparu pendant que j'avais le dos tourné.

— Pourquoi est-ce que vous le filiez ?

— On ne me dit pas tout, vous savez. Vous le reconnaissez ? Vous savez qui c'est ? Il était juste au premier rang ; vous avez dû le voir.

— Qui est votre client ? Qui vous a dit de le suivre ?

— Même si je le savais, je ne pourrais pas vous le dire. Tout ce que nous faisons à un caractère confidentiel, c'est l'essence-même de ce métier, vous savez.

— Oh, allons, fit-il d'un ton enjôleur. Nous sommes tous les deux seuls, ici. A qui voulez-vous que je le dise ?

Je protestai :

— Mais je ne sais même pas qui est notre client, ni pourquoi on m'avait chargé de le suivre. En tout cas, je vous garantis que je me suis fait drôlement sonner les cloches pour l'avoir perdu.

— Je m'en doute.

— Alors, vous le reconnaissez ? Vous savez qui c'est ?

— Non, répondit-il. Je ne l'ai jamais vu.

Il s'en alla peu de temps après. Je sortis presque aussitôt et allai me poster de l'autre côté du carrefour d'où je le vis se diriger vers la Huitième Avenue. Quand il eut une centaine de mètres d'avance, je me mis à le suivre de loin. Il entra dans son immeuble, puis, quelques minutes après, je vis la lumière s'allumer derrière les fenêtres de l'appartement du dernier étage.

192

Je retournai au Paris Green. Gary avait tout fermé mais il m'ouvrit la porte.

— Pas mal, lui dis-je, le coup de la vodka tonic.

— La *double* vodka tonic.

— Et sur ma note.

— Oui, mais je ne pouvais pas vous faire payer un soda six dollars, n'est-ce pas ? Beaucoup plus simple comme ça. Il reste encore du café. Vous en voulez une tasse avant que je ferme pour de bon ?

Je pris un tasse de café et Gary se décapsula une bouteille de Dos Equis. Je voulus lui donner de l'argent mais il me dit qu'il n'en était pas question.

— Je préfère jouer les Dr. Watson uniquement pour la gloire. D'ailleurs, comme le dit un jour la comédienne à l'évêque, ça me gâcherait la moitié du plaisir si je faisais ça pour du fric. Alors, le verdict ? Il a tué sa femme ?

— Je suis sûr qu'il est coupable. Mais j'en étais déjà sûr et je n'ai pas plus de preuves qu'avant.

— J'ai entendu une partie de la conversation. J'étais fasciné par votre façon de changer de personnalité. Soudain, vous étiez devenu un pilier de bar et, en plus, à moitié bourré. J'en suis même venu à me faire du souci : j'avais peur de m'être trompé et d'avoir vraiment mis de la vodka dans votre verre.

— J'ai passé assez de temps dans les bistrots. Il n'est pas difficile de se rappeler les gestes de ce temps-là. Et il ne serait d'ailleurs pas difficile de revenir à ce temps-là. « Ajoutez un peu d'alcool et remuez. » A un moment, il était à deux doigts d'en parler. Je ne suis pas certain qu'il aurait été possible, ce soir, de l'amener à tout déballer mais il avait envie de dire quelque chose. Je ne sais pas, j'ai peut-être eu tort de lui faire voir ce portrait.

— Parce que c'était ça, la feuille de papier que vous lui avez donnée ? Il est parti avec.

— Ah bon ? Je vois qu'il a laissé ma carte. (Je la pris.)

De toute façon, mon nom et mon téléphone sont au dos du portrait. Il l'a reconnu, le gars sur le portrait. C'était évident, et sa manière de le nier n'était pas très convaincante. Il connaît ce type.

— Je me demande si moi, je le connais.

— Je crois qu'il doit m'en rester un exemplaire.

Je sortis les portraits de ma poche et les dépliai jusqu'à ce que je trouve celui que je voulais. Je le tendis à Gary qui inclina la feuille pour mieux l'éclairer.

— Il a pas l'air commode, hein ? Il ressemble à Gene Hackman.

— Vous n'êtes pas le premier à faire cette réflexion.

— Vraiment ? Avant, je ne l'avais pas remarqué. (Comme je le regardais sans avoir l'air de comprendre, il expliqua :) Quand il est venu ici. Je vous ai dit que Thurman et sa femme avaient dîné ici en compagnie d'un autre couple. Cet homme était l'élément masculin du couple.

— Vous en êtes sûr ?

— Je suis sûr que ce gars et une femme ont dîné au moins une fois avec les Thurman. Peut-être plus d'une fois. S'il a dit qu'il ne le connaissait pas, il a menti.

— Vous m'avez dit aussi qu'il était venu ici avec un autre homme, quelque temps après la mort de sa femme. C'est cet homme-ci ?

— Non. Ça, c'était un gars blond qui avait à peu près son âge. Cet homme-ci (il tapa sur le portrait) est plutôt un gars de votre âge.

— Et il venu ici avec Thurman et sa femme.

— Ça, j'en suis certain.

— Et une autre femme. Comment était-elle, vous vous en souvenez ?

— Absolument pas. Si je n'avais pas vu son portrait, j'aurais été incapable de vous dire comment était le gars. En voyant le portrait, ça m'est revenu. Si vous avez un portrait d'elle…

194

Je n'en avais pas. A un moment, l'idée m'était venue de travailler avec Galindez sur un portrait de la fille à l'écriteau, mais j'y avais renoncé car j'avais un souvenir trop flou de son visage et je n'étais d'ailleurs pas du tout sûr qu'elle fût la Femme Cuir que j'avais vue dans le film.

Je montrai à Gary les deux autres portraits, mais il me dit qu'il n'avait jamais vu ces garçons.

— Zut, je me débrouillais si bien, et maintenant mon score est descendu à un sur trois. Vous voulez encore un peu de café ? Je peux en faire du frais, me dit-il.

Profitant de cette occasion de faire ma sortie, je lui dis que je devais rentrer.

— Et merci encore, ajoutai-je. Vous m'avez rendu un grand service. Si jamais je peux faire quelque chose, n'importe quoi, n'hésitez pas…

— C'est rien – vous plaisantez ? (Il avait l'air gêné. Il imita, fort mal, l'accent cockney pour me dire :) J'ai fait rien d'aut'que mon devoir, M'sieur. Si on laisse un gars s'en tirer quand il a zigouillé sa bourgeoise, allez savoir quelle mauvais coup il f'ra après ?

J'avais la ferme intention de rentrer chez moi. Mes pieds n'étaient apparemment pas d'accord. Au lieu de me porter vers le nord, ils m'entraînèrent vers le sud et me firent tourner à gauche dans la 50e rue, en direction de la Dixième Avenue.

La devanture du Grogan's était sombre mais le rideau de fer n'était qu'en partie descendu et une lumière brillait à l'intérieur. Je m'approchai de l'entrée et regardai à travers la vitre. Mick me vit avant que j'aie frappé. Il vint m'ouvrir et referma derrière moi.

— C'est bien, dit-il. Je savais que tu allais venir.

— Comment pouvais-tu le savoir ? Je ne le savais pas moi-même.

— Mais moi, oui. J'ai dit à Burke de préparer du café fort

parce que j'étais sûr que tu viendrais le boire. Puis, il y a une heure, je l'ai renvoyé chez lui et je me suis installé pour t'attendre. Alors tu prends un café? Ou est-ce que tu préfères un Coca ou un soda?

— Le café sera parfait. Je vais le chercher.

— Certainement pas. Assieds-toi. (Un sourire effleura ses lèvres minces.) Bon sang, je suis content que tu sois là.

13

Nous nous assîmes à une table sur le côté. J'avais une grande tasse de café noir, bien fort, et il avait une bouteille du whisky irlandais de douze ans d'âge, sa boisson habituelle. Il aurait suffi de retirer l'étiquette pour que cette bouteille, qui avait un bouchon de liège – objet désormais rarissime – devienne une jolie carafe. Mick buvait son whisky dans un petit verre sans pied, en cristal taillé, qui venait peut-être d'une verrerie de Waterford, en Irlande. Quelle qu'en fût l'origine, il était beaucoup plus beau que les habituels verres de bistrot et, comme le whisky, il était réservé à son usage personnel.

— Je suis passé avant-hier soir, lui dis-je.

— Burke m'a dit que tu étais venu.

— Je t'ai attendu en regardant un vieux film. *Little Caesar*, avec Edward G. Robinson. «Mère de Miséricorde, est-ce donc la fin de Rico?»

— Tu aurais attendu longtemps, me dit-il. Ce soir-là, je travaillais. (Il leva son verre et le tint dans la lumière.) Dismoi mon pote, je voudrais te demander quelque chose. As-tu sans cesse besoin d'argent?

— Je peux difficilement m'en passer. Il faut que je le dépense, ce qui veut dire qu'il me faut le gagner.

— Mais est-ce que tu te démènes comme un malade pour ça?

197

Cela me demanda un moment de réflexion.

— Non, répondis-je enfin. Pas vraiment. Je ne gagne pas grand-chose mais on dirait que je n'ai pas de gros besoins. Je ne paie pas cher de loyer, je n'ai pas de voiture, je ne suis pas assuré et je n'ai à subvenir qu'à mes propres besoins. Je ne m'en tirerais pas longtemps sans travailler mais il y a toujours un boulot qui se présente avant que je sois à court d'argent.

— Moi, j'ai toujours besoin d'argent, dit Mick. Je fais ce qu'il faut pour en avoir et j'ai pas le temps de me retourner qu'il a fichu le camp. Je sais pas où il passe.

— Tout le monde dit la même chose.

— Je te jure qu'il fond comme la neige au soleil. Tu connais Andy Buckley, bien sûr.

— Le meilleur joueur de fléchettes que j'aie jamais vu.

— Il est adroit. Et c'est un brave garçon.

— J'aime bien Andy.

— On ne peut pas ne pas l'aimer. Tu sais qu'il vit encore chez sa mère ? Dieu bénisse les Irlandais, nous sommes une drôle de putain de race de mecs. (Il but une gorgée de whisky.) Mais, Andy ne gagne pas sa vie en lançant des fléchettes dans une cible, tu sais.

— Je pensais bien qu'il devait faire un peu plus que ça.

— Parfois, il fait des choses pour moi. C'est un chauffeur formidable, le gars Andy. Il sait conduire n'importe quoi. Une voiture, un camion, tout ce qu'on peut lui demander de conduire. Il pourrait sans doute piloter un avion, si on lui donnait les clés. (Un instant, ce sourire…) Ou si on ne les lui donnait pas. Si on a égaré les clés et si on a besoin de quelqu'un qui puisse conduire quand même, il n'y a qu'à demander à Andy.

— Je vois.

— Alors, il est allé conduire un camion, comme je l'avais chargé de le faire. Le camion était plein de costumes pour hommes. Botany 500, une bonne marque de vêtements. Le chauffeur savait ce qu'il lui fallait faire. Simplement se laisser ligoter, prendre tout son temps pour se dégager et raconter qu'il s'était fait attaquer par deux nègres. En échange de ça, je peux te garantir qu'il était drôlement bien payé.

— Que s'est-il passé?

— Eh bien, ce n'était pas le bon chauffeur, dit-il d'un ton écœuré. Le vrai s'était réveillé avec un mal de tête et avait téléphoné pour dire qu'il était malade, en oubliant complètement qu'on devait lui voler son camion ce jour-là, alors Andy est parti pour ligoter le mauvais chauffeur, et il a dû lui filer un coup sur le crâne pour pouvoir faire son boulot. Et bien sûr le chauffeur s'est dégagé aussi vite qu'il a pu et, bien sûr, il a tout de suite prévenu les flics, et les flics ont repéré le camion et l'ont suivi. Dieu merci, Andy s'est rendu compte qu'il était filé et il n'a pas conduit le camion à l'entrepôt, autrement il n'aurait pas été le seul à se faire arrêter. Il a garé le camion dans la rue et il a essayé de s'en éloigner, en espérant qu'ils attendraient qu'il y revienne, mais ils ont dû deviner et ils l'ont embarqué tout de suite et le putain de chauffeur l'a identifié dans un défilé de prétendus suspects.

— Et maintenant, où est Andy?

— Chez lui, je suppose, au fond de son lit. Il est passé tout à l'heure et il a dit qu'il avait attrapé la grippe.

— Je crois qu'Elaine a la grippe.

— Elle aussi? C'est mauvais, la grippe. J'ai renvoyé Andy chez lui. Mets-toi au lit avec un whisky chaud, je lui ai dit, et demain tu seras en pleine forme.

— Il est en liberté provisoire sous caution?

— Une heure après, la caution était versée et il était relâché, mais maintenant il est définitivement libre. Tu connais un avocat qui s'appelle Mark Rosenstein? Un petit gars juif qui parle très bas, je passe mon temps à lui demander d'élever la voix. Ne me demande pas combien je lui ai donné.

— Je n'en ferai rien.

— Je te le dirai quand même. Cinquante mille dollars. Je ne sais pas où ils sont passés, je les lui ai mis dans les mains et je l'ai laissé s'en occuper. Une partie est allée au chauffeur et le brave homme a changé son histoire, il a juré que ce n'était certainement pas Andy mais quelqu'un de très différent, plus grand, plus maigre, plus brun et qui, je parie, avait un fort accent russe. Oh, il est très fort, ce Rosenstein. Il ne ferait aucune impression dans un tribunal, vu qu'on n'entendrait pas un mot de ce qu'il dit, mais c'est toujours mieux de régler les affaires à l'amiable tu trouves pas ? (Il ajouta du whisky dans son verre.) Je me demande combien de cet argent est resté dans la poche du petit Juif ? Qu'est-ce que tu en penses ? La moitié ?

— Ça ne m'étonnerait pas.

— Enfin... En tout cas il l'a bien gagné, pas vrai ? On ne peut pas laisser ses hommes moisir en prison. (Il soupira.) Mais quand on claque du fric comme ça, on est obligé de repartir en gagner d'autre.

— Tu veux dire qu'ils n'ont pas permis à Andy de garder les costumes ?

Je lui racontai l'histoire de Joe Durkin à propos de Maurice, le dealer, qui voulait qu'on lui rende la cocaïne qu'on lui avait confisquée. Mick rit à gorge déployée.

— Formidable, dit-il. Je devrais la raconter à Rosenstein. Je vais lui dire : « Si vous étiez vraiment bon, vous vous seriez débrouillé pour qu'on puisse garder les costumes. » (Il secoua la tête.) Ces fumiers de trafiquants de drogue. Tu as déjà essayé ça, Matt ? La cocaïne ?

— Non, jamais.

— Moi j'ai essayé, une fois.

— Ça ne t'a pas plu ?

Il me regarda.

— Pas plu, tu plaisantes ? J'ai trouvé ça merveilleux ! J'étais avec une fille et elle n'a eu de cesse que j'y aie goûté. Après, c'est à *elle* que j'ai pas cessé de goûter. Je n'ai jamais été

200

dans une telle forme. Je savais que j'étais le type le plus formidable qui ait jamais existé, que je pouvais prendre en charge le monde entier et résoudre tous ses problèmes. Mais avant de faire ça, ce serait peut-être une bonne idée de reprendre un peu de coke tu vois. Et puis brusquement, c'était le milieu de l'après-midi, il ne restait plus du tout de cocaïne, la fille et moi étions complètement abrutis à force de baiser et elle se collait à moi en me disant qu'elle savait où on pouvait en trouver d'autre.

« Je lui ai dit : "Habille-toi et va te chercher de la came si tu en as envie mais ne la rapporte pas ici parce que je ne veux plus jamais voir de coke ni te voir non plus. " Elle n'a pas compris ce qui n'allait pas mais elle a eu le bon sens de ne pas rester pour l'apprendre. Et elle a pris l'argent. Les gens prennent toujours l'argent. »

Je songeai à Durkin et au billet de cent dollars que je lui avais donné. « Je devrais même pas l'accepter, » m'avait-il dit. Mais il ne me l'avait quand même pas rendu.

— Je n'ai plus jamais touché à la cocaïne, dit Mick. Et tu sais pourquoi ? Parce que c'est trop bon, cette saloperie. Je veux plus jamais me sentir aussi bien. (Il brandit sa bouteille.) Avec ça, je me sens aussi bien que j'en ai besoin. Plus que ça, c'est pas naturel. C'est pire que ça, c'est vachement dangereux. Je déteste la came. Je déteste les gars pleins aux as avec leurs petits flacons de jade pour la coco, leurs cuillers en or et leurs pailles en argent. Je déteste ceux qui fument ça au coin des rues. Bon sang, 'y a qu'à voir l'effet que ça a sur notre ville. Ce soir, à la télévision, il y avait un flic qui disait qu'il fallait bloquer les portières quand on était dans un taxi. Parce que quand le taxi s'arrête à un feu rouge, les gars montent et vous piquent votre fric. Tu te rends compte ?

— C'est vrai que c'est de pire en pire.

— Absolument.

Il leva son verre, et je le regardai savourer le whisky avant de l'avaler. Je connaissais le goût du JJ&S de douze ans d'âge. Dans le temps, j'en buvais avec Billie Keagan, quand il remplaçait Jimmy au bar. Maintenant j'avais l'impression de le déguster, sans craindre que le souvenir ne me donne terriblement envie d'en boire ou que ne se réveille la soif qui sommeillait en moi.

Les nuits comme celle-ci, j'avais envie de n'importe quoi sauf de boire. J'avais tenté d'expliquer ça à Jim Faber qui, très naturellement, doutait qu'il fût sage pour moi de passer des nuits entières dans un bistrot à regarder quelqu'un boire. Tout ce que j'avais trouvé à lui dire, c'était que Ballou buvait en quelque sorte pour nous deux, que le whisky qui descendait dans sa gorge apaisait ma soif aussi bien que la sienne, tout en me laissant sobre.

Il me dit :
— Je suis retourné dans Queens, dimanche soir.
— Pas à Maspeth.
— Non, pas à Maspeth. Un tout autre endroit. Jamaica Estates. Tu connais ?
— Je sais vaguement où ça se trouve.
— Tu prends Grand Central Parkway et tu sors à Utopia. La maison qu'on cherchait était dans une petite rue qui donne dans Croydon Road. Je serais incapable de te décrire le quartier. Il faisait noir quand on est allés là-bas. On était trois et c'était Andy qui conduisait. C'est un conducteur fantastique – je t'ai dit ça ?
— Tu me l'as dit.
— Ils nous attendaient mais ils s'attendaient pas au revolver que nous avions chacun à la main. C'étaient des Espagnols, de je ne sais quel pays d'Amérique du Sud. Un homme, sa femme et la mère de sa femme. C'étaient des dealers, ils vendaient la cocaïne au kilo. Nous lui avons demandé où était son argent. Il a dit : « Y a pas d'argent. » Ils avaient de la cocaïne à vendre et ils n'avaient pas d'argent. Seulement

202

je savais qu'ils avaient de l'argent dans la maison. Ils avaient fait une grosse vente, la veille, et ils avaient encore de l'argent par-là.

— Comment le savais-tu ?

— Par le gars qui m'avait filé leur adresse et qui m'avait dit comment faire pour franchir la porte. Alors j'ai emmené le gars dans une chambre et j'ai essayé de lui faire entendre raison. On pourrait dire que je lui ai parlé avec les mains. Il s'en est tenu à son histoire, il n'a pas voulu en démordre, le sale métèque. Et puis un de mes gars rapplique avec un bébé. « Aboule ton fric ou je coupe le lardon en morceaux. » Et pendant ce temps-là, le petit mioche qui beuglait. Personne lui faisait du mal, tu comprends, mais il avait faim ou il voulait sa mère. Tu sais comment c'est, avec les bébés.

— Que s'est-il passé ?

— C'est pas croyable, tu sais ce qu'il me dit, le gars ? Il me dit qu'on peut aller se faire voir. « Yeu crois pas qué vous férez ça », il me dit en me regardant droit dans les yeux. « Tu as raison », je réponds, « je ne tue pas les petits bébés ». Je dis à mon gars de porter le chiard à sa mère pour qu'elle change sa couche ou lui donne un biberon ou ce qu'il faut pour qu'il s'arrête de brailler. (Il se redressa.) Puis je prends le père, je l'attache dans un fauteuil, je quitte la pièce et je reviens vêtu du tablier de mon père. Un de mes gars… c'était Tom, tu sais Tom, il est derrière le comptoir presque tous les après-midi.

— Oui.

— Tom lui braquait son revolver sur la tête et moi, je tenais le grand couperet qui appartenait aussi à mon père. Je suis d'abord allé l'essayer sur la table de nuit, rien qu'un grand coup, *vlan*, et elle s'est écroulée en un tas de petit bois. Puis j'ai pris le bras du mec, juste au-dessus du poignet, pour le coller contre le bras du fauteuil, et de l'autre main, j'ai levé le couperet. J'ai dit : « Et maintenant, sale morveux, où il est, ton pognon, ou est-ce que tu crois pas que je vais trancher ta putain de main ? » (Mick eut un sourire satisfait en se rappelant la scène.) L'argent était dans la lingerie, dans le conduit de ventilation du séchoir. On aurait pu mettre la maison sens dessus dessous sans jamais le trouver. On est sortis de là en moins de deux et Andy nous a raccompagnés chez nous sans problème. J'aurais été paumé, là-bas, mais il connaissait le coin comme sa poche.

Je me levai et allai derrière le comptoir me servir une autre tasse de café. Quand je revins à notre table, Mick avait le regard perdu dans le vide. Je m'assis et attendis que le café refroidisse. Nous laissâmes tous deux le silence durer un bon moment.

Puis il dit :

— Nous leur avons laissé la vie sauve, à toute la maisonnée. Je sais pas, on a peut-être eu tort.

— Ils ne pouvaient pas appeler la police.

— Non, ça ils pouvaient pas, et ils n'avaient pas un gang influent pour les protéger, alors j'ai pensé qu'on n'essaierait pas de venir nous régler notre compte. Et nous avons laissé la cocaïne. Dix kilos, on en a trouvé, sous forme de petits ballons de foot. « Je te laisse ta coke », je lui ai dit. « Et je te laisse en vie. Mais si jamais tu essaies de venir te venger », je lui dis, « alors je reviendrai ici. Et je serai habillé comme ça », (je lui montre le tablier) « et je porterai ça » (le couperet), « et je te trancherai les mains, les pieds et tout ce qui me viendra à l'idée de te trancher. » Je ne ferais jamais ça, bien sûr, je le tuerais, simplement, histoire d'en finir. Mais on ne fait pas peur à un dealer si on lui dit qu'on va le tuer. Ils savent tous que quelqu'un va les tuer, tôt ou tard. Mais si on leur dit qu'ils continueront à vivre avec des morceaux en moins, c'est une image qui leur reste dans la tête.

Il emplit son verre et but. Puis il dit :

— Je n'avais pas envie de le tuer, parce qu'alors il aurait fallu que je tue aussi la femme et la vieille dame. Je n'aurais pas touché au bébé, parce qu'un bébé ne peut pas vous reconnaître dans une séance d'identification, mais ça l'aurait condamné à quel genre de vie ? Il est déjà suffisamment mal parti avec un père comme ça. Parce que ce gars, qu'est-ce qu'il a commencé par dire. « Je crois pas que vous ferez ça. » Le salaud, si je le faisais, ça lui était complètement égal. Allez-y, tuez le bébé, il peut toujours en faire un autre. Mais quand il a été question que sa main se retrouve sur le plancher, alors il était plus aussi bravache, hein ?

Un moment après, il me dit :

— Il y a des fois où on est obligé de les tuer. Un type se précipite vers la porte, on le descend, et après il faut éliminer tous les autres. Ou bien on sait que c'est pas des gens qui se tiendront tranquilles, alors on a le choix : ou on les tue ou, on peut plus se permettre d'avoir le dos tourné le restant de ses jours. Dans ces cas-là, on éparpille la drogue à travers toute la maison. On l'écrase pour en faire de la poudre, on en verse sur les cadavres, on l'enfonce avec les pieds dans les tapis. On fait ce qu'il faut pour que ça ait l'air d'un règlement de compte entre dealers. Les flics ne se décarcassent pas pour résoudre ce genre d'affaire.

— Vous ne partez jamais avec la drogue ?

— Non, répondit-il. Ça fait que je renonce à une fortune mais ça m'est complètement égal. Ça va chercher des prix faramineux. On n'aurait même pas à jouer les dealers, on pourrait vendre tout d'un bloc. Ça ne serait pas difficile de trouver quelqu'un pour l'acheter.

— Non, je ne pense pas.

— Mais je ne veux rien avoir à faire avec ça et je me refuse à travailler avec quelqu'un qui en prend ou qui en fait le commerce. La cocaïne que j'ai laissée là-bas, l'autre soir, j'aurais pu en tirer plus de fric que ce que j'ai sorti du conduit d'aération du séchoir. Il n'y avait que quatre-vingt mille dollars, là-dedans. (Il leva son verre, puis le reposa.) Il aurait dû y avoir plus que ça. Je sais qu'il avait une autre planque, quelque part dans sa putain de baraque, seulement, pour l'avoir, il m'aurait fallu lui trancher la main. Et ça, ça voulait dire le

205

tuer après et tuer aussi les autres. Et ensuite appeler la police pour leur dire qu'il y avait un bébé qui pleurait dans une maison de telle ou telle rue.

— Il valait mieux prendre les quatre-vingt mille dollars.

— C'est ce que je me suis dit. Mais il y en a déjà quatre mille de partis pour le gars qui nous a dit où aller et comment y entrer. Des droits d'invention, en quelque sorte. Cinq pour cent, et je parie qu'il s'est dit qu'on avait trouvé plus et qu'on le carottait. Quatre mille pour lui et une somme substantielle pour Tom, pour Andy et pour le quatrième, que tu ne connais pas. Et ce qu'il me reste représente un peu moins que ce que j'ai payé pour qu'Andy soit libéré et disculpé après le détournement du camion. (Il secoua la tête.) J'ai toujours besoin d'argent, dit-il. Je ne comprends pas.

Je lui parlai un peu de Richard Thurman, de sa défunte épouse, et de l'homme que nous avions vu aux combats de boxe de Maspeth. Je sortis le portrait et le lui montrai.

— C'est tout à fait lui, dit-il. Et l'homme qui l'a fait n'avait jamais vu le type qu'il dessinait ? J'aurais pas cru que c'était possible.

Je rangeai le portrait. Mick me demanda :

— Tu crois à l'enfer ?

— Je ne pense pas.

— Ah, tu as de la chance. Moi j'y crois. Je crois qu'il y a une place qui m'y est réservée, une chaise auprès du feu.

— Tu crois vraiment ça Mick ?

— Je ne suis pas sûr, pour le feu ou les petits diables avec leurs bon Dieu de fourches. Je crois qu'il y a quelque chose qui nous attend après la mort et que si on mène une mauvaise vie, on peut s'attendre à quelque chose de mauvais. Et la vie que je mène n'est pas celle d'un saint.

— Non.

— Je tue des gens. Je ne le fais que par nécessité, mais je mène une vie qui fait du meurtre une nécessité. (Il me

206

regarda avec insistance.) Et ça ne m'ennuie pas de tuer, dit-il. Il y a des fois où ça me plaît. Tu peux comprendre ça?

— Oui.

— Mais tuer une épouse pour toucher l'assurance ou tuer un gosse pour le plaisir... (Il eut une moue écœurée.) Ou prendre une femme contre sa volonté. Ça, tu ne te doutes pas du nombre d'hommes qui sont capables de le faire. On pourrait croire que c'est seulement ceux qui ne sont pas normaux, mais il y a des fois où j'ai l'impression que c'est la moitié de la race humaine. En tout cas, la moitié des humains de sexe masculin.

— Je sais, lui dis-je. Quand j'étais à l'Académie de police, on nous apprenait que le viol est un signe de colère envers les femmes, que ça n'a rien de sexuel. Mais, au fil des ans, j'ai cessé de croire ce qu'on nous avait enseigné. A l'heure actuelle, la plupart du temps, on dirait bien que c'est un crime d'occasion, une façon d'avoir des relations sexuelles avec une femme sans commencer par l'emmener dîner au restaurant. Tu commets un vol ou un cambriolage, il y a une nana sur les lieux, elle te plaît – alors pourquoi pas?

Mick eut un hochement de tête affirmatif.

— Une autre fois, dit-il. C'était comme hier soir mais pas au même endroit, c'était dans le New Jersey. Des trafiquants de drogue dans une belle maison à la campagne, et nous allions devoir tuer toute la maisonnée. Nous le savions avant d'entrer. (Il but un peu de whisky et poussa un soupir.) J'irai sûrement en enfer. Oh, c'étaient eux-mêmes des tueurs, mais c'est pas une excuse – n'est-ce pas?

— Ça l'est peut-être, dis-je. Je ne sais pas.

— Ça ne l'est pas. (Il posa son verre, puis il encercla la bouteille de ses mains, sans la soulever.) Je venais de tuer l'homme, poursuivit-il, et un de mes gars était en train de fouiller pour essayer de trouver plus de fric, et j'ai entendu des cris qui venaient d'une autre pièce. Alors j'y suis allé, et là, qu'est-ce que je vois? Un de mes gars couché sur une femme qui avait sa jupe relevée et ses vêtements déchirés, et qui se débattait en criant. J'ai dit au gars : «Fous-lui la paix.» Et il m'a regardé comme si j'étais fou et il m'a dit que puisque, de toute façon nous allions la tuer, pourquoi il pourrait pas se la farcir avant qu'elle ne serve plus à personne ?

— Qu'as-tu fait ?

— Je lui ai balancé un coup de pied, un coup de pied assez fort pour lui péter trois côtes, et puis, avant toute autre chose, j'ai mis une balle entre les yeux de la femme, parce qu'il ne fallait pas qu'elle en supporte davantage. Après, j'ai empoigné le gars et je l'ai jeté contre le mur, et quand il s'est relevé en chancelant, je lui ai fichu mon poing dans la figure. J'avais envie de le tuer mais il y avait des gens qui savaient qu'il avait travaillé pour moi et ça aurait été comme si je laissais ma carte de visite. Je l'ai ramené, je lui ai payé sa part, je lui ai fait bander les côtes par un toubib discret, puis je lui ai dit de disparaître. Il était de Philadelphie ; je lui ai dit de retourner là-bas, qu'à New York, il était fini. Je suis sûr qu'il n'a pas encore compris ce qu'il avait pu faire de mal. Puisque, de toute façon, cette femme allait mourir, pourquoi ne pas en profiter d'abord ? Et pourquoi pas faire rôtir son foie et le manger, pendant qu'il y était, pourquoi gaspiller cette chair ?

— Charmante idée.

— Dieu soit loué, dit-il, nous allons tous mourir, n'est-ce pas ? Alors pourquoi ne pas nous faire tout ce qui nous chante, les uns aux autres ? C'est ça. C'est une loi de la nature ?

— Je ne sais pas.

— Moi non plus. Et je ne sais pas comment tu peux survivre avec cette cochonnerie de café, je te jure. Si je n'avais pas ce…

Il emplit à nouveau son verre.

Un peu plus tard, nous parlâmes des Noirs. Il ne les aimait pas beaucoup et je l'écoutai m'expliquer pourquoi.

208

— Il y en a qui sont très bien, dit-il, ça, d'accord, je le reconnais. Comment il s'appelait, le gars qu'on a vu l'autre soir à Maspeth ?

— Chance, répondis-je.

— Je l'ai trouvé sympathique, mais on ne peut pas dire qu'il soit tout à fait comme les autres. C'est un homme instruit, un gentleman, un homme de métier.

— Tu sais comment j'ai fait sa connaissance ?

— A l'endroit où il exerce son métier, je suppose. Attends, tu ne m'as pas dit que c'était à la boxe ?

— C'est là que je l'ai rencontré la première fois, mais c'était une rencontre d'affaires. C'était avant que Chance devienne marchand d'œuvres d'art. A l'époque, il était maquereau. Une de ses prostituées avait été tuée par un fou qui avait une machette, et il m'avait engagé pour enquêter là-dessus.

— Alors, c'est un maquereau.

— Plus maintenant. Maintenant, il vend des œuvres d'art.

— Et il est de tes amis.

— Il est de mes amis.

— Tu as une drôle de façon de choisir tes amis. Qu'est-ce qui te fait marrer ?

— Une drôle de façon de choisir mes amis. Un flic que je connais m'a dit la même chose.

— Et alors ?

— Il parlait de toi.

— Ah, bon ? (Mick se mit à rire.) Ouais, évidemment. On ne peut pas dire qu'il ait tort.

Les nuits comme celle-là, les histoires vous viennent facilement et, entre deux histoires, les silences aussi sont faciles. Il me parla de son père et de sa mère, depuis longtemps disparus, et de son frère Dennis, qui était mort au Viêt-nam. Il avait deux autres frères, dont l'un était avocat et agent immobilier à White Plains, et l'autre, marchand de voitures à Medford, dans l'Oregon.

— En tout cas, il l'était la dernière fois que j'ai entendu parler de lui. Il allait devenir prêtre, Francis, mais il n'a pas tenu un an au séminaire. «Je me suis rendu compte que j'aimais trop les filles et aussi me rincer le gosier.» Bon sang, il y a des prêtres qui ne se privent ni des unes ni de l'autre. Il a essayé différents boulots; il y a deux ans, il était dans l'Oregon et il vendait des Plymouth. «C'est formidable, ici, Micky, il faut que tu viennes me voir.» Mais je n'y suis jamais allé, et, depuis, il est probablement parti ailleurs. Je pense que le pauvre bougre regrette encore de ne pas être curé, bien qu'il ait depuis longtemps perdu la foi. Tu peux comprendre ça?

— Oui, je crois.

— Tu as reçu une éducation catholique? Non, n'est-ce pas?

— Non. Il y avait des catholiques et des protestants dans la famille, mais personne ne se donnait beaucoup de mal pour pratiquer. J'ai grandi sans jamais aller à l'église, et de toute façon je n'aurais pas su à laquelle aller. Un de mes grands-parents était même à moitié juif.

— C'est vrai? Tu aurais pu être avocat, comme Rosenstein.

Il me raconta l'histoire qu'il avait commencée le jeudi soir, celle de l'homme qui était propriétaire, à Maspeth, d'une fabrique où l'on assemblait des ôte-agrafes. Cet homme, qui avait accumulé des dettes de jeu, avait demandé à Mick de mettre le feu à sa fabrique pour pouvoir toucher l'assurance. L'incendiaire embauché par Mick s'était trompé et avait mis le feu au bâtiment de l'autre côté de la rue. Quand Mick avait dit à l'incendiaire qu'il y avait erreur celui-ci l'avait assuré que ce n'était pas grave, il y retournerait la nuit suivante et ferait ça comme il fallait. Et, en témoignage de sa bonne volonté, il avait proposé de faire un petit supplément. Il mettrait le feu à la maison du propriétaire de la fabrique sans le faire payer pour ça.

Je lui racontai une histoire à laquelle je n'avais pas pensé depuis longtemps.

— Je venais de sortir de l'Ecole de police, et on m'a donné comme équipier un vieux routier qui s'appelait Vince Mahaffey. Il y avait bien trente ans qu'il faisait ce métier, mais il n'avait jamais été promu policier en civil – et n'avait jamais voulu l'être. Il m'a beaucoup appris, y compris des choses qu'on ne voulait probablement pas que j'apprenne, comme par exemple la différence entre les pots-de-vin propres et les pots-de-vin sales et comment faire pour obtenir autant des premiers qu'on le pouvait. Il buvait comme un trou, il mangeait comme un porc et il fumait de ces petits cigares noirs, italiens. Il appelait ça des ritals puants. Je croyais qu'il fallait être de la mafia pour fumer ces trucs-là. En tout cas, le gars Vince était un drôle de modèle à faire suivre par un débutant.

« Un soir, on est appelés pour régler ce que les voisins appelaient "un tapage domestique." Ça se passait à Brooklyn, à Park Slope. Maintenant, tout ce coin a été rénové mais c'était bien avant. A l'époque, c'était un quartier d'ouvriers blancs.

« L'appartement était au cinquième sans ascenseur, et Mahaffey a dû s'arrêter deux fois avant d'arriver en haut. Finalement, nous nous tenons devant la porte et nous n'entendons pas un bruit. "Ah, merde," dit Vince. "Combien tu paries qu'il l'a tuée ? Maintenant, il doit être en train de pleurer en s'arrachant les cheveux, et il faudra l'embarquer."

« Mais quand nous avons sonné à la porte, ils sont venus répondre tous les deux, un homme et une femme. Lui, c'était un grand type d'environ trente-cinq ans, un ouvrier du bâtiment, et elle avait l'air d'une fille qui a été jolie quand elle était au lycée et qui s'est laissée aller. Ils étaient surpris d'apprendre que les voisins s'étaient plaints. Ah bon, ils avaient fait trop de bruit ? C'était peut-être parce qu'ils avaient mis la télé un peu fort. Maintenant, la télévision était éteinte et on n'entendait pas un bruit. Mahaffey a quand même un peu insisté, on leur a dit que les voisins avaient parlé de coups et d'une violente dispute. Alors ils ont échangé un regard et ils ont dit que oui, ils avaient eu une discussion qui avait dégénéré en une petite dispute, ils avaient peut-être un peu élevé la voix et le mari avait peut-être tapé sur la table pour souligner ce qu'il disait. Mais ils allaient faire attention, on ne les entendrait plus de la soirée, parce qu'ils ne voulaient surtout pas déranger les gens.

« Il avait bu, mais je n'avais pas du tout l'impression qu'il était ivre, et ils étaient tous les deux calmes et pleins de bonne volonté; j'étais prêt à leur souhaiter le bonsoir et aller voir si on avait besoin de moi ailleurs. Mais Vince avait cent fois répondu à des appels de ce genre et il avait senti que quelque chose n'allait pas. Je l'aurais peut-être senti moi-même si je n'avais pas eu aussi peu d'expérience. Parce qu'ils nous cachaient quelque chose. Autrement, ils auraient dit qu'il n'y avait eu ni bagarre ni problème et nous auraient envoyés paître.

« Alors Vince a parlé de choses et d'autres pour gagner du temps, et je me demandais ce qui lui prenait, s'il attendait que le mari nous invite à entrer boire un pot. Et puis nous avons tous deux entendu un bruit, comme un chat mais pas vraiment comme un chat. Ils ont dit "Oh, c'est rien," mais Mahaffey les a écartés, il a ouvert une porte et là, nous avons trouvé une fillette, elle avait sept ans, mais petite pour son âge, et nous avons vu pourquoi la querelle domestique n'avait laissé aucune trace sur la femme. Toutes les marques étaient sur la petite.

« Le père l'avait rouée de coups. Elle avait le corps couvert de bleus, un œil poché qu'elle ne pouvait pas ouvrir, et, sur un bras, des marques de brûlures de cigarette. "Elle est tombée," a affirmé la mère. "Il ne l'a pas touchée, elle est tombée."

« Nous les avons emmenés au poste et bouclés dans une cellule de détention provisoire. Puis nous avons emmené la fillette à l'hôpital, mais d'abord, Mahaffey l'a mise dans un

212

bureau vide et a emprunté un appareil photo. Il a ôté tous les vêtements de la petite, sauf la culotte, et il a pris une douzaine de photos. Il m'a dit : "Je suis un photographe de merde, mais si j'en prends assez, il y en aura peut-être une ou deux de réussies."

« Il nous a fallu laisser partir les parents. A l'hôpital, les médecins ont confirmé ce que nous savions déjà, que les blessures de l'enfant ne pouvaient avoir été causées que par une raclée, mais le mari jurait qu'il n'avait pas touché la petite, sa femme le soutenait et on n'allait pas faire témoigner la fillette. De toute façon, à cette époque, on hésitait beaucoup à poursuivre les gens qui maltraitaient leurs enfants. Maintenant, ça c'est un peu amélioré. Du moins je le crois. Mais nous avons été obligés de relâcher les parents. »

— Tu as dû avoir envie de le tuer, ce fumier, dit Mick.

— Je voulais l'envoyer en taule. Je n'arrivais pas à croire qu'il pouvait s'en tirer après ce qu'il avait fait. Mahaffey m'a dit que c'était presque toujours comme ça. Ce genre d'affaires n'arrivaient pratiquement jamais devant les tribunaux, sauf si l'enfant mourrait, et parfois même pas dans ce cas. Alors je lui ai demandé pourquoi il s'était donné la peine de prendre les photos. Il m'a tapoté l'épaule et m'a dit que les photos valaient mille mots, chacune. Je n'ai pas compris ce qu'il voulait dire.

« Dans le courant de la semaine suivante, nous sommes dans la voiture et il me dit : "Il fait beau. Allons faire un tour. Allons à Manhattan." Je n'avais aucune idée de l'endroit où il voulait m'emmener. On s'est retrouvé dans la Troisième Avenue, du côté de la 80e rue. C'était un chantier de construction ; ils avaient démoli plusieurs petits immeubles pour les remplacer par un grand. "J'ai découvert où il va boire un coup," me dit Mahaffey, et nous entrons dans un bistrot du quartier, Carney's ou Carty's ou quelque chose comme ça, qui n'existe plus depuis longtemps. Là, il y a plein de types qui ont de grosses godasses aux pieds et un casque sur la tête, des ouvriers du bâtiment pendant la pause ou à la fin de leurs heures de travail, en train de rigoler, de boire une bière, de se détendre.

« Nous étions tous les deux en uniforme, et les conversations ont cessé quand nous sommes entrés. Le père était au comptoir, au milieu de ses copains. C'est drôle, j'ai oublié son nom. »

— Pourquoi pas, après tant d'années ?

— Je devrais quand même m'en souvenir. Toujours est-il que Mahaffey se dirige tout droit vers le gars, se tourne vers les ouvriers qui se tiennent là et leur demande s'ils le connaissent. « Vous pensez que c'est un type bien ? Vous pensez que c'est un gars honorable ? » Et ils répondent tous que oui, c'est un type bien.

« Alors Mahaffey sort une enveloppe brune de sa chemise bleue, et dans cette enveloppe, il y a toutes les photos qu'il a prises de la fillette. Il avait fait faire des agrandissements et elles étaient toutes parfaites. "Voilà ce que ce type bien fait à sa propre enfant," dit Mahaffey en passant les photos à la ronde. "Regardez bien, voyez ce que ce salaud fait subir à une gosse sans défense." Et quand ils ont tous bien regardé, il leur dit que nous sommes des flics, que nous ne pouvons pas toucher à un cheveu de ce bonhomme. Mais il leur dit *qu'eux*, ils ne sont pas flics, et que dès que nous aurons franchi la porte, nous ne pourrons pas les empêcher de faire ce qu'ils pensent devoir faire. "Et je sais que vous êtes d'honnêtes travailleurs, de bons Américains, et que vous saurez agir comme il faut." »

— Qu'est-ce qu'ils ont fait ?

— Nous ne sommes pas restés pour regarder. Pendant que nous retournions à Brooklyn, Mahaffey m'a dit : « J'espère que ça t'aura appris quelque chose, Matt. Il ne faut jamais rien faire qu'on puisse faire faire par quelqu'un d'autre. » Parce qu'il savait qu'ils le feraient, et plus tard, nous avons appris qu'ils avaient même failli tuer cette ordure. Lundy, c'est comme ça qu'il s'appelait. Jim Lundy, ou peut-être John.

« Il s'est retrouvé à l'hôpital et il y est resté toute une semaine. Il n'a pas voulu porter plainte, il n'a pas voulu dire qui l'avait mis dans cet état. Il a juré qu'il était tombé et que c'était dû à sa propre maladresse.

« Quand il est sorti de l'hôpital, il n'a pas pu reprendre le même boulot parce que ces hommes ne voulaient à aucun prix travailler avec lui. Mais je suppose qu'il a continué à travailler dans le bâtiment et qu'il a pu retrouver des emplois, puisque quelques années plus tard, j'ai entendu dire qu'il était tombé dans le trou. C'est ce qu'ils disent quand un gars qui travaille tout en haut d'un échafaudage tombe dans le vide, ils disent qu'il est tombé dans le trou. »

— Quelqu'un l'a poussé ?

— Je ne sais pas. Peut-être qu'il était ivre et qu'il a perdu l'équilibre, encore qu'il ait pu le perdre en étant tout à fait à jeun. Ou bien, il a pu donner à quelqu'un une raison de le pousser dans le vide. Je ne sais pas. Je ne sais pas ce qui est arrivé à la gosse, ou à la mère. Probablement rien de bon, mais ça ne ferait que leur donner quelque chose en commun avec le restant de l'humanité.

— Et Mahaffey ? Je suppose qu'il a disparu, depuis le temps ?

— Oui. Il est mort à la tâche. Ils essayaient de le faire partir à la retraite mais il ne voulait rien entendre, et puis un jour… je n'étais plus son équipier, à ce moment-là, je venais d'être promu inspecteur, en récompense d'une arrestation sensationnelle qui était à quatre-vingt-dix-huit pour cent un coup de pot… enfin, de toute façon, un jour qu'il montait l'escalier d'un autre immeuble ouvrier, son cœur a lâché. Il était mort à son arrivée à l'hôpital de Kings County. A la veillée mortuaire, quelqu'un a dit que c'était comme ça que Mahaffey aurait voulu mourir, mais celui qui a dit ça n'avait pas compris. Moi, je savais ce que voulait Mahaffey. Il voulait vivre pour toujours.

Peu avant l'aube, il me dit :

— Selon toi, Matt, est-ce que je suis un alcoolique?

— Oh, bon sang, combien d'années m'a-t-il fallu avant de pouvoir dire que moi-même, j'en étais un? Je ne suis pas pressé de dresser l'inventaire des autres.

Je me levai pour aller aux toilettes, et quand je revins, Mick me dit:

— Dieu sait que j'aime la boisson. Sans elle, le monde serait une ignoble saloperie.

— Avec ou sans, le monde est comme ça.

— Peut-être, mais ce truc-là vous permet de l'oublier un moment. Ou du moins ça brouille un peu le paysage. (Il leva son verre et regarda à travers.) On dit qu'on ne peut pas, à l'œil nu, regarder une éclipse du soleil. Il faut regarder à travers un morceau de verre fumé, pour ne pas s'abîmer la vue. Est-ce que ce n'est pas aussi dangereux de regarder la vie à l'œil nu? Est-ce qu'on n'a pas besoin de ce liquide fumé pour pouvoir la regarder sans danger?

— C'est joliment dit.

— Les conneries et la poésie, c'est ça les spécialités irlandaises. Mais je vais te dire quelque chose. Tu sais ce que la boisson apporte de mieux?

— Des soirées comme celle-ci.

— Des soirées comme celle-ci. Mais ce n'est pas seulement à la boisson qu'on doit des soirées comme celle-ci. C'est l'un de nous deux qui boit, l'autre pas et c'est aussi autre chose que je ne pourrais pas définir. (Il se pencha en avant et posa les coudes sur la table.) Non, dit-il, ce que la boisson apporte de mieux, c'est un moment très spécial qui ne se produit qu'une fois de temps en temps. Je ne sais pas si ça se produit pour tout le monde.

« Moi, ça m'arrive des soirs où je suis là à veiller, seul avec un verre et une bouteille. C'est des soirs où je suis soûl, mais pas trop soûl, tu vois, et où j'ai le regard perdu au loin et je pense mais sans vraiment penser, tu comprends ce que je veux dire? »

216

— Oui.

— Et puis il y aura un moment où tout va devenir clair, un moment où presque tout m'apparaît dans sa totalité. Mon esprit s'étend et s'enroule autour de la création entière et je suis près de tout comprendre. Et puis… (il fit claquer ses doigts)… c'est parti. Tu comprends ce que je veux dire ?

— Oui.

— Quand tu buvais, est-ce que tu…

— Oui, répondis-je, de temps en temps. Mais tu veux que je te dise ? La même chose m'est arrivée quand j'étais sobre.

— C'est vrai ?

— Oui. Pas souvent et pas du tout pendant les deux ou trois premières années. Mais ça m'arrive de temps en temps, quand je suis dans ma chambre d'hôtel avec un livre, je lis quelques pages, puis je regarde par la fenêtre en pensant à ce que je viens de lire, ou à autre chose, ou à rien du tout.

— Ah.

— Et puis je vis cette expérience, à peu près telle que tu viens de la décrire. C'est une sorte de savoir, n'est-ce pas ?

— C'est ça.

— Mais de savoir quoi ? Je ne peux pas l'expliquer. Avant, j'étais persuadé que c'était l'alcool qui permettait ça puis ça s'est produit quand j'étais sobre et je me suis rendu compte que ça ne pouvait pas être l'alcool.

— Là, tu me donnes à penser. Il ne m'était jamais venu à l'esprit que ça pouvait aussi arriver quand on était sobre.

— Eh bien, ça peut. Et c'est tout à fait comme tu l'as décrit. Mais je vais te dire quelque chose, Mick. Quand ça t'arrive et que tu es sobre, que tu ne regardes pas à travers le morceau de verre fumé…

— Ah.

—… et que tu le tiens, tu le tiens presque, et puis voilà c'est parti. (Je le regardai dans les yeux.) Ça a de quoi briser le cœur.

— C'est bien ça, dit-il. Qu'on soit ivre ou sobre, ça a de quoi briser le cœur.

Dehors, il faisait jour quand Mick regarda sa montre et se leva. Il alla dans son bureau et revint vêtu de son tablier de boucher. Ce tablier en coton blanc, que des années de blanchissages avaient effiloché par endroits, le recouvrait du cou jusqu'au dessous des genoux. Eparpillées sur le tissu blanc, des taches de sang brun roux faisaient penser à une toile abstraite. Certaines étaient si fanées qu'elles étaient à peine visibles. D'autres avaient l'air toutes fraîches.

— Viens, me dit-il. Il est l'heure.

Nous n'en avions pas parlé une seule fois au cours de cette longue nuit mais je savais où nous allions et je n'y voyais pas d'objection. Nous nous rendîmes à pied jusqu'au garage où il mettait sa voiture, puis nous descendîmes la Neuvième Avenue jusqu'à la 14e rue. Là, Mick tourna à gauche et s'arrêta au bout d'une centaine de mètres, dans une zone de stationnement interdit, devant une entreprise de pompes funèbres. Comme le propriétaire, qui s'appelait Twomey, le connaissait, il savait qu'il ne risquait pas d'attraper une contravention ou d'être obligé d'aller chercher sa voiture à la fourrière.

St. Bernard se trouvait juste à côté de chez Twomey. Je suivis Mick qui montait les marches de l'église, puis s'engageait dans le transept de gauche. A sept heures du matin, il y a, les jours de semaine, une messe au grand autel, et celle-là, nous l'avions loupée. Mais, une heure plus tard, il y a une messe plus courte dans une petite chapelle, à gauche de l'autel, à laquelle assistent d'habitude une poignée de religieuses et d'autres gens qui s'arrêtent là en se rendant à leur travail. C'est ce que le père de Mick avait fait pratiquement tous les jours mais, bien qu'à chaque fois il y eût des bouchers parmi les fidèles, je ne sais pas si quelqu'un d'autre l'appelait la messe des bouchers.

218

Mick y assistait sporadiquement, parfois tous les jours pendant une semaine, puis plus du tout pendant deux mois. Depuis que je le connaissais, je l'y avais quelquefois accompagné. Je ne savais pas très bien pourquoi il venait et je ne savais certainement pas pourquoi il m'était arrivé de m'y laisser entraîner.

Cette fois-ci fut pareille aux autres. Je suivis le service dans un missel et calquai mes mouvements sur les autres, me levant quand ils se levaient, m'agenouillant quand ils s'agenouillaient et répondant quand et comme il le fallait. Quand le jeune prêtre distribua la communion, Mick et moi restâmes à notre place. Il me sembla que tous les autres s'approchaient de l'autel pour recevoir l'Eucharistie.

Une fois dehors, après la messe, Mick me dit:

— Tu as vu ça?

Il neigeait. De larges et légers flocons tombaient lentement. Cela avait dû commencer juste après que nous fûmes entrés dans la vieille église. Il y avait déjà une petite couche de neige sur les marches et sur le trottoir.

— Viens, dit-il. Je vais te déposer chez toi.

14

Je me réveillai vers deux heures de l'après-midi, après cinq heures d'un sommeil agité, peuplé de rêves et presque à fleur de conscience. Cela avait peut-être un rapport avec tout le café que j'avais bu, en grande partie sur un estomac non alimenté depuis le chausson aux épinards du Tiffany's.

J'appelai le concierge et lui dis qu'il pouvait à nouveau me passer mes communications. Le téléphone sonna pendant que j'étais sous la douche. Je rappelai le concierge pour savoir qui m'avait appelé mais il me dit qu'on n'avait pas laissé de message.

— Il y a eu quelques appels pour vous, ce matin, mais aucun message.

Je me rasai, m'habillai et sortis prendre le petit déjeuner. La neige avait cessé de tomber mais, par endroits, elle était encore fraîche et blanche, là où la circulation des gens et des automobiles ne l'avait pas transformée en gadoue. J'achetai le journal et montai dans ma chambre. Je lus le journal et regardai, par la fenêtre, la neige qui recouvrait les toîts et l'appui des fenêtres. Il en était tombé sept ou huit centimètres, juste assez pour assourdir une partie des bruits de la ville. C'était un joli spectacle à regarder pendant que j'attendais que le téléphone se mette à sonner.

La première personne qui appela fut Elaine. Je lui

demandai si elle avait déjà essayé de me joindre. Elle me répondit que non. Je lui demandai comment elle allait.

— Pas très bien. J'ai de la fièvre et j'ai la diarrhée mais ça, c'est simplement parce que mon organisme essaie de se débarrasser de tout ce dont il n'a pas besoin. Et on dirait que ça comprend tout sauf les os et les vaisseaux.

— Tu ne devrais pas voir un médecin ?

— Pour quoi faire ? Il me dira que j'ai attrapé la cochonnerie qui circule en ce moment, et ça, je le sais déjà. Il me dira : « Restez au chaud et buvez beaucoup. » Bon. Mais ce qu'il y a, c'est que je suis en train de lire un livre de Borges – c'est un écrivain argentin, qui est aveugle. Il est mort aussi, mais…

— Mais il ne l'était pas quand il a écrit le livre.

— C'est ça. Et ce qu'il écrit a quelque chose de surréel, d'hallucinatoire, et je ne sais pas très bien où s'arrête le livre et où commence la fièvre. Par moments, je me dis que l'état dans lequel je suis n'est pas idéal pour lire ce genre de truc, et par moments, je pense que c'est la seule façon de le lire.

Je la mis à peu près au courant de ce qui était arrivé depuis notre dernière conversation. je lui parlai de ma rencontre prétendument inopinée avec Thurman au Paris Green et lui racontai ma soirée prolongée en compagnie de Mick Ballou.

— Oh, dit-elle, il faut bien que jeunesse se passe.

Ensuite, je me replongeai dans le journal. Je fus particulièrement frappé par deux articles. L'un était un compte rendu de l'audience au cours de laquelle le jury avait acquitté un homme soupçonné d'être un chef de gang et qui était accusé d'avoir commandé l'agression d'un chef syndicaliste. L'acquittement n'avait surpris personne, d'autant moins que la victime, touchée plusieurs fois aux jambes, avait jugé bon de venir témoigner en faveur de la défense. Il y avait une photo du fringant accusé entouré de ses fans et de ses partisans, au moment où il quittait le tribunal. C'était la troisième fois en quatre ans qu'il passait en jugement, et la troisième fois qu'il rentrait tranquillement chez lui. Il était une sorte de héros populaire, disait le journaliste.

L'autre article concernait un travailleur qui sortait d'une station de métro avec sa fillette âgée de quatre ans, lorsqu'un sans-abri, apparemment déséquilibré, les avait attaqués en leur crachant dessus. En se défendant, le père avait cogné la tête de l'aliéné contre le sol, et l'échauffourée s'était soldée par la mort du sans-abri. Un porte-parole des services du Procureur avait annoncé la décision d'engager des poursuites contre le père pour homicide involontaire. Il y avait une photo de ce dernier, qui avait l'air déconcerté et acculé. Il n'était pas fringant, il n'était guère vraisemblable qu'on en fasse un héros populaire.

Au moment où je posais le journal, le téléphone sonna de nouveau.

— C'est là qu'on matte?

Il me fallut un moment. Puis je dis:

— Ah, c'est toi, TJ.

— C'est pas d'la tarte, Matt. Tout le monde veut savoir qui c'est le vioque qui traîne dans la 42e et qui demande à tout le monde s'ils ont pas vu TJ. J'étais au cinoche, mec, pour voir une de ces vacheries kung-fu. Vous savez faire c'te vacherie de truc?

— Non.

— C'est un truc dingue, mec. Un de ces jours, faudra peut-être que j'apprenne ça.

Je lui donnai mon adresse et lui demandai s'il pouvait venir me voir.

— Sais pas, répondit-il. C'est quoi, comme genre d'hôtel? Un de ces grands machins à chichis?

— Non, pas de chichis. On ne t'embêtera pas à la réception. Et si jamais on t'embêtait, tu n'aurais qu'à leur dire de m'appeler par le téléphone intérieur.

— Bon, alors je crois que ça ira.

Je raccrochai et le téléphone sonna presque aussitôt.

C'était Maggie Hillstrom, la dame de Testament House. Personne n'avait pu identifier ni l'homme, ni le plus jeune des deux garçons, bien que plusieurs gamins aient dit qu'ils avaient l'impression d'avoir déjà vu l'un ou l'autre ou les deux, quelque part.

— Mais je ne sais pas à quel point on peut compter là-dessus, dit-elle. Par contre, ce qui est sûr, c'est que nous avons pu identifier l'autre garçon. Il n'a jamais vraiment habité ici, mais il a plusieurs fois passé la nuit chez nous.

— Et vous lui avez trouvé un nom ?

— Joyeux, répondit-elle. C'est comme ça qu'il se faisait appeler. Ironique, n'est-ce pas ? Mais triste ironie. Je ne sais pas s'il portait ce sobriquet depuis longtemps ou si c'est un surnom qu'il avait acquis dans la rue, à New York. De l'avis général, il était originaire du Sud ou du Sud-Ouest. Un membre du personnel croit se rappeler l'avoir entendu dire qu'il était du Texas mais un garçon qui le connaissait est tout aussi certain qu'il venait de Caroline du Nord. Evidemment, il est possible qu'il ait dit des choses différentes à différentes personnes.

Il se prostituait, me dit-elle. Il couchait avec des hommes pour de l'argent et il achetait de la drogue quand il pouvait se la payer. Personne ne se rappelait l'avoir vu au cours de la dernière année.

— Ils disparaissent souvent, dit-elle. Il est normal de ne pas les voir pendant quelques jours, puis soudain on se rend compte qu'on n'a pas vu quelqu'un depuis une semaine, quinze jours, un mois. Quelquefois ils reviennent, quelquefois ils ne reviennent pas et on ne sait jamais si, pour eux, l'endroit où ils sont allés est mieux ou pire. (Elle soupira.) Un garçon m'a dit qu'il pensait que Joyeux était probablement rentré chez lui. Et on pourrait dire que, d'une certaine façon, c'est sans doute ce qui lui est arrivé.

L'appel suivant émanait de la réception qui m'annonçait

l'arrivée de TJ. Je leur dis de me l'envoyer et j'allai l'attendre devant l'ascenseur. Je l'emmenai dans ma chambre, et il virevolta autour de la pièce en l'examinant.

— Ouais, chouette, dit-il. On voit le Trade Center, d'ici, hein? Et puis vous avez une salle de bains pour vous tout seul. Ça doit être bien.

Il était apparemment habillé de la même façon que la dernière fois.

La veste en jean, qui m'avait paru trop chaude pour l'été, avait l'air bien légère pour le froid de l'hiver. Ses baskets semblaient neuves, et il portait en plus un bonnet de laine bleu roi.

Je lui tendis les portraits. Il regarda celui du dessus, puis il me regarda d'un air méfiant et demanda:

— Vous voulez dessiner mon portrait? Ben pourquoi vous riez?

— Je suis sûr que tu ferais un excellent modèle, lui dis-je, mais je ne suis pas dessinateur.

— C'est pas vous qui avez fait ces dessins? (Il regarda les portraits l'un après l'autre, examina la signature.) Raymond quelque chose. Ça te plaît, Ray? Qu'est-ce qui se passe?

— Tu reconnais une des ces trois personnes?

Il me répondit que non.

— Le plus âgé des deux garçons s'appelle, ou s'appelait Joyeux, lui dis-je. Je crois qu'il est mort.

— Vous croyez qu'ils sont morts tous les deux. Pas vrai?

— J'en ai bien peur.

— Qu'est-ce que vous voulez savoir sur eux?

— Leur nom. D'où ils viennent.

— Vous avez dit que vous savez déjà son nom. Joyeux, vous avez dit.

— Je suppose qu'il s'appelle Joyeux de la même façon que tu t'appelles TJ.

Il posa son regard sur moi.

224

— Vous dites TJ et tout le monde saura de qui vous parlez. (Il regarda à nouveau le portrait.) Vous voulez dire que Joyeux, c'est son nom de rue.

— C'est ça.

— Si c'est son nom de rue, c'est le seul nom qu'on lui connaîtra dans la rue. Qui c'est qui vous a donné ce nom, Testament House ?

— Oui. Ils m'ont dit qu'il n'avait jamais habité là mais qu'il y avait passé la nuit, deux ou trois fois.

— Ouais, ben, c'est des braves gens, mais ils ont tout un bordel de règles qui sont pas possibles pour tout le monde, vous voyez ce que je veux dire...

— Tu y as séjourné TJ ?

— Eh, merde, pourquoi je ferais ça ? J'ai pas besoin d'un endroit comme ça. J'ai un endroit où j'habite, mec.

— Où ça ?

— Vous occupez pas où c'est. Du moment que je sais y aller, c'est tout ce qui compte. (Il regarda les autres portraits.) J'ai déjà vu cet homme, dit-il, sans insister.

— Où ?

— Je sais pas. Dans la 42e mais me demandez pas où et quand. (Il s'assit sur le bord du lit, ôta son bonnet et le fit tourner entre ses mains. Il me demanda :) Qu'est-ce que vous attendez de moi, mec ?

Je sortis un billet de vingt dollars de mon portefeuille et le lui tendis. Il ne fit aucun geste pour le prendre, et ses yeux répétèrent sa question. Qu'est-ce que j'attendais de lui ? Je le lui dis :

— Tu connais la 42e et la gare des autobus et les gosses dans la rue. Tu pourrais aller dans des endroits que je ne connais pas et parler à des gens qui ne me parleraient pas.

— Ça fait beaucoup pour vingt dollars. (Il sourit.) L'autre fois que je vous ai vu, vous m'avez filé cinq dollars et j'ai rien fait.

— Cette fois-ci, tu n'as rien fait non plus, lui dis-je.

225

— Ouais, mais ça pourrait prendre pas mal de temps. Discuter avec les gens, aller de droite à gauche. (Comme je commençais à ramener le billet vers moi, il me l'arracha des mains.) Hé, qu'est-ce que vous faites ? J'ai pas dit que je voulais pas. Je voulais juste essayer de vous en faire lâcher un peu plus. (Son regard fit le tour de la pièce.) Mais je crois pas que vous êtes riche – hein ?

— Non, répondis-je en riant malgré moi. Pas exactement.

Chance m'appela. Il avait interrogé quelques amateurs de boxe, et certains s'étaient rappelé avoir vu un homme qui semblait être avec son fils, près du ring, jeudi soir. Personne ne se rappelait les avoir déjà vus à Maspeth ou ailleurs. Je lui dis que les autres fois, l'homme n'aurait sans doute pas été accompagné par le garçon.

— Ce sont les deux ensemble que les gens se rappellent. Alors on ne peut pas dire que les gens à qui j'ai parlé aient reconnu cet homme, me dit-il. Vous avez l'intention d'y retourner demain soir ?

— Je ne sais pas.

— Vous pourriez regarder ça à la télévision. Vous le verriez peut-être s'il est encore au premier rang.

Nous ne parlâmes pas longtemps parce que je voulais libérer la ligne. Je raccrochai et attendis, et Danny Boy Bell fut le prochain à m'appeler.

— Ce soir, je dîne au Pogan's. Vous viendrez m'y rejoindre ? Vous savez combien j'ai horreur de manger seul.

— Vous avez appris quelque chose ?

— Rien d'extraordinaire, répondit-il. Mais il faut bien que vous dîniez quelque part, n'est-ce pas ? Huit heures.

Je raccrochai et regardai l'heure. Il était cinq heures de l'après-midi. J'allumai la télévision, regardai le début des informations et éteignis quand je me rendis compte que j'avais la tête ailleurs. Je décrochai le téléphone et composai le numéro de Thurman. Quand j'entendis le

226

répondeur-enregistreur, je ne laissai pas de message mais restai là, une trentaine de secondes, le combiné contre l'oreille, avant de raccrocher.

Je pris *The Newgate Calendar*, et le téléphone sonna presque immédiatement. Je reposai le livre, attrapai le combiné, dis « Allô » et entendis la voix de Jim Faber.

— Ah, salut, lui dis-je.

— Vous semblez déçu.

— J'ai passé l'après-midi à attendre un coup de téléphone.

— Alors je ne vous retiens pas. Ce n'est pas important. Vous viendrez à St. Paul, ce soir ?

— Je ne pense pas. J'ai rendez-vous à huit heures dans la 72e rue et je ne sais pas combien de temps ça va durer. De toute façon, j'y suis allé hier soir.

— C'est drôle. Je vous ai cherché et je ne vous ai pas vu.

— J'étais en ville. Je suis allé à Perry Street.

— Ah bon ? C'est là que j'ai atterri dimanche soir. L'endroit idéal ; on peut dire n'importe quoi, et tout le monde s'en fout royalement. J'ai dit des choses affreuses à propos de Bev et après, je me suis senti dix fois mieux. Helen était là, hier soir ? Elle vous a parlé du hold-up ?

— Quel hold-up ?

— Celui de Perry Street. Bon, vous attendez un coup de fil. Je ne veux pas bloquer la ligne.

— Non, ça va, lui dis-je. Il y a eu un hold-up à Perry Street ? Qu'est-ce qu'on aurait pu prendre ? Ils n'ont même plus de café, là-bas.

— Eh bien, ce n'était pas un crime savamment conçu. Ça s'est passé il y a une semaine ou quinze jours, une réunion du vendredi, consacrée aux Etapes. Un gars qui s'appelle Bruce était en train de parler. Je ne sais pas si vous le connaissez mais ça n'a pas d'importance. Il a parlé vingt minutes, puis un dingue s'est levé, a annoncé qu'il était venu à cette réunion un an plus tôt, qu'il avait mis par erreur quarante dollars dans la corbeille et qu'il avait un revolver dans la poche

227

et que si on ne lui rendait pas ses quarante dollars, il allait se mettre à tirer sur tout le monde.

— C'est pas vrai !

— Attendez la suite, c'est encore mieux. Bruce lui a dit : « Désolé, mais ce n'est pas le moment, nous ne pouvons pas interrompre la réunion pour quelque chose comme ça. Il vous faudra patienter jusqu'à la pause de neuf heures moins le quart. » Le gars veut dire quelque chose, mais Bruce donne un grand coup de marteau sur l'espèce de tribune qu'ils ont là-bas, lui dit de s'asseoir, appelle quelqu'un d'autre, et la réunion continue.

— Et le fou reste assis bien sagement ?

— Il a dû se dire qu'il n'avait pas le choix. Le règlement, c'est le règlement – hein ? Alors un autre gars qui s'appelle Harry s'est approché de lui et lui a demandé s'il voulait du café ou des cigarettes, et le dingue a reconnu que du café, ce ne serait pas mal. « Je vais sortir discrètement et je vais aller vous en chercher, » lui a chuchoté Harry et il est sorti et il est allé au poste de police. Je crois qu'il y en a un pas très loin.

— Le Sixième commissariat est à moins de cinq cents mètres, dans la Dixième Avenue ouest.

— C'est là qu'il est allé, et il est revenu en compagnie de deux agents qui ont embarqué le fou. Avant qu'ils l'emmènent, le fou a dit : « Hé, minute, où sont mes quarante dollars, et où est mon café ? » Y a qu'à Perry Street.

— Oh, un truc comme ça pourrait arriver n'importe où, vous ne croyez pas ?

— Je n'en suis pas si sûr. Je connais un groupe dans l'Upper East Side où il auraient fait une collecte pour le cinglé et ils auraient essayé de voir s'ils ne pouvaient pas lui trouver un appartement. Bon, allez, je ne vous retiens pas, je sais que vous attendez un coup de téléphone. Mais il fallait que je vous raconte ça.

Rester là à attendre sans rien faire à de quoi vous rendre dingue. Mais je ne voulais pas sortir. Je savais qu'il allait appeler et je tenais à être là pour répondre.

A six heures et demie le téléphone sonna. Je décrochai immédiatement, dis « Allô », mais je n'entendis rien. Je répétai « Allô » et attendis. Je savais qu'il y avait quelqu'un à l'autre bout de la ligne. Je dis une troisième fois « Allô » et la communication fut coupée.

Je pris mon livre et le reposai, puis je consultai mon carnet et je composai le numéro de Lyman Warriner à Cambridge.

— Je sais que je vous ai prévenu qu'il ne fallait pas attendre de compte rendu sur les progrès de mon enquête, lui dis-je, mais je voulais quand même que vous sachiez que ça avance un peu. J'ai maintenant une assez bonne idée de ce qui s'est passé.

— Il est coupable, n'est-ce pas ?

— Là-dessus, je crois qu'il n'y a aucun doute. Ni dans mon esprit ni dans le sien.

— Dans le sien ?

— Il y a quelque chose qui le travaille, un sentiment de culpabilité ou la peur ou les deux. Il m'a téléphoné ici il y a un instant. Il n'a pas prononcé un mot. Il a peur de parler mais il a aussi peur de ne pas parler et c'est pour ça qu'il a appelé. Je suis persuadé qu'il rappellera.

— A vous entendre, on dirait que vous vous attendez à ce qu'il fasse des aveux.

— Je pense qu'il le voudrait. En même temps, je suis sûr qu'il a peur de le faire. Je ne sais pas très bien pourquoi je vous téléphone, Lyman. Il aurait sans doute mieux valu que j'attende que toute l'affaire soit réglée.

— Non, je suis content que vous m'ayez appelé.

— J'ai l'impression que quand elles se mettront à bouger, les choses iront très vite. (J'hésitai un instant, puis j'ajoutai :) Le meurtre de votre sœur ne constitue qu'une partie de l'affaire.

— Vraiment?

— C'est ce qu'on dirait, pour le moment. Quand j'aurai obtenu des résultats plus concrets, je vous mettrai au courant. En attendant, je voulais quand même vous donner une idée de la situation.

Le téléphone sonna de nouveau à sept heures. Je décrochai, dis « Allô » et entendis aussitôt un déclic quand il raccrocha. Je le rappelai immédiatement à son appartement. Au bout de quatre sonneries, le répondeur prit la communication. Je raccrochai.

Il rappela à sept heures et demie. Je dis « Allô », et comme il se taisait, j'ajoutai :

— Je sais qui vous êtes. Ne vous en faites pas, vous pouvez parler.

Silence.

— Il va falloir que je sorte, dis-je. Je rentrerai à dix heures du soir. Téléphonez-moi à dix heures.

J'entendis sa respiration.

— Dix heures, répétai-je avant de raccrocher.

J'attendis encore dix minutes au cas où il rappellerait tout de suite et serait prêt à tout me sortir, mais non, rien pour le moment. J'attrapai mon manteau et filai à mon rendez-vous avec Danny Boy.

15

— Five Borough Cable, me dit Danny Boy. Une bonne idée fondée sur le principe que les New-Yorkais pourraient avoir envie de regarder des programmes sportifs un peu plus intéressants pour les gens de la région que des reportages montrant des célébrités en train de pêcher à la ligne ou que l'explication des règles du football australien. Mais ils ont mis longtemps à démarrer et ils ont commencé par commettre une erreur très courante : un financement insuffisant.

« Il y a environ un an, ils ont résolu ce problème en vendant une part substantielle de l'entreprise à deux frères dont je suis incapable de prononcer le nom de famille qui est, m'a-t-on dit, iranien. C'est tout ce qu'on sait d'eux, en dehors du fait qu'ils habitent Los Angeles où ils se font représenter par un avocat.

« Chez Five Borough, les affaires continuent comme d'habitude. Ils ne gagnent pas d'argent mais ils ne sont pas acculés à la faillite et les nouveaux actionnaires veulent bien perdre de l'argent pendant quelques années. Ils sont peut-être prêts à en perdre en permanence. »

— Je vois.

— Ah bon ? Ce qui est intéressant, c'est que ces nouveaux actionnaires semblent se contenter de jouer un rôle purement passif. On aurait pu s'attendre à ce qu'ils apportent quelques changements dans la direction de la société mais ils ont gardé tous les cadres et ils n'ont fait entrer personne de nouveau. Sauf qu'il y a maintenant quelqu'un qui est souvent là. Il ne travaille pas à Five Borough, il ne touche pas de salaire, mais si on regarde la société, on l'aperçoit toujours du coin de l'œil.

— Qui est-ce ?

— Voilà une question intéressante, dit Danny Boy. Il s'appelle Bergen Stettner, un nom aux consonances allemandes ou du moins teutoniques, bien que je ne croie pas qu'il soit né sous ce nom. Sa femme et lui occupent un appartement chic en haut de l'hôtel de Donald Trump à Central Park South. Il a un bureau dans l'immeuble Greybar de Lexington. Il fait le commerce des devises étrangères et, de plus, il achète et vend des métaux précieux. Ça vous fait peut-être penser à quelque chose ?

— Qu'il travaille dans le blanchiment.

— Et que Five Borough joue le rôle d'une sorte de blanchisserie. Qui, pourquoi, pour qui et dans quelle mesure, sont des questions auxquelles je ne m'aventurerais pas à répondre. (Il versa de la vodka dans son verre.) Alors je ne sais pas si tout ceci peut vous servir à quelque chose, Matthew. Je n'ai rigoureusement rien pu apprendre au sujet du jeune Richard Thurman. S'il a fait appel à des voyous pour le ligoter et pour assassiner son épouse, soit il a choisi des gars remarquablement discrets, soit leur rémunération comportait un aller simple pour la Nouvelle Zélande, parce que personne n'en a entendu parler.

— C'est logique.

— Ah bon ? (Il but sa vodka d'un trait.) J'espère que les renseignements sur Five Borough ne vous sont pas complètement inutiles. Je ne voulais pas vous dire tout ça au téléphone. Je n'aime jamais faire ça, et vos communications passent par le standard, n'est-ce pas ? Ce n'est pas embêtant ?

— Je peux téléphoner directement à l'extérieur sans passer par le standard, et ils prennent les messages.

— Certainement, mais je n'aime pas en laisser, à moins

de ne pas pouvoir faire autrement. Je vous proposerais bien d'essayer d'en apprendre plus long sur Stettner, mais je risque d'avoir du mal. Il ne fait guère parler de lui. Qu'est-ce que vous avez là?

— Je crois que c'est son portrait, répondis-je en dépliant la feuille.

Danny Boy regarda le dessin, puis il me regarda et dit:

— Alors vous saviez déjà.

— Non.

— Il se trouve juste comme ça, par hasard, que vous avez un portrait de lui dans la poche de votre veste. Et même un portait *signé*. Et qui est Raymond Galindez, je vous prie?

— Le futur Norman Rockwell. C'est bien Stettner?

— Je ne sais pas, Matthew. Je n'ai jamais posé les yeux sur cet homme.

— Eh bien, là, j'ai un point d'avance sur vous. Moi, je l'ai vu, je l'ai même bien regardé. Seulement je ne savais pas qui je regardais. (Je repliai le portrait.) Gardez ça pour vous, lui dis-je, mais si tout va bien, il va se retrouver à l'ombre pendant très, très longtemps.

— A cause de ses activités dans le blanchiment?

— Non. Ça il le fait pour gagner sa croûte. Ce qui va l'envoyer à l'ombre, c'est ce qu'il a comme passe-temps.

En rentrant chez moi, je passai devant St. Paul. Comme il était neuf heures et demie, j'assistai à la dernière demi-heure de la réunion. Je pris une tasse de café et m'assis au dernier rang. J'aperçus Will Haberman à quelques rangées devant moi et j'imaginai ce que je lui dirais si je voulais le mettre au courant. *Dans la version des* Douze Salopards *que vous m'avez prêtée, Will, nous avons, jusqu'à présent, pu établir que le rôle de Monsieur Caoutchouc est tenu par Bergen Stettner. Un jeune homme sans aucune expérience d'acteur joue celui de l'ingénu. Il avait pris «Joyeux» comme nom de scène. Nous n'avons encore aucune certitude*

233

au sujet de Madame Cuir mais il est possible que son nom soit Chelsea.

C'était le nom que Thurman avait dit en passant, la veille au soir. «Qui ça, Chelsea? Rien qu'une traînée, mon ami. Vous pouvez me croire.» Je voulais bien le croire, par ailleurs, j'étais de moins en moins persuadé que la fille qui caracolait sur le ring en arborant le numéro de la prochaine reprise fût la femme masquée et couverte de cuir.

J'étais incapable de prêter attention à la réunion. Tandis que les gens parlaient, mon esprit tournait en rond sur des sujets qui lui étaient propres. Si j'étais descendu au sous-sol de l'église, ce n'était pas pour écouter ce que les gens disaient mais pour être un instant à l'abri.

Je m'esquivai un peu avant la fin et arrivai dans ma chambre avec deux minutes d'avance. A dix heures, il ne se passa rien. A dix heures cinq, le téléphone sonna et je décrochai précipitamment.

— Ici Scudder.

— Vous savez qui je suis?

— Oui.

— Ne prononcez pas mon nom. Dites simplement d'où vous me connaissez.

— Du Paris Green, répondis-je. Entre autres.

— Bon. Je ne savais pas si vous aviez bu tant que ça, hier soir, et ce dont vous pourriez vous souvenir.

— J'ai bonne mémoire.

— Moi aussi et je peux vous dire qu'il y a des fois où j'aimerais mieux pas. Vous êtes détective.

— C'est ça.

— C'est bien vrai? Je ne vous ai pas trouvé dans l'annuaire.

— Mon nom n'y figure pas.

— Vous travaillez dans je ne sais quelle agence. Vous m'avez montré une carte mais je n'ai pas fait attention au nom.

— Je travaille chez eux en free-lance. La plupart du temps, je travaille à mon compte.

234

— Je pourrais donc vous engager sans passer par eux.

— Oui, vous pourriez.

Il y eut un instant de silence pendant qu'il réfléchissait. Puis il dit :

— Vous savez, je pense que je suis dans une sale situation.

— Oui, je vois pourquoi vous pensez ça.

— Qu'est-ce que vous savez de moi, Scudder ?

— Ce que tout le monde sait.

— Hier soir, mon nom ne vous disait rien.

— C'était hier soir.

— Et maintenant, c'est ce soir, hein ? Ecoutez, je pense qu'il faut que nous ayons une conversation.

— Je le pense aussi.

— Oui, mais où ? Voilà la question. Pas au Paris Green.

— Pourquoi pas chez vous ?

— Non. Non, je ne crois pas que ce soit une bonne idée. Dans un lieu public, mais pas un endroit où quelqu'un risquerait de me reconnaître. Tous les endroits qui me viennent à l'esprit ne conviennent pas parce que ce sont des endroits où je vais tout le temps.

— Je sais où nous pourrions aller, lui dis-je.

Il me dit :

— Vous savez, ici, c'est parfait, et je n'aurais jamais pensé à un endroit pareil. C'est ce qu'on pourrait appeler l'authentique taverne irlandaise du coin, n'est-ce pas ?

— On pourrait, oui.

— A quelques centaines de mètres de là où j'habite et j'ignorais tout de son existence. Mais, vous savez, je pourrais passer devant tous les jours sans jamais la remarquer. Un monde à part. Ici, il y a de braves gens de la classe ouvrière, des gens honnêtes jusqu'à la moelle, le sel de la terre. Et regardez-moi ça, le plafond tapissé de boîtes de bière, les carreaux à l'ancienne sur le sol, la cible du jeu de fléchettes sur le mur. C'est la perfection.

Bien entendu, nous nous trouvions au Grogan's, et je me demandais si quelqu'un avait jamais dit de son propriétaire qu'il était le sel de la terre ou honnête jusqu'à la moelle. N'empêche que l'endroit semblait répondre à nos besoins. Il était calme, presque vide, et nous ne risquions pas de voir apparaître quelqu'un qui connaissait Thurman.

Je lui demandai ce qu'il voulait boire et il me répondit qu'il pensait qu'une bière lui ferait du bien. J'allai chercher une bière et un verre de Coca au comptoir.

— Vous avez loupé le patron, me dit Burke. Il était là il y a une heure ; il a dit que vous lui aviez fait passer une nuit blanche.

Je retournai à notre table et Thurman remarqua mon Coca.

— Ce n'est pas ce que vous buviez hier soir, dit-il.

— Vous, vous buviez des *stingers*.

— Ne m'y faites pas penser. Le problème, c'est que d'habitude, je ne suis pas un gros buveur. Un cocktail Martini avant le dîner et peut-être une ou deux bières. Hier soir, j'ai pas mal picolé. Je me demande si je ne vous en ai pas trop dit. Et combien vous en savez.

— J'en sais plus qu'hier soir.

— Et vous en savez plus que vous ne le laissez entendre.

— Il vaudrait peut-être mieux que vous me disiez ce qui vous tracasse.

Après avoir réfléchi un moment, il eut un petit hochement de tête. Il tapota sa poche et en sortit le portrait que je lui avais donné la veille au soir. Il déplia la feuille et il me regarda. Il me demanda si je savais qui c'était.

— Et si vous me le disiez ?

— Il s'appelle Bergen Stettner.

«Bien,» me dis-je.

— J'ai peur qu'il me tue.

— Pourquoi ? Il a déjà tué quelqu'un ?

— Mon Dieu, dit Thurman. Je ne sais pas par où commencer.

Il me dit :

— Je n'ai jamais connu quelqu'un comme Bergen. Il a commencé à venir après la cession des parts aux nouveaux actionnaires, et nous nous sommes tout de suite bien entendus. Je trouvais que c'était un type formidable. Très fort, très sûr de lui, et puis quand on est avec lui, il est très facile de se dire que les valeurs normales n'ont pas cours. Le jour où j'ai fait sa connaissance, il m'a ramené chez lui. Nous avons bu du champagne sur la terrasse de son appartement, avec tout Central Park qui s'étendait en bas, comme un jardin privé.

« La première fois que j'y suis retourné, j'ai fait la connaissance de sa femme. Olga. Très belle. Il émanait de cette femme une telle énergie sexuelle que c'en était étourdissant. Il est allé aux toilettes et elle s'est assise près de moi, a posé la main sur mes cuisses et s'est mise à me caresser à travers le tissu. Elle m'a dit : "J'ai envie de te sucer la bite. J'ai envie que tu me baises par derrière. Je veux m'asseoir sur ta figure." Je n'arrivais pas à y croire. J'étais persuadé qu'il allait revenir et nous surprendre comme ça, mais le temps qu'il revienne, elle était assise dans un fauteuil de l'autre côté de la pièce et elle parlait d'un des tableaux accrochés au mur.

« Le lendemain, il n'a pas cessé de me dire combien je plaisais à Olga, et qu'elle lui avait dit qu'ils devraient me voir plus souvent. Quelques jours plus tard, nous sommes allés dîner avec eux, ma femme et moi. C'était gênant à cause de ce qu'il y avait entre Olga et moi. A la fin de la soirée, Bergen a baisé la main d'Amanda, à l'européenne, mais en même temps comme s'il se moquait de lui-même. Olga m'a tendu sa main pour que j'en fasse autant, et sa main sentait… eh bien, elle sentait la chatte. Elle avait dû se toucher le sexe. Alors je l'ai regardée et elle avait une de ces expressions… Ça m'a fait autant d'effet que l'odeur.

« Evidemment, Bergen savait ce qui se passait ; ils mijotaient leurs coups ensemble ; tout ça, je le sais maintenant. A ma visite suivante, il m'a dit qu'il avait quelque chose à

237

me montrer, quelque chose que je n'aurais pas l'occasion de voir à la télévision par câble mais qui, à son avis, allait m'intéresser. Il a mis une cassette, et c'était un truc porno, de la vidéo amateur. Deux hommes se partageant une femme. Vers le milieu du film, Olga est entrée et s'est assise à côté de moi. Jusque là, je ne savais même pas qu'elle était dans l'appartement. Je croyais que nous étions seuls, Bergen et moi.

« Quand le film a été terminé, Bergen a remplacé la cassette par une autre. Cette fois-ci, c'étaient deux femmes, une Noire et une Blanche. La Noire était une esclave. Il m'a fallu un moment pour me rendre compte que la Blanche était Olga. Je regardais l'écran avec fascination.

« A la fin du film, j'ai tourné la tête et je me suis aperçu que Bergen avait quitté la pièce. Olga et moi nous sommes débarrassés de nos vêtements et nous sommes mis sur le canapé. A un moment, je me suis rendu compte que Bergen était revenu et nous regardait. Et après, nous sommes tous allés ensemble dans la chambre. »

Outre les relations sexuelles, Bergen lui avait régulièrement fourni des rations de philosophie. Les lois étaient bonnes pour ceux qui n'avaient pas suffisamment d'imagination pour les enfreindre. Les hommes et les femmes supérieurs savaient créer leur propres lois ou s'en passer totalement. Il citait souvent Nietzsche, et Olga parait le vieil allemand d'un éclat New Age. Il n'y avait pas vraiment de victimes quand vous affirmiez votre puissance car leur destin n'était qu'une manifestation de leur désir d'être subjuguées. Elles forgeaient leur propre destin à la façon dont vous forgiez le vôtre.

Un jour, Stettner lui avait téléphoné à son bureau. Il lui avait dit : « Arrêtez ce que vous êtes en train de faire. Descendez dans la rue et attendez au coin. Je passerai vous prendre dans un quart d'heure. » Stettner l'avait emmené assez loin, en lui disant qu'il avait un cadeau pour lui. Il s'était garé dans un quartier que Thurman ne connaissait pas, et l'avait conduit dans une salle en sous-sol. Là, il avait vu une femme nue, bâillonnée, enchaînée à un chevalet en métal. «Elle est à vous», lui avait dit Stettner. «Vous pouvez en faire ce que vous voulez.»

Il avait eu des rapports sexuels avec la femme. Il aurait été discourtois de ne pas le faire, comme de refuser un verre, un repas ou tout autre témoignage de sollicitude. De plus, il avait été formidablement excité par l'impuissance totale de cette femme. Quand il avait eu terminé, Stettner lui avait demandé s'il y avait autre chose qu'il voulait faire à cette femme. Thurman avait répondu non.

Ils avaient quitté l'immeuble et étaient remontés dans la voiture de Stettner. Celui-ci lui avait demandé de l'attendre un instant car il avait oublié de faire quelque chose. Il était revenu rapidement et s'était mis au volant. Tout en roulant, il avait demandé à Thurman s'il avait été le premier amant d'une femme. Thurman avait répondu oui.

— Mais pas votre épouse.

Thurman avait reconnu que c'était vrai. Quand il avait connu Amanda, elle n'était pas vierge.

— Eh bien, avait dit Stettner, je viens de vous faire un cadeau. Vous aviez déjà été le premier amant d'une femme et maintenant, vous avez été le dernier amant de celle-ci. Jamais plus personne ne couchera avec la femme avec qui vous venez d'avoir des rapports, plus personne à part les vers. Vous savez ce que j'ai fait quand je suis retourné là-bas? Je vous l'ai tuée. J'ai retiré le bâillon de sa bouche, je lui ai dit: «Au revoir, chérie,» et je lui ai tranché la gorge.

Thurman avait été incapable de dire quoi que ce soit.

— Vous ne savez pas s'il faut me croire. Je suis peut-être simplement retourné là-bas pour pisser ou pour la libérer. Vous voulez y retourner et voir par vous-même?

— Non.

— Bien. Parce que vous savez, je dis toujours la

vérité. Vous êtes troublé, vous ne savez que penser de ceci. Détendez-vous. Vous n'avez rien fait. C'est moi qui l'ai fait. De toute façon, elle serait morte. Personne n'est éternel. (Stettner avait tendu la main pour prendre celle de Thurman.) Notre intimité est parfaite. Nous sommes frères par le sang et le sperme.

Il avait mis longtemps à verser la bière dans son verre et maintenant il mettait encore plus longtemps pour la boire. Parfois, il prenait son verre, il le levait vers ses lèvres, le reposait sans avoir bu et il continuait à parler. Il n'avait pas vraiment envie de bière, il avait envie de parler.

Il me dit :

— Je n'ai jamais su s'il avait tué cette femme. C'était peut-être une putain qu'il avait engagée pour l'occasion et qu'il est retourné payer et libérer. Il peut aussi lui avoir tranché la gorge, comme il l'a dit. Je n'ai aucun moyen de le savoir.

A partir de ce moment-là, il s'était mis à vivre deux existences. Extérieurement, il était un jeune cadre promis à de hautes fonctions. Il avait un bel appartement, une femme riche et un avenir plein de promesses. Dans le même temps, il vivait une vie secrète avec Bergen et Olga Stettner.

— J'ai appris à me brancher et me débrancher, dit-il. Comme on sort de sa vie professionnelle en quittant le bureau, j'abandonnais tout ça quand j'étais avec eux. Je les voyais une ou deux fois par semaine. Nous ne faisions pas systématiquement quelque chose. Parfois, nous restions simplement assis à parler. Mais il y avait toujours quelque chose d'électrique, comme un courant spécial qui passait entre nous. Puis je me débranchais, je rentrais chez moi et j'étais un mari.

Ça faisait plusieurs mois qu'ils se connaissaient, lorsque Stettner avait eu besoin de lui.

— On le faisait chanter. Ils avaient fait un film vidéo. Je ne sais pas ce qu'il y avait dedans mais ça devait être terrible puisque l'opérateur en avait fait une copie pour laquelle il demandait cinquante mille dollars.

240

— Arnold Leveque, dis-je.

Il ouvrit de grands yeux.

— Comment l'avez-vous su ? Qu'est-ce que vous savez ?

— Je sais ce qui est arrivé à Leveque. Vous avez aidé Stettner à le tuer ?

Cette fois, il porta le verre jusqu'à ses lèvres. Après avoir bu, il s'essuya la bouche du dos de la main, puis il dit :

— Je vous jure que je ne savais pas que ça allait se passer comme ça. Il m'a dit qu'il paierait les cinquante mille dollars mais qu'il ne pouvait pas voir Leveque parce que cet homme avait peur de lui. Il est facile de deviner pourquoi. Il m'a dit qu'il suffirait de payer une fois parce que Leveque n'était pas assez bête pour tenter deux fois son chantage.

« Il y a un restaurant thaïlandais au coin de la Dixième Avenue et de la 49e rue. C'est là que j'ai rencontré Leveque. Un type ridiculement gros, qui marchait en se dandinant comme un jouet mécanique. Il n'arrêtait pas de me dire qu'il était désolé de faire ça mais qu'il avait vraiment besoin de cet argent. Plus il le disait, plus il paraissait méprisable.

« Je lui ai donné le porte-documents plein d'argent et je lui ai dit de l'ouvrir. Quand il a vu l'argent, il a eu l'air d'avoir encore plus peur. Je devais me faire passer pour un avocat, alors je portais un costume rayé et j'essayais de glisser des termes juridiques dans la conversation. Comme si ça servait à quelque chose !

« Nous avons procédé à l'échange et je lui ai dit qu'il pouvait garder le porte-documents mais qu'il ne pourrait pas l'emporter tant que je ne serais pas sûr que la cassette était bien celle que voulait mon client. Je lui ai dit : « Ma voiture est garée tout près, nous sommes à quelques minutes de mon bureau, et dès que j'aurai vu cinq minutes de la cassette, vous pourrez partir avec l'argent. »

Thurman secoua la tête et poursuivit :

— Il aurait pu tout simplement se lever et s'en aller. Qu'est-ce que j'aurais pu faire ? Mais je suppose qu'il me faisait confiance. Nous avons marché jusqu'à mi-chemin de la Onzième Avenue, et Bergen attendait à l'entrée d'une ruelle. Nous étions convenus qu'il assommerait Leveque et que nous filerions avec la cassette et l'argent.

— Mais ça ne s'est pas passé comme ça.

— Non. Leveque n'a pas eu le temps de réagir que Bergen le bourrait de coups de poing. C'est du moins ce qu'on aurait dit mais soudain j'ai vu qu'il avait un couteau à la main. Il l'a poignardé, là, dans la rue, puis il l'a empoigné, il l'a traîné dans la ruelle et il m'a dit de prendre le porte-documents. Quand je suis entré dans la ruelle, il avait appuyé Leveque contre un mur de brique et lui donnait encore des coups de couteau. Leveque avait un regard fixe. Je ne sais pas, il était peut-être déjà mort. Il ne disait rien.

Puis ils avaient pris les clés de Leveque, ils étaient allés fouiller son logement et avaient emporté deux sacs pleins de cassettes enregistrées par lui. Stettner croyait que Leveque avait dû faire une copie de la cassette avec laquelle il le faisait chanter, mais finalement il n'y en avait pas.

— La plupart étaient des films qu'il avait enregistrés à la télé. Surtout de vieux classiques en noir et blanc. Il y avait quelques trucs porno et d'anciennes émissions de télé.

Stettner les avait visionnés lui-même et, pour finir, il avait pratiquement tout jeté. Thurman n'avait jamais vu la cassette qu'il avait aidé Stettner à récupérer, celle qui avait coûté la vie à Arnold Leveque.

— Moi, je l'ai vue, lui dis-je. Elle les montre tous deux en train de commettre un meurtre. De tuer un adolescent.

— Je pensais bien que c'était quelque chose comme ça, autrement pourquoi payer si cher pour la récupérer ? Mais comment se fait-il que vous l'ayez vue ?

— Leveque avait fait une copie qui vous a échappé. Il l'avait enregistrée au milieu d'une cassette du commerce.

— Il en avait aussi un bon nombre. Nous ne nous en

sommes pas occupés, nous les avons laissées là-bas. C'était drôlement subtil de la part de Leveque. (Il leva son verre et le reposa sans avoir bu.) Mais ça ne lui a pas servi à grand-chose.

Les petits garçons faisaient partie de la vie de Stettner – une partie que Thurman s'était bien gardé de partager.

— Les homosexuels, moi, je n'en ai rien à faire, dit-il d'un ton catégorique. Je ne les aime pas. Le frère d'Amanda est homosexuel. Il ne m'a jamais porté dans son cœur et je le lui rends bien ; d'emblée, nous nous sommes déplu. Stettner m'a dit qu'il était comme moi, qu'il considérait les pédés comme des mauviettes et que le SIDA était la façon dont la planète s'en débarrassait. Il m'a dit : « Les rapports avec ces garçons n'ont rien d'un acte homosexuel. On les prend comme on prend une femme, c'est tout. Et on n'a aucun mal à se les procurer, il y en a partout qui ne demandent que ça. Et tout le monde s'en moque. On peut en faire ce qu'on veut et les gens s'en moquent. »

— Comment se les procurait-il ?

— Je ne sais pas. Je vous l'ai dit : c'était un domaine de sa vie dans lequel je me refusais à entrer. Parfois je le voyais avec un garçon. Il passait beaucoup de temps en compagnie d'un adolescent comme celui avec qui vous l'avez vu à Maspeth, l'autre jour. Il le traitait comme un fils, puis un jour, on ne voyait plus le garçon. Et je ne lui demandais jamais ce qu'il était devenu.

— Mais vous vous en doutiez.

— Je ne voulais même pas y penser. Cela ne me regardait pas, alors pourquoi y aurais-je pensé ?

— Mais vous deviez bien le savoir, Richard.

C'était la première fois que je l'appelais par son prénom. Cela aida peut-être les mots à pénétrer son armure. En tout cas quelque chose le fit car je le vis frémir, comme s'il avait reçu un direct du droit en plein cœur.

— Je suppose qu'il les tuait, dit-il.

Je me tus.

— Je suppose qu'il a tué des tas de gens.

— Et vous?

— Je n'ai jamais tué personne, répondit-il aussitôt.

— Vous avez été complice du meurtre de Leveque. D'après la loi, vous êtes aussi coupable que si vous aviez tenu vous-même le couteau.

— Je ne savais même pas qu'il allait le tuer!

Il l'avait su, tout comme il avait su ce que devenaient les garçons.

Je n'en parlai pas.

— Vous saviez qu'il avait l'intention de commettre une agression et un vol, lui dis-je. Vous avez donc été complice d'un crime, et cela suffit à vous rendre entièrement coupable si ce crime se solde par une mort. Vous seriez coupable de meurtre si Leveque avait succombé à une crise cardiaque. Aux yeux de la loi, vous êtes coupable.

Il respira deux fois profondément. Puis, d'une voix morne, il dit:

— Oui, d'accord, je le sais. On pourrait en dire autant pour la fille qu'il est retourné tuer – en admettant qu'il l'ait tuée. Dans ce cas précis, on pourrait dire aussi que j'étais coupable de viol. Elle n'a pas résisté, mais j'aurais du mal à prétendre qu'elle était consentante. (Il me regarda.) Ce que j'ai fait n'est pas défendable. Je ne peux pas le justifier. Je n'essaierai pas de vous dire qu'il m'avait hypnotisé, et pourtant c'était comme ça, je vous assure, la façon dont ce couple me manœuvrait comme un pantin, me faisait faire tout ce qu'ils voulaient.

— Comment y sont-ils arrivés, Richard?

— Il leur suff…

— Comment sont-ils arrivés à vous faire tuer votre femme?

— Oh, mon Dieu, dit-il en plongeant son visage dans ses mains.

C'était peut-être leur intention dès le départ. C'était peut-être un de leurs projets secrets dès le moment où il avait fait leur connaissance.

«Vous feriez mieux de prendre une douche», lui disait Olga. «Il est temps pour vous de retourner auprès de votre petite femme.» Votre petite femme, votre épouse chérie, votre charmante épouse… toujours avec une pointe d'ironie, une légère intonation moqueuse. En fait, elle lui disait: Vous venez de passer une heure au pays des braves, des audacieux, des intrépides, maintenant vous pouvez retourner à votre petit monde étriqué, routinier, et à la poupée Barbie avec qui vous le partagez.

— Dommage qu'elle ait tout l'argent, lui avait dit Stettner presque tout au début. Un homme se départit de sa puissance quand sa femme a plus d'argent que lui.

Pour commencer, il avait eu peur que Stettner veuille coucher avec Amanda. Stettner avait bien voulu partager Olga avec Thurman et il devait s'attendre à la réciproque. Thurman n'aurait pas voulu de ça car il tenait à ce que ses deux vies soient bien séparées. Il avait été soulagé de constater que les Stettner n'avaient pas l'intention de faire participer Amanda aux relations qu'ils entretenaient avec lui. Leur première sortie à quatre n'avait pas été très réussie et les deux autres fois où les deux couples s'étaient retrouvés pour boire un verre et dîner ensemble, la conversation avait été tendue.

C'était Stettner qui avait, le premier, suggéré qu'il augmente la couverture de son assurance. «Vous allez être père, il vous faut protéger cet enfant. Et pensez aussi qu'il pourrait arriver quelque chose à sa mère. Dans se cas-là, il vous faudrait engager une nurse, une gouvernante, vous auriez des frais importants pendant plusieurs années.» Puis, lorsque la nouvelle police avait été souscrite, il lui avait dit: «Richard, vous êtes un homme qui a une femme riche. Si elle mourait, vous seriez un homme riche. Intéressant, cette distinction, vous ne trouvez pas?»

C'est ainsi que l'idée s'était peu à peu développée.

— Je ne sais pas comment vous expliquer, dit-il. Ce n'était pas vrai. Nous en parlions en plaisantant, nous imaginions des façons totalement abracadabrantes, de le faire. Il me disait par exemple : «Dommage que les fours à micro-ondes soient si petits. On aurait pu y fourrer Amanda avec une pomme dans la bouche et la faire cuire à point.» Maintenant, quand j'y pense, c'est affreux mais sur le moment c'était drôle parce que cela n'avait rien à voir avec la réalité, c'était une plaisanterie inoffensive. Puis, à force de plaisanter sur le sujet, il a commencé à revêtir l'aspect d'une réalité.

«"Nous ferons ça jeudi prochain," disait Bergen, et nous imaginions le scénario ridicule d'une farce macabre, puis nous n'en parlions plus. Et quand le jeudi arrivait, Olga disait : "Oh, nous avons oublié, c'est aujourd'hui que nous devions tuer la petite Amanda." La blague était devenue une sorte de leit-motiv.

«Quand j'étais avec Amanda, loin des Stettner, je menais la vie normale d'un homme heureux en ménage. On pourrait croire que c'était impossible, n'est-ce pas ? Pourtant c'était vrai. Je pense que je devais m'attendre à ce qu'un jour ou l'autre, Bergen et Olga disparaissent, comme ça, tout simplement. Je ne sais pas de quelle façon je m'attendais à ce que ça arrive, s'ils allaient finir par se faire arrêter pour certains de leurs méfaits, ou s'ils allaient se contenter de me laisser tomber pour partir s'installer dans un autre pays, je ne sais pas. Peut-être que je m'attendais à ce qu'ils meurent. Alors, l'aspect maléfique de l'existence que je menais avec eux disparaîtrait, et je vivrais toujours heureux avec Amanda.

«Pourtant, un soir où nous étions couchés et où Amanda dormait à côté de moi, je me suis mis à me représenter différentes façons de la tuer. Je ne voulais pas avoir de telles pensées mais je ne pouvais pas me les sortir de la tête. L'étouffer avec un oreiller ou la poignarder ou toutes sortes d'images meurtrières. J'ai dû aller dans la pièce à côté boire un ou deux verres. Ce n'est pas que j'avais peur de faire quoi que ce soit mais simplement que j'étais bouleversé d'avoir eu ces idées.

« Aux environs de la Toussaint, j'ai fait allusion au départ de nos voisins du dessous qui allaient passer six mois en Floride. "Parfait," a dit Bergen. "C'est à ce moment-là que nous tuerons Amanda. Le site idéal pour un cambriolage : un appartement dont les propriétaires sont en Floride. Et c'est pratique, comme ça elle n'aura pas à aller loin et c'est mieux que dans votre appartement parce que vous ne voudriez pas que les policiers passent leur temps à faire des allées et venues chez vous. Ils cochonnent tout et il leur arrive même de voler des choses."

« Je croyais qu'il plaisantait. "Vous allez à une soirée ? Quand vous rentrerez, nous vous attendrons dans l'appartement du Juif du dessous. Vous arriverez juste au moment où a lieu un cambriolage. J'espère que je n'ai pas oublié comment on force une porte. Je suis sûr que c'est comme la natation, une fois qu'on sait le faire, ça ne s'oublie pas."

« Le soir où nous sommes allés à la réception, je ne savais pas si c'était ou non une plaisanterie. J'ai du mal à vous expliquer. Je le savais sans le savoir. Les deux côtés de ma vie étaient si éloignés l'un de l'autre que je ne croyais pas vraiment qu'une chose qui appartenait à un côté puisse toucher une chose qui appartenait à l'autre. On pourrait dire que je savais qu'ils seraient là à nous attendre mais que je n'y croyais pas vraiment.

« Quand nous avons quitté la soirée, j'ai eu envie de rentrer à pied parce que je voulais retarder le moment d'arriver, de peur qu'ils soient vraiment là, que cette fois-ci ce soit la réalité. En chemin, Amanda s'est mise à parler de son frère, de l'inquiétude qu'elle se faisait pour sa santé, et j'ai sorti une vacherie. Alors nous nous sommes disputés, et j'ai pensé : "Très bien, espèce de garce, dans une heure, tu ne seras plus que de l'histoire ancienne." Et cette idée était très excitante.

« En montant l'escalier, j'ai été soulagé en voyant que la porte de l'appartement des Gottschalk était fermée, puis j'ai vu que le chambranle était fendillé et qu'il y avait des traces laissées par une pince-monseigneur près de la serrure, alors j'ai su qu'ils étaient là. Mais j'ai pensé que si nous ne faisions pas de bruit, nous pourrions passer devant la porte fermée, monter le dernier étage et qu'une fois chez nous, nous serions à l'abri. Evidemment, nous aurions aussi pu faire demi-tour et redescendre, mais sur le moment, je n'y ai même pas pensé.

« Nous avons atteint le palier et la porte s'est ouverte. Ils nous attendaient. Olga était vêtue d'un costume en cuir qu'elle porte quelquefois et Bergen avait un long manteau en cuir. On aurait dit qu'ils sortaient d'une bande dessinée. Amanda ne les a pas reconnus tout de suite. Elle les observait fixement, sans comprendre, et avant qu'elle ait eu le temps de réagir, Bergen lui a dit : "Tu es morte, salope," en la frappant au visage. Il portait des gants de cuir fin. Il lui a donné un violent coup de poing dans la mâchoire.

« D'une main, Bergen l'a empoignée et l'a attirée dans l'appartement, tout en lui plaquant l'autre main sur la bouche. Olga a mis les mains d'Amanda derrière son dos et lui a passé des menottes. Ils lui ont collé une bande adhésive sur la bouche. Olga l'a fait tomber et lui a donné des coups de pied dans la figure, une fois qu'elle a été par terre.

« Ils l'ont déshabillée, l'ont traînée dans la chambre et l'ont jetée sur le lit. Bergen l'a violée, l'a retournée et l'a violée une autre fois.

« Olga l'a frappée au visage avec une pince ; il est possible qu'elle se soit évanouie. Je pense qu'elle n'a pas eu conscience de la plupart des choses qu'elle a subies.

« J'espère que non.

« Ils m'ont dit qu'il fallait que j'aie des rapports sexuels avec elle. Ça, c'est le pire de tout. Je croyais que j'allais être malade, je croyais que j'allais vomir, mais non, rendez-vous compte, j'étais excité. C'était terrible. Je ne voulais pas avoir de rapports sexuels, moi je ne voulais pas, mais ma queue le voulait. Mon Dieu, rien que d'y penser, ça me rend malade. J'étais sur elle et je ne pouvais pas finir et j'aurais juste voulu éjaculer pour pouvoir arrêter mais je ne pouvais pas.

«Puis je me suis retrouvé debout au-dessus d'elle, Bergen lui avait passé ses collants autour du cou et il m'a fait prendre un bout dans chaque main. Il m'a dit qu'il fallait que je le fasse et je restais là sans bouger. Olga était à genoux, elle me pompait; de ses mains gantées, Bergen serrait les miennes, et je tenais les deux extrémités du collant, sans pouvoir lâcher à cause de sa prise sur mes mains. Il a écarté ses mains et ça a écarté les *miennes*, et Amanda levait les yeux sur moi, vous savez, son regard était fixe. Et Olga continuait à faire ce qu'elle faisait, vous savez, et Bergen me tenait fermement les mains, et il y avait une odeur de sang, de cuir, de sexe.

«J'ai éjaculé.

«Et Amanda est morte.»

16

— Tout le reste est à peu près comme nous l'avions ima-giné, dis-je à Durkin. Ils l'ont ligoté, lui ont un peu cogné dessus pour que ça fasse vrai et ils ont planté le décor pour simuler un cambriolage bâclé. Ils sont partis et sont rentrés chez eux et, une heure après ou quelque chose comme ça, Thurman a téléphoné à la police. Son histoire était fin prête. Il avait eu tout le temps de la mettre au point, tout le temps où il se disait que c'était une plaisanterie.

— Et maintenant, il veut vous engager.

— Il m'a déjà engagé, dis-je. Hier soir, avant que nous nous séparions.

— Pour quoi faire?

— Il a peur des Stettner. Il a peur qu'ils le tuent.

— Pourquoi feraient-ils ça?

— Pour se protéger. Thurman a des ennuis avec sa conscience.

— J'espère bien, bon sang.

— Il est inconsolable. Il paraît qu'il n'arrête pas de se dire qu'Amanda l'aimait vraiment, qu'il n'a jamais connu et ne connaîtra jamais quelqu'un qui l'aime comme elle l'aimait.

— Elle seule était assez folle pour ça.

— Et il veut absolument croire qu'elle est morte sans se rendre compte qu'il participait à son meurtre. Qu'elle était évanouie quand il a couché avec elle, qu'elle était évanouie ou déjà morte quand Stettner la lui a fait étrangler.

— S'il veut une réponse à ça, c'est pas un détective qu'il lui faut, c'est un médium.

C'était le milieu de la matinée du jeudi. Je m'étais rendu au commissariat de Midtown North, après le petit déjeuner, j'avais attendu l'arrivée de Joe, et nous étions maintenant assis de part et d'autre de son bureau. Il fumait une cigarette. Il avait, à ma connaissance, décidé une douzaine de fois de ne plus fumer. Apparemment, il ne pouvait pas s'en passer.

Je dis :

— Alors Thurman pense que sa conscience se voit. Il pense aussi que Stettner n'a plus besoin de lui.

— Mais pour commencer, en quoi Stettner pouvait-il avoir besoin de lui, Matt ? J'ai l'impression qu'il veut faire passer Stettner pour un fieffé salaud, alors que c'est lui qui se servait de Stettner, pas l'inverse. Parce que moi, je me dis que cet assassinat lui a rapporté un paquet, tandis que Stettner, qu'est-ce qu'il en a retiré ? De s'envoyer vite fait une femme à moitié morte ?

— Jusqu'à maintenant, lui dis-je, Stettner à empoché quatre cent mille dollars.

— Je n'ai pas dû bien écouter.

— J'allais y venir. Quand tout a été terminé, une fois qu'Amanda a été enterrée et que la presse a cessé de s'intéresser à l'affaire, Stettner est venu le trouver. Il lui a dit que leur petite entreprise commune avait parfaitement réussi mais comme c'était, justement, une entreprise commune, il n'était que justice que les bénéfices soient également mis en commun.

— Autrement dit, file-m'en la moitié.

— C'est ça. Pas l'argent qu'il héritait de sa femme. Stettner voulait bien lui en laisser la totalité, mais l'argent de l'assurance. Dès que la compagnie d'assurances a payé les primes, il en a exigé la moitié. Avec la double indemnité, ça faisait un million de dollars, vu que la mort était accidentelle…

— Ça, je n'ai jamais compris.

— Moi non plus, mais je suppose que c'est un accident, du point de vue de la victime. Toujours est-il que ça a fait un million net d'impôt et que Stettner en a réclamé la moitié. La compagnie d'assurances a versé l'argent à la fin du mois dernier, ce qui semble plutôt rapide dans le cas d'une affaire comme celle-là.

— Un de leurs gars est venu nous voir, dit Durkin. Il voulait savoir si Thurman était un suspect. Officiellement, il ne l'était pas, et c'est ce que j'ai été forcé de lui dire. J'étais persuadé qu'il était coupable, je vous l'ai dit…

— Oui.

—… mais l'argent était le seul mobile possible, et nous n'avons trouvé aucune indication qu'il ait besoin d'argent – lui ou quelqu'un de son entourage - ou qu'il puisse avoir une autre raison de la tuer. (Il plissa le front.) Ce que vous venez de me dire, c'est qu'il n'avait en fait aucune raison de la tuer.

— Pas d'après la façon dont il raconte ça. Toujours est-il que la compagnie d'assurances a payé, et Stettner a voulu sa part ; ils étaient convenus que Thurman règlerait Stettner par acomptes de cent mille dollars qui serviraient ostensiblement à acheter à terme des devises étrangères. L'argent irait tout droit dans la poche de Stettner mais Thurman recevrait des avis de transactions déficitaires fictifs, rédigés de telle sorte qu'il pourrait ensuite presque tout faire passer aux profits et pertes et le déduire de ses impôts. Je crois bien que c'est ça le plus beau, Joe. On commet un crime, on partage les bénéfices avec son complice et on déduit ça de ses impôts.

— Pas mal. Il a donc versé quatre acomptes ?

— A une semaine d'intervalle. Il doit verser le solde ce soir. Il va retrouver Stettner à Maspeth ; il est le producteur d'une émission de télé qui transmet en direct les matches de boxe qui ont lieu là-bas. Il lui remettra une sacoche contenant cent mille dollars, et puis ce sera terminé.

— Et il pense que Stettner va le tuer. Parce qu'il aura l'argent et que Thurman commence à être encombrant, étant donné que non content de ne plus servir à rien, il a des problèmes de conscience, alors autant mettre un point final à l'affaire.

— C'est ça.

— Et il veut que vous le protégiez. Il vous a dit de quelle façon?

— Nous n'avons rien arrêté. J'ai rendez-vous avec lui cet après-midi pour tout mettre au point.

— Et après, vous irez là-bas, comment ça s'appelle, Maspeth?

— Probablement.

Il écrasa son mégot dans un cendrier.

— Mais pourquoi vous?

— Il me connaît.

— Il vous connaît? Comment vous a-t-il connu?

— Nous avons fait connaissance dans un bar.

— Oui, vous m'avez dit qu'hier soir vous étiez dans l'infâme boui-boui dont votre ami Ballou est propriétaire. A propos, je ne comprends pas que vous puissiez entretenir des relations avec un type comme ça.

— Nous sommes amis.

— Un de ces jours, il ira trop loin, il se fera épingler et vous n'aurez pas intérêt à vous trouver là. Il est malin mais il finira en taule.

— Nous sommes allés au Grogan's parce qu'il nous fallait un endroit où nous serions tranquilles pour parler. Et s'il m'a téléphoné, c'est parce que nous nous étions rencontrés la veille dans un autre bistrot, un bar de son quartier.

— Vous l'avez rencontré parce que vous travailliez sur son affaire. Il le sait?

— Non. Il croyait que je travaillais sur l'affaire Stettner.

— Pourquoi auriez-vous travaillé sur l'affaire Stettner?

Je ne lui avais parlé ni du film sur le meurtre de Joyeux ni de l'assassinat d'Arnold Leveque. Tout cela me semblait accessoire. L'affaire en suspens dans les dossiers de Joe était le meurtre d'Amanda Thurman, c'était l'affaire pour laquelle j'avais été engagé et celle qui était sans doute sur le point d'être réglée.

— C'était une façon de l'accrocher. J'avais pu établir un rapport entre lui et Stettner, et c'est ça qui m'a servi d'introduction. S'il peut tout mettre sur le dos de Bergen et Olga Stettner, lui, il pourra peut-être s'en tirer.

— Vous croyez que vous pourrez le faire venir, Matt ?

— C'est ce que j'espère. C'est ce que j'essaierai d'obtenir tout à l'heure, quand je le verrai.

— Je veux qu'on vous branche un micro-espion avant que vous alliez le voir.

— Très bien.

— «Très bien.» Si seulement vous en aviez eu un, hier soir, quand vous l'avez vu. On a parfois de la chance, un type a envie de parler, il vide son sac et après, il se sent mieux. Le lendemain matin, il se réveille, il se demande ce qui lui a pris, et jusqu'à la fin de ses jours il ne ressentira plus jamais le besoin de se mettre à table. Bon sang, pourquoi n'êtes-vous pas venu vous faire brancher avant d'aller le voir ?

— Comment vouliez-vous que je fasse ? Il m'a appelé brusquement à dix heures du soir et il voulait absolument me voir tout de suite. D'ailleurs, vous étiez là, vous, hier soir ?

— Il y a d'autres gens qui auraient pu vous brancher.

— Bien sûr, et ça n'aurait pris que deux heures et dix coups de téléphone avant qu'on me dise que c'était d'accord, et pour commencer, je n'avais aucune raison valable de penser qu'il allait se déboutonner comme ça.

— Ouais, vous avez raison.

— Je crois que j'arriverai à le faire venir. Je crois que c'est ce qu'il veut.

— Ce serait très bien, dit Durkin. Mais s'il ne vient pas, au moins il vous parlera et vous serez branché. Vous devez le voir à quatre heures ? J'aimerais bien que ce soit plus tôt.

— Il a des rendez-vous jusque là.

— Et les affaires, c'est sacré, n'est-ce pas ? Je vous verrai ici à trois heures. (Il se leva.) En attendant, moi aussi j'ai des rendez-vous.

Je me rendis à pied chez Elaine, m'arrêtant en chemin pour acheter des fleurs et un sac d'oranges de Jaffa. Elaine mit les fleurs dans l'eau et les oranges dans une grande coupe en verre bleuté, et elle me dit qu'elle se sentait beaucoup mieux.

— Un peu faible, dit-elle, mais indéniablement en voie de guérison. Et toi ? Comment te sens-tu ?

— Pourquoi ?

— Tu as les traits tirés. Tu as encore passé une nuit blanche ?

— Non, mais je n'ai pas très bien dormi. L'affaire Thurman arrive à sa conclusion. Tout devrait être fini dans quelques heures.

— Comment est-ce arrivé ? Nous sommes bien mercredi ? Ou est-ce que j'ai déliré sans voir passer les jours ?

— Thurman avait besoin de faire des confidences, et je me suis débrouillé pour être son confident. Il se sentait acculé, en partie par moi, sans doute, mais surtout par Stettner.

— Qui est Stettner ?

— Monsieur Caoutchouc. (Je lui résumai l'essentiel de la conversation de la veille au Grogan's.) Je me suis trouvé au bon endroit au bon moment, lui dis-je. J'ai eu de la chance.

— Contrairement à Amanda Thurman.

— Et un tas d'autres gens, à ce qu'on dirait. Mais c'est Amanda qui les fera condamner. Entre le témoignage de Thurman et les preuves matérielles qu'elle pourra faire valoir, pour l'accusation, c'est du tout cuit.

— Alors pourquoi cet air marri, mon ami ? Tu devrais être là à te pavaner comme un paon. Tu ne sais donc plus savourer un moment de triomphe ?

255

— Je dois être fatigué.

— Et encore?

Je haussai les épaules.

— Je ne sais pas. J'ai passé deux heures avec Thurman, hier soir. Ça ne m'a pas rendu ce petit con sympathique mais ça ne m'a pas non plus donné envie de me réjouir de sa chute. Il y a une semaine, il faisait l'effet d'un criminel génial et sans scrupules, et maintenant il n'est plus qu'un pauvre imbécile. Deux manœuvriers pervers l'ont mené par le bout de la queue.

— On dirait que tu le plains.

— Non, je ne le plains pas. Je considère qu'il est lui-même un sale manœuvrier qui est simplement tombé sur un autre plus fort que lui, en la personne de Stettner. Et je ne crois pas tout ce qu'il m'a raconté hier soir. Je ne pense pas qu'il m'ait carrément menti mais je suis sûr qu'il a voulu donner de lui une impression meilleure que celle qu'il mérite. Pour commencer, je suis persuadé qu'Amanda n'est pas la première personne qu'il a tuée.

— Qu'est-ce qui te fait dire ça?

— Stettner n'est pas idiot. Il savait que les flics allaient cuisiner soigneusement Thurman si sa femme trouvait la mort dans ce genre de circonstances. Même s'ils ne le soupçonnaient pas d'avoir participé au meurtre, ils allaient l'interroger sans relâche pour essayer d'avoir un renseignement de plus sur les tueurs et ne pas risquer de passer à côté du moindre indice. Ainsi Stettner a dû vouloir commencer par le durcir en l'habituant au meurtre. Il était là quand Leveque a été tué, il était complice, et je pense qu'il y a sans doute eu des fois où lui et les deux ou un des deux Stettner ont fait un de leurs numéros sur une femme qui n'a pas survécu. C'est ce que j'aurais fait si j'étais à la place de Stettner.

— Dieu merci, tu n'y es pas.

— Et je ne suis pas sûr de marcher à fond dans son histoire de crise de conscience. Je pense qu'il a peur, ça, je veux bien le croire. Une fois que Stettner aura touché ses derniers cent mille dollars, il n'aura aucune raison de ne pas le tuer. A moins qu'il ait envie d'essayer de se faire donner le reste de l'argent, ce qui est loin d'être impossible. D'ailleurs, c'est peut-être ça que redoute Thurman. Il n'a pas envie de se séparer du reste de l'argent.

— De toute façon, il ne pourra pas le garder, n'est-ce pas ? S'il fait des aveux ?

— Il n'a pas l'intention de faire des aveux.

— Je croyais que tu avais dit que tu allais le livrer à la police ?

— Je vais essayer. J'espère pouvoir le manipuler comme l'a fait Stettner.

— Tu veux que je vienne le pomper ?

— Je pense que ce ne sera pas nécessaire.

— Tant mieux.

— Tu vois, je crois qu'il essaie de *me* manipuler. Il veut peut-être m'amener à tuer Stettner. Cela semble un peu tiré par les cheveux mais ce n'est pas à écarter. Il veut peut-être que je l'aide à trouver une position de repli, par exemple en laissant des preuves et un témoignage qui, au cas où il mourrait, feraient condamner Stettner. S'il le fait adroitement et si Stettner le sait, alors il sera tranquille.

— Mais toute preuve qu'il peut te confier…

— Ira tout droit chez Joe Durkin. Zut.

— Qu'est-ce qui se passe ?

— Il est onze heures et demie et je ne dois pas le voir avant quatre heures de l'après-midi. J'aurais dû insister, hier soir, au lieu de lui laisser le temps de réfléchir. Le problème, c'est qu'il était épuisé et moi aussi. Je me disais qu'on ferait ça ce matin mais il m'a fait tout un cirque à propos de ses rendez-vous d'affaires. Je voulais lui dire que, vu la situation où il se trouve, il pouvait tout aussi bien les annuler, mais je n'ai pas pu. Tu sais, il m'a téléphoné plusieurs fois hier après-midi, et il n'a pas prononcé un mot.

— Tu me l'as dit.

— Si j'avais pu le voir à ce moment-là, tout serait peut-être déjà réglé. Evidemment, je n'aurais pas parlé à Danny Boy et je l'aurais vu sans rien savoir de Stettner. (Je poussai un soupir.) Ça finira sans doute par s'arranger.

— Ça s'arrange toujours, mon chou. Pourquoi ne pas t'allonger pendant une heure ou deux ? Tu peux de mettre sur le lit, ou je vais t'installer sur le canapé.

— Je crois qu'il vaut mieux pas.

— Ça ne te fera pas de mal. Et je te réveillerai largement à temps pour aller voir Joe et te faire électrifier.

— Je suis déjà électrisé.

— C'est bien pour ça.

J'assistai à une réunion de midi, puis je rentrai à mon hôtel, m'arrêtant en chemin pour déjeuner debout dans une pizzeria. Je pris une pizza aux saucisses, histoire de m'assurer que mon repas comportait chacun des quatres aliments de base.

Ce fut peut-être la réunion qui me détendit, à moins que ce ne fut le résultat d'une bonne alimentation, toujours est-il que lorsque j'arrivai dans ma chambre, je me sentis assez fatigué pour m'allonger une heure. Je réglai la sonnerie du réveil pour deux heures et demie et, par précaution, je demandai aussi au concierge de m'appeler à cette heure-là. J'enlevai mes chaussures, m'étendis tout habillé et dus m'endormir avant que mes yeux aient fini de se fermer.

La sonnerie du téléphone m'arracha au sommeil. Je m'assis dans mon lit, regardai le réveil, vis qu'il n'était que deux heures et décrochai en m'apprêtant à incendier le concierge de l'hôtel. TJ me dit :

— Comment ça se fait, mec, que vous soyez jamais chez vous ? Comment je peux vous dire ce que je trouve si je peux même pas vous trouver ?

— Qu'as-tu trouvé ?

258

— Le nom du garçon. Le jeune. J'ai rencontré un môme qui le connaît et qui dit qu'il s'appelle Bobby.

— Vous savez son nom de famille ?

— Y a pas beaucoup de noms de famille dans la 42ᵉ, Matt. Y a pas tellement non plus de petits noms. Y a surtout les noms qu'on vous donne dans la rue, vous savez ? Dingue Dong ou Galure ou Zorro. Bobby est pas là depuis assez longtemps pour avoir un nom comme ça. Le môme avec qui j'ai parlé dit qu'il est arrivé vers Noël.

Il n'avait pas duré longtemps. Je voulais dire à TJ que ça n'avait pas d'importance, que l'homme que j'avais vu avec Bobby allait être arrêté pour autre chose, quelque chose qui le tiendrait longtemps à l'écart des petits garçons.

— Je sais pas d'où il était, disait TJ. Un beau jour, il est descendu de l'autobus, et c'est tout. Il devait venir d'un endroit où il y avait des hommes qui aimaient les petits garçons, parce que c'est ça qu'il a cherché dès le départ. Il a pas eu le temps de dire ouf qu'un des maquereaux lui avait mis la main dessus et vendait son petit cul blanc.

— Quel maquereau ?

— Vous voulez que je cherche ? Je pourrai sans doute le trouver mais le compteur affiche déjà vingt dollars.

Etait-ce bien utile ? L'affaire la plus facile pour faire condamner Stettner, était le meurtre d'Amanda Thurman. Il y avait un cadavre, un témoin et, vraisemblablement des preuves matérielles, et tout cela manquait dans l'affaire de la disparition et sans doute du meurtre d'un garçon prénommé Bobby. Pourquoi se donner la peine d'aller à la chasse aux maquereaux ?

Cela ne m'empêcha pas de répondre à TJ :

— Vois ce que tu peux trouver. Je mettrai de l'argent dans le compteur.

A trois heures de l'après-midi, je me présentai au commissariat de Midtown North et retirai ma veste et ma chemise. Un officier de police, qui s'appelait Westerberg, installa sur moi un micro-espion.

— Vous en avez déjà porté, me dit Durkin. Dans l'affaire de la propriétaire, celle que les journaux appelaient l'Ange de la Mort.

— Oui, c'est ça.

— Alors vous savez comment ça marche. Vous ne devriez pas avoir de problème avec Thurman. S'il veut absolument coucher avec vous, arrangez-vous simplement pour garder votre chemise.

— Il ne voudra pas. Il n'aime pas les homosexuels.

— Bien sûr. Il est tellement normal, notre Richard. Vous voulez un gilet pare-balles ? Je pense que ça vaudrait mieux.

— Sur le fil du micro ?

— C'est du Kevlar, ça ne devrait pas parasiter le micro. La seule chose que ça devrait faire, c'est arrêter la balle d'une arme à feu.

— Il n'y aura pas de balle à arrêter, Joe. Jusqu'à présent, dans cette affaire, personne n'a utilisé d'arme à feu. Le gilet n'arrêtera pas la lame d'un couteau.

— Ça peut arriver.

— Ni un collant autour du cou.

— Sans doute, dit-il. Mais ça m'ennuie de vous envoyer là-bas sans aucune protection.

— Vous ne m'envoyez pas là-bas. Je ne suis pas sous vos ordres. Je suis un simple particulier qui porte un micro-espion parce qu'il est doué de sens civique. Je vous file un coup de main mais vous n'êtes pas responsable de ma sécurité.

— Je n'oublierai pas de le leur dire à l'audience, une fois que votre cadavre se retrouvera dans un sac.

— Ça ne risque pas d'arriver, lui dis-je.

— Sauf si, en se réveillant ce matin, Thurman s'est rendu compte qu'il en avait trop dit et que vous étiez devenu l'élément encombrant qu'il devait faire disparaître.

Je fis non de la tête.

— Je suis son atout secret. Je suis sa protection, je suis

l'homme qui peut s'assurer que Stettner ne courra pas le risque de le tuer. Merde, il m'a engagé, Joe. Il ne va pas me tuer.

— Il vous a vraiment engagé?

— Oui, hier soir. Il m'a même donné une avance; il a insisté pour que je l'accepte.

— Combien vous a-t-il donné?

— Cent dollars. Un beau billet tout neuf.

— Ça aide à faire bouillir la marmite.

— Je ne l'ai pas gardé.

— Comment ça, vous ne l'avez pas gardé? Si vous le lui avez rendu, comment voulez-vous qu'il vous fasse confiance?

— Je ne le lui ai pas rendu. Je m'en suis débarrassé.

— Pourquoi? L'argent n'est que de l'argent. Il ignore son origine.

— C'est possible.

— Il n'a pas de propriétaire. Comment vous en êtes-vous débarrassé?

— En rentrant chez moi. Nous avons marché ensemble jusqu'au coin de la Neuvième Avenue et de la 59e rue, puis il est parti dans un sens et moi dans l'autre. Le premier gars qui est sorti de l'abri d'une porte en demandant l'aumône, j'ai fait une boulette du billet de Thurman et je l'ai collé dans sa tasse. Maintenant, ils ont tous des tasses, des tasses en plastique qu'ils vous tendent.

— C'est pour que les gens n'aient pas à les toucher. Vous avez donné un billet de cent dollars à un clochard dans la rue? Comment fera-t-il pour le dépenser? Qui voudra bien lui faire la monnaie?

— Ça, c'est pas mon problème, hein? dis-je à Joe.

17

Je me rendis là où habitait Thurman et me tins un moment dans le renfoncement de la porte d'un immeuble en face du sien. J'étais arrivé avec dix minutes d'avance à notre rendez-vous de seize heures, et je passai ces dix minutes à observer les gens sur le trottoir. Je ne voyais pas si l'électricité était allumée dans son appartement. Son immeuble étant situé du côté nord de la rue, le soleil tapait sur les fenêtres du haut qui le reflétaient.

J'attendis ainsi jusqu'à quatre heures, puis j'attendis encore une ou deux minutes avant de traverser la rue et de pénétrer dans le vestibule voisin du restaurant Radicchio. Je pressai la sonnette de Thurman et attendis le déclic de la porte. Pas de déclic. Je sonnai à nouveau, attendis encore, et il ne se passa toujours rien. Je me rendis à côté, au cas où il serait au bar du restaurant. Il n'y était pas. Je retournai me mettre en faction de l'autre côté de la rue et attendis encore dix minutes avant d'aller jusqu'au coin où il y avait une cabine téléphonique. J'appelai son appartement, entendis son répondeur et, après le signal sonore, je dis :

— Vous êtes là, Richard ? Si vous êtes là, décrochez le téléphone.

Il ne décrocha pas.

Je téléphonai à mon hôtel et demandai si quelqu'un m'avait appelé. On me répondit que non. Les Renseignements me fournirent le numéro de Five Borough et là, une secrétaire put seulement me dire qu'il n'était pas dans son bureau. Elle ne savait ni où il était ni quand il devait revenir.

Je retournai à l'immeuble de Thurman et pressai la sonnette de l'agence de voyages du premier étage. Le déclic retentit aussitôt, et je montai un étage en m'attendant à ce que quelqu'un sorte sur le palier et me demande ce que je voulais. Personne ne sortit. Je continuai de monter. La porte des Gottschalk avait été réparée depuis le soir de l'effraction. Le chambranle avait été renforcé et les serrures étaient neuves. Je gravis le dernier étage et écoutai à la porte de Thurman. Je n'entendis rien. Je pressai la sonnette et l'entendis résonner dans l'appartement. Je frappai quand même à la porte. Pas de réponse.

J'essayai de pousser la porte qui ne bougea pas. Elle avait trois serrures et il m'était impossible de me rendre compte si elles étaient toutes trois fermées. Chaque serrure était munie d'un cylindre Medeco incrochetable et était renforcée par une plaque. La cornière installée à la jointure de la porte et du chambranle empêchait les effractions.

Je m'arrêtai aux deux bureaux du premier étage, celui de l'agence de voyages et celui de l'agence théâtrale, pour demander aux gens s'ils avaient vu Richard Thurman ce jour-là et si, par hasard, il ne leur aurait pas laissé un message. La réponse à mes deux questions fut non, dans les deux bureaux. Je posai les mêmes questions dans le restaurant Radicchio et obtins la même réponse. Je retournai à mon poste de l'autre côté de la rue, puis, à cinq heures, je rappelai le Northwestern où l'on me dit qu'il n'y avait pas eu de coup de téléphone pour moi, ni de la part de Thurman ni de celle de quelqu'un d'autre. Je raccrochai et claquai vingt-cinq *cents* de plus pour appeler Durkin.

Je lui dis :

— Il n'est pas venu au rendez-vous.

— Merde. Ça fait combien, une heure de retard ?

— Il n'a pas non plus essayé de m'appeler.

— Il est sans doute en route pour le Brésil, le fumier.

— Non, c'est très improbable, lui dis-je. Il doit être bloqué dans un embouteillage ou avec un client.

— Ou en train de faire un carambolage d'adieu avec Mme. Stettner.

— Une heure, c'est pas terrible. N'oubliez pas qu'il m'a engagé. Je suis son employé, alors il peut sans doute me poser un lapin ou me faire poireauter sans avoir peur que je pique une crise. Je sais où il sera ce soir. Je devais l'accompagner à Maspeth pour l'émission télé sur les matches de boxe. Je vais encore l'attendre une petite heure, et s'il n'arrive toujours pas, j'irai le chercher ce soir à Maspeth.

— Vous garderez le micro-espion.

— Bien sûr. Ça ne commence pas à enregistrer avant que j'aie mis le truc en marche, et ça, je ne l'ai pas encore fait.

Il réfléchit un instant, puis il dit :

— Je pense que ça ira.

— Sauf un détail.

— Lequel ?

— Je me demandais si vous ne pourriez pas envoyer quelqu'un faire un tour dans son appartement.

— Maintenant ?

— Pourquoi pas ? Je pense qu'il ne risque pas d'arriver avant au moins une heure. Et si jamais il arrivait, je l'intercepterais en bas et je l'entraînerais quelque part boire un verre.

— Qu'est-ce que vous pensez trouver ?

— Je ne sais pas.

Il y eut un bref silence, puis il dit :

— Non, je ne pourrais pas obtenir de mandat de perquisition. Que voulez-vous que je dise à un juge ? Qu'il avait rendez-vous avec quelqu'un, qu'il n'est pas venu, alors que je veux forcer sa porte ? De toute façon, étant donné le temps qu'il faut pour avoir un mandat, vous seriez déjà à Maspeth quand je l'aurais.

— Et si vous oubliiez de demander un mandat ?

— Pas question. Il n'y a pas pire. Si jamais nous trouvions quelque chose, ce serait un cadeau empoisonné. Même si c'étaient des aveux signés ou une photo grand format le montrant en train d'étrangler sa femme, ça ne servirait rigoureusement à rien. Ce ne serait pas valable parce que nous les aurions eus en effectuant une perquisition sans mandat. (Il soupira.) Evidemment, si vous entriez seul et si je n'étais pas au courant…

— Je n'en suis pas capable. Il y a des cylindres incrochetables. Je pourrais y passer une semaine sans parvenir à entrer.

— Alors, n'y pensez plus. Ce sont ses aveux qui les feront condamner tous les trois, pas je ne sais quelle preuve enfermée dans son appartement.

Je lui fis part de l'idée qui me turlupinait :

— Et si jamais il était dans l'appartement ?

— Mort, vous voulez dire ? Eh bien, s'il est mort, il est mort croyez pas ? S'il est mort maintenant, il sera tout aussi mort demain, et si à ce moment-là vous n'avez toujours pas de ses nouvelles, j'aurai des raisons suffisantes pour aller trouver un juge et entrer légalement. S'il est déjà mort, Matt, il ne peut pas vous en dire plus qu'il ne le pourra demain. (Comme je me taisais, il ajouta :) Dites-moi franchement. Vous vous êtes tenu devant sa porte. Est-ce que vous avez eu le sentiment qu'il était mort, de l'autre côté ?

— Hé, dites, je ne suis pas voyant.

— Non, mais vous avez des intuitions de flic. Alors, à votre avis, il était dans l'appartement ?

— Non, répondis-je. Non, il m'a semblé que l'appartement était vide.

A six heures du soir, toujours pas de Thurman, et j'en avais ma claque d'épier, tapi dans des encoignures. J'appelai encore mon hôtel, puis, pendant que j'y étais, je claquai deux autres pièces de vingt-cinq *cents* pour appeler le Paris Green et le Grogan's. Je ne fus pas étonné d'apprendre qu'il ne se trouvait ni dans l'un ni dans l'autre de ces deux établissements.

Les chauffeurs des taxis qui attendaient, l'un derrière l'autre, à la station, refusèrent tout net d'aller se perdre à Maspeth. J'entrai dans une station de métro au coin de la Huitième Avenue et de la 50ᵉ rue et étudiai le plan. La ligne M m'emmènerait à Maspeth mais, pour l'atteindre, cela me parut incroyablement compliqué et une fois là-bas, je ne saurais pas de quel côté aller en sortant de la station. Alors je pris la ligne E et descendis au deuxième arrêt dans Queens, Queens Plaza, où je pensais trouver un taxi. Je tombai sur un chauffeur qui, non content de savoir comment se rendre à Maspeth, fut également capable de me déposer devant la New Maspeth Arena. Là, j'aperçus les camions de FBCS garés à l'endroit où ils se trouvaient une semaine plus tôt.

A leur vue, je fus rassuré. Je réglai la course, m'approchai des camions, mais ne vis pas Thurman. J'achetai un billet, franchis le tourniquet et trouvai une place à l'endroit où Mick et moi étions assis, huit jours plus tôt. Les matches préliminaires avaient commencé, et deux poids moyens apathiques se lançaient des coups indolents au milieu du ring. J'examinai les places au bord du ring dans la section centrale où j'avais vu Bergen Stettner. Je ne le vis pas, et le garçon non plus.

Le match en quatre rounds se termina. Pendant qu'on recueillait les bulletins des juges pour connaître le verdict, je descendis près du ring et attirai l'attention de l'opérateur. Je lui demandai où était Richard Thurman.

— Pas la moindre idée, répondit-il. Il devait venir ce soir? Il est peut-être dans le camion.

J'allai voir dehors. Personne ne savait où était Thurman mais un homme qui regardait l'émission sur un écran de contrôle, avait entendu dire que le producteur arriverait tard, tandis qu'un autre homme me dit qu'il avait l'impression que

Thurman ne devait pas venir du tout. Personne ne semblait particulièrement préoccupé par son absence.

Je montrai le talon de mon billet, franchis à nouveau le tourniquet et regagnai ma place. Le prochain combat opposait deux jeunes Latino-Américains décharnés, dont l'un, qui venait de Woodside, une banlieue proche, fut très applaudi. Ils échangèrent beaucoup de coups inoffensifs pendant six rounds au bout desquels les juges accordèrent la victoire au gars de Brooklyn. Cette décision me parut équitable mais ne fut pas du goût du public.

Il y avait encore deux matches de huit rounds avant le combat vedette en dix rounds. Le premier ne dura pas longtemps. Les adversaires étaient des poids lourds, tous deux adipeux, qui avaient l'un et l'autre tendance à envoyer des coups téléphonés. Une minute après le début du premier round, l'un des deux loupa un swing du droit, effectua un tour complet et reçut un crochet du gauche au menton. Il s'écroula comme un bœuf à l'abattoir, et il fallut l'arroser d'eau pour le ranimer. Le public apprécia pleinement.

Les deux adversaires suivants étaient dans le ring, attendant qu'on les présente au public, quand je tournai les yeux vers l'allée, du côté de l'entrée. Bergen Stettner était là.

Il ne portait pas le grand manteau style Gestapo qu'avaient décrit plusieurs personnes, pas plus que le blazer que je lui avais vu une semaine auparavant. Sous sa veste en daim brun clair, il avait une chemise brun foncé et une cravate de soie à impression cachemire.

Le garçon n'était pas avec lui.

Je le regardai bavarder avec un autre homme, à quelques pas du tourniquet. Les présentations étant terminées, le gong sonna le début du combat. Je continuai d'observer Stettner. Il bavarda encore une ou deux minutes, puis il tapota l'épaule de l'autre homme et s'en alla.

Je quittai aussitôt la salle pour le suivre mais quand j'arrivai dehors, je ne le vis nulle part. Je m'approchai de l'endroit où étaient garés les camions FBCS et regardai si je voyais Richard Thurman par-là, mais je ne le vis pas – je ne pensais d'ailleurs pas vraiment qu'il viendrait. Je me tenais dans l'ombre quand j'aperçus Bergen Stettner qui venait d'un côté du bâtiment et s'approchait des camions. Il parla à quelqu'un qui se trouvait à l'intérieur d'un camion, puis repartit dans la direction d'où il était venu.

J'attendis quelques minutes avant de m'avancer vers le camion. Je passai la tête à l'arrière et demandai :

— Vous n'auriez pas vu Stettner ? Je n'arrive pas à lui mettre la main dessus.

— Il était là y un instant, répondit l'homme sans se retourner. Vous l'avez loupé de cinq minutes.

— Merde. Il n'aurait pas dit où est passé Thurman, par hasard ?

L'homme se retourna.

— Ah, oui, dit-il. C'est vous qui le cherchiez tout à l'heure. Non, Stettner le cherchait aussi. J'ai l'impression que Thurman va se faire sonner les cloches.

— A toute volée, oui.

Une fois de plus, je montrai le talon de mon billet et je franchis le tourniquet. Ils en étaient à la quatrième reprise. Je ne savais rien des deux boxeurs car j'avait manqué les présentations. Au lieu de retourner à ma place, je me rendis à la buvette, pris un Coca dans un gobelet en carton et le bus au fond de la salle. Je cherchai Stettner des yeux mais je ne le vis pas. Je me tournai à nouveau vers l'entrée et vis une femme que je pris un instant pour Chelsea, la fille à l'écriteau. Je la regardai mieux et je me rendis compte que c'était Olga Stettner que j'avais sous les yeux.

Elle portait ses longs cheveux tirés en arrière et ramenés en chignon sur la nuque. Cette coiffure, qui faisait ressortir ses pommettes saillantes, lui donnait un air sévère qu'elle devait, de toute façon, plus ou moins avoir sans ça. Elle portait une veste courte de je ne sais quelle fourrure sombre et des bottes en daim qui lui arrivaient au-dessus des mollets. Elle scrutait la salle. Je ne savais pas qui elle cherchait – son mari ou Thurman ? En tout cas ce n'était pas moi car son regard passa sur moi sans s'arrêter.

Je me demande quelle aurait été ma réaction en la voyant si je n'avais pas su qui elle était. C'était indéniablement une belle femme, mais il y avait en elle quelque chose, une sorte de magnétisme, qui devait peut-être beaucoup à tout ce que je savais sur elle. Et j'en savais, hélas, beaucoup trop. Ce que je savais faisait qu'il était impossible de la regarder et tout aussi impossible de ne pas la regarder.

A la fin du combat, ils étaient là tous les deux, Bergen et Olga, et ils regardaient la grande salle comme si elle leur appartenait. Le présentateur annonça la décision des juges, et, l'un après l'autre, escortés par leur suite de deux ou trois hommes de coin, les deux boxeurs quittèrent le ring et se dirigèrent vers l'escalier qui descendait à gauche des portes d'entrée. Peu après, deux autres boxeurs émergèrent du sous-sol par le même escalier, aussi frais que leurs prédécesseurs étaient las, et gagnèrent le ring par l'allée centrale. C'étaient des poids moyens et ils avaient souvent combattu dans la région. Je les avais déjà vus, l'un et l'autre, à Madison Square Garden. Tous deux étaient noirs et avaient remporté la plupart de leurs combats. Le plus petit et le plus noir des deux avait une puissance exceptionnelle au bout de chaque poing. L'autre n'avait pas autant de force mais il était extrêmement rapide et son allonge était meilleure. Le match promettait d'être intéressant.

Comme la semaine d'avant, on présenta quelques personnalités de la boxe, y compris les deux boxeurs du match vedette de la semaine suivante. Un homme politique, adjoint du président du *borough* de Queens, fut également présenté et salué par des huées qui, à leur tour, déclenchèrent quelques rires. Puis le ring fut vidé et, pendant qu'on présentait les boxeurs, je regardai les Stettner et les vis se diriger vers l'escalier.

Je leur donnai une minute d'avance. Quand le gong sonna le début du combat, je descendis au sous-sol.

Au pied de l'escalier, il y avait un large couloir aux murs de ciment brut. La première porte devant laquelle je passai était ouverte, et je vis le vainqueur du match précédent. Il tenait une bouteille d'un demi-litre de vodka Smirnoff et il versait à boire à ses amis en buvant lui-même de rapides gorgées à même la bouteille.

J'allai un peu plus loin, écoutai à une porte fermée, essayai de l'ouvrir mais elle était fermée à clé. La porte suivante était ouverte mais la lumière était éteinte et la pièce était vide. Les murs de ciment étaient semblables à ceux du couloir et il y avait le même carrelage noir et blanc sur le sol. Je continuai d'avancer et soudain j'entendis une voix d'homme qui lançait :

— Hé, dites !

Je me retournai. C'était Stettner. Sa femme le suivait à quelques pas et il se trouvait à une quinzaine de mètres derrière moi ; il s'avança avec un petit sourire aux lèvres.

— Puis-je vous être utile ? me demanda-t-il. Vous cherchez peut-être quelque chose.

— Ouais, répondis-je. Les toilettes Messieurs.

— En haut.

— Alors pourquoi le mec m'a envoyé ici ?

— Je l'ignore, dit-il, mais la partie du bas, est privée. Remontez, et vous trouverez les toilettes Messieurs à côté de la buvette.

— Ah, d'accord, ça je sais où c'est.

Je passai près de lui et m'engageai dans l'escalier. Je sentis son regard peser sur mon dos jusqu'à ce que j'arrive en haut.

Je retournai à ma place et essayai de regarder le match.

Les gars se bagarraient impitoyablement et la foule était aux anges ; mais au bout de deux reprises, je me rendis compte que je ne faisais pas attention. Alors je me levai et m'en allai.

Dehors, il faisait plus froid et le vent s'était levé. Je marchai une centaine de mètres en essayant de me repérer. Je ne connaissais pas le quartier et il n'y avait personne à qui je pouvais demander de me renseigner. Je voulais un taxi ou un téléphone et je ne savais pas comment trouver l'un ou l'autre.

Je finis pas héler un taxi qui passait dans Grand Avenue. Il n'avait ni compteur ni licence, et il n'était pas censé ramasser des clients dans la rue, mais dès qu'on est sorti de Manhattan, personne ne fait très attention à cette règle. Il voulait vingt dollars en chiffres ronds, pour me conduire n'importe où dans Manhattan. Il finit par accepter de ramener la somme à quinze dollars, je lui donnai l'adresse de Thurman, puis je changeai d'avis à l'idée de passer une heure de plus dans l'encoignure d'une porte. Je lui dis de me ramener à mon hôtel.

La voiture était complètement délabrée, et les gaz d'échappement passaient à travers le plancher. J'abaissai à fond les deux vitres arrière. Le chauffeur avait branché la radio sur un programme d'airs de polka, présentés avec bonne humeur par un animateur qui parlait une langue qui me sembla être du polonais. Nous prîmes Metropolitan Avenue et traversâmes l'East River par le pont Williamsburg qui nous amena dans le Lower East Side. Je jugeai que c'était une façon de rallonger inutilement la course mais je le gardai pour moi. Comme il n'y avait pas de compteur, cela ne me coûterait pas un *cent* de plus et rien ne me disait que l'itinéraire du chauffeur n'était pas le plus rapide.

Le seul message qui m'attendait était de Joe Durkin. Il avait laissé le numéro de son domicile. Je montai dans ma chambre, composai d'abord le numéro de Thurman et raccrochai en entendant le répondeur. Puis je téléphonai à Joe.

Sa femme décrocha, appela Joe et quand je l'eus au bout du fil, je lui dis :

— Il n'est pas venu à Maspeth mais Stettner était là. Les deux Stettner. Ils le cherchaient aussi, alors je ne suis pas le seul à qui il ait posé un lapin, ce soir. Aucun des gars de l'équipe de télévision ne sait où il est passé. A mon avis, l'oiseau s'est envolé.

— Il a essayé. Ses ailes sont tombées.

— Comment ?

— Il y a un restaurant italien au rez-de-chaussée. J'ai oublié son nom. Ça veut dire radis en italien.

— Radicchio ne veut pas dire radis. C'est de la salade de chicorée.

— Ça ou autre chose... Vers six heures et demie, vous veniez sans doute de partir pour Maspeth, un gars sort par derrière jeter un tas de détritus. Et tout au fond, entre deux poubelles, il y a un cadavre. Devinez qui.

— Oh, non.

— Je crains bien que si. Aucun doute quant à son identité. Il est passé par une fenêtre du quatrième étage, alors il est moins joli qu'avant mais il reste assez de son visage pour qu'on sache tout de suite qui on a sous les yeux. Vous êtes bien sûr que ça ne veut pas dire radis ? C'est Antonelli qui me l'a dit. Il devrait savoir, lui, quand même.

18

Les journaux s'en donnèrent à cœur joie. Richard Thurman avait trouvé la mort en tombant à quelques mètres de l'endroit où sa femme avait été brutalement violée et assassinée moins de trois mois auparavant. Un aspirant au Prix Pulitzer émit l'hypothèse que la dernière chose qu'il avait vue avant de mourir devait être l'appartement des Gottschalk, au moment où, dans sa chute, il passait devant leur fenêtre. Cela me semblait très improbable, étant donné qu'on baisse généralement les stores quand on s'en va de chez soi pour six mois et un jour, mais cela ne me parut pas suffisamment important pour justifier une lettre au journal.

Personne ne mettait en doute le suicide, bien que les opinions fussent partagées quant aux raisons qui l'avaient motivé. Soit il était inconsolable de la mort de sa femme et de l'enfant qu'elle portait, soit il était bourrelé de remords parce qu'il était responsable de leur mort. Un chroniqueur du *News* considérait que cette affaire était un parfait exemple de l'échec de la cupidité des années 80. Il écrivait : « On a beaucoup entendu parler de l'idéal du Tout Avoir. Eh bien, il y a trois mois, Richard Thurman avait tout : un compte en banque bien garni, une femme ravissante, une situation prestigieuse dans l'industrie florissante de la télévision par câble et, bientôt, il allait être père. En un rien de temps, tout cela a été réduit en cendres, et ni la situation ni l'argent n'ont pu suffire à emplir le vide dans le cœur de Richard Thurman. Vous pouvez voir en lui un scélérat, coupable d'avoir manigancé le drame atroce qui s'est déroulé en novembre dans cette maison de la 52ᵉ rue ouest. Ou vous pouvez voir en lui une victime. Dans un cas comme dans l'autre, c'était un homme qui avait tout… et, quand il l'a perdu, n'a rien trouvé à quoi se raccrocher. »

— Votre instinct ne vous trompait pas, me dit Durkin. Vous aviez peur qu'il lui soit arrivé quelque chose et vous vouliez entrer dans l'appartement. Et en même temps, vous n'aviez pas vraiment l'impression qu'il s'y trouvait. Eh bien, il ne s'y trouvait pas. Le médecin légiste pense qu'il a dû mourir entre sept heures et neuf heures du matin, et c'est vraisemblable parce qu'à partir de dix heures, il y a des employés dans la cuisine du bistrot d'en bas et ils auraient sans doute entendu le choc quand il a atterri dans la cour. Ce qui peut paraître curieux, c'est que personne n'ait remarqué le cadavre pendant l'heure du déjeuner, mais c'est compréhensible puisqu'il était à un bout de la cour, alors que la porte de service est à l'autre bout, et que personne n'est allé assez près pour remarquer quoi que ce soit. Quand on a les bras chargés d'épluchures d'aubergines, on a sans doute envie de s'en débarrasser au plus vite et de rentrer à l'intérieur, surtout quand il fait froid.

C'était le vendredi matin, et nous nous trouvions dans l'appartement de Thurman. La veille au soir, les gars du labo avaient passé les lieux au peigne fin, pendant que je courais après des ombres à Maspeth. Je fis le tour de l'appartement, pièce par pièce, sans savoir ce que je cherchais. Peut-être que je ne cherchais rien.

— C'est chouette, ici, dit Joe. Mobilier moderne, sans doute un peu recherché mais ça doit quand même être agréable. Fauteuils moelleux, tout pour le confort. Il y en a qui disent ça en parlant d'une femme : «Bâtie pour le confort et non

274

pour la vitesse. » Je me demande ce que la vitesse vient faire là-dedans. Vous avez une idée ?

— Je crois qu'à l'origine on disait ça des chevaux.

— Ah bon ? C'est logique. En admettant qu'il soit plus confortable de se promener sur un gros cheval. Il faudra que je demande à un gars de la police montée. Quand j'étais gosse et que je commençais à rêver de devenir policier, c'est ce que je voulais. J'avais vu des flics à cheval et je voulais être comme eux. Evidemment, quand je suis entré à l'Ecole de police, j'en étais déjà revenu. Mais quand même, vous savez, c'est pas une vie désagréable.

— A condition d'aimer les chevaux.

— Evidemment. Si, pour commencer, on ne les aimait pas...

— Thurman ne s'est pas suicidé.

— On ne peut pas en être sûr. Un type vide son sac, rentre chez lui, se réveille tôt le lendemain et se rend compte de ce qu'il a fait. Il comprend qu'il n'a aucun moyen d'en sortir, ce qui était le cas parce que vous alliez le faire coffrer pour le meurtre de sa femme. Peut-être que sa conscience commence vraiment à le travailler. Peut-être que simplement il se rend compte que ce qui l'attend, c'est un long séjour en prison, et il sait ce que ça veut dire, pour un joli garçon comme lui. Alors il saute par la fenêtre et c'en est fini des ennuis.

— Ce n'était pas son genre. Et il n'avait pas peur des flics, il avait peur de Stettner.

— Il n'y a que ses empreintes sur la fenêtre, Matt.

— Pour Amanda, Stettner portait des gants. Il peut les avoir remis pour jeter Richard par la fenêtre. Thurman habitait ici, ses empreintes devaient déjà être sur la fenêtre. Ou bien Stettner la lui a fait ouvrir : « Richard, on crève de chaud, ici, on ne pourrait pas avoir un peu d'air frais ? »

— Il a laissé un billet d'adieu.

— Tapé à la machine, vous m'avez dit.

— Ouais, je sais, mais il y a parfois des gens qui se suicident vraiment et qui laissent un billet tapé à la machine. «Dieu me pardonne. Je n'en peux plus.» Je ne dis pas qu'il l'a fait, je ne dis pas qu'il ne l'a pas fait.

— Ça, c'est parce que Stettner ne pouvait pas savoir combien nous en savions.

— Ou parce que Thurman ne voulait pas courir de risques. Et s'il survivait à une chute du quatrième étage ? Le voilà à l'hôpital avec une vingtaine d'os brisés, il ne veut surtout pas être accusé de meurtre à cause d'une connerie de billet d'adieu. (Joe écrasa sa cigarette dans un cendrier «souvenir de voyage.») Il se trouve que je suis d'accord avec vous, dit-il.

«Je pense qu'il y a de fortes chances pour qu'on l'ait aidé à passer par la fenêtre. C'est une des raisons pour lesquelles j'ai demandé aux gars du labo de tout examiner à fond, hier soir, et c'est pour ça que nous essayons de trouver un témoin qui aurait vu quelqu'un entrer ou sortir de cet immeuble, hier matin. Ce serait bien si on en trouvait un et ce serait bien si on pouvait prouver la présence de Stettner sur les lieux, mais j'aime autant vous dire qu'il vaut mieux ne pas y compter. Et de toute façon, ça ne suffirait pas pour pouvoir l'accuser. Il était là - et alors ? Thurman était vivant quand il est parti. Il avait l'air troublé, déprimé, mais qui aurait pu s'imaginer que le pauvre homme allait se suicider ? De la merde sur un plateau – mais allez essayer de le prouver.»

Je ne répondis pas.

— Et puis au fond, dit Joe, ce n'est peut-être pas plus mal comme ça. Nous savons que Thurman a tué sa femme et nous savons qu'il ne s'en est pas tiré. D'accord, il a été aidé, peut-être par Stettner...

— Certainement par Stettner.

— Quoi «certainement» ? Là-dessus, nous n'avons que la parole de Thurman, ce qu'il vous a dit au cours d'une conversation non-enregistrée, quelques heures avant de trouver la mort en tombant par la fenêtre. Peut-être qu'il vous menait en bateau – ça ne vous est pas venu à l'esprit ?

— Je sais qu'il essayait de me mener en bateau, Joe. Il voulait donner de lui-même une image aussi bonne que possible et cherchait à faire passer Stettner pour un Svengali mâtiné de Jack l'Eventreur. Et alors ?

— Alors ce n'était peut-être pas Stettner. Il avait peut-être d'autres complices, la raison qu'il avait de charger Stettner avait peut-être un rapport avec ses affaires. Non, je ne dis pas que c'était ça. Je sais que c'est un peu tiré par les cheveux. Mais toute cette putain d'affaire est tirée par les cheveux. Ce que je veux dire, c'est que Thurman avait organisé le meurtre de sa femme, que maintenant il est mort et que si toutes les affaires de meurtre sur lesquelles j'ai travaillé s'étaient aussi bien terminées, je ne serais pas là à me tracasser – vous voyez ce que je veux dire ? Si Stettner est coupable et s'en tire quand même, eh bien, je vois des trucs pires que ça tous les jours. S'il était aussi ignoble que le prétendait Thurman, il aurait, au moins une fois, eu affaire à la police, et ça n'est jamais arrivé. Cet homme n'a jamais été arrêté, il n'a pas de casier judiciaire. Je ne peux même pas dire qu'il ait eu une contravention pour excès de vitesse.

— Vous vous êtes renseigné.

— Evidemment que je me suis renseigné, bon sang. Qu'est-ce que vous voulez que je fasse ? Si c'est une crapule, je serai ravi de l'envoyer en taule. Mais il n'a pas l'air si mauvais que ça, pas d'après les archives.

— C'est un autre Albert Schweitzer, à vous entendre.

— Non, dit Joe, je veux bien que ce type soit une vraie ordure. Mais ça, ce n'est pas un crime.

J'appelai Lyman Warriner à Cambridge. Je n'eus pas à lui annoncer la nouvelle. Un journaliste futé l'avait fait à ma place en téléphonant au frère d'Amanda pour avoir sa réaction.

— J'ai, bien sûr, refusé de faire tout commentaire, me dit-il. Je ne savais même pas si c'était vrai. Il s'est suicidé?

— C'est ce qu'on dirait.

— Je vois. Ce n'est pas tout à fait la même chose que « oui, » n'est-ce pas?

— Il se pourrait qu'il ait été assassiné par un complice. La police n'écarte pas cette possibilité mais sans espérer obtenir de résultat. Pour le moment, rien n'indique qu'il ne s'agisse pas d'un suicide.

— Mais vous ne pensez pas que ça se soit passé comme ça.

— En effet, mais ce que je pense n'a pas grande importance. J'ai passé deux heures avec Thurman, hier soir, et j'ai obtenu le résultat que vous espériez. Il a reconnu qu'il avait assassiné votre sœur.

— Il l'a vraiment reconnu. ?

— Oui, absolument. Il a essayé d'en rejeter la responsabilité sur son complice mais il a reconnu qu'il avait lui-même joué un rôle. (Je décidai d'insister sur un détail du récit de Thurman.) Il m'a dit qu'elle n'avait pratiquement pas eu conscience de ce qu'on lui faisait, Lyman. Elle a reçu un coup sur la tête presque au début, et elle était évanouie.

— J'aimerais pouvoir vous croire.

— J'avais rendez-vous avec lui hier après-midi, poursuivis-je. J'espérais l'amener à faire des aveux complets, mais au cas où je n'y arriverais pas, j'avais l'intention d'enregistrer notre conversation et de donner l'enregistrement à la police. Mais avant que j'aie pu le faire…

— Il s'est tué. En tout cas, ce que je peux vous dire, c'est que je suis fort content de vous avoir engagé.

— Ah bon?

— On dirait bien que votre enquête a précipité ses actes – vous ne croyez pas?

Je réfléchis un instant, puis répondis:

— Oui, sans doute, on dirait.

— Je crois que j'aime autant que ça se soit terminé comme ça. C'est plus rapide et c'est plus propre que s'il avait fallu attendre la fin d'un procès, et il arrive souvent que l'accusé rentre tranquillement chez lui, n'est-ce pas ? Même quand tout le monde sait qu'il est coupable.

— Ça arrive.

— Et même quand ça n'arrive pas, les condamnations ne sont jamais assez longues, ou alors ils se conduisent bien, ils sont des prisonniers modèles et on les met en liberté provisoire. Non, je suis plus que satisfait, Matthew. Je vous dois de l'argent ?

— Ce serait plutôt à moi de vous en rembourser.

— Ne dites pas de sottises. Ne vous avisez pas d'essayer de me rembourser quoi que ce soit. De toute façon, je ne l'accepterais pas.

Pendant que nous y étions à parler d'argent, je lui dis qu'il pourrait peut-être engager une action afin de récupérer les biens de sa sœur et la somme versée par la compagnie d'assurances.

— On ne peut, légalement, tirer bénéfice de la perpétration d'un crime, expliquai-je. Si Thurman a assassiné votre sœur, il ne peut ni hériter ni toucher la prime d'assurance. Je ne connais pas les clauses du testament de votre sœur, mais je suppose que, dans le cas où son mari n'entrerait plus en ligne de compte, tout devrait vous revenir.

— Oui, je crois.

— Il n'a pas été, légalement, mis en cause dans la mort de votre sœur et, puisqu'il est mort, il ne sera pas mis en accusation. Mais vous pouvez engager une action civile, dont les règles ne sont pas les mêmes que pour des poursuites pénales. Je pourrais par exemple témoigner du contenu de la conversation que j'ai eue avec lui la veille de sa mort. Ce serait ce qu'on appelle des preuves sur la foi d'autrui, mais ce ne serait pas forcément irrecevable. Il faudrait que vous en parliez à votre avocat. Dans une affaire comme ça, je ne

279

pense pas qu'il faille démontrer la culpabilité de quelqu'un aussi formellement que dans un procès pénal. Je crois que les critères ne sont pas tout à fait les mêmes. Mais il vaut vraiment mieux que vous en parliez à votre avocat.

Il resta un instant silencieux, puis il dit :

— Je crois que je ne le ferai pas. Qui héritera de cet argent si je ne le fais pas ? Cela m'étonnerait qu'il ait changé son testament depuis la mort de sa femme. Tout devait revenir à Amanda ou à sa propre famille au cas où elle mourrait avant lui. (Il eut une toux enrouée, puis il se reprit.) Je ne veux pas me battre contre ses sœurs, ses cousins et ses tantes. Ça m'est égal s'ils héritent cet argent. Qu'est-ce que ça change ?

— Je ne sais pas.

— J'ai plus d'argent que je n'aurai le temps d'en dépenser. Le temps m'est plus précieux que l'argent et je ne veux pas le passer dans des tribunaux et dans des cabinets d'avocat. Vous pouvez comprendre ça, n'est-ce pas ?

— Oui, bien sûr.

— Cela semble peut-être excessivement désinvolte de ma part, mais...

— Non, absolument pas.

Cet après-midi-là, à cinq heures et demie, j'assistai à une réunion dans une église franciscaine proche de Penn Station. L'assemblée était composée d'un mélange de banlieusards en costume et d'ivrognes dépenaillés, qui entamaient tout juste leur convalescence. Les éléments de chaque catégorie ne semblaient absolument pas mal à l'aise en présence des autres.

Pendant le tour de table, je levai la main et dis :

— J'ai eu envie de boire toute la journée. Je me trouve dans une situation à laquelle je ne peux rien changer, et j'ai le sentiment que je devrais pouvoir le faire. J'ai déjà fait tout ce que je pouvais, et tout le monde est très satisfait des résultats que j'ai obtenus, mais je suis alcoolique, je veux que tout soit parfait et rien n'est jamais parfait.

Je rentrai à mon hôtel où je trouvai deux messages me disant tous deux que TJ avait appelé. Je n'avais pas de numéro où le joindre. Je me rendis chez Armstrong et mangeai un *chili* aux haricots noirs, puis j'arrivai à temps à St. Paul pour la réunion de huit heures et demie, consacrée aux Etapes. Nous en étions à la Deuxième Etape, celle où l'on arrive à croire qu'il y a une puissance supérieure, capable de nous faire retrouver la santé mentale. Quand ce fut à mon tour de parler, je dis :

— Je m'appelle Matt et je suis alcoolique et tout ce que je sais de la Puissance supérieure, c'est qu'elle accomplit ses miracles par des voies mystérieuses.

J'étais assis à côté de Jim Faber ; il me murmura à l'oreille que si un jour j'en avais assez d'être détective, je pourrais toujours gagner ma vie en écrivant des horoscopes pour les gaufrettes.

Un autre membre de notre groupe, une femme qui s'appelait Jane, déclara :

— Quand une personne normale se lève le matin et s'aperçoit que sa voiture a un pneu crevé, elle appelle l'Automobile Club. Un alcoolique appelle l'Association de Secours aux Suicidaires.

Jim me donna un petit coup de coude dans les côtes.

— Ça ne peut certainement pas s'appliquer à moi, lui dis-je. Je n'ai même pas de voiture.

En rentrant à l'hôtel, je trouvai un autre message de la part de TJ mais je n'avais toujours aucun moyen d'entrer en contact avec lui. Je pris une douche, me couchai, et commençais à m'assoupir quand le téléphone sonna.

— Vous êtes pas facile à joindre, dit-il.

— Certainement plus que toi. Tu as laissé tous ces messages, mais...

— C'est parce que la dernière fois vous avez dit que j'avais pas laissé de message.

— Et cette fois tu en as laissé plusieurs mais je n'avais aucun moyen d'entrer en contact avec toi.

— Comme par exemple un numéro de téléphone, c'est ça?

— Quelque chose comme ça.

— Eh bien, j'ai pas le téléphone.

— Je ne pensais pas que tu l'avais.

— Ouais, bon, faudra qu'on trouve un moyen, un de ces jours, dit-il. Ce qu'il y a, c'est que j'ai trouvé ce que je devais chercher.

— Le maquereau.

— Ouais, j'ai appris un tas de saloperies.

— Vas-y.

— Dans le bigophone Léonne? Moi, je veux bien si c'est ça que vous voulez mais...

— Non.

— Parce que c'est pas des trucs trop chouettes.

— Ça ne m'étonne pas. (Je m'assis dans mon lit.) Il y a une cafétéria qui s'appelle The Flame, au coin de la 58e rue et de la Neuvième Avenue, ça doit être le coin sud-ouest...

— Un coin ou un autre, je trouverai.

— Oui, sans doute, lui dis-je. Dans une demi-heure.

Je le retrouvai devant la cafétéria. Nous entrâmes et nous installâmes dans un box. Il renifla d'un air inspiré et déclara qu'il y avait quelque chose qui sentait bon. Je ris, lui tendis le menu et lui dis de prendre ce qui lui faisait plaisir. Il commanda un *cheeseburger* avec du bacon et des frites, et un milk-shake au chocolat.

— J'ai trouvé une nénette, dit-il, elle habite du côté d'Alphabet City. Elle dit que dans le temps, elle était avec un hareng qui s'appelle Juke. Ça doit être le nom qu'il utilise pour faire le maquereau. Elle avait une de ces trouilles, mec! Elle a plaqué Juke l'été dernier, elle s'est sauvée de l'endroit où il l'avait installée et elle en est encore à regarder par-dessus son épaule de peur qu'il la rattrape. Un jour, il lui a dit que si jamais elle lui faisait une connerie, il lui couperait le nez, et pendant tout le temps que j'étais là avec elle, elle a pas arrêté de se toucher le nez, comme si elle voulait être sûre qu'il était encore là.

— Si elle l'a quitté l'été dernier, elle n'a pas dû connaître Bobby.

— Ouais, juste, dit-il. Mais ce qui y a, c'est que le môme que j'ai trouvé, qui connaissait Bobby, tout ce qu'il savait de ce maquereau, c'est qu'il avait été le hareng de… (Il se reprit et expliqua:) Je lui ai promis que je dirais pas son nom. Je pense qu'à vous, ça ferait rien mais…

— Non, je n'ai pas besoin de connaître son nom. Ils ont tous les deux eu le même maquereau mais pas au même moment, alors si tu trouvais qui était le maquereau de la fille, tu savais qui était le maquereau de Bobby.

— Ouais, c'est ça.

— Et c'était quelqu'un qui s'appelle Juke.

— Ouais. Elle connaît pas son nom de famille. Probablement Box, dit-il en riant. Elle sait pas non plus où il habite. Il l'avait installée à Washington Heights mais elle dit qu'il avait plusieurs appartements et qu'il collait ses filles un peu partout. (Il prit une frite et la trempa dans du ketchup.) Il est tout le temps en train de chercher d'autres gosses, le gars Juke.

— Les affaires marchent si bien que ça?

— Elle dit qu'il en cherche tout le temps des nouvelles parce que les anciennes durent pas longtemps. (Il leva la tête, d'un air dégagé, en essayant de paraître indifférent à ce qu'il me disait. Il n'y réussit pas tout à fait.) Il lui dit, il leur dit à toutes, qu'il y a deux façons d'aller à un rendez-vous. Un rendez-vous, ça peut être un aller-retour ou bien un aller simple. Vous savez ce que ça veut dire?

— Explique.

— L'aller-retour, c'est qu'on revient. L'aller simple, on revient pas. Le client qui vous achète que pour l'aller, il a pas à vous retourner. Il peut faire tout ce qu'il veut, n'importe quoi. (Il baissa les yeux sur son assiette.) Il peut vous tuer si c'est ce qu'il veut, et y a pas de problème avec Juke. Elle dit qu'il lui a dit : « Sois sage sinon je t'expédie avec un aller simple. » Et elle dit que ce qu'il y a, c'est qu'on sait jamais si on va pas être envoyé rien qu'avec un aller. Il dit : « Oh, ce client, c'est du nanan, il t'achètera sans doute des belles fringues, il va te gâter. » Et quand elle a passé la porte, il dit aux autres mômes : « Cette petite garce, vous la reverrez pas parce que je l'ai expédiée avec un aller simple. » Et les mômes pleurent un bon coup si c'était une de leurs bonne copines, mais elles la revoient plus jamais.

Quand il eut terminé son repas, je lui donnai trois billets de vingt dollars en lui disant que j'espérais que ça suffirait pour remettre le compteur à zéro.

— Ouais, mec, ça ira très bien comme ça. Parce que je sais que vous êtes pas riche, mec.

Dehors, je lui dis :

— Maintenant, tu laisses tomber, TJ. N'essaye pas d'en savoir plus sur Juke.

— Je pourrais juste demander à deux ou trois gars, voir ce qu'ils disent.

— Non, ne fais pas ça.

— Ça vous coûtera rien.

— Ce n'est pas pour ça. Je ne voudrais pas que Juke sache que quelqu'un le cherche. Il risquerait de se mettre à ta recherche.

— Hou là ! Faudrait pas. La fille dit qu'il est méchant, le salaud. Elle dit aussi qu'il est grand et costaud, mais tout le monde paraît grand à cette fille.

— Quel âge a-t-elle ?

— Douze ans, répondit-il. Mais elle est petite pour son âge.

19

Le samedi, je ne m'éloignai pas de chez moi. Pendant la journée, je ne sortis que pour aller manger un sandwich et boire un café, et assister à une réunion de midi en face du vidéo-club de Phil Fielding. Le soir, à huit heures moins dix, je retrouvai Elaine devant le Carnegie Recital Hall de la 57e rue. Elle avait pris des places pour une série de concerts de musique de chambre et elle était maintenant suffisamment rétablie pour en profiter. Le groupe de musiciens était un quatuor à cordes. La violoncelliste était une Noire au crâne rasé. Les trois autres étaient des Américains d'origine chinoise dont la tenue soignée faisait un peu penser aux élèves d'une école de gestion.

Pendant l'entracte, nous décidâmes d'aller ensuite au Paris Green et peut-être de faire un saut au Grogan's, mais, avant la fin de la deuxième partie du concert, nous ne nous sentions plus aussi pleins d'énergie. Nous nous rendîmes tout droit à l'appartement d'Elaine et nous nous fîmes livrer un repas chinois. Je passai la nuit chez elle et le lendemain matin, nous sortîmes prendre un brunch.

Le dimanche soir, je dînai avec Jim Faber et allai à la réunion de huit heures et demie à Roosevelt.

Le lundi matin, je me rendis à pied à Midtown North. Comme j'avais téléphoné avant d'y aller, Durkin m'attendait. Je m'étais muni de mon carnet, ce que je fais presque toujours. J'avais également la vidéocassette des *Douze Salopards*, que j'avais emportée, la veille, en partant de chez Elaine.

Joe me dit :

— Asseyez-vous. Vous voulez du café ?

— Je viens d'en prendre.

— J'aimerais pouvoir en dire autant. Qu'est-ce qui vous tracasse ?

— Bergen Stettner.

— Ouais, ben je peux pas dire que ça me surprenne. Vous avez l'air d'un chien qui a trouvé un os. Qu'est-ce que vous avez là ?

Je lui tendis la cassette.

— Un chouette film, dit-il. Et alors ?

— Cette version est un peu différente de celle que vous vous rappelez. Le clou c'est quand Bergen et Olga Stettner commettent un meurtre devant la caméra.

— Qu'est-ce que vous racontez ?

— Quelqu'un a copié une autre bande sur cette cassette. Après vingt minutes de Lee Marvin, on passe à de la vidéo amateur. Bergen, Olga et un ami, mais avant la fin du film, l'ami est mort.

Il prit la cassette vidéo et la soupesa.

— Vous voulez dire que vous avez là un *snuff film* ?

— Une cassette *snuff*, en tout cas.

— Et elle appartient aux Stettner ? Comment avez-vous fait...

— C'est une longue histoire.

— J'ai le temps.

— Elle est aussi très compliquée.

— Alors c'est bien que vous m'ayez pris assez tôt, dit-il. Pendant que mon esprit est encore frais.

Je dus parler pendant au moins une heure. Je lui racontai tout depuis le début, en commençant par Will Haberman

286

atterré me demandant de visionner la cassette, puis le reste, sans rien omettre. Durkin avait, sur son bureau, un carnet à reliure spirale ; il l'ouvrit très vite à une page blanche et prit des notes. De temps en temps, il me demandait de lui fournir un éclaircissement mais, la plupart du temps, il me laissa raconter ça à ma façon.

Quand j'eus terminé, il me dit :

— C'est quand même drôle, la façon dont les choses s'emboîtent les unes dans les autres. Si votre ami n'était pas celui qui a loué cette cassette et s'il ne s'était pas pressé de vous l'apporter, il n'y aurait jamais rien eu qui permettait d'établir un rapport entre Thurman et Stettner.

— Et moi, je n'aurais sans doute rien eu qui me donne le moyen de commencer à démonter Thurman. et il ne m'aurait pas choisi pour vider son sac. Le soir où je l'ai rencontré au Paris Green, j'avais simplement l'intention de tâter le terrain. J'avais l'impression que je n'arriverais pas à grand-chose. Je pensais qu'il pouvait connaître Stettner par Five Borough Cable et parce que je les avais vus l'un et l'autre à la New Maspeth Arena. Alors je lui ai montré le portrait-robot, pour voir sa réaction, et c'est ce qui a tout fait démarrer.

— Et qui l'a précipité par la fenêtre.

— Mais c'était une coïncidence qui essayait déjà de se produire, poursuivis-je. J'ai failli être mêlé à tout ça bien avant que Haberman ait loué la vidéocassette. Un de mes amis avait parlé de moi à Leveque quand celui-ci cherchait un détective privé. S'il m'avait téléphoné, Leveque n'aurait peut-être pas été assassiné.

— Ou vous auriez pu être assassiné avec lui. (Joe fit passer la cassette d'une main dans l'autre, comme s'il espérait que quelqu'un allait l'en débarrasser.) Je suppose qu'il va me falloir regarder ça. Il y a un magnétoscope dans la salle de repos, si on peut en écarter les vieux routiers qui passent leur journée entre Debbie et Dallas. (Il se leva.) Il vaut mieux que vous veniez le voir avec moi. Comme ça, s'il y a des subtilités qui m'échappent, vous pourrez me les signaler.

La salle de repos était vide. Durkin accrocha une pancarte à la porte, pour que nous ne soyons pas dérangés. Nous fîmes passer le début des *Douze Salopards* en avance rapide, puis le film «maison» des Stettner commença. Au début, Joe fit des commentaires de flic sur les costumes, sur la silhouette d'Olga Stettner, mais quand l'action eut vraiment démarré, il ne parla plus. C'était ça, l'effet que produisait ce film. Aucun commentaire n'aurait pu égaler ce qu'on était en train de voir.

Pendant que je rembobinais, il dit :

— Oh, merde !

— Ouais.

— Répétez-moi ce que vous avez dit à propos du gosse qu'ils ont tué. Il s'appelait Bobby, c'est ça ?

— Il s'appelait Joyeux répondis-je. Bobby, c'était le plus jeune, celui de l'autre portrait que je vous ai donné.

— Bobby est celui que vous avez vu à la boxe. Vous n'avez jamais vu Joyeux ?

— Non.

— Non, évidemment. Vous n'auriez pas pu. Il était déjà mort avant que vous ayez vu la cassette, même avant que Leveque se fasse assassiner. C'est compliqué mais vous m'aviez prévenu – hein ? (Il sortit une cigarette du paquet et en tapota le bout sur le dos de sa main.) Il faudra que certaines personnes me donnent le feu vert. Les gens d'en haut et, probablement, ceux des services du Procureur de Manhattan. Ce sera, pour le moins, coton.

— Je sais.

— Il faut que je garde tout ça, Matt. On peut toujours vous joindre au même numéro ? Celui de l'hôtel ?

— Oui, mais je ne serai pas là tout le temps, aujourd'hui.

— Bon ; de toute façon, ne soyez pas surpris si vous n'avez pas de mes nouvelles aujourd'hui. Ce sera plutôt demain ou même mercredi. En principe, je devrais être en train de travailler sur d'autres affaires mais je vais m'atteler tout de suite à celle-ci. (Il sortit la cassette du magnétoscope.) C'est vraiment énorme, dit-il. Vous avez déjà vu un truc pareil ?

— Non.

— Moi, quand je vois des saloperies comme ça, ça me fait mal. Quand j'étais gamin et que je regardais les gars de la police montée sur leur chevaux, je n'avais aucune idée de tout ça vous savez.

— Je m'en doute.

— Rigoureusement aucune putain d'idée.

Je n'eus de ses nouvelles que le mercredi, tard. Je sortis de St. Paul à dix heures du soir et trouvai deux messages en rentrant à l'hôtel. Le premier avait été laissé à 20 h. 45 et me demandait de le rappeler au commissariat. Il avait à nouveau téléphoné trois quarts d'heure plus tard, pour laisser un numéro que je ne reconnus pas.

Je composai ce numéro et demandai à l'homme qui répondit de me passer Joe Durkin. Il posa la main sur le micro mais je l'entendis quand même crier : «Joe Durkin ? Y a quelqu'un ici qui s'appelle Joe Durkin ?» Pendant un instant, je n'entendis plus rien, puis j'eus Durkin au bout du fil.

— Vous travaillez tard, lui dis-je.

— Ouais, ben, je suis plus de service. Dites, vous avez un moment ? Je voudrais vous parler.

— Oui, bien sûr.

— Venez me retrouver ici – hein ? Ah, mais où est-ce qu'on est, ici, bon sang ? Attendez, quittez pas. (Il posa un instant le combiné, puis le reprit et dit :) Ça s'appelle Pete's All American, et c'est…

— Je sais où c'est. Hélas.

— Qu'est-ce qu'il y a ?

— Rien, absolument rien, répondis-je. Veston sport et cravate, ça ira ou il faut que je mette un costume ?

— Dites pas de conneries.

— D'accord.

— Ouais, bon, c'est un peu miteux. Ça vous pose un problème ?

— Non, pas de problème.

— C'est assorti à mon humeur. Où voulez-vous que j'aille, au Carlyle ? Au Rainbow Room ?

— J'arrive.

Pete's All American se trouve sur le trottoir ouest de la Dizième Avenue, à deux cents mètres du Grogan's. Il est là depuis une éternité mais il a peu de chances d'être classé monument historique. Ce n'a jamais été autre chose qu'un infâme troquet.

L'établissement puait la bière éventée et la plomberie bouchée. Quand j'ouvris la porte, le barman leva les yeux d'un air indifférent. Les cinq ou six vieux truands qui étaient au comptoir, ne prirent pas la peine de se retourner. Je passai près d'eux en me dirigeant vers une table du fond, où Joe était assis, le dos au mur. Sur la table, il y avait un cendrier débordant de mégots, un verre à whisky et une bouteille de Hiram Walker Ten High. Il est en principe interdit par la législation relative aux débits de boisson, d'apporter et laisser ainsi une bouteille sur une table mais beaucoup de gens ont tendance à faire une entorse à la loi, surtout pour quelqu'un qui leur montre un insigne doré.

— Ah, vous avez trouvé le bistrot, dit-il. Allez vous chercher un verre.

— Pas la peine.

— C'est vrai, j'oubliais, vous ne buvez pas. Vous touchez pas à cette cochonnerie. (Il leva son verre, but une gorgée et fit la grimace.) Vous voulez un Coca ou quelque chose comme ça ? Faut aller le chercher vous-même. Le service est pas terrible, ici.

— Tout à l'heure, peut-être.

— Alors asseyez-vous. (Il écrasa sa cigarette.) Bon Dieu Matt. C'est pas vrai !

290

— Qu'y a-t-il?

— Oh, merde. (Il posa la main à côté de lui, sur la banquette, et ramena la vidéocassette qu'il lança sur la table. La cassette glissa et atterrit sur mes genoux.) La laissez pas tomber, dit-il. J'ai eu un mal de chien à la récupérer. Ils ne voulaient pas me la rendre. Ils voulaient la garder.

— Que s'est-il passé?

— Mais j'ai piqué une crise, poursuivit-il. Je leur ai dit: «Si vous voulez pas jouer, rendez-moi mes billes.» Ça leur a pas plu mais ils se sont dit qu'il était plus facile de me la rendre que de supporter le cirque que je leur faisais. (Il vida son verre et le reposa bruyamment sur la table.) Oubliez Stettner. Il ne sera pas inculpé.

— Comment ça?

— Il ne sera pas inculpé. J'ai parlé à des flics. J'ai parlé à un adjoint du Procureur. Nous avons tout un tas de trucs mais, finalement, ça veut rien dire.

— Une des choses que nous avons, c'est une preuve visuelle que deux personnes sont en train de commettre un meurtre.

— Ouais, dit Joe. Très juste. C'est ce que j'ai vu et c'est ce que je ne peux pas me sortir de ma putain de tête, et c'est pourquoi je bois du mauvais whisky dans le bistrot le plus infect de la ville. Mais, en fait, qu'est-ce que ça vaut? Il a une cagoule qui lui couvre presque toute la figure, et elle porte une saloperie de masque. Qui sont-ils? Vous dites que ce sont Bergen et Olga et vous avez sans doute raison mais vous vous voyez les mettre tous les deux au banc des accusés, faire voir ce truc aux jurés et après leur demander d'identifier les assassins? «Huissier, veuillez retirer la robe de Mme Olga Stettner, l'accusée, pour permettre aux jurés de bien regarder ses nichons afin de voir s'ils correspondent à ceux du film?» Parce qu'en fait, y a que les nichons qu'on voit bien.

— On voit aussi sa bouche.

— Ouais, mais il y a presque toujours quelque chose

dedans. Je vais vous dire. Il est plus que probable que vous ne puissiez jamais faire voir ce film à un jury. N'importe quel avocat de la défense essaierait de le faire rejeter et y parviendrait sans doute parce qu'il serait considéré comme de la provocation. C'est d'ailleurs bien mon opinion. Putain, rien que d'y penser, ça me donne des envies de meurtre. Ou tout au moins de mettre ces deux salopards en taule et de souder la porte de leur cellule.

— Mais un jury ne serait pas autorisé à le voir.

— Probablement pas. Mais avant qu'on en arrive à ce stade, ils me disent qu'on ne peut même pas prononcer une inculpation, parce que qu'est-ce qu'on a à présenter à un jury d'accusation? Et, pour commencer, qui a été assassiné?

— Un gosse.

— Un gosse dont on ne sait fichtrement rien. Peut-être bien qu'il s'appelle Joyeux et peut-être bien qu'il est originaire du Texas ou de la Caroline du Sud ou de quelque autre Etat ou on joue beaucoup au football, au lycée. Où est le cadavre? Personne ne le sait. Quand a été commis ce prétendu meurtre? Personne ne le sait. Est-ce que le gamin a vraiment été tué? Personne ne le sait.

— Vous l'avez vu, Joe.

— Je vois tout le temps des trucs à la télé et au cinéma. On appelle ça des effets spéciaux, des trucages. Il y a leurs héros-meurtriers, Jason ou Freddie, qui tournent film sur film où on les voit liquider des gens à droite et à gauche. Je vous garantis que ça fait aussi vrai que le numéro de Bergen et Olga.

— Il n'y a pas de trucage dans ce que nous avons vu. C'était de la vidéo amateur.

— Je le sais. Je sais aussi que cette bande ne constitue pas une preuve recevable du fait qu'un meurtre a été commis et que si vous ne pouvez apporter la preuve que quelqu'un a été assassiné, en précisant à quel endroit et à quelle date, vous n'avez en fait rien à présenter à un tribunal.

— Et Leveque?

— Quoi, Leveque?

— On sait qu'il a été assassiné.

— Et alors? Quel rapport entre Leveque et l'un ou l'autre ou les deux Stettner? Le seul et unique lien entre eux est le prétendu témoignage de Thurman qui, pour tout arranger, est mort et qui vous avait dit ça au cours d'une conversation privée, en l'absence de tout témoin. Et tout ça, c'est des ouï-dire, donc sans doute irrecevable. D'ailleurs, même Thurman n'aurait pas pu établir un rapport entre les Stettner et le film. Il vous a dit que Leveque voulait faire chanter Stettner à propos d'un film, mais il a dit aussi que Stettner avait récupéré le film et qu'il n'en avait plus entendu parler. Vous pouvez être persuadé qu'il s'agissait bien du film dont nous parlons, que Leveque était l'opérateur et qu'il était là quand le sang du gosse a coulé dans le conduit, mais ce n'est pas une preuve. Vous ne pourriez même pas le dire dans un tribunal sans qu'un avocat vous saute à la gorge.

— Et l'autre gosse, le plus jeune?

— Mon pauvre vieux, là, qu'est-ce que vous avez? Vous avez un portrait-robot qui a été fait d'après le souvenir que vous aviez de lui un soir où il était assis à côté de Stettner, pendant un match de boxe. Vous avez quelqu'un qui a trouvé un môme qui dit qu'il reconnaît ce gosse, qu'il s'appelle Bobby mais il ne sait pas son nom de famille ni d'où il vient ni où il est passé. Vous avez quelqu'un d'autre qui dit que ce Bobby était avec un maquereau qui avait l'habitude de menacer les gosses de les envoyer faire une passe dont ils ne reviendraient pas.

— Il s'appelle Juke, lui dis-je. Il ne devrait pas être trop difficile à trouver.

— Ça a même été un jeu d'enfant. Les gens se plaignent beaucoup de ce qu'on ait tout mis sur informatique mais, grâce à ça, il y a des choses qui sont drôlement faciles. Juke est un type qui s'appelle Walter Nicholson. Alias Juke, alias Juke

Box. La première fois qu'il a été condamné, c'était pour avoir fracturé des distributeurs automatiques ; c'est de là qu'il tient son surnom. Il a été arrêté pour viol, pour incitation de mineurs à la débauche et pour racolage. Autrement dit, un tas d'arrestations pour proxénétisme et, manifestement, un proxénète d'enfants. La crème, quoi.

— Vous ne pouvez pas le cueillir ? Il pourrait établir un lien entre Stettner et Bobby.

— Il faudrait pouvoir le faire parler, ce qui ne serait pas facile, à moins qu'on ait un moyen de pression sur lui, ce qui n'est pas le cas. Il faudrait ensuite trouver quelqu'un qui veuille bien croire ce qu'un fumier comme Juke peut raconter. Mais, de toute façon, c'est pas la peine d'en parler parce que ce salopard est mort.

— Stettner l'a éliminé.

— Non, Stettner ne l'a pas éliminé.

— Comme il a éliminé Thurman, pour se débarrasser d'un témoin avant que quelqu'un puisse le faire parler. Bon sang, si j'étais venu tout de suite, si je n'avais pas laissé passer tout le week-end...

— Matt. Juke est mort depuis une semaine. Et Stettner n'a rien à voir avec sa mort et ne sait probablement même pas qu'il est mort. Juke et un autre citoyen d'élite se sont tiré dessus dans une boîte de Lenox Avenue. Ils se disputaient une fillette de dix ans. La môme doit avoir un sacré tempérament pour que deux hommes adultes se tirent dessus à cause d'elle – croyez pas ?

Je ne répondis pas.

— Ecoutez, dit-il, cette histoire me fout hors de moi. On m'a prévenu hier soir qu'il fallait laisser tomber, et je suis arrivé ce matin et j'ai continué, et ils ont raison. Ils ont tort mais ils ont raison. Et j'ai attendu ce soir pour vous appeler parce que, croyez-le ou non, je redoutais cette conversation. Malgré tout le plaisir que m'apporte votre compagnie en d'autres circonstances.

Il versa du whisky dans son verre. J'en sentis l'odeur mais cela ne me donna pas envie d'en boire. Et ce n'était pas ce qui sentait le plus mauvais chez Pete's All American.

— Je crois que je comprends, Joe. Je savais que, sans Thurman, ce serait un peu mince.

— Avec Thurman, dit-il, je crois qu'on aurait pu les coincer. Maintenant qu'il est mort, on ne peut plus rien faire.

— Mais si vous organisiez une opération à grande échelle…

— Bon sang, Matt, vous ne voyez pas? Il n'y a rien qui puisse justifier une enquête. Personne n'a porté plainte contre Stettner, il n'y a pas de motif pour requérir un mandat, y a que dalle, voilà ce qu'il y a. Pour commencer, cet homme n'est pas un criminel. Il n'a jamais été arrêté. Vous dites qu'il a des relations avec le Milieu, mais son nom ne figure dans aucun dossier, il n'a jamais fait l'objet d'une enquête des services de lutte contre la grande criminalité. Il est blanc comme neige. Il habite Central Park South et gagne bien sa vie dans le commerce des devises étrangères…

— Ça, c'est du blanchiment d'argent.

— C'est vous qui le dites, mais qu'est-ce que vous pouvez prouver? Il paie ses impôts, il donne de l'argent aux bonnes œuvres, il a apporté un soutien financier substantiel à des campagnes électorales…

— Ah!

— Hé, là, pas de ça. Ce ne sont pas ses appuis politiques qui font qu'on ne peut rien contre lui. Personne ne nous a ordonné de laisser tomber parce qu'il est intouchable, qu'il a des amis bien placés. Rien de tout ça. Mais ce gars n'est pas n'importe quel petit voyou qu'on peut bousculer en toute tranquillité. Il faut un dossier imparable pour pouvoir le poursuivre en justice. Vous voulez un exemple de dossier imparable? Je peux vous le dire en deux mots. Vous voulez les entendre? Warren Madison.

— Oh.

— Ouais, «Oh.» Warren Madison, la terreur du Bronx. Un revendeur de drogue; il tue quatre autres dealers, ça nous en sommes sûrs, et probablement cinq de plus, et quand finalement on arrive à coincer cet homme recherché par la Justice, dans l'appartement de sa mère, il abat six flics avant que les autres réussissent à lui passer les menottes. Oui, il abat six flics!

— Je me souviens.

— Et cette ordure de Grulow le défend et qu'est-ce qu'il fait? Ce qu'il fait toujours, il fait le procès des flics. Il sort toute une salade, comme quoi les flics du Bronx utilisaient Madison comme mouchard, il lui filaient de la cocaïne confisquée pour la vendre, et après, ils ont essayé de l'assassiner pour l'empêcher de parler. Non, mais vous vous rendez compte? Six officiers de police lardés de balles, pas un seul pruneau dans ce salopard de Warren Madison, et ça veut dire que c'était un coup monté par la police pour tuer ce fumier.

— Le jury l'a cru.

— Ces putains de jurés du Bronx; pour Hitler, ils auraient sans doute prononcé un non-lieu et l'auraient renvoyé chez lui en taxi. Et ça, c'était pour une petite merde de dealer dont tout le monde savait qu'il était coupable. Vous imaginez un peu ce que ça donnerait si on essayait de s'attaquer, avec un dossier plutôt faiblard, à un citoyen bien assis comme Stettner? Vous voyez ce que je veux dire, Matt? Vous voulez que je recommence à vous expliquer?

Je voyais ce qu'il voulait dire mais il recommença quand même. A un certain moment de ses explications, c'est le Ten High qui commença à l'emporter. Le regard de Joe perdit de sa vivacité et son débit devint traînant. Il se mit bientôt à se répéter et à perdre le fil de son argumentation.

— Si on sortait de ce boui-boui? lui dis-je. Vous n'avez pas faim? Allons manger quelque chose, peut-être boire un café.

— Qu'est-ce que ça veut dire?

— Simplement que je mangerais volontiers un morceau.

— Mon cul. Vous avisez pas de me faire la leçon, espèce de morveux.

— Il n'en est pas question.

— Ouais, tu parles! Qu'est-ce qu'on vous apprend à vos réunions? A emmerder les autres quand ils ont envie de boire tranquillement un verre ou deux?

— Non.

— C'est pas parce que vous êtes une petite nature, plus capable de tenir la boisson, qu'il faut vous prendre pour le messager du bon Dieu, envoyé sur terre pour empêcher les autres de boire un coup quand ils en ont envie.

— Vous avez raison.

— Asseyez-vous. Où vous allez? Asseyez-vous, bon sang.

— Je crois que je vais rentrer chez moi.

— Matt? Je vous demande pardon. Je crois que là, j'ai exagéré. Je ne pensais pas ce que j'ai dit. Ça va?

— Pas de problème.

Il renouvela ses excuses. Je l'assurai que ce n'était rien. Puis, l'alcool reprenant le dessus et l'entraînant dans l'autre direction, il décida qu'il n'aimait pas le ton sur lequel j'avais dit ça.

— Attendez un instant, lui dis-je. Bougez pas, je reviens.

Je sortis et rentrai chez moi.

Il était ivre et il lui restait encore une demi-bouteille. Il avait son revolver dans l'étui sur sa hanche, et il me sembla reconnaître sa voiture garée près d'un extincteur. Voiture, ivresse et revolver formaient une combinaison dangereuse mais je n'étais pas un messager du bon Dieu, envoyé sur terre pour empêcher les gens de boire un coup ou pour m'assurer qu'ils rentraient chez eux sains et saufs.

20

Ce soir là, quand je m'endormis, la vidéocassette était sur la table de nuit, à côté du réveil, et, le lendemain matin, ce fut la première chose sur laquelle mon regard tomba. Je la laissai là et sortis vaquer à mes affaires. C'était jeudi, et si je ne fis pas, ce soir-là, le trajet jusqu'à Maspeth pour aller assister aux matches de boxe, je rentrai quand même à temps pour regarder le combat vedette à la télévision. Mais ce n'était pas vraiment pareil.

Une autre journée s'écoula avant que me vienne l'idée que la place de cette cassette n'était pas là mais dans mon coffre à la banque, seulement c'était samedi et la banque était fermée. Ce jour-là, je sortis avec Elaine ; nous passâmes l'après-midi à flâner dans les galeries de SoHo, nous allâmes dîner dans un restaurant italien du Village, puis écouter une formation de trois pianistes au Sweet Basil. Ce fut une de ces journées de longs silences, telles que ne peuvent les vivre que deux personnes qui se sentent bien en compagnie l'une de l'autre. Dans le taxi qui nous ramenait, nous nous tenions la main, sans dire un mot.

Je lui avais parlé plus tôt de ma conversation avec Joe et, pendant toute la durée de l'après-midi et de la soirée, nous n'étions, ni l'un ni l'autre, revenus sur ce sujet. Le lendemain soir, je dînai, comme tous les dimanches, avec Jim Faber à qui je ne parlai pas du tout de l'affaire. Elle me vint une ou deux fois à l'esprit au cours de notre entretien mais ce n'était pas un sujet dont j'avais besoin de parler.

Maintenant, cela me paraît curieux mais je passai alors plusieurs jours sans presque y penser. Ce n'était pas que j'eusse beaucoup d'autres préoccupations. Ce n'était pas non plus que le sport me procurât beaucoup de diversions, car cette époque de l'année est un désert glacé qui s'étend du Super Bowl jusqu'au début des matches d'entraînement du printemps.

D'après ce que j'en connais, l'esprit a plusieurs niveaux ou compartiments, et ne fonctionne pas seulement par la pensée consciente. Quand j'étais inspecteur de police et, depuis lors, dans mon travail indépendant, il ne m'est pas souvent arrivé de faire un effort conscient de réflexion pour résoudre une affaire. La plupart du temps, l'accumulation de détails a fini par rendre la solution évidente mais, quand un problème a fait appel à ma perspicacité la plupart du temps la solution m'est venue tout seule. Une partie inconsciente de mon esprit avait manifestement analysé les données connues du problème, me permettant de le considérer sous un jour nouveau.

Je ne peux donc que supposer que je pris inconsciemment la décision de mettre un moment en sommeil le problème Stettner, de me le sortir de l'esprit (ou peut-être de l'y garder en réserve, mais dans un recoin plus profond), jusqu'à ce que je sache comment m'y attaquer.

Le mardi matin, je téléphonai aux Renseignements et demandai le numéro de téléphone du domicile de Bergen Stettner dans Central Park South. La téléphoniste me répondit qu'elle ne pouvait pas donner ce numéro-là mais qu'elle avait, pour cette personne, le numéro d'une entreprise commerciale, dans Lexington Avenue. Je la remerciai et raccrochai. Je rappelai aussitôt, tombai sur quelqu'un d'autre, cette fois sur un homme, lui dis que j'étais officier de police, et inventai un nom et un numéro de plaque. Je lui dis que j'avais besoin d'un numéro qui figurait sur la liste rouge, ainsi que le nom et l'adresse de la personne en question. Il me donna le numéro, et je le remerciai. Je raccrochai puis composai ce numéro.

A la femme qui répondit, je demandai à parler à M. Stettner. Quand elle me dit qu'il était sorti, je lui demandai si elle était Mme. Stettner. Au bout d'une ou deux secondes de réflexion, elle en convint.

Je lui dis :

— Madame Stettner, je suis en possession de quelque chose qui vous appartient, à vous et à votre mari, et j'espère que vous êtes prêts à offrir une récompense substantielle pour qu'elle vous soit restituée.

— Qui est à l'appareil ?

— Je m'appelle Scudder. Matthew Scudder.

— Je ne crois pas vous connaître.

— Nous nous sommes déjà vus, lui dis-je, mais il n'y a pas de raison que vous vous souveniez de moi. Je suis un ami de Richard Thurman.

Cette fois, elle réfléchit plus longtemps avant de me répondre, sans doute pour essayer de décider si j'étais au courant de ses relations personnelles avec Thurman. Elle conclut manifestement que je l'étais et dit :

— Quelle tragédie ! Un choc douloureux.

— Sans doute.

— Et vous dites que vous étiez un de ses amis ?

— C'est ça. J'étais aussi un ami intime d'Arnold Leveque.

A nouveau, elle marqua une pause.

— Je regrette mais je ne le connais pas.

— Une autre tragédie.

— Je vous demande pardon ?

— Il est mort.

— Je suis navrée, mais je ne connaissais pas ce monsieur. Si vous pouviez me dire quelle est la chose que vous souhaitez...

300

— Au téléphone? Vous êtes sûre de vouloir que je vous le dise au téléphone?

— Pour le moment, mon mari n'est pas là. Si vous voulez laisser votre numéro, il vous rappellera sans doute.

— J'ai une bande vidéo faite par Leveque. Vous voulez vraiment que je vous en parle au téléphone?

— Non.

— Je voudrais vous voir en tête-à-tête. Rien que vous, pas votre mari.

— Je vois.

— Dans un lieu public mais où nous pourrions parler sans être entendus.

— Accordez-moi un instant, dit-elle. (Elle s'accorda une bonne minute. Puis elle dit:) Vous savez où j'habite? Oui, bien sûr, vous avez même le numéro de téléphone. Comment avez-vous fait pour l'avoir? En principe, il est impossible de se faire indiquer un numéro qui est sur la liste rouge.

— Ils ont dû faire une erreur.

— Ils ne commettent pas de pareilles erreurs. Oh, évidemment, vous l'avez eu par Richard. Mais...

— Quoi?

— Rien. Vous connaissez l'adresse. Il y a un bar ici-même, dans l'immeuble. C'est toujours très calme, pendant la journée. Venez m'y retrouver dans une heure.

— Très bien.

— Ah, mais un instant. Comment ferai-je pour vous reconnaître?

— Je vous reconnaîtrai, lui dis-je. Vous n'avez qu'à porter le masque. Et rien en haut.

Le bar s'appelait Le mur d'Hadrien. Hadrien était un empereur romain, et le mur qui porte son nom était une fortification élevée dans le nord de l'Angleterre, pour protéger la colonie romaine des Barbares. Je ne voyais pas de raison particulière pour que ce bar fût ainsi nommé. Le décor était luxueux mais discret, avec ses banquettes en cuir rouge et ses tables en formica noir. L'éclairage était indirect et tamisé, la musique, à peine audible.

J'arrivai avec cinq minutes d'avance, m'assis à une table et commandai un Perrier. Elle arriva avec dix minutes de retard, venant du hall, et se tint sous l'arcade de l'entrée, en s'efforçant de scruter la pièce. Pour lui faciliter les choses, je me levai; alors, sans hésiter, elle se dirigea vers ma table.

— J'espère que vous ne m'avez pas attendue trop longtemps, dit-elle. Je suis Olga Stettner.

Je serrai la main qu'elle me tendait. Sa main était douce et fraîche, sa poignée de main était ferme. Je songeai à l'expression «une main de fer dans un gant de velours.» Ses ongles étaient longs et le rouge de leur vernis était assorti à celui de ses lèvres.

Dans le film vidéo, le bout de ses seins avait la même couleur.

Nous nous assîmes tous les deux et, presque aussitôt, le garçon se tint près de notre table. Elle l'appela par son prénom et lui demanda un verre de vin blanc. Je lui dis qu'il pouvait m'apporter un autre Perrier. Nous ne dîmes plus rien, ni elle ni moi, jusqu'à ce qu'il nous eût apporté nos verres et fût reparti. Alors, elle dit:

— Je vous ai déjà vu.

— Oui, je vous l'avais dit.

— Où ça? (Elle fronça les sourcils, puis elle dit:) Mais oui, bien sûr, à la New Maspeth Arena. Au sous-sol. Vous étiez en train de fureter.

— Je cherchais les toilettes Messieurs.

— C'est ce que vous avez prétendu.

Elle leva son verre de vin et but une infime gorgée, tout juste de quoi s'humecter les lèvres. Elle portait un chemisier de soie de couleur foncée et un foulard de soie à motifs, attaché au niveau du cou par une épingle ornée d'une pierre. La pierre semblait être un lapis, et il semblait qu'Olga Stettner eût les yeux bleus, mais il était difficile de discerner les couleurs à la faible lumière du bar.

— Dites-moi ce que vous voulez, fit-elle.

— Je pourrais peut-être commencer par vous dire ce que j'ai.

— Très bien.

Je lui dis d'abord que j'étais un ancien flic, ce qui ne sembla pas vraiment la surprendre. (Je dois en avoir l'allure.) Que j'avais fait la connaissance d'un certain Arnold Leveque lorsque nous l'avions arrêté au cours d'une rafle destinée à purger Times Square. Je lui expliquai que Leveque était vendeur dans une librairie porno et que le motif de son arrestation était qu'il détenait et vendait des marchandises obscènes.

— Quelque temps après, poursuivis-je, quelque chose s'est présenté qui m'a amené à quitter la police de New York. L'an dernier, j'ai eu des nouvelles de Leveque qui avait entendu dire que j'étais devenu détective privé. Ça faisait des années que je n'avais pas vu Arnie. Il était toujours le même. Plus gros, mais toujours à peu près le même.

— Je ne l'ai jamais vu.

— Comme vous voudrez. Nous nous sommes rencontrés et il m'a parlé mais il y est allé prudemment. Il m'a raconté qu'il avait été engagé comme cameraman par des gens qui voulaient tourner un film dans leur sous-sol, un film amateur, mais irréprochable sur le plan technique. Personnellement, je ne vois pas comment je pourrais me laisser aller sous les yeux d'un type aussi répugnant qu'Arnie mais vous, ça n'a pas freiné votre élan, n'est-ce pas?

— Je ne sais pas de quoi vous parlez.

Je ne portais pas de micro-espion, mais même si j'avais été sonorisé comme un studio d'enregistrement, ça n'aurait fait aucune différence. Elle n'avait pas l'intention de reconnaître quoi que ce soit. Son regard me disait qu'elle suivait tout ce que je disais, mais elle prenait soin de ne pas se laisser entraîner à dire quelque chose qu'elle aurait pu regretter.

Je poursuivis :

— Comme je vous le disais, Arnie s'est montré prudent. Il avait une copie de la bande et il s'apprêtait à la vendre fort cher, mais il s'est bien gardé de me dire combien. Cependant, il craignait que l'acheteur lui joue un mauvais tour, et c'est pour ça qu'il avait besoin de moi. Il voulait que je le protège, que je m'assure que l'acheteur ne pourrait pas l'éliminer.

— Et vous l'avez fait ?

— Arnie a voulu être trop malin. Vous comprenez, il voulait un renfort mais il ne voulait pas d'un associé. Il voulait tout garder pour lui. Il m'aurait peut-être donné mille dollars pour ma peine. Toujours est-il que, pour se protéger de moi, il m'a fourni un minimum de renseignements et, du même coup, il a oublié de se protéger de son acheteur, et le résultat est qu'il s'est fait assassiner à coups de couteau dans une ruelle de Hell's Kitchen.

— C'est triste.

— Ce sont des choses qui arrivent. On dit que les loups ne se mangent pas entre eux mais on ne peut pas en dire autant des requins. Dès que j'ai appris ce qui s'était passé, je suis allé chez lui, en faisant croire à la gardienne que j'étais de la police, et j'ai bien regardé partout. Je ne m'attendais pas à trouver grand-chose parce que les flics étaient déjà passés et qu'ils n'étaient sans doute pas les premiers puisque les clés d'Arnie avaient disparu quand on a trouvé son cadavre. Il ne me resterait probablement plus que les vieilles mochetés dont personne n'avait voulu, si je peux me permettre cette image, madame Stettner.

Elle me regarda sans broncher.

Je continuai :

— Seulement je savais quelque chose. Je savais qu'Arnie avait gardé une copie de la bande, parce que ça, il me l'avait dit. Alors j'ai ramassé toutes les cassettes que j'ai trouvées chez lui. Il devait y en avoir une quarantaine, tous ces vieux films qui vous feraient éteindre le poste s'ils passaient à la télévision. Il en raffolait. Et puis je suis rentré chez moi, je me suis assis devant la télé, j'ai mis les cassettes dans le magnétoscope et je les ai regardées, les unes après les autres. Et, surprise, voilà qu'il y en avait une qui ne correspondait pas à l'étiquette. J'étais en train de la visionner en accéléré, comme je l'avais fait pour les autres, et brusquement ce n'était plus le même film, on se trouvait dans une pièce où un adolescent était attaché à un chevalet en métal, qui faisait penser à un truc de l'Inquisition espagnole, et il y avait une belle femme qui portait un pantalon de cuir, des gants, des talons hauts et rien d'autre. J'ai remarqué que vous portez encore un pantalon de cuir, aujourd'hui, madame Stettner, mais je suppose que ce n'est pas le même parce que celui qu'on voit dans le film ne protège pas le sexe.

— Parlez-moi du film.

Je lui en racontai suffisamment pour qu'il soit bien clair que je l'avais vu.

— L'intrigue n'était pas terrible, lui dis-je, mais la fin était géniale, et puis ce dernier plan symbolique avec le sang qui ruisselle sur le sol et dans le conduit. Il faut reconnaître que là, Arnie s'est dépassé, et aussi ce carrelage noir et blanc, comme dans le sous-sol de la New Maspeth Arena – une sacrée coïncidence, vous ne trouvez pas ?

Elle fronça les lèvres et laissa échapper de l'air en un sifflement silencieux. Il lui restait encore un demi-verre de vin mais, au lieu de le prendre, elle tendit la main vers mon verre de Perrier. Elle but une petite gorgée et reposa aussitôt le verre là où elle l'avait pris. Il y avait, dans ce geste, quelque chose de curieusement intime.

— Vous avez parlé de Richard Thurman, me dit-elle.

— Oui, justement. Parce que bon, j'avais la bande vidéo d'Arnie, mais qu'est-ce que je pouvais en faire ? Ce tordu ne m'avait même pas dit qui étaient ces gens. J'avais là un film amateur que ses acteurs auraient été heureux de récupérer, j'avais de quoi gagner une somme rondelette en leur rendant le précieux service consistant à le leur restituer, mais que faire pour les trouver ? Je me promenais en gardant bien ouverts mes yeux et mes oreilles mais, à moins de tomber par hasard sur un homme qui marchait dans la rue en costume de caoutchouc, avec la quéquette à l'air, c'était fichu.

Je pris mon verre de Perrier et le fit tourner de façon à boire à l'endroit où ses lèvres avaient touché le bord. Une forme de baiser par procuration.

— Et puis voilà que Thurman entre dans le tableau, lui dis-je. Avec une femme qui est morte assassinée et l'opinion publique partagée quant à sa responsabilité à ce sujet. Je tombe sur lui dans un bistrot, et comme il travaille à la télévision, nous en venons à parler d'Arnie qui, bien avant que je le connaisse, a été employé par une des chaînes. Curieusement, votre nom vient sur le tapis.

— Mon nom ?

— Et celui de votre mari. Des noms très caractéristiques, faciles à retenir à la fin d'une longue soirée au bistrot. Thurman avait bu plus que moi, mais il parlait avec verve, beaucoup d'allusions et d'insinuations. Je pensais que nous nous reverrions pour bavarder, mais nous n'en avons pas eu le temps parce qu'il est mort. Il paraît qu'il s'est suicidé.

— C'est très triste.

— Une tragédie, comme vous le disiez tout à l'heure au téléphone. Le jour-même où il est mort, je suis allé à Maspeth. J'avais rendez-vous là-bas avec lui et il devait me désigner du doigt votre mari. Thurman n'est pas venu ; il devait déjà être mort mais je n'avais plus besoin de lui pour me montrer votre mari, parce que je vous avais reconnus tous les deux. Puis je suis descendu au sous-sol et là, j'ai reconnu le carrelage par terre. Je ne suis pas arrivé à trouver la pièce où vous avez tourné le film mais c'était peut-être une des portes fermées à clé. A moins que vous n'ayez changé le décor depuis le tournage. (Je haussai les épaules.) Ça n'a pas d'importance. Les intentions de Thurman n'ont pas d'importance, pas plus que l'aide qu'on a pu lui apporter pour passer par la fenêtre. Ce qui a de l'importance, c'est que j'ai la chance de me trouver dans une situation où je peux faire quelque chose d'utile pour quelqu'un qui est dans une situation où il peut m'en récompenser.

— Que voulez-vous?

— Ce que je veux? C'est facile. Je veux ce que voulait Arnie. Ni plus ni moins. N'est-ce pas, en gros, ce que veut tout le monde? (Sa main était posée sur la table, à quelques centimètres de la mienne. Je tendis un doigt et touchai le dos de cette main.) Seulement, ajoutai-je, je ne veux pas recevoir ce qu'il a obtenu. C'est tout.

Pendant un long moment, elle regarda nos mains sur la table. Puis elle posa sa main sur la mienne et me regarda dans les yeux. Je voyais maintenant le bleu de ses yeux, et je sentais l'intensité de son regard.

— Matthew, dit-elle en prononçant lentement mon nom, comme pour en déguster la saveur. Non, je crois que je vous appellerai simplement Scudder.

— Comme vous voudrez.

Elle se leva. Je crus un instant qu'elle voulait s'en aller mais, à la place, elle contourna la table et me fit signe de me pousser vers la gauche. Puis elle s'assit à côté de moi sur la banquette et posa à nouveau sa main sur la mienne.

— Maintenant, dit-elle, nous sommes du même côté.

Elle était très parfumée. Un arôme musqué, ce qui ne m'étonnait pas. Je ne m'étais pas attendu à ce qu'elle promène une odeur de pin ou de muguet.

— Il était difficile de parler, dit-elle. Vous me comprenez, Scudder? (Je ne crois pas qu'elle avait un accent, mais il y avait, dans ses paroles, une légère intonation européenne.) Comment voulez-vous que je dise quoi que ce soit? Vous pourriez être en train de me berner, être équipé d'un micro-espion de façon à enregistrer tout ce que je dis.

— Je ne suis pas équipé d'un micro-espion.

307

— C'est vous qui le dites, mais moi...

Elle se tourna vers moi et posa la main sur ma cravate, juste au-dessous du nœud. Sa main descendit le long de la cravate, sous le devant de mon veston. L'air pensif, elle promena sa main sur le plastron de ma chemise.

— Je vous l'avais bien dit.

— Oui, murmura-t-elle, vous me l'aviez dit. (Sa bouche était près de mon oreille, et je sentais la chaleur de son souffle sur le côté de mon visage. Sa main se posa sur ma jambe et remonta le long de l'intérieur de ma cuisse.) Vous avez apporté la cassette vidéo?

— Elle est dans mon coffre, à la banque.

— Quel dommage. Nous aurions pu monter la regarder chez moi. Qu'avez-vous ressenti en la voyant?

— Je ne sais pas.

— Vous ne savez pas? Qu'est-ce que c'est que cette réponse? Bien sûr que vous le savez. Cela vous a excité, n'est-ce pas?

— C'est possible.

— Ce n'est pas possible, c'est certain. En ce moment, vous êtes excité, Scudder. Vous bandez. Je pourrais vous faire jouir tout de suite, rien qu'en vous touchant. Ça vous plairait?

Je ne répondis pas.

— Moi, je suis excitée, toute mouillée, dit-elle. Je ne porte pas de culotte. C'est délicieux de porter un pantalon en cuir, moulant, pas de culotte, et d'être toute mouillée directement contre le cuir. Vous voulez monter chez moi? Je vous baiserai jusqu'à plus soif. Vous vous rappelez ce que je faisais à ce garçon?

— Vous l'avez tué.

— Vous croyez qu'il a tant souffert que ça? (Elle se rapprocha et prit entre ses dents le lobe de mon oreille.) Pendant trois jours, Bergen et moi l'avons baisé de tous les côtés et de toutes les façons. Nous l'avons baisé, nous l'avons sucé, nous lui avons procuré toutes les drogues qu'il voulait. Une vie entière de plaisir, voilà ce qu'il a eu.

— La fin ne lui a pas tellement plu.

— Oui, bon, il a eu mal – et alors ? (Sa main me caressait au rythme de ses paroles.) D'accord, il n'a pas vécu jusqu'à l'âge de cent ans, il n'est pas devenu un vieux monsieur. Mais qui veut devenir un vieux monsieur ?

— Il a dû mourir joyeux.

— C'est comme ça qu'il s'appelait, Joyeux.

— Je sais.

— Vous le saviez ? Vous savez beaucoup de choses, Scudder. Vous croyez que vous ne vous en fichez pas de ce garçon ? Si vous tenez tellement à lui, comment se fait-il que vous bandiez ?

Une bonne question. Je répondis :

— Je n'ai jamais dit que je tenais à lui.

— A quoi tenez-vous, alors ?

— Je tiens à recevoir de l'argent en échange de la cassette. Et à vivre assez longtemps pour pouvoir le dépenser.

— Et à quoi d'autre ?

— Pour le moment, ça me suffit.

— Vous me désirez, n'est-ce pas ?

— Les gens qui sont en enfer désirent de l'eau glacée.

— Mais ils ne peuvent pas en avoir. Si vous le vouliez, vous pourriez m'avoir. Nous pourrions monter tout de suite.

— Non, je ne crois pas.

Elle s'écarta de moi.

— Il n'y a rien à faire avec vous. On peut dire que vous êtes coriace !

— Pas particulièrement.

— Richard aurait déjà été sous la table. En train d'essayer de me manger à travers le pantalon de cuir.

— Et voyez où ça l'a conduit.

— Il n'était pas si malheureux que ça.

— Je sais. Qui veut devenir un vieux monsieur ? Ecoutez,

ce n'est pas parce que vous me faites bander que vous pourrez me mener par le bout de la queue. Bien sûr que j'ai envie
de vous. J'ai eu envie de vous la première fois que j'ai vu
la cassette. (Je pris sa main et la posai sur sa propre cuisse.)
Une fois que nous aurons conclu notre affaire, lui dis-je, alors
je coucherai avec vous.

— C'est ce que vous croyez?

— C'est ce que je pense.

— Vous savez à qui vous me faites penser? A Bergen.

— Le caoutchouc noir ne me va pas.

— Ne le dites pas trop vite.

— Et je suis circoncis.

— Vous pourrez peut-être vous faire faire une greffe. Non,
vous êtes comme lui intérieurement, vous êtes aussi coriaces
l'un que l'autre. Vous avez été flic.

— C'est exact.

— Vous avez déjà tué quelqu'un?

— Pourquoi?

— Vous l'avez fait. Vous n'avez pas besoin de répondre,
je le sens. Ça vous a plu?

— Pas particulièrement.

— Vous êtes sûr que c'est la vérité?

— Qu'est-ce que la vérité?

— Ah, voilà une question vieille comme le monde. Mais
je crois que je vais retourner m'asseoir en face de vous. Si
nous devons parler affaires, il vaut mieux que nous puissions
nous regarder.

Je lui dis que je n'étais pas cupide. Que je voulais un seul
et unique paiement de cinquante mille dollars. C'était la
somme qu'ils avaient payée à Leveque, sauf qu'ils ne lui
avaient pas permis de la garder. Ils pouvaient me payer la
même chose.

— Vous pourriez faire comme lui, dit-elle. Il avait une
copie et jurait qu'il n'en avait pas.

310

— Il a été stupide.

— De garder une copie?

— De prétendre qu'il n'en avait pas. Bien sûr que j'ai fait une copie. J'en ai même fait deux. Une copie est chez un avocat. L'autre se trouve dans le coffre-fort d'un détective privé. Simplement au cas où je me ferais agresser à coups de couteau dans une ruelle ou tomberais par la fenêtre.

— Si vous avez des copies, vous pourrez encore nous extorquer de l'argent.

Je secouai négativement la tête.

— Les copies sont ma garantie. Et mon intelligence est votre garantie. En vous vendant la bande une seule fois, je ne vous extorque pas de l'argent. Je vous rends un service. Si j'essayais de me faire payer une seconde fois, vous auriez intérêt à me tuer, et je suis suffisamment intelligent pour m'en rendre compte.

— Et si nous ne vous payons pas la première fois? Vous irez trouver la police?

— Non.

— Pourquoi pas?

— Parce que la cassette ne suffit pas pour vous faire condamner. Non, j'irais voir les journaux. La presse à sensation se régalerait. On saurait que vous avez trop de crimes sur la conscience pour intenter un procès en diffamation. On ne vous laisserait pas tranquilles. Vous ne seriez peut-être jamais poursuivis en justice mais l'attention que vous attireriez vous rendrait la vie impossible. Les amis californiens de votre mari ne seraient sans doute pas ravis de vous voir ainsi en vedette et, dans l'ascenseur, vos voisins vous regarderaient d'un drôle d'air. Vous paieriez cinquante mille dollars pour éviter ce genre de publicité, n'est-ce pas? Tout le monde le ferait sans hésiter.

— Ça fait beaucoup d'argent.

— Vous croyez vraiment? Je ne sais pas si je pourrais m'en faire donner autant par une feuille à scandales, mais j'en obtiendrais au moins la moitié. Si les gars ne réussissent pas à augmenter leur tirage avec une histoire comme ça, c'est qu'ils se sont trompés de métier. Je pourrais, cet après-midi, entrer dans un bureau et en ressortir avec un chèque de vingt-cinq mille dollars et, par-dessus le marché, personne ne m'accuserait d'être un maître chanteur. On me traiterait de détective champion et on me chargerait sans doute de déterrer d'autres scandales.

— Il va falloir que j'en parle à Bergen. Vous dites que ce n'est pas une somme si grosse que ça mais il faudra du temps pour la réunir.

— Vous plaisantez! Pour un homme qui s'occupe de blanchiment d'argent, il n'est pas difficile de se procurer cinquante mille dollars. Vous en avez probablement cinq fois plus à l'abri dans votre appartement.

— Vous avez une drôle d'idée de la façon dont on fait marcher une affaire.

— Je suis sûr que vous pouvez avoir cet argent demain soir, lui dis-je. Et c'est demain soir que je le veux.

— Mon Dieu, dit-elle, vous êtes si semblable à Bergen.

— Nous n'avons pas les mêmes goûts.

— Vous croyez? Ne soyez pas si sûr de ce que sont vos goûts tant que vous n'avez pas essayé tout ce qu'il y a dans votre assiette. Et ça, vous ne l'avez pas encore fait, n'est-ce pas?

— Je n'ai pas sauté trop de repas.

— Bergen voudra faire votre connaissance.

— Demain soir, quand nous conclurons notre affaire. J'apporterai la cassette vidéo, comme ça vous pourrez voir ce que vous achetez. Vous avez un magnétoscope à Maspeth?

— Vous voulez que l'échange ait lieu là-bas? A la New Maspeth Arena?

— Je pense que c'est l'endroit le moins dangereux pour les deux parties.

— Dieu sait qu'on y est tranquille, dit-elle. En dehors du

312

jeudi soir, tout ce coin est un vrai désert. Et même le jeudi, ce n'est pas tellement animé. Demain, on est quel jour, mercredi? Je crois que ce serait possible. Bien sûr, il faut d'abord que je parle à Bergen.

— Bien sûr.

— Quelle heure vous arrangerait?

— Le soir tard, répondis-je. Mais je peux vous rappeler tout à l'heure pour mettre les détails au point.

— Oui. (Elle consulta sa montre.) Rappelez-moi vers seize heures.

— D'accord.

— Bon. (Elle ouvrit son sac et déposa de l'argent sur la table pour régler nos consommations.) Je vais vous dire quelque chose, Scudder. Je voulais vraiment monter avec vous, tout à l'heure. J'étais vraiment trempée. Je ne jouais pas la comédie.

— Je ne pensais pas que c'était de la comédie.

— Et vous me désiriez tout autant. Mais je suis contente que nous n'ayons rien fait. Vous savez pourquoi?

— Dites-le moi.

— Parce que comme ça, il y a encore cette tension sexuelle entre nous. Vous la sentez?

— Oui.

— Et elle ne va pas disparaître. Elle sera encore là demain soir. Je porterai peut-être le pantalon sans entrejambe, à Maspeth. Ça vous plairait?

— Peut-être.

— Et de longs gants et des talons hauts. (Elle me regarda.) Mais rien en haut.

— Juste du rouge à lèvres sur le bout de vos seins.

— Du rouge à joues.

— Mais de la même couleur que votre rouge à lèvres et votre vernis à ongles.

— Et nous jouerons peut-être, dit-elle. Après avoir fait l'échange. Nous jouerons peut-être tous les trois.

— Je ne sais pas.

— Vous croyez que nous essaierions de reprendre l'argent? Vous auriez toujours les copies. Celle qui est chez l'avocat et celle qui est chez le détective privé.

— Ce n'est pas ça.

— Ah, qu'est-ce que c'est?

— « Tous les trois. » Je n'aime pas me sentir à l'étroit.

— Vous ne serez pas à l'étroit dit-elle. Vous aurez toute la place qu'il vous faut.

21

A quatre heures de l'après-midi, je lui téléphonai. Elle devait être assise à côté de l'appareil car elle décrocha dès la première sonnerie.

— Ici Scudder, lui dis-je.

— Vous êtes ponctuel. C'est bon signe.

— De quoi?

— De ponctualité. J'ai parlé à mon mari. Il accepte vos conditions. Il est d'accord pour demain soir. En ce qui concerne l'heure, il vous propose minuit.

— Disons une heure.

— Une heure du matin? Attendez un moment.

Il y eut un instant de silence, puis Stettner prit le combiné. Il me dit:

— Scudder? Bergen Stettner à l'appareil. Une heure du matin me convient très bien.

— Parfait.

— Il me tarde de faire votre connaissance. Vous avez fait forte impression à ma femme.

— Elle est, elle-même, assez impressionnante.

— C'est bien mon avis. Il paraît que nous nous sommes déjà rencontrés, enfin, façon de parler. Vous étiez l'amateur de boxe qui cherchait partout les toilettes là où elles n'étaient pas. Je dois avouer que je ne me souviens plus de quoi vous avez l'air.

— Vous me reconnaîtrez quand vous me verrez.

— J'ai déjà l'impression de vous connaître. Seulement, j'ai un problème au sujet de notre arrangement, d'après les explications que m'a fournies Olga. Vous avez deux copies que vous avez confiées l'une à un avocat et l'autre à un agent – c'est exact ?

— Un avocat et un détective privé. Sous pli fermé.

— Qu'ils sont chargés d'ouvrir dans le cas de votre décès, après quoi ils devront effectuer certaines démarches conformément à vos souhaits. C'est bien ça ?

— Oui.

— Vous prenez des précautions, et c'est compréhensible. Je pourrais vous assurer qu'elles ne sont pas nécessaires mais cela ne suffirait peut-être pas à vous tranquilliser.

— Non, pas tout à fait.

— « Faites confiance à tout le monde mais coupez. » N'est-ce pas ce que disent les joueurs de cartes ? Je me trouve dans un dilemme, Scudder. Supposons que nous concluions notre transaction à la satisfaction générale, que nous allions chacun notre chemin et que dans cinq ans vous descendiez du trottoir et vous vous fassiez écraser par un autobus ? Vous voyez où je veux en venir ?

— Oui.

— Parce que si je tiens mes promesses envers vous…

— Je vois ce que vous voulez dire. Dans le temps, j'ai connu quelqu'un qui se trouvait dans la même situation. Accordez-moi deux minutes, je vais voir si je peux me rappeler comment il avait résolu le problème. (Je réfléchis un instant.) Oui, ça y est. Que pensez-vous de ça ? Je vais dire à ces deux personnes que si je meurs un an ou plus après la date d'aujourd'hui, elles devront détruire le matériel que je leur ai confié, sauf dans le cas où il y aurait des conditions particulières.

— Quel genre de conditions particulières ?

— S'il y a de fortes raisons de suspecter que ma mort est

316

due à un acte de malveillance et si le meurtrier n'a pas été indentifié ou appréhendé. Autrement dit, pour vous, tout ira bien si je me fais écraser par un autobus ou abattre par un amant jaloux. Si je suis assassiné par une ou des personnes inconnues, alors vous serez dans le pétrin.

— Et si vous mourez dans le courant de la première année?

— Vous aurez un problème.

— Même si c'est un autobus?

— Même si c'est un infarctus.

— Oh, là, dit-il, je n'aime pas beaucoup ça.

— Je ne peux pas faire mieux.

— Merde. Vous êtes en bonne santé?

— Ça va.

— J'espère que vous n'êtes pas trop amateur de coke.

— Avec modération. A cause des bulles.

— Amusant. Vous ne faites pas de plongée sous-marine ou de delta-plane, j'espère? Vous ne pilotez pas votre avion personnel? Non mais vous entendez ça? On dirait les questions posées par une compagnie d'assurances. Bon, eh bien, prenez soin de vous, Scudder.

— J'éviterai les courants d'air.

— C'est ça, dit-il. Vous savez, je crois qu'Olga a raison. Je pense que vous allez me plaire. Que faites-vous, ce soir?

— Ce soir?

— Oui, ce soir. Pourquoi ne viendriez-vous pas dîner avec nous? Nous boirons du champagne, nous nous amuserons. Demain, les affaires, mais pourquoi ne pas nous détendre, ce soir?

— Je ne peux pas.

— Pourquoi pas?

— J'ai d'autres projets.

— Vous n'avez qu'à les annuler! Qu'y a-t-il de si important que vous ne puissiez le remettre à une autre date?

— Je dois aller à une réunion des A. A.

Il rit fort et longtemps.

— Ah, ça, c'est merveilleux, dit-il. Vous savez, nous avons tous d'autres projets. Olga doit présider un bal de l'Association des Jeunes Catholiques et je dois moi-même aller, euh…

— Au Conseil des Boy-Scouts ?

— C'est exactement ça, le dîner annuel du Conseil régional des Boy-Scouts. Ils vont me décerner la médaille de la sodomie ; c'est une des récompenses les plus recherchées. Vous êtes un marrant, Scudder. Vous me coûtez beaucoup d'argent mais au moins, avec vous, je m'amuse.

Après cette conversation avec Stettner, j'appelai une agence de location de véhicules du quartier et je réservai une voiture. Au lieu d'aller tout de suite la chercher, je me rendis à pied à la librairie Coliseum Books où j'achetai un plan Hagstrom de Queens. Comme je sortais du magasin, je me rendis compte que j'étais à deux pas de la galerie où j'avais laissé les originaux des portraits de Ray Galindez, pour les faire encadrer. Ils avaient fait du beau travail, et je regardai les dessins au crayon à travers le verre anti-reflets en essayant de ne voir en eux que des œuvres d'art. Je n'y réussis pas tout à fait. J'avais du mal à voir autre chose que deux garçons morts et l'homme qui les avait tués.

Ils me firent un paquet, je payai avec ma carte de crédit et rentrai à l'hôtel. Je rangeai le paquet dans la penderie et passai quelques minutes à étudier le plan de Queens. Puis je sortis manger un sandwich et boire un café en lisant le journal. Je rentrai et regardai encore le plan de Queens. Vers sept heures du soir, je me rendis à l'agence de location de voitures, je payai à nouveau avec ma carte de crédit et me mis au volant d'une Toyota Corolla grise, qui avait soixante-cinq mille kilomètres au compteur. Le réservoir était plein, les cendriers étaient vides, mais la personne qui avait passé l'aspirateur n'avait pas fait un travail exemplaire.

J'avais emporté le plan mais je n'eus pas besoin de m'en

servir. Je pris le Midtown Tunnel et la Long Island Expressway que je quittai juste après l'échangeur BQE. Il y avait de la circulation sur la voie express mais pas beaucoup car, à cette heure-là, les banlieusards étaient déjà devant leur poste de télévision. Je roulai tranquillement et, quand j'atteignis la New Maspeth Arena, je fis lentement le tour du bâtiment et trouvai une place de stationnement.

Je restai là pendant une bonne heure, assis dans la voiture comme un vieux flic paresseux qui exerce une surveillance. Au bout d'un moment, je fus pris d'une envie de pisser, mais je ne m'étais pas muni d'un bocal vide, comme j'avais appris à le faire dans le temps. Le fait que le quartier était désert et que je n'avais pas vu âme qui vive depuis une demi-heure me rendant carrément imprudent, je parcourus trois cents mètres en voiture, m'arrêtai, descendis et urinai contre un mur de brique. Puis je retournai me garer à un autre endroit, de l'autre côté de la rue, en face de la New Maspeth Arena. Cette rue, faite d'une place de stationnement après l'autre, avait de quoi faire rêver un automobiliste.

Un peu après neuf heures, je quittai la Toyota et me dirigeai vers le bâtiment. Je pris tout mon temps, j'observai avec une grande attention, puis je retournai à la voiture, sortis mon carnet et dessinai des croquis. J'avais allumé le plafonnier, mais pas très longtemps.

A dix heures, je rentrai à Manhattan par un autre chemin. Le môme du garage me dit qu'il était obligé de me faire payer une journée entière.

— Autant la garder ce soir, me dit-il. Si vous la ramenez demain après-midi, ça vous coûtera pas un *cent* de plus.

Je lui dis que je n'en avais plus besoin. Le garage se trouvait dans la Onzième Avenue, entre les 57e et 58e rues. Je parcourus une centaine de mètres vers l'est, puis marchai en direction du sud. J'entrai chez Armstrong mais ne vis personne que je connaissais, puis je jetai un coup d'œil chez Pete's All American, juste au cas où Durkin s'y serait trouvé. Il n'y était pas. Je lui avais parlé quelques jours plus tôt et il m'avait dit qu'il espérait bien ne pas avoir tenu de propos désobligeants. Je l'avais assuré qu'il s'était conduit en parfait gentleman.

— Ça, pour moi, c'est une première, m'avait-il dit. Je n'en fais pas une habitude mais, de temps en temps, ça fait du bien de se défouler un bon coup.

J'avais répondu que je savais ce qu'il voulait dire.

Mick n'était pas au Grogan's.

— Il va sans doute passer, me dit Burke. A un moment quelconque d'ici la fermeture.

Je m'assis au comptoir, commandai un Coca, puis quand je l'eus terminé, je passai au soda. Au bout d'un moment, Andy Buckly entra, Burke lui servit une Guiness pression, Andy s'assit à côté de moi et parla basket-ball. Dans le temps, je suivais les rencontres mais, depuis quelques années, je ne m'y intéresse plus beaucoup. Cela n'avait pas d'importance car Andy était prêt à tenir tout seul toute la conversation. La veille, il était allé au Madison Square Garden, et les Knicks avaient rattrapé leur retard en marquant un but à la fin de la partie, lui faisant, du même coup, gagner son pari.

Je le laissai m'entraîner dans une partie de fléchettes, mais je ne commis pas l'erreur de parier avec lui. Il aurait pu me battre en tenant les fléchettes de la main gauche. Nous jouâmes deux parties, puis je retournai m'asseoir au comptoir et bus un autre Coca en regardant la télévision, tandis qu'Andy restait près de la cible et affinait son jeu.

A un moment, l'idée me vint d'aller à une réunion de minuit. Quand j'avais commencé à devenir sobre, il y avait une réunion tous les soirs, à minuit, à l'église morave au coin de Lexington et de la 30e rue. Puis, ayant perdu ce lieu de réunion, le groupe était allé s'installer à Alanon House, dans un des locaux du cercle des A. A. qui en a connu plusieurs dans le quartier des théâtres et qui, à l'heure actuelle, est situé dans un appartement au deuxième étage d'un immeuble de la 46e rue ouest. A une époque où Alanon House n'avait plus d'adresse fixe, quelques personnes avaient institué une nouvelle réunion de minuit dans Houston Street, près de Varick, à l'endroit où le Village touche SoHo. Ce groupe avait instauré d'autres réunions, y compris une pour les insomniaques, tous les jours, à deux heures du matin.

J'avais donc le choix entre différentes réunions de minuit. Je n'avais qu'à demander à Burke de prévenir Mick que je le cherchais et que je serais de retour au plus tard à une heure et demie. Mais quelque chose m'arrêta, quelque chose me retint sur mon tabouret et me poussa à commander un autre Coca quand mon verre fut vide.

J'étais aux toilettes quand Mick finit par arriver un peu avant une heure du matin. Quand je rentrai dans la salle, il était au comptoir avec sa bouteille de JJ&S et son verre Waterford.

— Ah, mon ami, dit-il. Burke m'a prévenu que tu étais là et je lui ai dit de préparer du café. J'espère que tu es d'attaque pour une longue nuit.

— Aujourd'hui, il faudra qu'elle soit courte.

— Bon, on verra, dit-il. J'arriverai peut-être à te faire changer d'avis.

Quand nous fûmes assis à notre table habituelle, il emplit son verre et le tint à la lumière.

— Ça, c'est une belle couleur, dit-il avant de boire.

— Si jamais tu deviens sobre, lui dis-je, sache qu'il existe un soda à la vanille, qui a pratiquement la même couleur.

— Ah, ouais.

— Evidemment, il faudrait le verser doucement dans le verre, autrement ça ferait un faux col.

— Ça gâcherait l'effet, sans doute. (Il but une autre gorgée et soupira :) Je t'en foutrai des sodas à la vanille.

Nous parlâmes un moment de choses sans importance, puis je me penchai vers lui et demandai :

— Tu as toujours besoin d'argent, Mick ?

— Je n'ai pas de trous dans mes chaussures, répondit-il.

— Non.

— Mais j'ai toujours besoin d'argent, je te l'ai dit, l'autre soir.

— C'est vrai.

— Pourquoi ?

— Je sais où tu peux en trouver.

— Ah. (Il resta un instant silencieux, tandis qu'un petit sourire allait et venait sur son visage. Puis il demanda :) Combien ?

— Cinquante mille dollars minimum. Probablement beaucoup plus.

— L'argent de qui ?

Une bonne question. Joe Durkin m'avait rappelé que l'argent ne connaît pas de propriétaire.

— Un couple qui s'appelle Stettner.

— Des trafiquants de drogue ?

— Pas loin. Il fait le commerce des devises, du blanchiment pour le compte de deux frères iraniens qui habitent Los Angeles.

— Des Iraniens, sans blague, dit-il d'un air ravi. Voyez-vous ça. Il serait peut-être bon que tu m'en dises un peu plus long.

Je parlai pendant une vingtaine de minutes. Je sortis mon carnet et lui fis voir les croquis que j'avais faits à Maspeth. Il n'y avait pas grand-chose à dire, mais il revint sur différents détails, consciencieusement. Il réfléchit un moment, puis il versa du whisky dans son verre et l'avala comme si c'était de l'eau fraîche, un jour de grosse chaleur.

— Demain soir, dit-il. Quatre hommes, à mon avis. Deux hommes et moi, plus Andy au volant. Tom pourrait être l'un d'eux et pour l'autre, soit Eddie, soit John. Tu connais Tom. Tu ne connais pas Eddie ni John.

322

Tom était le barman de l'après-midi, un homme pâle, peu loquace, originaire de Belfast. Je m'étais toujours demandé ce qu'il faisait de ses soirées.

— Maspeth, poursuivit Mick. Est-ce qu'il peut sortir quelque chose de bon de Maspeth ? Bon sang, quand je pense qu'on était là à regarder les nègres se taper dessus, pendant qu'on avait une blanchisserie d'argent sous les pieds. Alors c'est pour ça que tu es allé là-bas ? Et que tu m'as fait venir pour te tenir compagnie ?

— Non, c'est le travail qui m'a emmené là-bas, mais à ce moment-là, je travaillais sur une autre affaire.

— Mais tu ouvrais l'œil.

— Sans doute.

— Et tu as tiré des conclusions. Eh bien, c'est tout à fait une situation pour moi. Mais je dois dire que tu m'as surpris.

— Comment ça ?

— En venant me proposer d'en profiter. Ça m'étonne de toi. C'est plus que ne ferait un homme par amitié.

— Tu verses des droits au rabatteur, n'est-ce pas ?

— Ah, dit-il. (Une étrange lueur apparut dans ses yeux.) C'est ce que je fais, oui. Cinq pour cent.

Il me pria de l'excuser un moment car il lui fallait téléphoner. Pendant qu'il était parti, je restai là à regarder sa bouteille et son verre. J'aurais pu boire le café que Burke avait préparé mais je n'en avais pas envie. Je n'avais pas plus envie de whisky.

Quand Mick revint, je lui dis :

— Cinq pour cent, ce n'est pas assez.

— Quoi ? (Son visage se durcit.) Bon sang, tu n'as pas fini de me surprendre, ce soir. Je croyais te connaître. C'est pas bien, cinq pour cent, combien tu penses que je devrais te donner ?

— Cinq pour cent, c'est très bien, répondis-je. Comme droits de rabatteur. Mais je ne veux pas de droits de rabatteur.

— Ah non ? Et qu'est-ce que tu veux, bon Dieu ?

— Une part entière. Je veux jouer un rôle actif. Je veux participer.

Il me regarda longuement. Il versa du whisky dans son verre mais il n'y toucha pas. Il respira à fond et me regarda encore.

— Eh bien, merde, dit-il. Putain de merde.

22

Le lendemain matin, je finis par aller déposer *Les Douze Salopards* dans mon coffre à la banque. J'en achetai une copie normale pour emporter à Maspeth, puis je me mis à imaginer les choses qui pourraient mal se passer. Je retournai à la banque, repris l'article authentique et laissai à la place la cassette de rechange pour ne pas risquer de les confondre plus tard.

Si j'étais tué à Maspeth, tant pis si Joe Durkin visionnait cent fois la cassette en essayant d'y trouver un sens caché.

Je passai la journée à me dire qu'il faudrait que j'assiste à une réunion. Je n'y étais pas allé depuis dimanche soir. J'avais d'abord pensé y aller à l'heure du déjeuner, mais je ne l'avais pas fait, puis j'envisageai une réunion à la sortie des bureaux, vers cinq heures et demie et je finis par me dire que je pourrais assister à la première partie de ma réunion habituelle à St. Paul. Mais, à chaque fois, je trouvais autre chose à faire.

A dix heures et demie, je me rendis à pied au Grogan's.

Mick était là et nous nous rendîmes dans son bureau, à l'arrière. Il y a, dans cette pièce, un vieux bureau en bois, un coffre-fort, deux anciens fauteuils de bureau, en bois, et un fauteuil-relax en skaï. Il y a aussi un vieux canapé en cuir vert, sur lequel Mick dort parfois quelques heures. Il m'a dit un jour qu'il avait trois appartements en ville, tous trois loués sous un nom différent, et puis, bien sûr, il a sa ferme dans l'Etat de New York.

— Tu es le premier, me dit-il. Tom et Andy seront là à onze heures. Tu as bien réfléchi, Matt?

— Un peu.

— Tu n'as pas changé d'avis, mon gars?

— Pourquoi voudrais tu que je change d'avis?

— Ce serait pas grave, tu sais. Le sang va sans doute couler. Ça, je te l'ai dit hier soir.

— Je me rappelle.

— Il faudra que tu emportes un flingue. Et quand on emporte un flingue…

— Il faut être prêt à s'en servir. Je sais.

— Ah, bon sang, dit-il. Tu es sûr que tu pourras tenir le coup?

— Nous verrons bien.

Il ouvrit le coffre-fort et me montra différents revolvers. Celui qu'il me conseilla était un automatique SIG Sauer 9mm. Il pesait une tonne, et j'avais l'impression qu'avec ça on devait pouvoir arrêter un train fou. Je le manipulai, sortis le chargeur, le remis en place, et il me parut très bien. C'était une belle mécanique, un outil drôlement impressionnant. Cependant je finis par l'écarter et choisis à la place un 38 Smith & Wesson à canon court. Il n'avait pas l'aspect menaçant, sans parler de la puissance du SIG Sauer, mais il était plus agréable à porter dans le creux des reins, glissé dans ma ceinture. C'était surtout un proche cousin de l'arme que j'avais portée pendant des années, lorsque j'étais dans la police.

Mick choisit le SIG.

A onze heures, Tom et Andy étaient tous deux arrivés et ils étaient venus dans le bureau pour choisir une arme. Porte fermée, nous marchions de long en large dans la pièce, en parlant du temps favorable, en nous assurant les uns les autres que ce serait du gâteau. Puis Andy alla chercher la voiture, nous sortîmes du Grogan's et embarquâmes.

La voiture était une Ford, une grosse LTD Crown Victoria, qui avait environ cinq ans. Elle était longue et spacieuse, elle avait un grand coffre et un moteur puissant. Je songeai d'abord qu'elle avait dû être volée pour l'occasion, mais j'appris ensuite que c'était une voiture dont Ballou était propriétaire depuis un certain temps. Andy Buckley la mettait au garage dans le Bronx et la conduisait dans des occasions comme celle-ci. Les plaques étaient authentiques mais il n'aurait servi à rien de faire des recherches en passant par le service des immatriculations car le nom et l'adresse inscrits sur les registres étaient faux.

Andy traversa Manhattan par la 57e rue et prit le pont de la 59e rue pour atteindre Queens. Cet itinéraire me parut préférable à celui que j'avais emprunté. Une fois en voiture, nous parlâmes fort peu, et dès que nous eûmes franchi le pont, le silence ne fut pratiquement pas interrompu. C'est peut-être pareil dans un vestiaire, quelques minutes avant un match de championnat. Peut-être pas car dans le sport, on n'abat pas le perdant.

Je ne pense pas que la course ait pris plus d'une demi-heure, porte à porte. Il n'y avait presque pas de circulation, et Andy connaissait parfaitement le chemin. Il devait donc être à peu près minuit quand nous arrivâmes à la New Maspeth Arena. Andy, qui ne roulait pas vite, ralentit et passa devant le bâtiment à trente ou trente-cinq à l'heure pendant que nous scrutions l'immeuble et ses alentours.

Nous parcourûmes le quartier, une rue dans un sens, une rue dans l'autre, passant de temps en temps devant la New Maspeth Arena que nous observions avec attention. Les rues étaient désertes, comme elles l'étaient la veille, et l'heure encore plus tardive leur donnait un aspect encore plus désolé. Quand nous eûmes roulé ainsi pendant une bonne vingtaine de minutes, Mick dit à Andy que ça suffisait.

— Si on continue à tournicoter par-là, un con de flic va nous arrêter et nous demander ce qu'on a perdu.

— J'ai pas vu de flic depuis qu'on a passé le pont, dit Andy.

Mick était à l'avant à côté d'Andy, et j'étais à l'arrière avec Tom qui n'avait pas ouvert la bouche depuis que nous avions quitté le bureau de Mick.

— On est en avance, dit Andy. Qu'est-ce que je fais ?

— Gare-toi près du bâtiment mais pas trop près. On va rester là et attendre. Si quelqu'un nous dit de circuler, on rentrera chez nous et on se soûlera la gueule.

Nous finîmes par nous garer à une centaine de mètres du bâtiment, de l'autre côté de la rue. Andy coupa le moteur et éteignit les feux. Je me creusai la tête pour essayer de trouver de quel commissariat dépendait ce quartier, pour savoir qui risquait de venir nous dire de circuler. C'était soit le 108, soit le 104 ; je ne me rappelais pas où était située la frontière entre les deux et ne voyais donc pas de quel côté de cette frontière nous nous trouvions. Je ne sais pas combien de temps je restai là à me concentrer en fronçant les sourcils, à essayer de me représenter mentalement le plan de Queens en m'efforçant d'y surimposer le plan des zones rattachées à chaque commissariat. Le problème n'avait rigoureusement aucune importance mais je m'acharnai à le résoudre comme si l'avenir de l'humanité en dépendait.

Je ne l'avais toujours pas résolu quand Mick se tourna vers moi et indiqua sa montre. Il était une heure du matin. Il fallait que j'y aille.

Il fallait que j'aille là-bas tout seul. J'avais cru que ce serait la partie la plus facile, mais quand vint l'heure de le faire, cela me parut beaucoup moins aisé. Je n'avais aucun moyen de savoir quel genre d'accueil m'attendait. Si Bergen Stettner avait, assez logiquement, décidé qu'il était moins coûteux et plus sûr de régler l'affaire en me tuant plutôt qu'en me payant, il lui suffisait d'entrouvrir la porte et de me descendre avant même que j'aie posé les yeux sur lui. Là où nous nous trouvions on aurait pu tirer un coup de canon sans que personne l'entende ou que quelqu'un s'inquiète s'il l'entendait.

Et je ne savais même pas s'ils étaient là. J'étais pile à l'heure, et ils devaient, en principe, être arrivés depuis longtemps. Comme ils étaient les hôtes, il n'y avait aucune raison pour qu'ils arrivent en retard à leur propre réception. Je n'avais pourtant vu, dans la rue, aucune voiture qui aurait pu être la leur et, de l'extérieur, nous n'avions perçu aucun signe de vie à l'intérieur du bâtiment.

Il devait y avoir un parking dans l'immeuble. Il me semblait avoir vu une porte de garage tout au bout. A la place de Stettner, j'aurais voulu pouvoir me garer à l'intérieur. Je ne savais pas ce qu'il avait comme voiture mais si elle était à l'image de son train de vie, ce n'était certainement pas le genre de véhicule qu'on a envie de laisser dans la rue.

De quoi m'occuper l'esprit, comme en essayant de trouver le numéro du commissariat. Ils étaient là ou ils n'y étaient pas ; ils allaient m'accueillir avec une poignée de mains ou une balle de revolver. De toute façon, je savais qu'ils étaient là parce que je sentais qu'on m'observait pendant que je m'approchais de la porte. J'avais mis la cassette vidéo dans la poche de mon manteau, en me disant qu'ils ne me tueraient pas avant de s'être assurés que je l'avais sur moi. J'avais aussi le 38 Smith & Wesson, là où je l'avais mis tout à l'heure, sous mon manteau et mon veston, glissé dans la ceinture de mon pantalon. Pour le moment, il aurait été plus facile à attraper dans la poche de mon manteau mais je voulais l'avoir à portée de la main une fois que j'aurais ôté mon manteau et…

On était bel et bien en train de m'observer. La porte s'ouvrit avant que j'aie pu frapper. Et il n'y avait pas de revolver braqué sur moi. Il n'y avait que Bergen Stettner vêtu de la veste en daim qu'il portait le jeudi soir. Cette fois, son pantalon était kaki et ressemblait à un treillis de l'armée, et il avait rentré le bas des jambes dans le haut de ses bottes. C'était une curieuse tenue dont les différentes parties n'auraient pas dû aller ensemble, mais sur lui, ça avait du chic.

— Scudder, dit-il. Vous êtes pile à l'heure.

Je pris la main qu'il me tendait. Sa poignée de main était ferme mais il ne chercha pas l'épreuve de force ; il lâcha ma main après l'avoir serrée une fois, vigoureusement.

— Ah, maintenant, je vous reconnais, dit-il. Je me rappelais vous avoir vu mais je n'avais gardé de vous aucun souvenir visuel. Olga me dit que vous lui faites penser à moi. Pas sur le plan physique, à mon avis. Croyez-vous qu'il y ait une ressemblance physique entre vous et moi ? (Il haussa les épaules.) Moi, je ne la vois pas. Bon, nous pourrions descendre. La dame nous attend.

Son comportement avait quelque chose de théâtral, comme si nous étions observés par un public invisible. Est-ce qu'il enregistrait la scène ? Je ne voyais vraiment pas pourquoi il l'aurait fait.

Je me retournai et attrapai la porte pour la fermer. Je tenais un bout de chewing-gum que je collai contre le pêne, de façon à ce qu'il reste en position rétractée quand la porte serait fermée. Je ne savais pas si ça marcherait mais, de toute façon, je ne pensais pas que ce fût nécessaire ; Mick Ballou pourrait enfoncer la porte d'un coup de pied ou bien, s'il le fallait, faire sauter la serrure d'un coup de feu.

— Laissez, me dit Stettner. Elle se referme automatiquement.

Je tournai le dos à la porte et le vis en haut de l'escalier, m'invitant à avancer en faisant une révérence à la fois gracieuse et humoristique.

— Après vous, dit-il.

Je descendis le premier, et il me rattrapa au pied de l'escalier. Il me prit pas le bras et m'entraîna. Nous passâmes devant les pièces dans lesquelles j'avais jeté un coup d'œil et arrivâmes devant une porte ouverte, tout au bout du couloir. Il me fit entrer dans un endroit radicalement différent du reste du bâtiment et qui n'avait certainement pas été utilisé comme lieu de tournage. C'était une vaste salle d'environ quarante mètres carrés, dont le sol était recouvert d'une épaisse moquette grise et les murs de parpaing, d'un tissu de couleur écrue.

Tout au bout de la pièce, je vis un gigantesque *waterbed* avec, dessus, un jeté de lit qui me sembla être une peau de zèbre. Le tableau suspendu au-dessus du lit représentait une figure géométrique abstraite, toute en angles droits, en lignes droites et en couleurs primaires.

Plus près de la porte, un canapé et deux fauteuils assortis étaient disposés face à un support sur lequel étaient placés un téléviseur grand écran et un magnétoscope. Le canapé et un des fauteuils étaient d'un gris anthracite beaucoup plus foncé que le gris de la moquette. L'autre fauteuil était blanc, et un attaché-case bordeaux était posé dessus.

Une chaîne stéréo modulaire était installée contre le mur et, à sa droite, il y avait un coffre-fort Mosler, qui faisait un mètre quatre-vingts de haut et presque autant de large. Il y avait un autre tableau au-dessus de la chaîne stéréo, une petite huile représentant un arbre aux feuilles d'un vert intense. Sur le mur d'en face, il y avait deux portraits du dix-huitième américain, dans des cadres dorés assortis.

Sous les portraits, il y avait une desserte aménagée en bar, devant laquelle se trouvait Olga. Elle se retourna, verre en main, et me demanda ce que je voulais boire.

— Rien, merci, répondis-je.

— Mais il faut que vous preniez un verre, me dit-elle. Bergen, dis à Scudder qu'il faut qu'il prenne un verre.

— Il n'en a pas envie, dit Stettner.

Olga fit la moue. Elle portait, comme elle l'avait promis, la même tenue que dans le film : gants longs, talons hauts, pantalon de cuir ouvert à l'entrejambe et bouts de seins colorés au rouge à joue. Elle s'approcha de nous en portant son propre verre qui contenait un liquide clair et des glaçons. Sans que je lui aie posé la question, elle m'informa que c'était de l'aquavit et elle me demanda si j'étais sûr de ne pas en vouloir. Je lui répondis que j'en étais sûr.

— Cette pièce est impressionnante, dis-je.

Stettner eut l'air ravi.

— Ça vous surprend, hein? Dans cet immeuble hideux, situé dans la partie la plus sinistre d'un *borough* totalement dépourvu de charme, nous avons un refuge, un avant-poste caché de la civilisation. Je n'aimerais lui apporter qu'une seule amélioration.

— Laquelle?

— J'aimerais le transplanter à un étage au-dessous. (Mon air perplexe le fit sourire.) Je creuserais, expliqua-t-il. Je ferais creuser plus bas que le sous-sol et je créerais un espace qui s'étendrait sous toute la longueur de l'immeuble. Je pourrais creuser autant que je voudrais, prévoir des hauteurs sous plafond d'au moins trois mètres cinquante. Les gens pourraient fouiller dans tous les coins sans jamais se douter qu'un univers luxueux existe sous leurs pieds.

Il rit en voyant Olga lever les yeux au ciel.

— Elle croit que je suis fou, dit-il. Elle a peut-être raison. Mais je vis comme je l'entends, vous comprenez. J'ai toujours vécu ainsi et je vivrai toujours ainsi. Otez votre manteau. Vous devez mourir de chaud.

Je retirai mon manteau en sortant la cassette de la poche. Stettner le prit et le disposa sur le dossier du canapé. Il ne fit pas allusion à la cassette, et je ne fis pas allusion à l'attaché-case sur le fauteuil. Deux hommes civilisés dans cet avant-poste de la civilisation.

— Vous regardez beaucoup ce tableau, dit-il. Vous savez qui l'a peint?

Il parlait du petit paysage à l'arbre.

— On dirait un Corot, répondis-je.

Il eut un haussement de sourcils appréciatif.

— Vous avez le coup d'œil juste.

— Il est authentique ?

— C'était l'avis des conservateurs du musée. C'était aussi l'avis du voleur qui les en a débarrassés. Etant donné les circonstances dans lesquelles j'en ai fait l'acquisition, il me serait difficile de demander à un expert de venir l'authentifier. (Il sourit.) Dans les circonstances présentes, il me faudrait peut-être authentifier ce que j'achète. Si cela ne vous ennuie pas ?

— Pas du tout.

Je lui donnai la cassette. Il lut le titre à voix haute et rit.

— Finalement, Leveque avait quand même le sens de l'humour, dit-il. Il l'a bien caché, de son vivant. Si vous souhaitez authentifier votre part de la transaction, vous n'avez qu'à ouvrir l'attaché-case.

Je poussai les fermoirs et soulevai le couvercle. La mallette contenait des liasses de billets de vingt dollars, retenues par des élastiques.

— J'espère que les billets de vingt vous conviendront. Vous n'avez pas précisé ce que vous vouliez comme coupures.

— Ça va très bien.

— Cinquante liasses, cinquante billets par liasse. Vous ne comptez pas ?

— Je vais me fier à votre compte.

— Je devrais me montrer aussi courtois et croire qu'il s'agit bien de la cassette que Leveque a enregistrée. Mais je pense que je vais quand même la visionner pour m'en assurer.

— Pourquoi pas ? J'ai ouvert l'attaché-case.

— Oui, c'aurait été un acte de foi, n'est-ce pas ? Accepter l'attaché-case sans l'ouvrir. Olga, tu avais raison. Cet homme me plaît. (Il posa la main sur mon épaule.) Vous voulez que je vous dise, Scudder ? Je crois que nous serons amis, vous et moi. Je crois que nous sommes destinés à devenir très proches.

Je me rappelai ce qu'il avait dit à Thurman : *Notre intimité est parfaite. Nous sommes frères par le sang et le sperme.*

Il passa la cassette sans le son. Il visionna le début tour à tour normalement et en accéléré, et au bout d'un moment je me dis que j'avais dû me tromper de cassette à la banque et que nous allions voir la version normale, non améliorée des *Douze Salopards*. Cela n'aurait pas été grave si Mick Ballou avait bien voulu se magner le train et débarquer. Mais les choses semblaient traîner en longueur.

— Ah, dit Stettner.

Je me détendis car *Les Douze Salopards* avaient fait place à leur film maison. Stettner, mains sur les hanches, fixait un regard attentif sur l'écran. Le téléviseur était plus grand que celui d'Elaine et, en conséquence, l'image était en quelque sorte plus irrésistible. Malgré moi, elle retint mon attention. Olga, qui s'était approchée de son mari, la regardait, comme hypnotisée.

— Tu es une femme splendide, lui dit Stettner. (Puis, s'adressant à moi, il ajouta:) Elle est là en chair et en os mais il faut que je la voie sur l'écran pour apprécier pleinement sa beauté. Curieux, vous ne trouvez pas?

La fusillade qui éclata soudain, quelque part dans l'immeuble, noya à tout jamais la réponse que j'aurais pu faire. Il y eut d'abord deux coups de feu auxquels deux autres répondirent. Stettner s'écria: «Nom de Dieu!» et pivota vers la porte. Je bougeai dès l'instant où mon esprit identifia le son. Je reculai, soulevai, de la main gauche, l'arrière de mon veston et en même temps attrapai mon revolver de la main droite. Quand je l'eus en main, je posai le pouce sur le chien et l'index sur la détente. J'avais le mur derrière moi, et je pouvais surveiller à la fois les Stettner et la porte qui donnait sur le couloir.

— Bougez plus, dis-je. Pas un geste.

Sur l'écran, Olga avait enfourché le garçon en s'empalant sur son pénis. Elle le chevauchait furieusement, dans un silence absolu. Ça, je le voyais du coin de l'œil, mais Bergen et Olga ne regardaient plus. Ils se tenaient côte à côte, les yeux sur moi et le revolver dans ma main. Nous étions tous les trois aussi silencieux que le couple sur l'écran.

Un coup de feu rompit le silence. Puis le silence revint, pour être à nouveau rompu par un bruit de pas dans l'escalier.

Il y eut d'autres pas dans le couloir, le bruit de portes qu'on ouvrait et fermait. Stettner semblait sur le point de dire quelque chose lorsque j'entendis Ballou appeler mon nom.

Je répondis en criant :

— Ici ! Au bout du couloir.

Il fit irruption dans la pièce, avec le gros automatique qui, dans sa main, avait l'air d'un jouet d'enfant. Il portait le tablier de son père. Son visage était contorsionné par la rage.

— Tom est blessé, dit-il.

— C'est grave ?

— Pas trop, mais il est à terre. C'était un putain de traquenard. On a passé la porte et ils étaient là, deux dans l'ombre, avec un feu à la main. Heureusement qu'ils tiraient mal mais Tom a quand même pris une balle avant que je puisse les descendre. (Il était essoufflé et aspirait de grandes bouffées d'air.) J'en ai tué un et j'ai mis l'autre par terre avec deux balles dans le ventre. Je viens de lui coller mon flingue dans la bouche et de lui faire sauter la tête. Putain de salaud, se tenir embusqué et tirer sur les gens !

Cela expliquait le comportement théâtral de Stettner quand il m'avait fait entrer dans l'immeuble. Finalement, il avait bien eu un public, les gardes tapis dans l'ombre.

— Où est l'argent, mon gars ? On le prend et on fonce emmener Tom chez un médecin.

— Il est là, votre argent, dit Stettner d'un ton mauvais. (Il désigna du doigt l'attaché-case.) Il vous suffisait de le prendre et de vous en aller. Tout ceci était inutile.

— Vous aviez posté des gardes.

— Simple mesure de précaution, et apparemment j'avais raison d'être prudent. Mais cela n'a pas servi à grand-chose, n'est-ce pas ? (Il haussa les épaules et répéta :) Il est là, votre argent. Prenez-le et allez-vous en.

— Il y a là cinquante mille dollars, dis-je à Ballou. Mais il y a d'autre argent dans le coffre.

Mick regarda le grand Mosler, puis Stettner.

— Ouvrez-le, lui dit-il.

— Il n'y a rien dedans.

— Ouvrez ce putain de coffre !

— Il n'y a rien à part d'autres cassettes, bien qu'aucune ne soit aussi réussie que celle qui passe en ce moment. Intéressante, vous ne trouvez pas ?

Ballou regarda le téléviseur qu'il n'avait pas encore vu. Il lui fallut une ou deux secondes pour saisir l'action qui se déroulait en silence, puis il braqua le SIG Sauer sur l'écran et pressa la détente. Malgré le recul considérable de l'arme, sa main ne tressaillit même pas. Le tube image explosa en faisant un bruit énorme.

— Ouvrez le coffre, répéta-t-il.

— Je n'ai pas d'argent ici. J'en mets une partie dans des coffres bancaires et le reste dans le coffre-fort de mon bureau.

— Ouvrez-le ou vous êtes mort.

— Je ne crois pas en être capable, dit froidement Stettner. Je ne peux jamais me rappeler la combinaison.

Ballou l'empoigna par le devant de sa chemise et l'envoya contre le mur, tout en lui frappant le visage d'un revers de main. Stettner ne se départit pas de son sang-froid. Un peu de sang coulait d'une de ses narines mais, s'il s'en rendait compte, il n'en laissait rien paraître.

— Ceci est ridicule, dit-il. Je ne vais pas ouvrir le coffre. Si je le fais, nous sommes morts.

— Vous êtes morts si vous ne l'ouvrez pas, dit Ballou.

— Seulement si vous êtes un imbécile. Si nous sommes vivants, nous pourrons vous donner plus d'argent. Si nous sommes morts, vous ne verrez jamais l'intérieur de ce coffre.

336

— De toute façon, nous sommes morts, dit Olga.

— Je ne pense pas, lui dit Stettner. (Il s'adressa à Ballou :) Vous pouvez faire ce que vous voulez. Vous avez le revolver, vous avez le dessus. Mais ne voyez-vous pas que c'est inutile ? Pendant ce temps, là-haut, votre ami Tom perd son sang. Il mourra si vous vous obstinez à essayer de me persuader d'ouvrir un coffre-fort qui est vide. Pourquoi ne pas gagner du temps en prenant vos cinquante mille dollars et en allant faire donner à votre ami les soins médicaux dont il a besoin ?

Mick me regarda. Il me demanda si j'avais une idée de ce qu'il y avait dans le coffre-fort.

— Ce doit être intéressant, répondis-je. Autrement, il l'aurait déjà ouvert.

Mick hocha lentement la tête, puis se tourna et posa le SIG Sauer à côté de l'attaché-case. J'avais toujours mon. 38 braqué sur les Stettner. D'une poche du tablier de boucher, Mick sortit un couperet dont la lame était cachée par une gaine en cuir. Il retira la gaine. La lame était en acier dur, décolorée par des années d'usage. Elle me parut plutôt effrayante, mais Stettner l'observa d'un air méprisant.

— Vous allez ouvrir le coffre, lui dit Ballou.

— Je ne pense pas.

— Je vais lui trancher les nichons. Je vais la transformer en pâtée pour les chats.

— Ce n'est pas ça qui mettra de l'argent dans vos poches, n'est-ce pas ?

Je songeai au dealer de Jamaica Estates, qui avait pensé pouvoir dire à Mick qu'il bluffait. Je ne savais pas si Mick bluffait et je ne tenais pas à constater qu'il ne bluffait peut-être pas.

Il saisit Olga par le bras et l'attira vers lui.

— Attendez, lui dis-je.

Il me regarda et je vis un éclair de colère dans ses yeux.

— Les tableaux, dis-je.

— Qu'est-ce que vous racontez, mon gars ?

Je pointai le doigt vers le petit Corot, en disant :

— Cela vaut plus d'argent qu'il n'y en a dans le coffre.

— J'ai pas envie d'essayer de vendre une connerie de tableau.

— Moi non plus, dis-je en braquant le. 38 vers le tableau. (Je tirai une balle qui frappa le mur à quelques centimètres du cadre. Elle fit une entaille dans le mur et une brèche dans le sang-froid de Stettner.) Je vais larder ce tableau de balles, lui dis-je. Et les autres aussi.

Je braquai le. 38 sur les deux portraits et pressai la détente sans vraiment viser. La balle frappa le portrait de la femme, en faisant un petit trou rond tout près de son front.

— Mon Dieu ! s'écria Stettner. Vous n'êtes que des vandales.

— Ce n'est jamais que de la toile et de la peinture, lui dis-je.

— Mon Dieu. Je vais ouvrir le coffre.

La combinaison ne lui posa pas de problème : il ouvrit le coffre rapidement et sans hésitation. Les seuls bruits que l'on entendit furent les mouvements du cadran. Je tenais le. 38 et sentais l'odeur de la poudre. Le Smith & Wesson était lourd et j'avais un peu mal à la main à cause de son recul. Il me tardait de le poser. Il était inutile de le braquer sur quelqu'un. Stettner était occupé par l'ouverture du coffre et Olga, pétrifiée de peur, était incapable de bouger.

Stettner composa le dernier chiffre, tourna la poignée et ouvrit les portes. Nous regardâmes tous les piles de billets. J'étais sur le côté, et les deux hommes me bouchaient en partie la vue du coffre. Je vis la main de Stettner plonger à l'intérieur du coffre-fort ouvert et je criai :

— Mick, il a un flingue !

Dans un film, on montrerait la scène au ralenti, et chose curieuse, c'est que c'est ainsi que je me la rappelle. La main de Stettner entrant dans le coffre-fort, se posant sur un petit pistolet automatique en acier bleuté. La main de Mick serrant le couperet, l'élevant au-dessus de sa tête puis l'abattant en lui faisant décrire un funeste arc de cercle. La lame tranchant net, chirurgicalement, le poignet. La main qui semblait s'envoler, comme libérée du bras.

Stettner pivota, tournant le dos au coffre-fort ouvert et nous faisant face. Son visage était pâle, sa bouche ouverte en une grimace d'horreur. Il tenait son bras devant lui, comme un bouclier. Le sang artériel, aussi brillant qu'un lever de soleil, jaillissait du bras mutilé. Il avança en titubant, en remuant silencieusement les lèvres et en nous aspergeant du sang de son bras jusqu'à ce que Ballou émette un horrible son guttural et lance à nouveau le couperet qui s'enfonça à la jointure du cou et de l'épaule de Bergen Stettner. Le coup fit tomber à genoux l'homme mutilé, et nous nous écartâmes. Stettner s'affala en avant et ne bougea plus. Son sang se répandait sur la moquette grise.

Olga se tenait immobile. Je ne crois pas qu'elle ait fait un geste pendant toute la scène. Elle avait la bouche molle, elle tenait ses mains de chaque côté de sa poitrine, et son vernis à ongles était parfaitement assorti à la couleur de ses bouts de sein.

Mon regard alla d'Olga à Ballou. Il était en train de se tourner vers elle. Son tablier était rougi par le sang frais, sa main agrippait le manche du couperet.

Je pointai le Smith & Wesson. Je n'hésitai pas un instant. Je pressai la détente, et l'arme tressauta dans ma main.

23

Le premier coup était trop précipité pour frapper juste. Il atteignit Olga à l'épaule droite. Je pressai mon coude contre mes côtes et tirai une deuxième balle, puis une troisième. Toutes deux pénétrèrent le milieu de sa poitrine, entre les seins rougis. Elle était morte avant d'avoir atteint le sol.

— Matt.

Je me tenais là, immobile, les yeux baissés sur le corps inerte d'Olga, et Mick disait mon nom. Je sentis sa main sur mon épaule. Une affreuse odeur planait dans la pièce, une odeur de mort, où se mêlaient celle de la poudre, celle du sang et celle des excréments. Je ressentais une terrible lassitude, une gêne au fond de la gorge, comme si quelque chose y était coincé et voulait sortir.

— Allez, mon vieux. Faut qu'on s'en aille.

Une fois écarté ce qui m'avait paralysé, je bougeai rapidement. Pendant que Mick vidait le coffre-fort, entassant des liasses de billets dans de grands sacs de toile, j'essuyai les empreintes que nous avions pu, l'un et l'autre, laisser. Je récupérai la cassette dans le magnétoscope, la fourrai dans la poche de mon manteau et jetai le manteau sur mon épaule. Je glissai à nouveau le. 38 dans ma ceinture et mis le SIG Sauer de Mick dans ma poche. J'attrapai l'attaché-case et suivis Mick dans le couloir, puis l'escalier.

Tom était à côté de la porte, assis contre le mur. Son visage semblait exsangue, mais Tom était toujours très pâle. Mick posa les sacs d'argent, prit Tom dans ses bras et le porta à la voiture. Andy ouvrit la portière et Mick déposa Tom sur le siège arrière.

Mick retourna chercher l'argent pendant qu'Andy ouvrait le coffre de la voiture. J'y jetai tout ce que je portais et, quand Mick revint, il y ajouta les sacs de fric, puis referma violemment le coffre. Je retournai dans le bâtiment et descendis dans la pièce où nous avions tué les Stettner. Je constatai qu'ils étaient bien morts et m'assurai que je n'avais rien oublié. En haut des marches, je trouvai les deux gardes qui étaient morts, eux aussi. J'essuyai tout autour de l'endroit où Tom avait été assis, au cas où il aurait laissé des empreintes, et je grattai presque tout le chewing-gum qui bloquait la serrure, pour que la porte puisse se refermer à fond. J'essuyai aussi la serrure et toutes les parties de la porte que je pouvais avoir touchées.

Ils me faisaient signe, de la voiture. Je regardai autour de moi. Le quartier était toujours aussi désert. Je traversai le trottoir en courant.

La portière avant de la Ford était ouverte. Mick était à l'arrière, auprès de Tom à qui il parlait doucement tout en pressant un tampon de tissu contre la blessure qu'il avait à l'épaule. La blessure semblait avoir cessé de saigner mais je ne savais pas combien de sang Tom avait déjà perdu.

Je montai en voiture et refermai la portière. Le moteur tournait déjà, et Andy démarra aussitôt. Mick lui dit :

— Tu sais où aller maintenant, Andy.

— Je le sais, Mick.

— Il nous faut surtout pas choper une contredanse, mais vas aussi vite que tu pourras.

Mick a une ferme dans le comté d'Ulster. La ville la plus proche est Ellenville. Un couple originaire du comté de

Westmeath, M. et Mme. O'Mara, s'occupe de la ferme, pour Mick, et c'est son nom qui figure sur l'acte de propriété. C'est là où nous nous rendîmes et où nous arrivâmes vers trois heures, trois heures et demie du matin. Andy avait roulé en branchant le détecteur de radars mais sans pour autant dépasser de beaucoup la vitesse autorisée.

Nous portâmes Tom à l'intérieur et l'installâmes confortablement sur la banquette-lit du jardin d'hiver, puis Mick partit avec Andy réveiller un médecin qu'il connaissait. Celui-ci était un petit homme au visage maussade, qui avait des taches brunes sur le dos des mains. Il resta près d'une heure enfermé avec Tom et quand il ressortit, ce fut pour se laver longuement les mains dans l'évier de la cuisine. Puis il dit :

— Il va bien. Il est coriace, hein, le petit salaud. Il m'a dit : «C'est pas la première fois qu'on me tire dessus, vous savez, toubib.» Et je lui ai répondu : «Alors, mon garçon, tu n'apprendras donc jamais à plonger pour esquiver les balles ?» Je n'ai pas pu lui arracher un sourire ; faut dire qu'il a une figure qui n'a pas l'air d'avoir beaucoup souri. Mais il va bien et il vivra assez longtemps pour qu'on lui tire encore dessus, un jour ou l'autre. Si vous parlez au Créateur, vous pourrez lui dire merci pour la pénicilline. Il fut un temps où une blessure comme ça vous valait une septicémie et vous tuait dans les dix jours. Plus maintenant. C'est pas étonnant qu'on ne soit pas éternel ?

Pendant que le médecin travaillait, Mick, Andy et moi étions restés assis à la table de la cuisine. Mick avait ouvert, pour lui-même, une bouteille de whisky et l'avait déjà presque vidée au moment où Andy partit raccompagner le médecin. Andy but une bière qu'il fit durer aussi longtemps qu'il le put, puis il en prit une autre. Je trouvai une bouteille de soda au gingembre au fond du réfrigérateur et je la bus. Nous restâmes tous trois assis là, sans dire grand-chose.

Après avoir déposé le médecin chez lui, Andy revint nous chercher. Il s'arrêta près la maison et donna un petit coup d'avertisseur. Mick s'installa à côté de lui, moi à l'arrière. Tom resta à la ferme ; le médecin voulait qu'il passe plusieurs jours au lit et comptait venir le voir pendant le week-end – ou plus tôt, s'il avait de la fièvre. Mme. O'Mara le soignerait. Je compris qu'elle avait déjà joué le rôle d'infirmière.

Andy prit l'autoroute à péage et nous ramena en ville. A six heures et demie, nous nous arrêtions devant le Grogan's. Je ne m'étais jamais senti aussi alerte. Nous transportâmes les sacs d'argent à l'intérieur, et Mick les enferma dans son coffre-fort. Nous donnâmes nos revolvers – ceux avec lesquels nous avions tiré – à Andy qui s'arrêterait pour les jeter dans la rivière, en rentrant chez lui.

— Je te règlerai ta part d'ici un jour ou deux, lui dit Mick. Une fois que j'aurai tout compté et calculé ce qui revient à chacun. Ça fera une bonne somme pour une bonne nuit de travail.

— Je ne m'en fais pas, dit Andy.

— Allez, rentre chez toi, dit Mick. Fais mes amitiés à ta mère, c'est une femme bien. Et toi, Andy, tu es un conducteur formidable. Un as.

Après avoir fermé les portes, nous nous assîmes à notre table habituelle, sans autre éclairage que celui de l'aurore. Mick avait une bouteille et un verre mais il ne buvait pas beaucoup. Je m'étais servi un Coca et m'étais trouvé une tranche de citron pour en atténuer un peu la douceur. Ayant obtenu le goût que je voulais, je n'y touchai pratiquement pas.

Pendant plus d'une heure, nous n'échangeâmes pas deux mots. Quand Mick se leva, vers sept heures et demie, j'en fis autant et l'accompagnai. Je n'avais pas besoin de lui demander où nous allions. Il n'avait pas besoin de retourner chercher son tablier. Il l'avait encore sur lui.

J'allai avec lui chercher la Cadillac et, en silence, nous descendîmes la Neuvième Avenue jusqu'à la 14e rue. Nous nous garâmes devant chez Twomey, montâmes les marches et entrâmes dans l'église St. Bernard. Nous étions en avance de quelques minutes quand nous nous assîmes au dernier rang de la petite chapelle où était célébrée la messe des bouchers.

Ce matin-là, le curé était un jeune homme dont le visage rond et lisse faisait penser qu'il n'avait jamais besoin de se raser. Il avait un fort accent d'Irlande de l'Ouest et n'avait dû arriver que récemment aux Etats-Unis. Il n'avait cependant pas l'air mal à l'aise en présence de la minuscule assemblée de religieuses et de bouchers.

Je ne me souviens pas du service. J'étais présent sans être là; je me mettais debout quand les autres se levaient, je m'asseyais en même temps qu'eux, je me mettais à genoux lorsqu'ils s'agenouillaient. Je faisais les réponses adéquates. Mais tout en faisant ces choses, je respirais l'odeur du sang et de la poudre, je regardais un couperet décrire un arc de cercle meurtrier. Je voyais le sang jaillir, je sentais le recul d'un. 38 dans ma main.

Et puis il se passa une chose curieuse.

Quand les autres firent la queue pour recevoir la communion, Mick et moi restâmes à notre place. Mais quand la queue avança, quand, l'un après l'autre, les gens dirent «Amen» après avoir reçu l'hostie, une force inconnue me poussa à me lever et à prendre place au bout de la file. Je sentais un léger picotement dans mes paumes, une pulsation dans le creux de ma gorge.

La file avançait. «Ceci est le corps du Christ,» répétait le prêtre. «Amen», répondaient tour à tour les communiants. La file avançait et j'étais maintenant en tête, avec Ballou juste derrière moi.

— Ceci est le corps du Christ, dit le prêtre.

— Amen, répondis-je en prenant l'hostie sur ma langue.

24

Dehors, le soleil brillait, l'air était vif et froid. Mick me rattrapa sur les marches de l'église et me saisit le bras. Il avait un sourire féroce.

— Ah, dit-il, maintenant c'est certain, nous brûlerons en enfer. Nous avons reçu la communion alors que nous avions du sang sur les mains. S'il y a plus sûr moyen d'aller en enfer, je ne le connais pas. Il y a plus de trente ans que je n'ai pas confessé mes péchés, le sang de ce salaud mouille encore mon tablier, et me voilà à l'autel comme si j'étais en état de grâce. (Il secoua la tête en poussant un soupir d'étonnement.) Et vous ! Même pas catholique, mais est-ce que vous avez seulement reçu le baptême d'une autre religion ?

— Je ne crois pas.

— Doux Jésus, un putain de païen à la table de communion, et moi qui le suis comme un agneau égaré. Mais qu'est-ce qui t'a pris, mon gars ?

— Je ne sais pas.

— L'autre soir, je disais que tu n'avais pas fini de me surprendre, mais là, je crois que c'est le bouquet. Viens.

— Où allons-nous ?

— Je veux boire un verre, répondit-il. Et je veux que tu me tiennes compagnie.

Nous nous rendîmes dans un bistrot de bouchers, au coin de la 13e rue et de Washington Street. Nous y étions déjà venus. Une couche de sciure couvrait le sol et l'épais nuage de fumée qui planait dans l'air, provenait du cigare du barman. Nous nous assîmes à une table, avec du whisky pour Mick et, pour moi, un café noir, bien fort.

— Pourquoi ? demanda-t-il.

Je réfléchis un moment, puis je secouai la tête et répondis :

— Je n'en sais rien. Je n'avais pas l'intention de faire ça. Quelque chose m'a obligé à me lever et m'a déposé à genoux devant l'autel.

— Je ne parle pas de ça.

— Ah ?

— Pourquoi étais-tu là cette nuit. Qu'est-ce qui t'a poussé à aller à Maspeth, armé d'un revolver ?

— Ah.

— Alors ?

Je soufflai sur mon café pour le faire refroidir.

— C'est une bonne question.

— Ne me dis pas que c'est pour l'argent. Tu aurais pu avoir cinquante mille dollars rien qu'en lui donnant la cassette. Je ne sais pas combien feront les parts mais elles n'atteindront pas cinquante mille. Pourquoi doubler les risques pour avoir moins ?

— L'argent ne comptait pas tant que ça.

— L'argent ne comptait pas du tout. L'argent, tu t'en fiches. Tu n'en as jamais rien eu à foutre. (Il but une gorgée.) Je vais te confier un secret. Moi non plus, j'en ai rien à foutre. J'en ai tout le temps besoin mais il ne m'intéresse pas vraiment.

— Je sais.

— Tu ne voulais pas leur vendre leur cassette, n'est-ce pas ?

— Non. Je voulais qu'ils crèvent.

Mick hocha la tête.

— Tu sais à qui j'ai pensé, l'autre soir ? fit-il. A ce vieux flic dont tu m'as parlé, le vieil Irlandais avec qui tu faisais équipe quand tu as débuté.

— Mahaffey.

— Oui, celui-là. J'ai pensé à Mahaffey.

— Je n'en suis pas surpris.

— J'ai pensé à ce qu'il disait. « Il ne faut jamais rien faire quand on peut le faire faire par quelqu'un d'autre. » C'est bien comme ça qu'il disait ?

— Oui, à peu près.

— Alors je me suis dit qu'il n'y avait rien de mal à ça. Pourquoi ne pas laisser le soin de tuer aux hommes en tablier sanglant ? Mais après, tu as dit que tu voulais plus que des droits de rabatteur et, pendant un moment, j'ai cru que je t'avais mal compris.

— Je sais. Et ça t'a tracassé.

— Oui, parce que je n'arrivais pas à voir en toi un homme qui aurait une telle soif d'argent. Ça voulait dire que tu n'étais pas l'homme que je croyais connaître et oui, c'est ça qui m'embêtait. Et puis, tout de suite après, tu as remis les choses en place. Tu as dit que tu voulais une part entière et que tu voulais venir participer, avec un flingue.

— Oui.

— Pourquoi ?

— Je pensais que ce serait plus facile comme ça. Ils m'attendraient, ils m'ouvriraient la porte.

— Ce n'est pas pour ça.

— Non, effectivement, Je crois que j'ai pensé que Mahaffey avait tort, ou que son conseil ne pouvait pas s'appliquer à cette situation particulière. Il ne me semblait pas correct de laisser le sale boulot à quelqu'un d'autre. Si je les condamnais à mort, le moins que je pouvais faire était d'être présent à leur exécution.

Il but un peu de whisky et fit la grimace.

— En tout cas, moi, dans mon bistrot, je sers un meilleur whisky que ça.

— Ne le bois pas s'il n'est pas bon.

Il le goûta à nouveau pour s'en assurer.

— Je ne peux pas dire qu'il soit vraiment mauvais. Tu sais, je n'ai pas une passion pour le vin et la bière, mais j'ai quand même bu pas mal des deux, y compris de la bière complètement éventée et du vin qui avait tourné au vinaigre. Je sais ce que c'est que la viande avariée et les œufs pas frais, les plats mal cuisinés, faits avec des ingrédients de mauvaise qualité et gâtés. Mais je crois que, de toute ma vie, je n'ai jamais eu de mauvais whisky.

— Non, dis-je, moi non plus.

— Comment tu te sens maintenant, Matt?

— Comment je me sens? Je ne sais pas comment je me sens. Je suis un alcoolique. Je ne sais jamais comment je me sens.

— Ah.

— Je me sens sobre. Voilà comment je me sens.

— Oui, bien sûr. (Il m'observa par dessus le bord de son verre.) Moi, je dirais qu'ils méritaient qu'on les tue.

— Tu crois?

— Je crois qu'ils le méritaient particulièrement.

— Nous méritons tous qu'on nous tue, sans doute. Et c'est probablement pourquoi aucun de nous ne survit jamais. Je ne sais pas de quel droit je déciderais qui mérite et qui ne mérite pas qu'on le tue. Nous avons laissé quatre morts, là-bas, et il y en a deux que je ne connaissais même pas. Est-ce qu'ils avaient mérité qu'on les tue?

— Ils étaient armés. Personne ne les avait appelés, par pour cette guerre.

— Mais est-ce qu'ils méritaient ça? Si nous avions tous ce que nous méritons…

— Oh, bon sang! Il faut que je te demande quelque chose, Matt. Pourquoi as-tu descendu la femme?

— Il fallait que quelqu'un le fasse.

— Il n'était pas nécessaire que ce soit toi.

348

— Non. (Je réfléchis un moment, puis je dis :) Je ne sais pas très bien. Je ne vois qu'une raison possible.

— Quelle raison, mon pote ?

— Eh bien, je n'en suis pas sûr, mais je pense que c'est peut-être parce que je voulais mettre du sang sur mon tablier.

Le dimanche, je dînai avec Jim Faber. Je lui racontai toute l'histoire, d'un bout à l'autre, ce qui fait que, ce soir-là, nous manquâmes la réunion. Nous nous trouvions encore dans le restaurant chinois au moment où les A. A. disaient le Notre Père.

— Eh bien, fit Jim, ça, pour une histoire… Et on pourrait sans doute dire qu'elle finit bien, parce que vous n'avez pas bu et vous n'irez pas en prison. Ou est-ce que je me trompe ?

— Non.

— Ça doit procurer un sentiment intéressant de jouer ainsi le rôle du juge et du jury, de décider qui a le droit de vivre et qui mérite la mort, de faire comme si on était Dieu, en quelque sorte – n'est-ce pas ?

— Sans doute.

— Vous pensez en faire une habitude ?

Je secouai négativement la tête.

— Je pense que je ne le ferai plus jamais. Il ne m'était d'ailleurs jamais venu à l'idée que je pourrais être amené à le faire. J'ai fait des choses peu orthodoxes, au cours de ma vie, quand j'étais dans la police et quand je n'y étais plus. J'ai falsifié des preuves, j'ai dénaturé des situations.

— Là, c'était un peu différent.

— C'était très différent. Vous comprenez, j'ai vu ce qu'il y avait sur cette cassette pendant l'été et je n'ai jamais vraiment pu me le sortir de la tête. Et puis je suis tombé sur ce salaud, tout à fait par hasard, je l'ai reconnu à un geste, sa façon de lisser les cheveux d'un garçon en arrière sur son front. C'est probablement un geste qu'avait son propre père.

— Pourquoi dites-vous ça?

— Parce qu'il doit y avoir quelque chose qui a transformé ce type en monstre. Il a peut-être été violenté par son père, il a peut-être été violé dans son enfance. Ça peut venir de ça. Il n'aurait pas été très difficile de comprendre Stettner. De le trouver sympathique.

— Ça, je l'avais remarqué, me dit Jim. Quand vous avez parlé de lui. Je n'ai pas eu l'impression que vous le détestiez.

— Pourquoi voudriez-vous que je le déteste? Il était tout à fait charmant. Il avait de bonnes manières, de l'esprit et le sens de l'humour. Si l'on veut diviser l'humanité en deux catégories, les bons et les méchants, il faisait certainement partie des méchants. Mais je ne sais pas si on peut le faire. Dans le temps, j'en étais capable. Maintenant, c'est beaucoup plus dur.

Je me penchai en avant.

— Ils auraient continué. Tuer était pour eux une récréation, un sport. Ça leur faisait plaisir. Je n'arrive pas à le comprendre, mais il y a beaucoup de gens qui ne comprennent pas que ça puisse me faire plaisir de regarder un match de boxe. Ce qui peut procurer ou ne pas procurer du plaisir aux gens est peut-être aussi d'un domaine qui dépasse le jugement.

« Seulement voilà. Ils faisaient ça et ils s'en tiraient, et puis je suis arrivé; j'ai eu de la chance et j'ai compris ce qu'ils faisaient, comment ils le faisaient et à qui ils le faisaient, sauf que ça voulait dire que dalle. Pas d'inculpation, pas d'arrestation, pas de procès, pas même une enquête. Un flic qui est un type bien en a été si écœuré qu'il s'est pris une énorme bitture. Je n'avais pas l'intention d'en faire autant. »

— Pour ce qui est de ça, vous avez eu raison, dit Jim. Et puis vous vous êtes dit: eh bien, je ne peux vraiment pas laisser l'Univers régler ça à sa façon. Vous vous êtes dit: Dieu est dans la merde si je ne suis pas là pour lui donner un coup de main.

— Dieu…

— Enfin, appelez ça comme vous voudrez. La Puissance Supérieure, la Grande Force créatrice de l'Univers, le Grand Peut-être. C'est ainsi que Rabelais le nommait. Vous avez pensé que le Grand Peut-être n'était pas de taille à se mesurer à la tâche qu'il avait à affronter, et que c'était donc à vous de vous en occuper.

— Non. Ce n'était pas ça.

— Dites-moi ce que c'était.

— J'ai pensé que je pouvais ne pas m'en mêler, que je pouvais laisser tomber, et que tout finirait par s'arranger comme il le fallait. Parce que tout finit toujours pas s'arranger. Ça, je le sais les jours où, apparemment, je crois au Grand Peut-être, et je le sais encore quand la Puissance Supérieure, c'est le Grand Peut-être Pas. Et il y a une chose que je sais toujours avec certitude : qu'il y ait ou non un Dieu, ce n'est pas moi.

— Alors pourquoi avez-vous fait ce que vous avez fait ?

— Parce que je voulais tout simplement qu'ils crèvent. Et je voulais carrément être le sale type qui leur règlerait leur compte. Et non, je ne le referai pas.

— Vous avez pris l'argent.

— Oui.

— Trente-cinq mille dollars, vous avez dit que ça faisait ?

— Trente-cinq mille pour chacun des trois. La part de Mick a dû se monter à un quart de million. Evidemment, il y avait beaucoup de devises étrangères. Je ne sais pas combien il en tirera quand il essaiera de les écouler.

— Il a quand même la part du lion.

— C'est ça.

— Et qu'allez-vous faire de la vôtre ?

— Je ne sais pas. Pour le moment, elle est dans mon coffre à la banque, avec la cassette qui a tout fait démarrer. J'en donnerai sans doute un dixième à Testament House. En toute logique, ça me paraît être l'institution à qui faire une donation.

— Vous pourriez tout donner à Testament House.

— Oui, je pourrais, mais je crois que je ne le ferai pas. Je crois que je vais garder le reste. Pourquoi pas, bon sang ? J'ai travaillé pour le gagner.

— Oui, sans doute.

— Et il faudra bien que j'aie un peu d'argent à moi, si j'épouse Elaine.

— Vous allez épouser Elaine ?

— Comment voulez-vous que je le sache ?

— Ah. Pourquoi êtes-vous allé à la messe ?

— J'y suis déjà allé avec Ballou. Peut-être par esprit de solidarité. Tout ce que je sais, c'est que ce rituel doit avoir lieu de temps en temps, ça fait partie de notre amitié.

— Pourquoi avez-vous communié ?

— Je ne sais pas.

— Vous devez bien en avoir une idée.

— Non, répondis-je, vraiment pas. Je fais beaucoup de choses sans avoir la moindre idée de la raison pour laquelle je les fais. Si vous voulez tout savoir, la moitié du temps je ne sais même pas pourquoi je reste sobre, et quand je buvais comme un trou, je ne savais pas pourquoi non plus.

— Ah. Et maintenant ?

— Restez à l'écoute. Le programme continue.

Cet ouvrage a été composé
par Infoprint.
Reproduit et achevé d'imprimer sur Roto-Page
par l'Imprimerie Floch à Mayenne
le 24 mars 1998.
Dépôt légal : mars 1998.
1er dépôt légal dans la même collection : décembre 1992.
Numéro d'imprimeur : 43465.

ISBN 2-07-049310-5 / Imprimé en France.